BBC

DOCTOR WHO

WAAGE DER UNGERECHTIGKEIT

GARY RUSSELL

Ins Deutsche übertragen von
BERND SAMBALE

Die deutsche Ausgabe von
DOCTOR WHO: WAAGE DER UNGERECHTIGKEIT
wird herausgegeben von Cross Cult /Andreas Mergenthaler,
Übersetzung: Bernd Sambale; Lektorat: Jana Karsch; Korrektorat: Peter Schild;
verantwortlicher Redakteur: Markus Rohde; Satz: Rowan Rüster;
Printausgabe gedruckt von CPI Moravia Books s.r.o., CZ-69123 Pohořelice.
Printed in the EU.

Titel der Originalausgabe: DOCTOR WHO – SCALES OF INJUSTICE

First published in 1996, THE MONSTER COLLECTION edition published in 2014
by BBC Books, an imprint of Ebury Publishing.
A Random House Group Company.

Printausgabe: ISBN 978-3-96658-022-9 • Digitale Ausgabe: ISBN 978-3-96658-023-6

Januar 2021

WWW.CROSS-CULT.DE

VORWORT

Ich stehe total auf Reptilien. Wissen Sie, ich liebe alle Storys von Malcolm Hulke: Zwischen 1967 und 1974 schrieb er einige der besten *Doctor Who*-Fernsehabenteuer aller Zeiten. Nur in zwei davon kommen keine Reptilien vor: *Kriegsspiele* (1969) verfasste er zusammen mit Terrance Dicks, *The Ambassadors of Death* (1970) war eine Überarbeitung von David Whitakers Originaldrehbüchern. Na gut, in *The Faceless Ones* gibt es auch keine Reptilien, aber die Schurken werden als Chamäleons bezeichnet, das soll mir genügen. In *Frontier in Space* traten Drakonier auf (und es wäre auch eine riesige ogronverschlingende Echse vorgekommen, wenn bloß das Budget gereicht hätte – so mussten wir uns mit einem aufblasbaren Gummimonster zufrieden geben). *Colony in Space* hatte einen bizarren, menschenaufschlitzenden Roboter zu bieten, der so tat, als wäre er eine gigantische Echse aus Archivaufnahmen (kommen Sie schon, lassen Sie sich einfach drauf ein …), und *Invasion of the Dinosaurs* bietet uns die größten Echsen überhaupt!! Ein Hoch auf die Reptilien.

Mr Hulkes wichtigster Beitrag zu *Doctor Who* waren für mich jedoch die *Homo Reptilia*, Erdreptilien, Eozäner, oder – wie wir sie alle kennen und lieben – die Silurianer und Seeteufel. Ein Hoch auf die dreiäugigen Wesen, die unter der Erde leben, und ihre fischäugigen Cousins aus dem Meer.

Wenn Sie eher die jüngeren Versionen der Silurianer kennen, vertreten etwa durch Vastra, Alaya oder Bleytal im modernen *Doctor Who*, verwundert es Sie vielleicht, dass die Silurianer in diesem Buch drei Augen haben. Im Jahr 1996, als *Waage der Ungerechtigkeit* erstmals veröffentlicht wurde, waren die modernen, menschenähnlichen Silurianer noch nicht erfunden. In der Geschichte wird jedoch klar, dass es bei der Physiognomie der Silurianer alle möglichen Variationen gibt, genau wie bei Menschen unterschiedliche Hautfarben vorkommen. Demnach kann man sich durchaus vorstellen, dass im Hintergrund der Szenen mit Icthar oder Baal Wissenschaftler wie Malohkeh herumlaufen.

Warum habe ich nun also dieses Buch geschrieben, abgesehen von meiner überwältigenden Liebe zu drolligen, kleinen Reptilien? War es meine Faszination für dubiose Regierungstypen, die im Geheimen agieren, hier vertreten durch einen Vorläufer von Torchwood mit seinem Gewölbe voller außerirdischer Technik? War es meine Liebe zum Brigadier und mein Wunsch – hervorgegangen aus Gesprächen mit meinem verstorbenen Freund und Wegbegleiter Nicholas Courtney –, etwas mehr von seinem Privatleben zu erzählen und vom Druck, der mit der Leitung von UNIT einhergeht? War es meine Entschlossenheit, Liz Shaw eine (hoffentlich anständige) Abschiedsstory zu gönnen? Oder war es nur meine absurde Obsession, haarsträubende Verbindungen zwischen UNIT-Mitarbeitern zu knüpfen, möglichst jeden wenigstens kurz zu erwähnen und nebenbei noch Mike Yates' Beförderung mitzuerleben? Um ehrlich zu sein, trifft alles zu. Hinzu kommt meine lebenslange Begeisterung für die Ära des dritten Doktors und meine Lieblings-*Doctor Who*-Staffel, die erste mit Jon Pertwee, ausgestrahlt im Jahre 1970.

Es gab Bemerkungen, ich hätte in diesem Buch ein bizarres Vergnügen daran, Menschen auf vielfältige und grauenvolle Weise umzubringen. Kurioserweise haben sechzehn Jahre Schreiberfahrung mir gezeigt, dass ich eigentlich nicht gern Leute kaltmache. Der heutige Grussell hätte ein gutes halbes Dutzend der Figuren in diesem Romans am Leben gelassen. Denn darin liegt die größere schriftstellerische Herausforderung: Figuren umzubringen, ist leicht; den Mord an ihnen zu rechtfertigen, ist deutlich schwerer; sie anhand ihrer Erfahrungen eine Verwandlung durchmachen zu lassen, ist jedoch am allerschwersten – doch definitiv auch am lohnendsten. Ich bin nicht sicher, ob dieser spezielle Aspekt des Romans geglückt ist. Also entschuldigen Sie bitte die hohe Opferzahl. Schreiben Sie es meiner jugendlichen Unerfahrenheit zu und dem irrigen Glauben, dass es bei *Doctor Who* eben genau darum ginge.

Zwei Dinge stimmen mich jedoch auch heute beim erneuten Lesen zufrieden und erfüllen mich mit Stolz. Erstens das Gewölbe mit dem blassgesichtigen Mann und seinen zwei irischen Auton-Assistenten (deren Werdegang weitererzählt wird in den derzeit vergriffenen, aber hoffentlich irgendwann wieder erhältlichen Büchern *Business Unusual* und *Instruments of Darkness*, beides Romane mit dem sechsten Doktor und Melanie Bush). Dies ist ein schändliches Beispiel dafür, wie sehr sich ein Schriftsteller in die eigenen Figuren verlieben kann.

Aber ich werde mich dennoch nicht dafür entschuldigen, denn, nun, ich halte sie ehrlich gesagt für gar nicht so übel. Ich finde sie interessant und ich glaube, sie verdienen einen erneuten Auftritt und eine Weiterentwicklung.

Zweitens erfreuen mich die *Homo Reptilia* (natürlich würde ich nie im Leben behaupten, dass ich derjenige war, der den Autor Chris Chibnall an diese Bezeichnung erinnert hat, als er in *The Hungry Earth* gerade an ihrer Rückkehr arbeitete, aber … ähm, so war es). Ich schöpfte aus allem, was Malcolm Hulke geschrieben hatte, aus seinen TV-Storys *Doctor Who and the Silurians* und *The Sea Devils* (sowie den bei Target erschienenen Romanversionen, zwei Glanzstücke, die wohl zu den besten *Doctor Who*-Büchern gehören, die je veröffentlicht wurden). Statt altes Material wieder aufzuwärmen, habe ich versucht, eine eigenständige Geschichte zu kreieren. Ich konnte meine Recherchen schön mit der Entwicklungsgeschichte der Kulturen beider Spezies abrunden, wie sie in *Warriors of the Deep* vorkam, Johnny Byrnes Fortsetzung zu den beiden Storys – ein hervorragendes Drehbuch, das fürs Fernsehen vielleicht nicht so erfolgreich umgesetzt worden ist, wie es das verdient hätte. Ich hatte also alles, was ich brauchte, und musste es nur noch zusammenfügen. Ich bin mächtig stolz auf die *Homo Reptilia* in dieser Story, und wenn bei der Leserschaft wenigstens ein Zehntel meines Gefühls für die Zivilisation, die Hintergründe und die Wirklichkeit dieser wunderbaren Wesen ankommt, verbuche ich das als Erfolg. Auch wenn die Meinungen über die Myrka aus dem Fernsehen auseinandergehen mögen, so hoffe ich doch, Sie stimmen mir zu, dass diese Spezies einen Platz in diesem Buch verdient hat, abzüglich der nicht ganz so geglückten Requisite, die im Fernsehen zu sehen war (mit »nicht ganz so geglückt« meine ich natürlich »zum Wiehern, offen gesagt«). Wie Sie jedenfalls feststellen können, habe ich wirklich nichts ausgelassen!!

Also lehnen Sie sich zurück und lesen Sie weiter, und wenn Sie möchten, dürfen Sie mitzählen, wie viele ungeheuerliche (und unverzeihliche) Kontinuitätsverweise in diesem Buch vorkommen. Nach der Erstveröffentlichung sprachen Rezensenten recht unbarmherzig von »Hunderten«. Ich glaube ja, es waren bloß neunundneunzig und noch ein paar dazu ...

Gary Russell
Oktober 2013

Dieses Buch ist für Paul Neary und Mike Hobson.
Wir hatten eine tolle Zeit.

MITTEILUNG

An:
Professor Andrew Montrose
Forschung und Entwicklung
Naturwissenschaftliche Abteilung
Universität Cambridge
Cambridgeshire

14. Oktober

Sehr geehrter Professor Montrose,

ich schreibe Ihnen bezüglich der bestehenden Vereinbarung zwischen Ihrer Abteilung und Abteilung C19 des Verteidigungsministeriums Ihrer Majestät, Aktenzeichen JS/77546/vgl.

Wie Ihnen bekannt ist, hat C19 in den vergangenen Jahren immer wieder eine große Zahl individueller Projekte und Lehrveranstaltungen subventioniert und viele Mitarbeiter Ihrer Einrichtung mitgesponsort.

Auf Grundlage der obigen Vereinbarung beantragt die Abteilung C19, dass die vier unten genannten Mitarbeiter unverzüglich an von uns festgelegten Standorten eingesetzt werden. Der Zeitraum ist auf eine Spanne von zwölf bis vierundzwanzig Monaten angesetzt.

Wir benötigen die Unterstützung folgender Forscher:

Richard Atkinson
Doktor James D. Griffin
Doktor Elizabeth Shaw
Cathryn Wildemann

Bitte informieren Sie die genannten Personen, dass ihr Dienst am Montag, dem 21. Oktober, beginnen wird. Sie werden von unseren Repräsentanten abgeholt und zu ihrem Einsatzort gebracht.

Bitte setzen Sie die Mitarbeiter in Kenntnis darüber, dass sie sich, um die Auflagen des (geänderten) Zivilschutzgesetzes (1964) zu erfüllen, schriftlich zum Gesetz zur Wahrung des Staatsgeheimnisses (1963) bekennen müssen, bevor sie Cambridge verlassen.

Sie können ihnen versichern, dass sie nicht gezwungen werden, an Projekten teilzunehmen, die sie für moralisch fragwürdig erachten, einschließlich der Entwicklung von Waffen und Rüstungsgütern sowie etwaiger dazu in Verbindung stehender Angelegenheiten. Wir danken Ihnen im Voraus für Ihre Kooperation in dieser Sache.

Hochachtungsvoll,

Sir John Sudbury
Sachbearbeiter
Abteilung C19
Verteidigungsministerium

An:
Sir Marmaduke Harrington-Smythe CBE
Das Glashaus

14. Oktober

Sehr geehrter Sir Marmaduke,

heute möchte ich in zwei wichtigen Punkten auf Ihre Schreiben vom 23. und 27. September eingehen.

Erstens geht es um die Zukunft der privaten Pflegeeinrichtung, die unter dem Namen Glashaus bekannt ist. Wir freuen uns, Ihnen mitteilen zu können, dass wir Ihren bestehenden Vertrag um weitere achtzehn Monate verlängern werden, geltend ab dem 31. Oktober dieses Jahres. Unsere Zahlungen für Ihre Dienste erhöhen sich ab demselben Datum um 2,3 %.

Sie werden mir sicher zustimmen, dass wir mit einigen Startschwierigkeiten zu kämpfen hatten, von denen einige bereits im Zuge Ihres Aufbaus dieser für unser Ministerium hochwichtigen Einrichtung aufgetreten sind, während andere bei der Koordination des nötigen Verwaltungsaufwands (insbesondere der Anwendung des Gesetzes zur Wahrung des Staatsgeheimnisses (1963)) zutage kamen. Der Minister teilt mittlerweile jedoch die Ansicht anderer Mitglieder von C19, mich selbst eingeschlossen, dass wir einen befriedigenden Pflegestandard für diejenigen unserer Veteranen erreicht haben, deren Verletzungen sich nicht für die Behandlung in herkömmlichen Krankenhäusern eignen – stets unter Wahrung der vollkommenen Diskretion, die diese Abteilung einfordert.

Zweitens legten Sie in Ihrem Schreiben vom 27. September dar, dass das Glashaus bessere wissenschaftliche Mitarbeiter benötigt, um mit den Materialien zu arbeiten, die wir Ihnen zur Verfügung stellen. Zu diesem Zweck werden wir die von Ihnen beantragte Umgestaltung des Kellerbereichs zu einem Labor subventionieren, solange gewährleistet ist, dass nur von uns bereitgestellte Mitarbeiter von dessen Existenz erfahren. Zusätzlich werden Ihnen vier neue Mitarbeiter zur Verfügung gestellt, die direkt von unserer Abteilung bezahlt werden. Geleitet wird dieses Team von Doktor Peter Morley, der Ihnen vielleicht schon durch seine Arbeit an der Fakultät für Angewandte Naturwissenschaft an der Universität Warwick bekannt ist.

Bei Fragen können Sie sich jederzeit gerne an mich wenden.

Hochachtungsvoll,

Sir John Sudbury
Sachbearbeiter
Abteilung C19
Verteidigungsministerium

MITTEILUNG

VON: Commander, Britischer Zweig, UNIT
AN: alle Mitarbeiter
AZ: 3/0038/ALS/mh
BETREFF: Ankunft der wissenschaftlichen Beraterin
DATUM: 24. Oktober

Ich freue mich, Ihnen mitteilen zu können, dass demnächst Elizabeth Shaw als wissenschaftliche Beraterin zu UNIT stoßen wird.

Doktor Shaw hat während der letzten Jahre in Cambridge mit dem hochangesehenen Montrose-Team gearbeitet. Am Montag, dem 31. Oktober, wird sie bei uns eintreffen. Sie untersteht direkt Captain Munros und meinem Befehl und wird unsere neue wissenschaftliche Abteilung aufbauen. Außerdem wird sie in medizinischen Angelegenheiten eng mit Doktor Sweetman zusammenarbeiten.

Sicher werden Sie Doktor Shaw gemeinsam mit mir in unserer Organisation willkommen heißen und ihr alle Hilfe und Unterstützung bieten, die sie während ihrer Eingewöhnungszeit benötigt. Wir freuen uns alle auf dieses wertvolle neue Teammitglied.

Brigadier A. Lethbridge-Stewart
Commander
Britischer Zweig, UNIT

ANDREW MONTROSE
THE CUPPS HOUSE
BRIDGE STREET
CAMBRIDGE

An: Richard Atkinson
        Doktor James D. Griffin
        Doktor Elizabeth Shaw
        Cathryn Wildeman

25. Oktober

Liebe Kolleginnen und Kollegen,

ich füge einen Brief bei, den ich heute von C19 bekommen habe. Uns war wohl allen klar, dass es einmal so weit kommen könnte, und jetzt scheint es, als ob sie endlich ihren Tribut einfordern wollen.

Sie werden wohl alle ein paar Tage benötigen, um Ihre Angelegenheiten zu regeln und Ihre gegenwärtigen Projekte unter Dach und Fach zu bringen. Weder weiß ich, wo Sie landen werden, noch ob Sie als Gruppe oder getrennt arbeiten werden. Tut mir leid, aber hierbei sind wir den Entscheidungen von C19 weitestgehend ausgeliefert. Eins jedoch kann ich Ihnen sagen: Auf Sir John Sudbury ist Verlass. Wenn er sagt, dass Ihre Arbeit nichts mit dem Militär zu tun hat, glaube ich ihm das.

Wir werden wohl leider nicht noch einmal hier in Cambridge zusammenarbeiten können. Wie Sie wissen, scheide ich im Mai nächsten Jahres aus dem Dienst, und Sie vier werden für die nächsten ein, zwei Jahre von der Außenwelt abgeschnitten sein. Ich hebe für jeden von Ihnen ein Stück Kuchen auf.

Machen Sie das Beste aus dieser Gelegenheit. Das alles mag ein bisschen orwellisch auf Sie wirken, aber es ist sicher nichts dabei. Genießen Sie es, meine Lieben, genießen Sie es!

Und halten Sie die Ohren steif.

Andrew

ERSTE
EPISODE

»Heilige Scheiße«, keuchte Grant Traynor in der Finsternis. Im Tunnel roch es nach Chloroform, Feuchtigkeit und Desinfektionsmittel. Als wäre das nicht schlimm genug gewesen, mischten sich auch noch Amylnitrit und -nitrat sowie eine kräftige Note von Urin darunter – ein ekelhafter Gestank, der etwas so Grauenhaftes repräsentierte, dass Grant nicht glauben konnte, dass er tatsächlich in diese Sache verwickelt war.

Warum war er hier? Wie hatte er so tief sinken und das alles akzeptieren können? Rund zehn Jahre lang hatte er stillschweigend zugelassen, dass die abscheulichsten Dinge passierten, war sogar selbst daran beteiligt gewesen und hatte erst jetzt erkannt, dass er etwas dagegen unternehmen musste. Zuerst hatte es einfach zu seinem Job gehört, doch nun verstand er nicht mehr, wie er je an den Operationen hatte teilnehmen können, ohne sich zu übergeben, zu schreien oder zu protestieren.

Aber das spielte ohnehin keine Rolle mehr, denn er hatte endlich begriffen, was zu tun war: Er hatte beschlossen, der ganzen Sache ein Ende zu bereiten.

»Wenn ich fertig bin«, knurrte er, als er über eine Unebenheit im Boden stolperte, »werden die sich nirgendwo mehr blicken lassen können.«

Die Zeitungen. Er musste lediglich ein Telefon finden und die Medien über diese Einrichtung informieren. Sicher würde es kaum mehr als drei Stunden dauern, bis es in den Laboren, Büros und – das war das Beste – im Gewölbe nur so vor Reportern wimmeln würde.

Das Gewölbe. Das war der Ort, der zuallererst dichtgemacht werden musste. Dort hatte sich das wahre Grauen abgespielt, dort waren einige der bösesten Taten aller Zeiten begangen worden, alles vermeintlich zugunsten von Wissenschaft, Forschung und Geschichte.

»Sicher doch. Na, bald kommt alles ans Licht und dann werden sie …«

Aus der Finsternis drang ein Geräusch an sein Ohr. Von wo? Hinter ihm? Vor ihm? Er lauschte angestrengt. Das bisschen Licht im Tunnel reichte kaum, um zu sehen, wohin er trat, geschweige denn, was sich einen Meter weiter voraus oder hinter ihm befand. Er hörte ein Schnuppern, wie von einem Tier, einem Schwein, das nach Trüffeln suchte. Es klang wie …

»Oh Gott, nein! Nicht hier unten!« Grant beschleunigte seine Schritte. »Sie wissen, dass ich weg bin. Sie haben den Pirscher auf mich angesetzt!«

Das Schnüffeln kam näher und nun konnte er auch das Knurren hören. Es klang tief, ein wenig gequält, und selbst der bösartigste Rottweiler hätte bei diesem Geräusch Reißaus genommen. Traynor hatte selbst dazu beigetragen, dass der

Pirscher so klang; er kannte seine Schwächen. Wusste, dass er keine hatte.

Grant war sich sicher, dass er einen ordentlichen Vorsprung hatte. Auch wenn der Pirscher verdammt schnell war, würde er ihn nicht so rasch einholen können – zumindest redete er sich das ein. Das Vieh besaß jedoch weit bessere Augen als er und vor allem konnte es im Dunkeln sehen. Außerdem war der Pirscher in der Lage, die Witterung sämtlicher Fährten aufzunehmen: von der stärksten Knoblauchfahne bis zum schwachen Hauch des feinsten Schweißfilms. Für diese spezielle Verbesserung war Grant persönlich verantwortlich gewesen und er wusste, wie gut das gelungen war. Bestimmt wusste der Jäger, dass er hier war. Er musste es wissen …

Aber vielleicht auch nicht. Traynor blieb stehen und lauschte. Vielleicht bluffften sie nur, in der Hoffnung, dass er Angst bekäme, wenn er den Pirscher im Tunnel hörte. Dass er es sich anders überlegen und zu ihnen zurückkehren würde. Aber das konnten sie sich abschminken.

Das Knurren wurde lauter und lauter, was nur bedeuten konnte, dass das Biest ihm doch dichter auf den Fersen war, als er gehofft hatte. Wie groß war Grants Vorsprung noch, reichte er aus? Immer schneller stolperte er durch die Dunkelheit und ignorierte den Schmerz, der jedes Mal aufflammte, wenn er sich die ausgestreckten Hände an den unsichtbaren Steinwänden aufriss.

»Sie haben recht, Traynor«, rief jemand hinter ihm. »Wir haben Ihnen den Pirscher hinterhergeschickt. Sind Sie in der Nähe?«

Traynor hielt an und drückte sich gegen die Tunnelwand, als könnte ihn die Dunkelheit vor dem Pirscher beschützen. Mörder waren sie, allesamt! Was, wenn irgendjemand anders sich hierher verirrte? Jemand Unschuldiges? Und wenn schon – dann hätte er eine Geisel. Sie würden niemals zulassen, dass der Pirscher einen Unschuldigen zu fassen bekam.

Verdammt, Traynor *war* der Unschuldige. Nicht er verhielt sich falsch – sie taten es!

»Traynor, kommen Sie zurück zu uns.«

Du kannst mich mal, du lispelndes Arschloch. Als würde ich dir trauen. Vielleicht sollte er seinem Verfolger mal ins Gesicht sagen, was er von ihm hielt, von ihm und seinen verfluchten Schergen, die im Gewölbe zurückgeblieben waren. Vielleicht sollte er … Moment, war er nun vollkommen übergeschnappt? So würde er dem Pirscher bloß verraten, wo er sich versteckte.

Ja, er war näher gekommen, aber bis zur Ausfahrt konnte es nicht mehr weit sein. Und der chemische Geruch musste seine Raubtiernase ja wenigstens ein wenig durcheinander bringen. Hoffentlich …

»Traynor, bitte, das führt doch zu nichts. Sie haben doch gewusst, worauf Sie sich einlassen, als Sie damals die Dokumente unterschrieben haben. Ihnen war klar, dass Sie das Projekt nicht einfach verlassen können würden. Wir brauchen Sie, Traynor! Lassen Sie uns über Ihre Unzufriedenheit sprechen. Sie sind uns und dem Chef zu viel wert, um Sie auf diese Weise zu verlieren.«

Traynor ließ seinen Hinterkopf gegen die feuchte Wand sinken und verzog die Lippen zu einem freudlosen Lächeln. Darauf würde er wohl kaum hereinfallen.

»Traynor?«

Sie waren ihm jetzt so nah. Und dieser Widerling war persönlich hier unten, zusammen mit dem Pirscher. *Mutig ist der Kerl, das muss man ihm lassen*, dachte Traynor. *Psychotisch, pervers, verschlagen und böse. Aber mutig.*

So sehr er ihn dafür bewundern mochte, er würde sich nicht aufhalten lassen. Das durfte er einfach nicht. Es war zu wichtig, zu entkommen und der Presse alles zu verraten. Es war zu …

»Hallo, Traynor.«

»Oh Gott.« In der Finsternis konnte Traynor nur eines erkennen: Sein eigenes Spiegelbild in den Gläsern der Sonnenbrille seines Verfolgers. Es war dieselbe Sonnenbrille, die er immer trug, bei jedem Wetter, wohin er auch ging oder mit wem er sich traf.

Traynor erkannte Furcht in seinem Spiegelbild: die Furcht eines Mannes, der gerade von seinem direkten Vorgesetzten und dem Pirscher erwischt worden war.

»Tut mir leid, Traynor. Sie hatten Ihre Chance, aber Sie haben sie vertan.«

Etwas schnüffelte in der Nähe seines linken Fußes, dann stürzte er. Was folgte, war Schmerz. Er schrie und nahm nichts anderes mehr wahr als die Qual, als der Pirscher glatt durch seinen Unterschenkel biss. Er schlug auf dem Boden auf und der Gestank seines Bluts vermischte sich mit den penetranten Gerüchen im Tunnel. Irgendwo in der Dunkelheit kicherte jemand. Das Letzte, was Grant Traynor durch den Kopf ging, war die bittere Ironie seiner Situation: Mit den genetisch verbesserten Fängen, die er selbst zu genau diesem Zweck entworfen hatte, riss der Pirscher ihm nun das Fleisch aus dem Leib.

Liz Shaw blickte sich im Labor des UNIT-Hauptquartiers um. Ihr Blick wanderte über ein Durcheinander aus Reagenzgläsern, Bunsenbrennern und Drahtspulen. Dazwischen befanden sich wissenschaftliche Artefakte, die sich deutlich schwerer identifizieren ließen; wahrscheinlich stammten sie von fremden Welten oder zumindest aus alternativen Dimensionen. Nun, vielleicht. Wo das Zeug auch herkommen oder wozu es dienen mochte, es lag ohne Ordnung oder Sinn auf den Werkbänken herum, war zu nichts nütze, war einfach nur da.

Der Kram ging ihr auf die Nerven.

Es war halb elf am Morgen. Ihr Auto hatte fast eine halbe Stunde gebraucht, um anzuspringen, und es regnete. Nein, sie hatte heute wirklich nicht die beste Laune.

»Die Sonne hat 'nen Hut auf. Hipp-hipp-hipp hurra! Die Sonne hat 'nen Hut auf und ist zum Spielen da!« Der Doktor sang schief und ohne viel Rücksicht auf Rhythmus und Tempo zu nehmen, aber Liz fand, dass es mit Ach und Krach der Wörterbuchdefinition von »Gesang« entsprach. Gerade so.

Seit acht Monaten saß sie nun in diesem großen, trostlosen UNIT-Labor fest, glotzte schon viel zu lang dieselben grauen Mauersteine an, dieselben sechs Werkbänke mit demselben Chaos aus Schläuchen, Brennern und Petrischalen darauf. Bevor Brigadier Lethbridge-Stewart sie hier abgeladen hatte, hatte sie ihr Leben in Cambridge genossen. Dort hatte sie erforscht, wie man biologisch nicht zersetzbaren Müll mit ökologischen Methoden abbauen konnte. Es war eine anspruchsvolle Aufgabe gewesen, die sie aller Voraussicht nach einige Jahre lang beschäftigt hätte. Wissenschaftlicher Fortschritt ging selten rasch vonstatten.

Stattdessen hatte sie eine Reihe erbitterter Schlachten aus-
fechten müssen: gegen das Nestene-Bewusstsein, seltsame
Affenmenschen, noch seltsamere Reptilienmenschen, paranoide
Wesen von fremden Welten und andere einheimische sowie
außerirdische Bedrohungen. Anfangs war sie verständlicherweise zynisch gewesen, was den Sinn und Zweck von UNIT anging. Bald hatte sie jedoch Gefallen an den zahllosen ungewöhn-
lichen, unerklärlichen und häufig unnatürlichen Phänomenen
gefunden, mit denen sie es im Rahmen ihrer neuen Tätigkeit
zu tun bekam. Erst vor Kurzem hatte sie einem fremden Feind
gegenübergestanden, wobei sie nicht nur in tropische Gefilde,
sondern – dank des bizarren »Raum-Zeit-Visualisierers« des
Doktors – auch in verschiedene Zeiten gereist war. Ja, aufregende neue Erfahrungen hatte ihr UNIT durchaus beschert.

Doch während sie einen Stift zwischen ihren Fingern drehte
und darauf wartete, dass ihr Unbewusstes einen Sinn in der
komplexen chemischen Formel entdecken würde, die der Doktor nachts an die Tafel gekritzelt hatte, machten ihr drei Dinge zu
schaffen. Wie lange würde sie sich noch mit den unmoralischen
militärischen Lösungen abfinden können, die UNIT manchmal
anwandte? Mit all der Geheimniskrämerei – Nacht-und-Ne-
bel-Aktionen, alles streng geheim, die Wände haben Ohren
etc.? Und vor allem: Wie lange würde sie die Anwesenheit von
UNITs wissenschaftlichem Berater noch aushalten können? Er
mochte ja brillant, intelligent, charmant und eloquent sein, war
aber zugleich auch unerträglich, chauvinistisch und launisch.

Sicher, sie würde wohl niemals eine inspirierendere und in-
tellektuellere Person als den Doktor kennenlernen. (»Mensch«
konnte sie nicht sagen, weil das menschliche Wurzeln

voraussetzte, und sie wusste ja, dass er keine hatte.) Gleichzeitig war er die unerträglichste Person, der sie je begegnet war. Und als Assistentin war Liz für ihn etwa so nützlich wie eine Kugel im Kopf.

Hmmm. Manchmal hatte diese Analogie einen gewissen Reiz …

»Tut Ihnen irgendwas weh, Doktor?«, fragte der Brigadier, der gerade den Kopf zur Tür hereinstreckte. Er trug ein ungewohnt breites Grinsen auf dem Gesicht.

Der Doktor hörte abrupt auf zu singen. Liz war drauf und dran, ihren Arbeitgeber so barsch, wie sie es sich traute, darauf hinweisen, dass er gerade genau das Falsche gesagt hatte, aber sie kam nicht dazu. Der Doktor seufzte und unterbrach seine Tätigkeit. Liz war nicht sicher, woran genau er da arbeitete, aber es sah kompliziert und furchtbar öde aus, und sie hatte schon vor zehn Minuten beschlossen, lieber nicht zu fragen: Der Doktor konnte sehr herablassend sein, wenn er gereizt war. Und er war andauernd gereizt.

»Haben Sie gerade was gesagt, Brigadier, oder hat sich da ein bisschen was von der angestauten heißen Luft in Ihrer Hose einen Weg gebahnt?«

Der Brigadier durchquerte das Labor und zeigte mit seinem Lieblings-Offiziersstöckchen auf das Gehäuse der TARDIS, das in der Ecke stand. »Heute verderben Sie mir nicht die Laune, Doktor – dafür bin ich zu gut drauf.«

Der Doktor nahm seine Werkzeuge und wandte sich wieder seiner Werkbank zu. »Wie schön.«

Liz hielt ein wenig Takt für angebracht. »Und warum geht's Ihnen so gut?«

Der Brigadier drehte sich zu ihr um und lächelte. »Weil, Miss Shaw, heute unser Zahlmeister Sir John Sudbury von C19 vorbeikommt und uns mitteilen wird, wie viel Geld wir im kommenden Finanzjahr zur Verfügung haben werden.« Er lehnte sich gegen einen der Tische und beugte sich mit verschwörerischer Miene vor. »Wenn wir richtig Glück haben, springt vielleicht ein neuer Captain für mich raus. Ich bin ziemlich beeindruckt von diesem Yates – der gibt einen prima Offizier ab. Vielleicht kriegen Sie ja sogar eine Gehaltserhöhung!«

Liz lachte. »Ach, kommen Sie. So gut meinen es die Geldgötter nicht.«

Der Brigadier zuckte mit den Schultern. »Kann sein.« Er machte eine Kopfbewegung in Richtung des Doktors, der fieberhaft Geräte hin- und herschob und mit dem Lötkolben bearbeitete. »Und was treibt er gerade?«

Liz schüttelte den Kopf. »Als ich heute Morgen reinkam, saß er noch an genau derselben Stelle wie gestern Abend. Ich glaub, er hat keine Minute geschlafen.«

Der Doktor wirbelte herum und zeigte mit dem heißen Lötkolben auf sie, als wäre es eine außerirdische Waffe. »Meine liebe Liz: Schlaf, hat ein weiser Mann einmal gesagt, ist was für Schildkröten. Und wenn Sie's unbedingt wissen wollen, Lethbridge-Stewart: Ich führe ausnahmsweise mal einen Ihrer Befehle aus.« Er stand auf, hängte den Lötkolben in den Ständer und ließ seine Juwelierlupe in seine Hand fallen. »Wie gewöhnlich waren Sie beide so in Ihr Geplauder vertieft, dass Sie gar nicht bemerkt haben, dass hier im Labor etwas Wichtiges fehlt.« Er hatte den Raum durchquert

25

und stand nun direkt vor dem Brigadier. Er nahm ihm sein Offiziersstöckchen ab, ließ es wie einen Zauberstab zwischen den Fingern kreisen und tippte sich damit gegen die Schläfe. »Kommen Sie drauf?«

Liz blickte sich einen Moment lang um, dann sog sie erschrocken die Luft ein. »Die TARDIS-Konsole! Sie ist weg!«

Der Doktor lächelte sie an. »Sehr gut, Liz. Eins mit Sternchen.« Er warf dem Brigadier einen Seitenblick zu. »Wenigstens hat einer hier die Augen offen.«

Der Brigadier zuckte mit den Schultern. »Und wo ist das Ding?«

»Wieder in der TARDIS?«, fragte Liz.

»Schon wieder richtig!«

»Pah«, machte der Brigadier. »Wie soll man so was Großes durch diese winzigen Türen kriegen?« Er zeigte auf die TARDIS, an die sich der Doktor nun gelehnt hatte.

»Das ist doch kinderleicht, mein lieber Alistair, also wirklich. Nach unserem kleinen Abstecher auf die Pazifischen Inseln, nachdem sich Amelia Grover zugunsten der Zukunft geopfert hat, haben Sie mich gebeten, die TARDIS wieder zum Laufen zu bringen. Nun, die Konsole ist wieder an ihrem Platz und im Augenblick versuche ich gerade, die Dematerialisierungsschaltkreise instand zu setzen. Zufrieden?« Er kehrte zur Werkbank zurück, zog sein Jackett aus und warf es über einen Hocker. »Und jetzt muss ich hier weitermachen.« Er warf dem Brigadier einen letzten Blick zu. »Auf Wiedersehen, Brigadier.«

Der Brigadier stieß sich vom Tisch ab, gegen den er sich gelehnt hatte. »Na dann … sollte ich mich wohl mal vergewissern, dass alles parat ist, wenn Sir John und der alte Scobie kommen.«

Liz lächelte. Sie hatte eine Schwäche für Major-General Scobie. »Wann kommt der General denn an?«

Der Brigadier schaute auf seine Uhr. »Sergeant Benton holt ihn gerade zu Hause ab. Essen Sie mit uns zu Mittag? Es gibt leider nur kaltes Büfett, fürchte ich, aber das Beste, was ich auftreiben konnte.«

Liz nickte. »Es wäre mir eine Freude.« Sie schaute zum Doktor hinüber, der ihr den Rücken zugewandt hatte. »Natürlich nur, wenn's für mich hier nichts mehr zu tun gibt.«

Der Doktor hob nicht einmal den Kopf, sondern murmelte nur irgendwas über Müßiggang, Appetithäppchen und Militäroffiziere, die gern hübsche Beine begafften.

»Das darf ich dann wohl als ›Nein‹ verstehen, nicht wahr?« Sie wandte sich wieder dem Brigadier zu. »Um halb eins?«

»Haargenau, Miss Shaw, haargenau.« Er warf der TARDIS einen letzten Blick zu. »Durch diese Türen? Pah. Eines Tages geh ich da rein und schaue mir an, was genau er eigentlich mit dem Geld von UNIT macht.« Er klemmte sich sein Stöckchen unter den Arm und marschierte hinaus.

Liz ging zu einem der großen Bogenfenster des Labors hinüber und blickte auf den Kanal hinunter. Der Regen hatte aufgehört und gerade brach die Sonne durch die Wolken. Ein buntes Narrowboat navigierte durch die Schleuse. Ein braunes Shire Horse stand auf dem Treidelpfad und durfte kurz verschnaufen, bevor es dem Kahn wieder seine Kraft zur Verfügung stellen musste. Der Morgen schien allmählich besser zu werden. Liz lächelte: Sie mochte sonnige Tage.

Hinter ihr hob ein unangenehmes Gejaule an. Oder Gesang, je nachdem, welche Definition man zugrunde legte: »Raindrops keep falling on my head …«

Liz warf ein Klemmbrett nach dem Doktor und stürmte aus dem Labor.

Tageslicht. Bei Tageslicht geht's nicht.

Nachts. Es muss nachts sein, sonst könnte, nein *wird* noch jemand versuchen, mich aufzuhalten. Und das darf nicht sein.

So kalt. Warum ist es nur so kalt? Die Sonne steht doch am Himmel. Sie strahlt hell, aber … sie scheint weiter weg zu sein, oder? Nein, das muss eine Illusion sein. Aber der Himmel! Sieh nur, der Himmel! Er wirkt wie verschleiert. Staub und Schmutz zwischen uns und dem blauen Himmel.

Die Luft ist schmutzig. Diese Welt ist schrecklich verunreinigt, vielleicht so schlimm, dass es sich nicht mehr rückgängig machen lässt. Warum haben sie nicht besser darauf aufgepasst?

Lächerliche Narren. Armselige, idiotische Primitivlinge. Schwachsinnige Affen!

Früher einmal war Jossey O'Grahame Schauspieler gewesen. Ja, früher war er Justin Grayson gewesen, ein Star auf der Bühne, auf der Leinwand und im Radio. Er hatte das goldene Zeitalter der Ealing-Komödien, Lime-Grove-Dramas und Riverside-Support-Features miterlebt, hatte in den Fünfzigern gemeinsam mit Guinness, Richardson und Olivier an Filmen mitgewirkt. In *Policeman's Lot* hatte er den jungen Johnny Mills erschossen, in *The Game's Up* Jane Wyman geheiratet und Trevithick in *They Came from the Depths* angegriffen. Die

Sechziger waren gut zu ihm gewesen, in Radio und Fernsehen war sein Talent voll zur Geltung gekommen.

»Nichts bringt eine größere Verantwortung mit sich als großes Potenzial«, hatte sein Agent einmal gesagt. Aber dann war ihm der Skandal mit diesem dummen jungen Model in die Quere gekommen – sie als Schauspielerin zu bezeichnen, kam ihm wie ein Sakrileg vor, nachdem er mit Größen wie Dors, Ashcroft und Neagle gearbeitet hatte, in jener verworfenen Komödie über die Energiekrise: *Carry on Digging*. Sie hatten ihn vom Gelände der Pinewood Studios geworfen. Sein Vertrag und sein Ruf waren ruiniert gewesen und die Produktionsfirma hatte ihn auf Schadensersatz verklagt, weil der unfertige Film nun praktisch für die Tonne war. Und das alles nur, weil die kleine Schlampe einen bescheuerten Brief geschrieben und zu viele Schlaftabletten genommen hatte.

Die Zeitungen hatten sich als treulose Tomaten entpuppt. In ihrer Berichterstattung waren sie unerbittlich und gnadenlos gewesen.

Schließlich hatte sich Jossey an die Südküste »zurückgezogen« und war achtzehn Monate lang durch Ferienlager, Bingohallen und kleine Klubs getingelt, wo er altes Comedymaterial von Galton und Simpson aufgewärmt hatte, bis er es schließlich nicht mehr ausgehalten hatte – und sein Berater bei der Bank ihn nicht mehr sehen wollte. Er war pleite gewesen, ganz und gar erledigt.

Am Ende war er also hier gelandet, im billigsten Bed-and-Breakfast, das sich auftreiben ließ, und lebte von Almosen und Sozialhilfe. Er hatte keine Zukunft, also war ein Tag wie der andere. In den paar Stunden, die er in wachem Zustand verbrachte, sah er den Wellen dabei zu, wie sie gegen die Felsen der örtlichen Selbstmordklippe brandeten, hielt sich an einer Flasche billigem Whisky fest und fragte sich wieder und wieder, ob auch er springen sollte.

Wieder einmal starrte er auf das endlose Auf und Ab des Wassers hinab und lauschte dem Kreischen der Seemöwen, die über der kleinen Stadt am Fuße der Klippe kreisten. Er wusste, dass ihm der Mut zum Springen fehlte. Außerdem besaß dieser Ort den Ruf, dass sich hier vor allem Liebende in den Tod stürzten – doch ihn hatte nie jemand geliebt, genauso wenig wie er jemals einen anderen Menschen wirklich geliebt hatte. Was hätte das also für einen Sinn gehabt? Er zog den abgenutzten Mantel fester um seinen schmalen Körper: Es war kalt für März und der Wind wehte frisch und schneidend über den Gipfel. Die halb geleerte Whiskyflasche funkelte ihn an und er nahm noch einen Schluck, gegen die Kälte und um die düstere Laune zu vertreiben. Irgendetwas würde geschehen und dann würde sich schlagartig alles ändern, da war er ganz sicher. Seine kurze Zeit im Licht der Öffentlichkeit war noch nicht vorbei. Eines Tages würde sein Name wieder in den Zeitungen stehen.

Ein eigenartiges Zischen drang an sein Ohr. War das Geräusch die ganze Zeit schon dagewesen und er hatte es nur nicht bemerkt? Vielleicht hatte irgendwer hinter ihm ein Auto oder ein Motorrad geparkt und einer der Reifen hatte ein Loch. Mühsam wandte er den Kopf. Komisch, nichts zu sehen: kein Auto, kein Motorrad, gar nichts. Der Wind peitschte durch das schüttere Gras, das um seine Bank herum wuchs, aber das war nicht das Geräusch, das er gehört hatte.

»Ist da jemand?«, fragte er mit lallender Stimme.

Keine Antwort. Er lehnte sich nach vorne, um über den Klippenrand spähen zu können. Nichts. Vielleicht kam es von dem alten Cottage, ein paar Hundert Fuß entfernt, wo vor ein paar Jahren die Hippies die Sommersonnenwende gefeiert hatten. Damals hatten sie diese hübschen Tauben freigelassen. Liebe, Frieden und Harmonie. Ha. Pustekuchen …

Da war es wieder. Eigentlich war es kein Zischen. Es klang jetzt regelmäßiger, als würde jemand atmen. Möglicherweise war noch jemand aus der Stadt hier oben, zum Trinken oder um ein Schwätzchen zu halten. Die Atemzüge klangen nach Bronchialinfekt, vermutlich hatte sich da jemand jahrelang mit zu viel Alkohol und Zigaretten die Gesundheit ruiniert. Da konnte er mitreden.

»Larry? Larry, bist du das? Lunger da nicht so rum!«

Dann sah er es. Er wollte schreien, aber es gelang ihm nicht. Er brachte nur ein klägliches Wimmern heraus, alle anderen Geräusche blieben ihm in der Kehle stecken. Seine Augen versuchten, das Ding zu erfassen und seinem Gehirn zu versichern, dass es nicht real sein konnte. Er packte seine Whiskyflasche fester, während sich etwas Altes, längst Vergessenes in seinen Geist schlich.

Teufelsrücken! Ich laufe, laufe um mein Leben. Der Teufelsrücken ist hinter mir her, alle sind hinter mir her, sie schreien und kreischen. Zischen und spucken, ich kann sie hören … Ein Netz. Ich bin in ein Netz verstrickt und werde fortgeschleift. Ich schreie.

Mutter. Vater. Helft mir. Nein! Nein, die sollen mich nicht anfassen … Ich will nicht wieder ins Gehege! Ich halt's da nicht aus. Die lassen mich tagelang in der Sonne schmachten, ohne Essen und Wasser, während mein Fell immer trockener und räudiger wird. Die Insekten kriechen auf mir herum, in meine Augen, meine Ohren, meinen Mund. Ich werde nicht sauber genug. Keine Familie. Keine Freunde. Nur das Knurren der Teufelsrücken. Ich muss kämpfen, muss weg von ihnen, muss schreien …

Jossey O'Grahame sah, wie die Vision des Schreckens, an den er sich nur halb erinnerte, sich über ihn beugte und mit dem … Kopf wackelte?

SCHMERZ! Überwältigender Schmerz und Hitze brandeten über ihn hinweg: Er spürte, wie sich seine Haut zusammenzog und plötzlich zu eng für seinen Körper wurde. Sein Mund war staubtrocken, er brachte keinen Schrei heraus. Seine Augen taten weh. Seine Trommelfelle wollten platzen. Die Flasche in seiner Hand wurde auf einmal heiß: Der Whisky darin brodelte und dampfte. Er versuchte, sie loszulassen, aber seine Hand schien mit dem Glas verschmolzen zu sein. Mit erschreckender Ruhe wurde ihm klar, dass der Schmerz in seiner Brust daher kam, dass sein Herz aufgehört hatte zu schlagen. Er sah das Gesicht seiner Mutter, die ihn anlächelte. Die Flasche zerbarst, zerfetzte seine Hand und ihr kochender Inhalt ergoss sich über seinen schwelenden Mantel. Er bemerkte es nicht.

Im letzten Augenblick seines Lebens wurde Jossey schlagartig bewusst, dass er niemals König Lear spielen würde.

Nein! Er konnte nicht tot sein.

Ich wollte doch nur, dass er mit diesem schrecklichen Geräusch aufhört, das die Affen immer von sich geben. Dieses Exemplar hatte diesen ganz speziellen Blick … Millionen von

Jahren sind vergangen und sie haben immer noch Angst vor uns. Er ist ausgewachsen, daran besteht kein Zweifel, warum hat er also versucht, so ein Geräusch zu machen? Junge Schlüpflinge, meinetwegen, aber Erwachsene? Armselige Wesen. Vielleicht stimmt das, was Baal sagt, und man muss Ungeziefer einfach vernichten. Aber Sula glaubt, dass wir ihre DNA brauchen. Wer hat nun recht?

Verfluchte Sula. Und verfluchter Baal – wenn er einen Schlüpfling will, soll er ihn sich doch selbst holen! Jetzt hat dieser Affe Sachen gesehen, die er nicht hätte sehen dürfen, und ist tot. Die Affen haben ihre Toten seit jeher in irgendeiner Art und Weise betrauert, also wird hier bestimmt bald eine ganze Schar von ihnen auftauchen. Ihre Telepathie ist rudimentär, überwiegend instinktiv und empathisch, aber durchaus funktionstüchtig.

Noch ist nichts zu hören. Seltsam. Trotzdem besser, sich zu verstecken. Ja, da drüben.

Scheint nichts Lebendiges drin zu sein. Ein sicherer Ort. Und jetzt muss ich nur noch bis zum Einbruch der Nacht warten.

Liz' Tag wurde endlich besser.

Zuerst hatte sie sich auf die Jagd nach Ersatzteilen begeben, um ihr Elektronenmikroskop aufmöbeln zu können. Eines hatte sie immerhin während der Arbeit mit dem Doktor innerhalb der letzten paar Monate gelernt: Wie man verschiedene »primitive« wissenschaftliche Geräte am besten ausschlachten, neu zusammenbauen, modifizieren und sie im Allgemeinen verbessern konnte.

Mister Campbell, der Lagerleiter, war gerne bereit, in den hintersten Winkeln seiner Schubladen und Schränke zu wühlen, um alles zu finden, was sie brauchte, und den Kram für sie in einen Pappkarton zu packen.

»Einem Mitinsassen helf ich doch immer gern«, sagte er und lachte.

Liz lächelte, dankte ihm für die Mühe, ging mit der Kiste von dannen und versuchte, die leichte Gänsehaut zu ignorieren, die sie immer bekam, wenn sie mit dem Schotten sprach. Seine Vorliebe für das, was er selbst für harmloses Geplänkel mit den wenigen weiblichen UNIT-Mitarbeitern hielt, war im ganzen Gebäude wohlbekannt. Carol Bell war die Erste gewesen, die sie vor Campbells »Charme« gewarnt hatte.

»Wenn Sie einfach nur die Zähne zusammenbeißen und lächeln, kommen Sie gut mit ihm aus. Alles andere würde er sofort falsch auffassen.«

Maisie Hawke, UNITs oberste Funkerin, hatte Bell beigepflichtet. »Es gibt so wenige Frauen hier, dass er regelrecht nach Aufmerksamkeit lechzt. Wir haben einmal versucht, uns bei Jimmy Munro zu beschweren, aber der meinte, er könne nichts machen.«

Das, fand Liz, war typisch für Captain Munro, der mittlerweile wieder in den regulären Dienst bei der Armee zurückgekehrt war. Eigentlich ein netter Bursche, aber Leute zur Rede zu stellen oder zu disziplinieren war nichts für ihn.

Auf dem Rückweg lief sie einem neuen jungen Private namens Boyle über den Weg. Er bot ihr an, die Kiste für sie ins Labor zu tragen.

»Es ist im zweiten Stock«, erklärte sie. »Finden Sie den Weg?«

Boyle salutierte, wie alle es taten, wenn sie gerade erst bei UNIT angefangen hatten – einerseits wollten sie gut rüberkommen (sie hätte ja eine Offizierin sein können, die gerade keine Uniform trug), andererseits freuten sie sich, eine junge Frau im Komplex zu sehen –, dann marschierte er mit der Kiste davon und murmelte dabei, dass er es gar nicht erwarten könne, den Doktor kennenzulernen, von dem er schon so viel gehört habe.

Dafür, dass UNIT eine streng geheime Organisation ist, wird in der Armee ganz schön viel darüber geredet, dachte Liz. Andererseits war wohl niemand sonderlich scharf auf eine Versetzung zu UNIT und die ganzen Gerüchte von Gefahr und hohen Opferzahlen waren sicher auch stark übertrieben.

Allerdings hatte UNIT tatsächlich die höchste Sterblichkeitsrate unter allen Sektionen der britischen Armee und einiges an Informationen darüber war definitiv im Umlauf – Liz wusste von mindestens drei Privates, die um eine Versetzung nach Nordirland gebeten hatten, um nicht zu UNIT zu müssen. Und eines musste sie Lethbridge-Stewart lassen: Er hatte bisher nie versucht, einen Soldaten unter Druck zu setzen, sondern die Verweigerung stets akzeptiert und sich einfach dem nächsten potenziellen Rekruten gewidmet.

Und nun stand UNIT wegen der Finanzen unter Beobachtung. Liz hatte vom ersten Tag an gewusst, dass UNIT nicht so gut unterstützt wurde, wie es eigentlich nötig gewesen wäre. Spezialwaffen und die neuesten elektronischen Geräte waren Mister Campbells Brot und Butter. Diese Dinge zu entwerfen und Prototypen davon zu bauen, kostete, was man bei der CIA »die dicke Kohle« nannte. Der britische Zweig von UNIT hatte keine dicke Kohle, nicht einmal mittelmäßig viel Kohle, und auch wenn die Ausrüstung der Organisation der kommerziellen Technologie um Jahrzehnte voraus sein mochte, blieb sie doch hinter den Rivalen zurück.

»Guten Morgen, Miss Shaw«, grüßte Mike Yates, der einen Haufen Gewehre im Arm trug.

Sie nickte dem gut aussehenden Sergeant zu. Irgendwie wirkte er wie ein besonders beliebter Internatsschüler und nicht zum ersten Mal fühlte sie sich bei seinem Anblick an die Helden aus den Jungencomics der Fünfziger erinnert oder an eine der Illustrationen furchtloser junger Abenteurer von Eileen Soper, die damals auf den Romanen von Enid Blyton prangten. Mike und Liz hatten zusammen einige brenzlige Situationen erlebt, und wenngleich sie nie behauptet hätte, sie wären enge Freunde, bestand doch eine gewisse Verbindung zwischen ihr und dem jungen Sergeant.

Ihr fiel ein, dass der Brigadier sie bereits um ihre Meinung gebeten hatte, was Yates' Eignung zum Captain anging. Wenn Ehrlichkeit, Rechtschaffenheit und Verlässlichkeit für eine Beförderung beim Militär wichtig waren, dann war Mike Yates perfekt dafür geeignet.

»Wo wollen Sie denn damit hin?«, fragte sie und machte eine Kopfbewegung in Richtung der Waffen.

»Zum Lager. Werden für schlechte Zeiten weggepackt.«

Liz runzelte die Stirn.

»Na ja.« Mike zuckte mit den Schultern. »Wenn wir versuchen, mehr finanzielle Unterstützung für UNIT zu bekommen, wär's gut, wenn nicht überall Ausrüstung rumliegt – sonst denken die noch, dass wir schon mehr als genug hätten.

Bessere Chancen auf mehr Zaster, haben Benton und ich uns gedacht.«

»Hmmm. Als Steuerzahlerin weiß ich nicht so recht, ob ich damit einverstanden bin.« Sie gab ihm einen verspielten Klaps auf den Arm. »Aber als arme, überarbeitete und furchtbar unterbezahlte Laborratte weiß ich das enorm zu schätzen.«

Mike lächelte und schlenderte Richtung Waffenkammer davon. Liz schaute ihm einen Moment lang nach, dann setzte sie ihren eigenen Weg durchs Gebäude fort, zum Büro des Brigadiers. Sie wollte kurz mit ihm besprechen, was das Protokoll sagte, wenn es um den korrekten Umgang mit Sir John Sudbury ging – sie hatte den Mann noch nie getroffen und wollte gern wissen, was sie zu ihm sagen durfte und was nicht.

Schließlich war es immer am besten, sich mit C19 gut zu stellen.

27. März

Mir ist so langweilig. Dad hätte sich kein kaffigeres Kaff für mich aussuchen können. Ich bin erst seit zwei Tagen hier und die gehören zu den beschissensten, die ich bisher erlebt habe.

Ich hab schon lange nichts mehr in dieses Tagebuch geschrieben. Sollte ich echt öfter machen, denn irgendwann werden meine Memoiren alle Bestseller sein, wenn ich erst mal ein bekannter Politiker und Staatsmann von Welt bin.

Zumindest sagt Dad das immer. Ich will lieber Sänger oder Schauspieler werden, irgendwas Spannendes, aber er sagt, damit kann man kein Geld machen. Geht's denn im Leben nur um Geld? Mum sagt, ich sei zu jung, um solche Fragen zu stellen. Was soll das denn heißen? Mrs Petter sagt, man sei nie zu jung, um sich über Geld Gedanken zu machen und über all das Gute und Böse, das es hervorbringt. Dad sagt, sie ist bestimmt so ein »Scheißkommi«, aber ich finde, sie hat recht. Für Stinkreiche wie ihn und die anderen im Parlament ist alles schön, aber viele andere Leute haben kein Geld, außerdem weiß Dad mit der Hälfte seiner Kohle gar nichts anzufangen. Kurz bevor sie mich hierhergeschickt haben, hat er ein Boot gekauft. Ich weiß jetzt schon, dass er es nie benutzen wird. Steve Merrett hat es als Statussymbol bezeichnet. Gestern Abend hab ich Dad am Telefon gefragt, was das heißt, und er meinte, Steve und sein Vater seien nur neidisch, und die Nachbarn seien Abschaum. Was wohl heißt, dass Steve recht hatte.

»Die Memoiren von Sir Marc Marshall. Band 2: Die beunruhigenden Jugendjahre eines von Angst geplagten Teenagers.« Würd ich nicht drauf wetten. Aber jetzt hab ich schon mal angefangen und hier gibt's eh nichts anderes zu tun, also …

Warum bin ich hier? Verdammt gute Frage, Marc, das muss man schon sagen. Die offizielle Antwort: »Die Meeresluft wird dir guttun und Tante Eve fragt so lange schon, ob du sie mal besuchen kommst.« Na, sicher doch. In Wahrheit werden Mum und Dad den nächsten Monat damit verbringen, sich bei Wählern einzuschleimen: Jeden Abend gibt's Grillpartys oder sie falten Mitteilungsblätter, hängen Plakate auf oder halten endlose Meetings mit verschiedenen örtlichen Gruppen ab. Und ich wär dabei natürlich nur im Weg.

Mrs Petter hat gesagt, ich solle stolz sein, dass mein Dad was fürs Gemeinwohl tut, aber ich glaub, sie hat das sarkastisch gemeint. Vielleicht sind Scheißkommis ja genau das: Lehrer, die was Bestimmtes über die Eltern denken und deren Kindern genau das Gegenteil sagen. Ich werde Tante Eve fragen.

Dieser Ort heißt jedenfalls Smallmarshes und liegt in Kent. Hastings soll nicht allzu weit weg sein, da kann man wohl gut einkaufen. Dungeness ist auch nicht weit, aber da kann man wohl nur gut verstrahlt werden. Ich glaub, Tante Eve hält nicht viel davon. Jetzt fällt mir auch wieder ein, dass Dad und sie sich mal wegen Kernreaktoren gestritten haben. Sie ist Mums Schwester und er hat sie noch nie gemocht. Mich mag er auch nicht besonders. Das erklärt wohl, warum er mich in den Schulferien hierhergeschickt hat.

Steve Merretts Dad betreibt einen Zeitungsladen unten auf der Deansgate. Seine Mum arbeitet in diesem großen Büroblock neben dem Parkplatz vom Arndale Centre. Sie ist Sekretärin oder so was. Warum können meine Eltern nicht normal sein? Warum muss Dad ein Abgeordneter sein? Warum geht Mum nicht arbeiten wie alle anderen Mums?

Heute Nachmittag fahr ich nach Dungeness, stell mich neben den Kernreaktor und lass mich verstrahlen. Dann fallen mir alle Haare aus, meine Haut wird grün, und ich sterbe. Und das steht dann in allen Zeitungen.

Warum?

Weil Dad dann so richtig ausflippt. Darum.

Na gut, wenn man davon ausgeht, dass ein durchschnittlicher 14-Jähriger nicht gleich stirbt, bloß weil er neben einem Reaktor steht – Tante Eve lebt noch, und sie sagt, sie hätte sich mal ans Tor gekettet –, werde ich wohl später drüber schreiben. Machen wir uns nichts vor, was anderes gibt's hier eh nicht zu tun.

»Marcus?«

Nenn mich nicht Marcus. Ich heiße Marc. »Ja, Tante Eve?«

»Mittagessen ist fertig.«

Bratwürstchenauflauf? Fischstäbchen? Mal keine Spaghetti-ringe auf Toast, bitte? Irgendwas mit ein bisschen Fleisch drin, sonst krepier ich.

»Das wird dir schmecken. Kartoffelhälften, gefüllt mit Frischkäse und roten Kidneybohnen. Komm essen, so lange es noch heiß ist.«

Oh. Dufte. Genau das hab ich gewollt.

»Doktor Shaw, immer wieder eine Freude, Sie zu sehen, meine Liebe. Wie geht's, wie steht's? Stewart passt doch hoffentlich gut auf Sie auf?«

Liz schenkte Major-General Scobie ein warmes Lächeln. »Alles in bester Ordnung, danke, General.« Sie liebte die Tatsache, dass der wieselgesichtige alte General den Brigadier immer »Stewart« nannte, so als würde er nur die schottische Herkunft seiner Familie würdigen und sich weigern, den englischen Teil der Abstammung von UNITs Mitbegründer anzuerkennen, weil er wusste, dass das den jüngeren Mann ärgerte.

Schon bei ihrem ersten Treffen mit Scobie vor einigen Monaten war Liz zu dem Schluss gekommen, dass der Mann das perfekte Äußere für die Rolle eines alternden Militäroffiziers besaß und jeder Besetzungschef alles dafür tun würde, jemanden wie ihn für seinen Film zu ergattern. Zwischen seiner Oberlippe und der gebogenen Nase, die aus seinem schmalen Gesicht hervorragte, prangte ein winziger schneeweißer

Schnurrbart und seine Wangenknochen stachen derart hervor, dass man Teetassen daran hätte aufhängen können.

Während des Krieges hatte er sich mehrfach in Burma aufgehalten und mit seiner inzwischen verstorbenen Frau war er außerdem längere Zeit in Singapur stationiert gewesen. Das hatte ihm eine permanente Bräune beschert, die unglücklicherweise so aussah, als wäre sie aufgesprüht. Das Beste an ihm waren jedoch seine stahlgrauen Augen: Mit nur einem Blick konnte er einen neuen Private in einen Haufen Wackelpudding verwandeln. Sobald man ihn besser kennenlernte, stellte man allerdings fest, dass sich unter der rauen Schale ein regelrechtes Schmusekätzchen verbarg. Der General war jedoch absolut loyal und man konnte sich auf ihn verlassen. Als einen Spitzenkommandanten hatte Jimmy Munro ihn einmal bezeichnet und Liz hatte bald herausgefunden, dass er mit dieser Einschätzung vollkommen richtiglag.

Scobie und der Brigadier empfanden eine Art Hassliebe füreinander. Scobie diente als Verbindungsoffizier zur regulären Armee, daher war es sein Job, jede Entscheidung von Lethbridge-Stewart zu hinterfragen und genauestens unter die Lupe zu nehmen. Manchmal tat ihr der Brigadier richtig leid. Der alte Scobie spielte gerne des Teufels Advokat und trieb das Ganze manchmal derart auf die Spitze, dass es beinahe lächerlich war. Doch wenn dadurch UNIT effizienter wurde und hin und wieder ein paar Leben gerettet wurden, war es das natürlich wert. Liz wusste, dass der Brigadier es insgeheim genauso sah. Seine Persönlichkeit erlaubte es ihm jedoch nicht, sich das anmerken zu lassen – schon gar nicht gegenüber Scobie.

Liz hatte schon vor langer Zeit begriffen, dass Männer im Militär nur übergroße Schuljungen waren, die ihre Steinschleudern und Stinkbomben gegen Granatwerfer und Raketen eingetauscht hatten.

Während sie sich ein Käsepastetchen in den Mund steckte, beobachtete sie einen Neuankömmling, der in Begleitung von Private Boyle eintrat. Es war offensichtlich Sir John Sudbury, ein ausladender Mann, dem »Minister für Budgetkürzung« geradezu auf die Stirn geschrieben stand. Abgesehen von einigen Haarbüscheln um die Ohren war er nahezu kahl, dazu besaß er eine rötliche Gesichtsfärbung, die darauf schließen ließ, dass seine Leber keine fünf Jahre mehr mitmachen würde. Die roten Ränder um seine trüben Augen mochten von zu viel Kontakt mit Tabakrauch herrühren, wahrscheinlich in irgendeinem albernen Herrenklub, den er und seine Freunde in der Nähe der St. James's Street in London frequentierten.

Dieser doch recht herbe Eindruck wollte so gar nicht zu dem strahlenden Lächeln passen, das seine Hängebacken kräuselte: Der Ausdruck erinnerte Liz an einen betrunkenen Seelöwen. Mit ausgestrecktem Arm hopste er durch das Büro des Brigadiers, ergriff Scobies Hand und schüttelte sie eifrig.

»Scobie, alter Knabe, wie schaut's bei Ihnen aus, hm? Und Lethbridge-Stewart«, fuhr er ohne Pause fort, bevor Scobie zu einer Antwort ansetzen konnte. »Schön, Sie wiederzusehen, altes Haus.« Er wirbelte herum und winkte Boyle zu, der gerade den Raum verließ. Als er die Tür geschlossen hatte, verkündete Sudbury: »Ein famoser junger Mann ist das, Brigadier. Höflich, angenehm, gesprächig. Schön, dass Ihre Soldaten den hohen

Standard auch weiterhin beibehalten.« Er schnappte sich ein Kanapee vom Schreibtisch, schluckte es mit einem Happs herunter und hielt nur kurz inne, um ein Glas Mineralwasser entgegenzunehmen, das Carol Bell ihm reichte. »Danke, Corporal«, murmelte er und nickte ihr zu, als sie ihn anlächelte. »Ein famoser Empfang, Brigadier, wirklich wunderbar.« Sein Blick blieb an Liz hängen. »Ah, und wer ist dieses entzückende junge Ding, hm? Sie haben mir ja gar nicht erzählt, dass es hier jetzt noch mehr Damen gibt. Corporal Bell hat Ihnen wohl nicht gereicht, was?«

Unter anderen Umständen wäre Liz bei solchen Äußerungen vor Zorn sofort an die Decke gegangen, aber Sir John wirkte dermaßen albern und harmlos, dass es ihr den Ärger nicht wert zu sein schien. Der alte Mann hatte offensichtlich keine Ahnung, wie sexistisch er sich verhielt. Aus dem Augenwinkel sah sie jedoch, dass der Brigadier es mit der Angst zu tun bekam. Gut, fand Liz. Zumindest *ihn* hatte sie inzwischen erzogen.

»Sir John Sudbury, nehme ich an?« Liz schüttelte nachdrücklich seine Hand. »Ich heiße Elizabeth Shaw. Ich gehöre zum wissenschaftlichen Bereich von UNIT.«

»Natürlich tun Sie das, meine Liebe. Doktor Shaw ... aus Cambridge, richtig? Doktor in Chemie und Medizin, Ehrendoktor in Metaphysik und Geisteswissenschaft. Außerdem verschiedene Qualifikationen in Wirtschaft, Geschichte und Latein. Hab ich irgendwas ausgelassen?«

»Abgesehen von meinen guten Noten im Werkunterricht wahrscheinlich nicht. Ich fühle mich geschmeichelt.« Liz merkte, dass sie rot wurde. Sie räusperte sich, um ihre

43

Verlegenheit zu überspielen. »Das, und meine Forschungsarbeit im paranormalen Bereich.«

Sir John blickte sie überrascht an. »Wirklich? Das muss mir entgangen sein. Ich habe Ihre Akte ehrlich gesagt erst kürzlich durchgesehen. Ich muss mich noch schlau machen, was den ganzen Weltraumabwehrkram betrifft, weil wegen Jim Quinlans Tod auch seine Arbeit an mir hängengeblieben ist. Tut mir leid, aber das dauert seine Zeit.«

Liz nickte. »Natürlich. Nun, dieses Interesse habe ich sowieso erst durch meine Arbeit hier entwickelt. Ich habe festgestellt, dass ich … meinen Horizont ein wenig erweitern musste.«

Sir John Sudbury schnappte sich ein weiteres Häppchen vom Büfett und ließ sich in einen bequemen Drehstuhl plumpsen. Er knarrte gefährlich unter seinem Gewicht, als er sich damit zu ihr drehte. »Ohne Zweifel der Einfluss des Doktors. Prächtiger Bursche.«

Der Brigadier machte ein erstauntes Gesicht. Er warf Liz einen verwirrten Blick zu, aber sie konnte nur mit den Schultern zucken: Sie hatte nicht gewusst, dass Sir John dem Doktor schon einmal begegnet war.

»Im Pemburton Club, Brigadier. Lord Rowlands' Viererbande, wissen Sie? Exzellenter Bridgespieler, Ihr Doktor! Wir spielen oft zusammen.«

Der Brigadier nickte stumm, während Liz sich vorzustellen versuchte, wie der Doktor, der sonst so gerne gegen die Oberschicht stichelte, in einem Londoner Herrenklub saß und Karten spielte. Die Vorstellung war unerträglich, also lächelte sie Sir John einfach nur an. »Schummelt er?«

Sir John starrte mit gespieltem Entsetzen zu ihr hoch. »Schummeln? Junge Dame, wollen Sie andeuten, dass ein Ehrenmitglied von Pemburton und ein Gast Lord Rowlands' obendrein schummeln würde? Gott bewahre, er würde sogleich hinausgeworfen, wenn irgendwas in der Art vorfallen würde.« Mit einer Grimasse kippte er sich den Rest seines Mineralwassers in den Rachen. »Widerliches neumodisches Zeugs. So einen Blödsinn denken sich nur die Franzosen aus.« Er schaute Liz wieder an. »Mögen Sie so was, Doktor Shaw?«

»Bitte, nennen Sie mich einfach Liz.«

»Vielen Dank, Liz. Trinken Sie etwa gern diese importierte Esels…«

Der Brigadier räusperte sich lautstark. »Gentlemen, wollen wir zur Sache kommen?«

»Natürlich, Stewart«, pflichtete ihm Scobie bei und richtete seine Krawatte. »Wir sollten über UNITs Finanzierung sprechen. Deswegen sind wir schließlich hier.«

»Darum also Mineralwasser statt Schampus, was, Brigadier?« Sir John zwinkerte Corporal Bell zu. Sie nickte diskret und entfernte sich. Liz lächelte, denn sie wusste genau, was Bell vorhatte. Sie wartete noch ein paar Sekunden, dann verließ sie ebenfalls das Zimmer und schloss leise die Tür hinter sich. Die drei Männer hatten sich bereits um den Schreibtisch des Brigadiers verteilt und raschelten mit ihren Papieren, begierig, die Konferenz zu beginnen. Sie fragte sich, ob sie überhaupt bemerkt hatten, dass sie gegangen war.

Im Vorzimmer blieb sie einen Moment lang stehen. Sie hatte gehofft, etwas länger mit Major-General Scobie sprechen zu können. Da der Doktor ihre Hilfe gerade nicht zu benötigen schien, würde es wohl nichts ausmachen, wenn sie hier auf ihn wartete, bis das Treffen vorüber war, um noch ein paar Worte mit den Besuchern des Brigadiers wechseln zu können. Sie machte es sich auf einem abgenutzten Sessel mit rotem Lederpolster bequem, der neben dem Schreibtisch der Sekretärin stand.

Durch die Tür hörte sie die drei Männer leise murmelnd über ihre Finanzsache sprechen und merkte, wie sie vom An- und Abschwellen der Stimmen in eine Art Trance gelullt wurde. Nur hin und wieder stieß Lethbridge-Stewart einen empörten Kraftausdruck aus, wenn ihm wieder einmal die Bitte um einen zusätzlichen Lkw oder Sergeant abgeschlagen wurde, weil die Regierung bei der nächsten Haushaltsplanung noch mehr Steuern sparen wollte. Sie ließ den Hinterkopf gegen die Lehne des weichen Sessels sinken und legte die Füße auf die Schreibtischkante. Dann schloss sie die Augen und fing an, vor sich hin zu dösen.

Gott, wie erschöpft sie war. Ihr wurde klar, dass sie keine Zeit mehr für sich gehabt hatte, seit sie Teil von UNITs endlosem Kreuzzug gegen alles Ungewöhnliche geworden war. All ihre Freunde und selbst ihre Familie hatte sie links liegen lassen. Wann hatte sie zuletzt mit ihren Eltern telefoniert? Oder sich mit Jeff Johnson getroffen, nachdem seine Zeit bei UNIT geendet hatte und er in den gewöhnlichen Dienst bei der Armee zurückgekehrt war? Auch mit Justin und Laura, die sie aus Cambridge kannte, war sie entgegen all ihren Versprechen nicht in Kontakt geblieben. Sie konnte noch so oft versuchen, sich einzureden, dass das alles nur mit der Wahrung des

Staatsgeheimnisses zu tun hatte: Sie glaubte das ebenso wenig, wie die beiden es geglaubt hätten.

War sie glücklich? Jeff hatte sie das gefragt, als sie das letzte Mal ausgegangen waren. War eine Stellung bei UNIT, wo sie lediglich die Gehilfin des Doktors war, wirklich das, was sie wollte? Jeff war richtig wütend auf sie gewesen. Sie besäße mehr Grips als das gesamte UNIT-Team zusammen, hatte er gesagt. Und sie hatte keine Antwort auf seine Frage gewusst: Warum genau versauerte sie hier, verschanzt in einer Militäreinrichtung knapp außerhalb Londons an der A40, wenn sie stattdessen Forschungsteams in Cambridge anführen, Anerkennung für ihre Arbeit bekommen und etwas Wertvolles für die Menschheit tun könnte? Sie könnte Heilmittel entdecken, die Geheimnisse der Welt ergründen, die Wissenschaft vorantreiben.

Andererseits, ging es denn bei ihrer Arbeit für UNIT nicht exakt darum? Die Menschheit wäre dem Nestene-Bewusstsein zum Opfer gefallen oder den schrecklichen Flüssiggasen, die Stahlman entdeckt hatte, wenn UNIT nicht interveniert hätte. Und verdammt noch mal, der Doktor mochte ja den größten Teil der Arbeit tun, aber sie war diejenige gewesen, die das Heilmittel für die Krankheit der Reptilienmenschen entdeckt hatte. Nicht viele hätten die Notizen des Doktors verstehen und seinen intuitiven Gedankensprüngen folgen können. Dennoch stimmte Liz insgeheim zu, dass sie bei UNIT nur ihre Zeit verschwendete. Jeff hatte recht: Es musste sich etwas ändern.

Das Trimphone auf Lethbridge-Stewarts Schreibtisch klingelte. Sie öffnete ein Auge, streckte die Hand aus, nahm den

Hörer von der Gabel und klemmte ihn sich zwischen Kinn und Schulter.

»Ja?«

Vom Klingeln herbeigelockt, tauchte der Brigadier in der Tür seines Büros auf. Er räusperte sich und streckte die Hand aus, aber Liz schloss ihr Auge wieder und tat so, als hätte sie ihn nicht gesehen.

»Verstehe.«

Der Brigadier räusperte sich erneut.

Liz seufzte und sah ihn an. »Wenn es für Sie wäre, hätte ich Ihnen den Hörer schon nach dem ersten Grunzer gegeben.« Sie wandte sich in ihrem Sessel von ihm ab, weil sie lieber nicht wissen wollte, wie er darauf reagieren würde, schließlich hatte sie sofort ein schlechtes Gewissen, dass sie so unhöflich zu ihm gewesen war. Sie sprach wieder in den Hörer. »Tut mir leid. Reden Sie weiter, Doktor.«

Den Hörer unters Kinn geklemmt, ging der Doktor im Labor auf und ab. Erst blickte er durchs Fenster auf den Kanal, musterte dann die großen, grün gestrichenen Bogentüren, bevor er sich auf die Stufen der Wendeltreppe hockte, die zum kleinen Dachgarten hinaufführte, der sich über dem Labor befand.

»Liz, ich kann Ihnen gar nicht sagen, wie wichtig das ist. Es ist mir gelungen, die stabilisierenden Dionoden und die Telo-Schaltkreise wieder anzuschließen. Jetzt muss ich nur noch die Speicherplättchen einspeisen und die Dematerialisierungs-Ummantelung wieder in die artronischen Filamente einschweißen. Noch ein paar Monate konstantes Mikroschweißen, dann ist es komplett fertig. Wo würden Sie gern mal hin?«

»Nach Cambridge«, lautete ihre Antwort.

Der Doktor starrte verwundert das Telefon an. »Aber Liz, wie wär's stattdessen mit Florana? Oder den wunderbaren Gewässern auf Majus 17?«

»In Cambrigde gibt's auch wunderbare Gewässer, Doktor«, sagte Liz. »Bald ist May Week. Das würde Ihnen gefallen: Jede Menge feine Pinkel auf hübschen Kähnen, die Champagner trinken und Bridge spielen.«

»Liz, es ist Juni.«

»May Week ist im Juni.«

Der Doktor runzelte die Stirn. »Klingt verwirrend. Aber na gut, dann reisen wir vielleicht bald nach Cambridge. Gegen eine kleine Spritztour vom Planeten runter hätten Sie aber doch bestimmt nichts einzuwenden? Irgendwo da draußen?« Er zeigte zur Decke und wusste, dass Liz sich die Geste vorstellen würde, obwohl sie ihn nicht sehen konnte.

»Nein danke, Doktor. Ich bleibe lieber auf unserem guten alten Planeten Erde.«

Der Doktor zuckte mit den Schultern. »Schön, wie Sie wollen. Ich mach mich wieder an die Arbeit.«

Er starrte den Hörer noch einen Moment lang an, dann legte er auf. Sofort klingelte das Telefon erneut. Hastig nahm er ab.

»Sie haben sich's wohl anders überlegt?«, fragte er.

»Hallo?«, sagte jemand. Die Stimme klang leise, seltsam zischelnd und schien einem alten Mann zu gehören.

»Wer ist da?«

»Ist Elizabeth Shaw zu sprechen?«

Der Doktor hielt inne. »Wer will das wissen?«

»Hallo? Dürfte ich bitte mit Doktor Shaw sprechen?«

»Ich hab gefragt, wer mit ihr sprechen möchte. Sind Sie ihr Vater?«

»Ist sie da, bitte?«

»Wer sind Sie denn nun? Und wie ist es Ihnen gelungen, die Schaltzentrale zu umgehen? Und wo haben Sie überhaupt diese Nummer her?«

Es klickte im Hörer, dann war es still.

»Hallo? Hallo?« Der Doktor legte auf. Es geschah herzlich selten, dass er Anrufe bekam – außerhalb von UNIT kannten ihn nur wenige –, aber er konnte sich nicht daran erinnern, dass in all der Zeit, die er bereits auf der Erde festsaß und in diesem Labor arbeitete, schon einmal irgendjemand für Liz angerufen hatte. Ja, wenn er es sich recht überlegte, schien sie weder Freunde noch Familie zu haben; zumindest hatte sie nie jemanden erwähnt, der ihr nahestand. Vielleicht würde ihnen beiden ein Ausflug nach Cambridge guttun: Sie könnten Bessie nehmen und hinfahren, dann würde er versuchen, ein paar ihrer Freunde kennenzulernen. »Ich weiß wirklich gar nichts über Sie, oder, Miss Shaw?«, murmelte er vor sich hin. »Allerdings hab ich auch nie nachgefragt.«

Er nahm sich vor, das zu ändern. Mit diesem Entschluss verdrängte er den eigenartigen Anruf in den hintersten Winkel seiner Gedanken.

Von ihrem Aussichtspunkt aus konnte Jana Kristan die ganze Bucht überblicken. Sie spähte zu den Polizisten hinunter, die über das Gras und den Sand schwirrten wie Fliegen um eine Leiche – was die Lage ja auch recht gut beschrieb. Als

Journalistin galt ihr Interesse natürlich allem, was irgendwie ungewöhnlich schien, und offen gesagt konnte man im hinterwäldlerischen Smallmarshes schon froh sein, wenn alle Jubeljahre mal ein toter Penner gefunden wurde.

Wie alle guten Journalisten hatte sie ihr Notizbuch, ihr handliches Aufnahmegerät und ihre Kompaktkamera von Nikon dabei. Im Augenblick lag das alles hinter ihr auf dem unbequemen harten Bett im Zimmer Nummer 9 des Bayview Guest House. Wenn man sie selbst dazuzählte, wohnten im Augenblick nur drei Personen in dem dreistöckigen Haus, dass umgebaut worden war, um Gäste zu beherbergen. Die anderen beiden waren gerade einkaufen. Es handelte sich um ein junges Pärchen, offenbar waren beide ohne die Erlaubnis ihrer Eltern hier. Sie hatten ihr erzählt, dass sie eine Woche voller Romantik und Aufregung erleben wollten. Ha! Sicher doch. Sie waren hier, weil sie rattenscharf aufeinander waren.

Erbärmlich.

Jana hatte auch einmal geglaubt, Gefühle für einen Mann zu empfinden. Sie hatte ihn zu Hause in Amsterdam kennengelernt und war zusammen ihm ein paar Wochen lang mit dem Rad übers Land getourt. Bald hatte sie begriffen, dass er zwar anatomisch gesehen gut entwickelt, geistig jedoch verkümmert war. Sie hatte ihn loswerden müssen. Dieser Trottel.

Erbärmlich.

Sie saß auf ihrem Bett und starrte die gegenüberliegende Wand an: strahlend weiße Farbe (sie konnte den Dulux-Eimer förmlich vor sich sehen) auf schmutziger Tapete, mit einer Spur Feuchtigkeit. Die Eigentümer, ein unsympathisches Ehepaar namens Sheila und John Lawson, hatten alle Zimmer gleich gestrichen. Sheila redete ohne Unterlass von irgendwelchen abgehalfterten Fernsehpersönlichkeiten, die gerade in Hastings im lokalen Theater arbeiteten; John nickte dann immer und wandte sich wieder dem langatmigen Newsletter des Großen Achterbahnclubs von Großbritannien (inklusive Irland) zu. »Ich will sie dazu kriegen, einen Erlebnispark in Smallmarshes aufzubauen«, hatte er begeistert erzählt. Sie hatte seine Begeisterung nicht teilen können.

Erbärmlich.

»Ich sollte mich besser mal an die Arbeit machen«, murmelte sie. Sie hängte sich ihre Kamera um und steckte ihr Notizbuch in die Tasche. Dann verließ sie ihr Zimmer, joggte die Treppe hinunter und hoffte, ihren Gastwirten nicht zu begegnen. Sie waren nirgends zu sehen, also ging sie zum Münztelefon, legte sich ein Häufchen Münzen bereit, wählte eine Londoner Nummer und wartete.

27. März (immer noch)

Ich bin jetzt auf dem Rückweg zu Tante Eve. Gott, dieser Zug holpert ganz schön, darum ist meine Schrift jetzt auch so krakelig.

Das war also Dungeness. Was für ein unheimliches Kaff. Man steigt direkt am Meer aus und geht dann ewig die Straße runter, bis sie irgendwann einfach aufhört. Sie besteht aus Betonsegmenten, so wie die Landebahnen auf einem Flugplatz. Ich dachte schon, ich hätte mich verlaufen, da kam ich endlich bei einer Reihe kleiner Häuser an, so richtige Bruchbuden, die aussahen, als würden sie beim nächsten Windstoß umgepustet werden. Die Gebäude waren grau und trostlos, davor hingen

Klamotten an der Leine. Ein paar Kinder spielten mit einem Hund, aber sonst war nichts los. Dann hab ich einen Leuchtturm entdeckt und ein kleines Geschäft, das gleichzeitig als Café diente.

Und da war es, das Kernkraftwerk, umgeben von einem hohen Metallzaun. Die Leute dort waren alle total unfreundlich, besonders der Wachmann. Ich hab ihn gefragt, ob ich mich mal umsehen dürfte, aber er hat nur »Nein« gesagt, und das war's. Rechts vom Kraftwerk gab es noch ein paar Häuser. Die sahen aus, als hätte sie jemand aus Salford oder so hergekarrt und abgeladen. Die Terrassen bestanden aus hässlichen roten Ziegeln, alle in schlechtem Zustand. Wieder Wäscheleinen und Hunde, aber nirgendwo Kinder.

Ich hab mir im Laden einen Hotdog geholt, bin zum Leuchtturm, wo ich auch nicht reindurfte, und dann weiter zum Strand: Steine. Kein bisschen Sand weit und breit. Das sah alles so trostlos aus, dass ich nichts weiter tun wollte, als die Steine wieder ins Meer zu schmeißen – Stein für Stein für Stein. Mrs Petter hat mir mal erzählt, dass man damit Millionen von Jahren der Evolution zunichtemacht oder so was. Die Steine haben eine Ewigkeit gebraucht, um es bis an diesen Strand zu schaffen, und ich hab sie einfach wieder reingeschmissen. Wenn Tante Eve recht hat, wird von uns nur noch radioaktive Asche übrig sein, bis die Steine es wieder an den Strand geschafft haben, also juckt's dann eh keine Sau mehr.

Jetzt bin ich fast wieder zurück in Smallmarshes. Es ist zehn nach drei. Ich will bei Casey's vorbeischauen und für Tante Eve nachfragen, ob ihre Illustrierten angekommen sind. Sie wird mir bestimmt sagen, was ich doch für ein guter Junge bin. Ich will nach Hause. Richtig nach Hause, nach Manchester. Ich will Steve und Matt und Alex und Jacqui und Ozmonde und den Rest der Bande sehen. Ich will mein eigenes Bett, mein eigenes Zimmer, meine eigene Bettdecke, mein Kopfkissen und alles. ICH HASSE ES HIER!

Wir haben den Bahnhof fast erreicht. Willkommen zurück in der Hölle. Ich schreib heute Abend weiter.

Marc Marshall klappte sein Tagebuch zu, als der Zug mit quietschenden Bremsen in den Bahnhof von Smallmarshes einfuhr. Er steckte den Stift in die kleine Röhre aus Leder, die am Buchdeckel angebracht war, und warf das Tagebuch in seinen grünen Seesack, der mit Aufklebern von Sylvester und Tweety geschmückt war. Dann schwang er ihn sich über die Schulter und stieg aus.

Vor dem Bahnhof blieb er stehen und blickte die lange Straße mit den Gasthäusern und Geschäften hinunter, die an der Küste entlanglief. Tante Eve wohnte in der dritten Straße rechts. Caseys Zeitungsladen befand sich an der Ecke gegenüber, neben dem Gasthaus Highcliffe. Nach rechts Richtung Süden hin ging die Stadt in Straßen voller deprimierender Häuser über, die alle gleich aussahen und in denen alte Leute wohnten, die sich kein Haus in Brighton oder Bournemouth leisten konnten. Die Klippe lag im Norden: ein grüner Hügel, an dessen Fuß sich die Stadt duckte, als wären die Gebäude zu faul, sich an den Aufstieg zu machen. Von hier aus konnte er den weißen Kalk an der Klippenfront nicht sehen, dafür aber die einspurige Straße, die von der Stadt bis zum höchsten Punkt hinaufführte – an einem klaren Tag konnte man von dort bis nach Frankreich hinüberschauen –, und dann weiter am Wasser entlanglief. Auf halber Strecke nach oben stand das verlassene alte Cottage, das nach Tante Eves Ansicht unbedingt abgerissen werden sollte. »Eine Todesfalle«, nannte sie es. *Wahrscheinlich ist es der einzige interessante Ort in ganz Smallmarshes*, dachte Marc.

Als er darauf zuwanderte, kamen ihm von oben Fahrzeuge und Menschen entgegen. Er blinzelte gegen die Spätnachmittagssonne. Polizei.

Endlich ist mal was los, dachte er. Irgendwas musste passiert sein, wenn sie schon die Polizei gerufen hatten. Smallmarshes allein schien nicht mehr als zwei klapprige Streifenwagen und ein Dienstfahrrad zu rechtfertigen, aber da oben wimmelten gerade mehr als ein Dutzend Männer und Frauen, diverse Wagen und ein Transporter. War wohl am besten, sich da erst mal rauszuhalten. Sie würden nicht gerade begeistert reagieren, wenn plötzlich ein seltsamer Junge aus dem Norden aufkreuzte und ihnen im Weg rumstand. Außerdem würde Tante Eve wissen, was dort vor sich ging.

Marc hatte sich das verlassene Haus schon aus dem Kopf geschlagen, als er aus dem Augenwinkel sah, wie sich drinnen etwas bewegte. Jemand hatte kurz einen Vorhang zurückgezogen. Er wusste nicht wer, aber ein Polizist war es nicht gewesen, da war er sicher.

Er schaute zu Casey's hinüber, dann in Richtung der Straße, wo Tante Eve wohnte, und begann schließlich, die Klippenstraße hinaufzusteigen. Der Weg war steiler und weiter als erwartet, nach zehn Minuten war er bereits außer Atem. Als er seine Tasche absetzte, kam ihm der Gedanke, dass er heute

Abend endlich mal etwas Interessantes zu schreiben haben würde. Er wischte sich mit dem Ärmel über die Stirn und ging weiter. Die Tasche würde er auf dem Rückweg wieder einsammeln. Wer würde schon versuchen, die zu klauen, wenn so viele Polizisten in der Nähe waren?

Während er weiterging, kippte der Seesack um, und das Tagebuch fiel ins Gras.

Auf der Vorderseite prangte in abblätternden Tipp-Ex-Buchstaben sein Name: Marc Marshall.

Police Constable Barbara Redworth, die vom Revier Hill Vale in Hastings nach Smallmarshes geschickt worden war, fand den Seesack. Ihr war niemand aufgefallen, der sich in der Umgebung herumgetrieben hatte, sie nahm jedoch an, dass der Besitzer der Tasche in dem baufälligen Gebäude sein musste – sonst hätten entweder sie oder ihre Kollegen ihn bemerkt.

Sie ließ den Seesack liegen und steuerte auf das Gebäude zu. Obwohl es mitten am Nachmittag war, war es drinnen erstaunlich dunkel. Redworth hatte keine Taschenlampe bei sich und fluchte leise. Dann machte sie sich lautstark bemerkbar, bekam jedoch keine Antwort.

Sie sah, dass es zwei Etagen gab: Nahe der Haustür führte eine Treppe mit einem mottenzerfressenen Teppich nach oben. Das Zimmer, in dem sie stand, musste einmal ein Wohnzimmer gewesen sein. Weiter hinten gelangte man über einen Durchgang in eine ebenso düstere Kochnische. Auf dem Weg dorthin fiel ihr auf, dass das Sofa und die Sessel, obgleich verschimmelt und vergammelt, vor Kurzem bewegt worden sein mussten. Die Bezüge waren weggerissen, sodass der hellgelbe

Schaumstoff darunter zum Vorschein kam, frei von Schmutz oder Schimmel.

Sie musterte die verdunkelten Fenster: Es gab keine Vorhänge, aber jemand hatte die alten Sitzbezüge davorgehängt. Auf dem Weg dorthin stolperte sie über Schuttstücke auf dem Boden. Sie zog an den provisorischen Gardinen, doch diese ließen sich nicht entfernen. Als sich ihre Augen endlich ans Dämmerlicht gewöhnt hatten, fiel ihr auf, dass die Bezüge nicht von Nägeln, Haken oder einer Schnur an Ort und Stelle gehalten wurden – sie waren an allen vier Seiten mit der Wand verschmolzen. Brandflecke erweckten den Eindruck, als hätte jemand einen Schweißbrenner an die Tücher gehalten. Sie strich über einen der geschwärzten Ränder hinweg und entdeckte Ruß an ihrem Finger.

Dann hörte sie ein Knarren, als würde sich jemand über morsche Dielen bewegen und sich dabei vergeblich bemühen, leise zu sein.

Da oben war jemand.

»Hallo?« Keine Antwort, auch das Geräusch war verstummt. Sie erreichte den Fuß der Treppe.

»Hallo? Mein Name ist Barbara Redworth. Ich bin Polizeibeamtin. Ist da jemand? Sind Sie verletzt?«

Nichts.

»Ich hab draußen eine Tasche gefunden. Einen grünen Seesack. Gehört der Ihnen?« Immer noch nichts. »Ich möchte Ihnen nur helfen. Ich komm jetzt nach oben.«

Kurz kam ihr der Gedanke, mit dem Funkgerät um Verstärkung zu bitten; nur für den Fall, dass da oben etwas Schlimmes war. Sie hatte in ihrer Dienstzeit schon einige Leichen gesehen:

Pensionäre, die über Weihnachten unbeaufsichtigt gewesen waren; einen jungen Homosexuellen, der totgeprügelt worden war; sogar einen Selbstmörder, der absichtlich mit seinem Auto gegen eine Zapfsäule gefahren war. Sie hatte jedoch aus irgendeinem Grund das Gefühl, vielleicht war es Instinkt, dass derjenige, der sich in diesem Cottage versteckte, noch am Leben war. Der schreckliche Gestank des Todes fehlte – allerdings konnte sie wegen des modrig-feuchten Geruchs der verrotteten Einrichtung kaum etwas anderes riechen. Sie begann, die Treppe hinaufzusteigen, und fragte sich, ob sie ihr Gewicht aushalten würde.

Oben angekommen trat sie durch eine offene Tür – und da war er: ein Junge, etwa dreizehn oder vierzehn, hockte zusammengekauert an der Wand des Badezimmers. Er saß gegen eine dreckige Toilettenschüssel gelehnt und starrte die Polizistin an, nein, durch sie hindurch, als könnte er nicht fokussieren. Zu ihrer Linken, teilweise hinter der Badezimmerwand verborgen, stand eine alte weiße Badewanne aus Emaille. Die Toilette befand sich an der anderen Wand, neben einem gesprungenen Waschbecken. Auf dem Boden lag ein kleiner Haufen schlammverkrusteter Lumpen.

Allmählich konnte Redworths Nase wieder andere Gerüche wahrnehmen. Falls der Junge vorgehabt hatte, die Toilette zu benutzen, hatte er sie offensichtlich nicht mehr rechtzeitig erreicht. Seine Hose wies vielsagende Flecke auf, die ihre Theorie bestätigten.

Ein Drogensüchtiger, dachte sie. Mit irgendetwas zugedröhnt. Schockierend, wie jung er war – er würde wahrscheinlich in wenigen Jahren tot sein. Armes Kind. Redworth hatte einen vierzehnjährigen Bruder. Wie leicht hätte es ihm ebenso ergehen können.

Der Junge zitterte leicht. Auch das Badezimmerfenster war mit etwas abgedeckt – vermutlich mit einem Handtuch. An einer Ecke hatte es sich gelöst, sodass ein wenig Licht hereinfiel, daher konnte sie erkennen, dass der Junge dunkelhaarig war und eigentlich eine recht gesunde Gesichtsfarbe hatte – untypisch für einen Drogensüchtigen. Er trug ein weißes T-Shirt, auf das blaue Buchstaben gebügelt waren: M. A. R. C. Seine ausgeblichene Jeans war wie vermutet schmutzig, aber seine weißen Sneaker waren immer noch sehr sauber, trotz des schmierigen Bodens.

»Marc? Hallo, ich bin Barbara. Jemand hat dich hier hochgetragen, oder? Deine Schuhe sind zu sauber, du kannst unmöglich hier durchgelaufen sein. Geht's dir gut? Wer hat dich hergebracht?«

Sie rechnete nicht mit einer Antwort, deshalb zuckte sie zusammen, als der Junge plötzlich auf die Badewanne zeigte. Seine Hand zitterte unkontrolliert. Mit der Hand auf ihrem Knüppel trat Redworth langsam ins Badezimmer hinein und wandte sich der Badewanne zu. Das dreckige Wasser, das darin stand, war braun und roch abgestanden. Ohne den Blick von der Wanne zu lösen, griff sie nach dem Handtuch und riss es vom Fenster, wobei sie einen Teil des Putzes mit herunterriss. Derjenige, der das Tuch in die Wand eingebrannt hatte, hatte ganze Arbeit geleistet.

Sonnenlicht fiel durch das salzverkrustete, zerbrochene Fenster und sie konnte nun alles viel klarer erkennen. Das Wasser in der Wanne war nicht nur trübe, es war völlig undurchsichtig, aber unter dem gelblichen Schaum auf der Oberfläche konnte sie den Umriss einer Person erahnen. Hatte Marc seinen Entführer umgebracht? Ihn in die Wanne geworfen und ertränkt?

Als Redworth sich über die Wanne beugte, spritzte ihr plötzlich eine Fontäne aus Schmutzwasser, Schaum und Schleim entgegen. Sie wollte schreien, aber etwas in ihr ließ es nicht zu: Irgendein bisher ungenutzter, schlummernder Bereich ihres Gehirns übernahm einfach die Kontrolle, und sie wusste, sie durfte kein solches Geräusch von sich geben, denn das wäre ein Zeichen von Schwäche gewesen. Vor ihr stand ein grüngelbes Ding mit annähernd menschlichen Proportionen. Sie sah drei Augen aufblitzen, Schuppen, einen runzligen, ledrigen Mund. Das Skurrilste an diesem Anblick war die Tatsache, dass dieses Wesen ein Kleidungsstück trug, das wie ein langes Hemd aus einem netzartigen Material aussah.

Auf einen Schlag wurde Redworth klar, dass sie diese Kreatur wiedererkannte, obwohl sie sie noch nie zuvor gesehen hatte. Es war unmöglich, dennoch erinnerte sie sich …

Ich muss hier weg, um mein Leben laufen. Die Teufelsrücken, sie schreien und zischen. Spucken. Ich muss meine Familie beschützen, selbst wenn sie mich fangen.
Die Familie muss gerettet werden. Sie werden mich nicht anfassen … sie werden mich nicht dazu bringen, sie zu den anderen zu führen. Diese Augen, wie sie starren, aus jeder Ecke, hinter jedem Baum und Busch. Lauern auf jedem Weg.
Ich werde beobachtet. Die Teufelsrücken glauben, sie können mich reinlegen,

aber ich lasse mich nicht zum Narren halten, lasse nicht zu,
dass meine Verwandten in ihren dreckigen Lagern enden, wo sie
umgebracht werden …
Sie werden mich nie erwischen; ich weiß, wie ich mich von
diesem Ast schwingen kann,
über den Fluss, und dann verlieren sie meine Witterung.
Nicht mal die Teufelsrücken können
mir durchs Wasser folgen.
Nichts wird mich aufhalten …
Nein!
Nein, das waren doch gerade noch nicht so viele.
Alles versperrt, sie versperren mir
überall den Weg.
Dreckige, scheußliche Reptilien. Widerwärtige, böse …
Nein! Nicht das Auge! Nicht das mittlere Auge! Bitte. Oh, das
tut weh …
Es tut so schrecklich weh …
Der Schmerz, ich halt's nicht aus … nein …

Etwas Schweres und Feuchtes klatschte Barbara Redworth seitlich gegen den Kopf. Sie stürzte und schlitterte über den dreckigen Boden auf die Tür zu. Hilflos starrte sie die feuchte Wand an, während zwei Gestalten über sie hinwegstiegen. Wer waren die? Warum waren sie hier? Wo war sie? Wer war sie? Was war sie?

Drei Augen. Sie wusste es wieder.

Sie tauchte den Finger in die dünne Schicht aus Schleim und Schlick, die den Boden bedeckte, und fing an, Muster an die Wand zu malen. Hätte ihr in diesem Moment jemand zugesehen, er hätte sie garantiert für wahnsinnig gehalten, wie sie da sinnlose Symbole malte. Mit dem winzigen, noch intakten Splitter ihres Verstandes begriff sie jedoch, dass es ungeheuer wichtig war, diese Bilder zu zeichnen, auch wenn sie es weder hätte verstehen noch erklären können.

»Sie hat Bilder gezeichnet? Wovon genau?«

Der Doktor wirkte sichtlich aufgeregt, während er den Bericht las, den Corporal Hawke ihm in die Hand gedrückt hatte.

»Ich bin nicht sicher, Doktor, aber Sergeant Yates hat gesagt, ich solle sofort damit zu Ihnen gehen.«

»Danke, meine Liebe. Mike hat gut daran getan. Liz, haben Sie das gesehen?«

»Offensichtlich nicht, schließlich hat Maisie Ihnen gerade das einzige Exemplar gegeben.« Verärgert schüttelte sie den Kopf, als sie den Bericht vom Doktor entgegennahm. Aus dem Augenwinkel nahm sie wahr, dass Hawke mitfühlend lächelte. Sie erwiderte das Lächeln.

»Und?«, fragte der Doktor. »Was halten Sie davon?«

»Darf ich's erst mal lesen? Geben Sie mir einen Moment!«

Sie überflog die Seiten und war sich dabei vage bewusst, dass Maisie Hawke noch immer unsicher im Labor herumstand, als würde sie auf etwas warten. Der Doktor ging eine Weile lang in Gedanken versunken auf und ab und wandte sich dann wieder Hawke zu.

»Und der Brigadier hat das noch nicht gesehen?«, fragte er.

»Nein, Doktor.«

»Gut. Ich bringe ihm den Bericht selbst, damit ich die Implikationen direkt mit ihm besprechen kann.«

»Sind Sie sicher, Doktor?«

»Ja, absolut. Das macht mir nichts aus und Sie haben sicher Besseres zu tun, als Postbotin zu spielen.«

Liz, noch immer in den Bericht vertieft, bekam nur am Rande mit, wie Maisie das Zimmer verließ. Kurze Zeit später blickte sie auf. Der Doktor starrte erwartungsvoll auf sie herab.

»Was wollen Sie dem Brigadier sagen?«, fragte sie.

»Nichts«, schnaubte der Doktor. »Wie ich ihn kenne, wird er nur wieder versuchen, alles in die Luft zu jagen.«

»Das ist zwar nicht ganz fair, Doktor«, sagte Liz, »aber ich weiß schon, was Sie meinen.« Sie zog sich einen Laborhocker heran, setzte sich hin und holte ihre Pfeife aus ihrer Handtasche. Ohne ein Wort stopfte sie sie, zündete sie an und paffte vorsichtig, um sie anzufachen. Die ganze Zeit über hing ihr Blick an dem Bericht, während sie ihn wieder und wieder durchlas.

»Also«, sagte sie schließlich, »wir haben eine verbrannte Leiche, einen verschollenen Jungen und eine verstörte Polizistin – dazu eine Tasche, die in der Nähe des Hauses gefunden wurde. Und die Frau tut nichts anderes mehr, als primitive Bilder von Bisons, Wollhaarmammuts, Säbelzahntigern und menschengroßen, zweibeinigen Reptilien mit drei Augen zu malen.«

»Sie sind wieder da, Liz. Sie sind wieder da!«

Liz sah zu, wie der Doktor sich sein Cape überwarf. Es fiel ihm sichtlich schwer, seine Aufregung im Zaum zu halten.

»Schlüssel«, murmelte er. »Wo sind die Schlüssel?« Er wühlte auf verschiedenen Werkbänken herum, dann hörte er plötzlich auf und schaute Liz an. »Sie haben sie! Ich hab sie Ihnen gestern gegeben.«

Liz nickte. »Ja, und bevor ich sie Ihnen zurückgebe, müssen Sie mir was versprechen.«

»Was?«

»Dass Sie nicht einfach nach Sussex runterfahren und Fang-den-Silurianer spielen, ohne vorher den Brigadier zu informieren.«

»Okay.«

»Was?«

»Okay, mach ich nicht.«

Liz war überrascht, aber zufrieden. »Oh. Na gut. Was haben Sie dann vor?«

»Wir beide schnappen uns Bessie und fahren zusammen nach Sussex, ohne dem Brigadier was zu sagen.«

Liz hob warnend die Hände, wusste aber bereits, dass der Doktor sich nicht umstimmen lassen würde.

»Hören Sie, Doktor. Wir arbeiten für ihn, und obwohl mir das nicht besonders gefällt, betrachte ich ihn dennoch als Freund. Ich werde nicht einfach verschwinden, ohne was zu sagen. Er hat ein Recht darauf, finden Sie nicht?«

Der Doktor setzte sich ihr gegenüber auf einen Hocker. »Worauf genau, Liz? Ein Recht worauf? Sie zu vernichten? Seine klumpfüßigen Soldaten hinzuschaffen und die ganze Küste aufzumischen, nur weil er mal wieder was abknallen will?« Er rammte die Hände in seine voluminösen Manteltaschen und schüttelte langsam den Kopf. »Nein, Liz. Verstehen Sie doch, das kann ich nicht zulassen! Noch nicht. Dieses Mal muss ich versuchen, ordentlich mit ihnen zu kommunizieren. Beide Seiten zur Vernunft zu bringen, ehe wieder so was wie in Derbyshire passiert. Ehe der Brigadier eine weitere Kolonie intelligenter, anständiger, verblüffender Wesen umbringt, nur weil Sir John Sudbury und Konsorten Muffensausen haben.«

»Ich dachte, Sir John wäre Ihr Busenfreund.«

»Hören Sie, Liz«, fuhr der Doktor fort. »Der Brigadier ist ein tapferer Mann. Er ist nicht dumm, auch recht offen und empfänglich für Vorschläge, aber in erster Linie ist er Soldat. Königin und Vaterland und all das. Aber wir, wir sind Wissenschaftler, oder nicht? Wir sehen das große Ganze, global betrachtet. Universell, wenn man so will.« Er stand auf und hielt ihr eine Hand entgegen. »Bitte, Liz! Wir beiden müssen die Silurianer finden und ihnen helfen!«

Liz starrte ihn an, dann legte sie den Schlüssel in seine Handfläche. »Ich habe keine Ahnung, wohin Sie gegangen sind, Doktor, denn als ich ins Labor zurückkam, waren Sie einfach verschwunden, zusammen mit Corporal Hawkes Bericht.« Sie schob die Seiten wieder in den Umschlag und steckte ihn dem Doktor in die Manteltasche. »Sie wollen mich ja sowieso nur zum Navigieren dabeihaben. Ich hock doch nicht zwei Stunden lang in Bessie, nur um mir den Hintern abzufrieren und mich zu ärgern, während Sie alle meine Anweisungen ignorieren, weil Sie glauben, einen schnelleren Weg zu kennen.«

Der Doktor strahlte. »Dann sehen wir uns morgen!«

»Ja, sicher.« Liz klopfte den Inhalt ihrer Pfeife in die Spüle und drehte den Hahn auf, um die dunkle Asche wegzuspülen. Als sie sich umwandte, war der Doktor fort. Nun musste sie Maisie Hawke nur noch dazu bringen, dem Brigadier zu melden, dass abgesehen vom Doktor niemand den Bericht gelesen hatte. Sie durfte sich bloß nichts anmerken lassen.

Der Doktor fuhr mit seinem fröhlich gelben Sportwagen Bessie über die A40 durch London, brauste erst die Euston, dann die Farringdon Road entlang und überquerte die Blackfriars Bridge. Nachdem er Elephant and Castle umrundet hatte, fuhr er über die Old Kent Road auf die A2, aus der Stadt hinaus und in Richtung Kent weiter.

Vor lauter Vorfreude darüber, dass er bald weitere Silurianer kennenlernen würde, entging ihm, dass ihm ein grauer Ford Cortina folgte: Der Wagen behielt die gleiche Richtung und Geschwindigkeit bei, blieb aber immer drei oder vier Wagenlängen zurück.

Drei Personen saßen in dem Wagen, den ein bärtiger Nigerianer in Chauffeursuniform fuhr. Er trug eine ernste Miene und sagte kein Wort.

Auf dem Rücksitz saßen zwei weitere Männer. Der eine war jung und so blass, als hätte er seit Jahren keine Sonne mehr abbekommen. Er war elegant gekleidet, hatte kurzes schwarzes Haar und trug eine dunkle Brille, unter deren Rand eine fahle Narbe zum Vorschein kam. Sie lief über die linke Wange hinab bis zu seiner Oberlippe, die dadurch leicht entstellt wurde.

Der andere Mann war ein wenig älter, blond und sonnengebräunt. Er trug eine Freizeithose und ein blaues Sakko. Im Schoß hielt er eine große Pistole, die mit einem imposanten Schalldämpfer versehen war und ein Visier auf dem Lauf hatte.

Der blasse Mann reichte seinem Begleiter einen Umschlag. Darin befand sich die Kopie des Berichts, den Hawke dem Doktor gegeben hatte; angefügt waren zwei Schwarz-Weiß-Fotos. Eines zeigte das heruntergekommene Cottage auf der

Klippe und einen zurückgelassenen Seesack im Vordergrund, der andere eine junge Frau in Polizeiuniform, die unter heftiger Gegenwehr von dem Haus weg und in einen Krankenwagen gezerrt wurde.

»Lassen Sie niemanden am Leben«, sagte der blasse junge Mann mit seiner sanften Lispelstimme. »Vor allem nicht den Doktor.«

ZWEITE
EPISODE

Traynor ist nicht gekommen. Er hat es nicht geschafft.

Verdammt.

Er hat so viele Beweise geliefert, wie er konnte, doch wird das reichen? Wahrscheinlich nicht, aber der Mann hat sein Bestes gegeben. Nun ist es meine Aufgabe, mit seiner Enthüllungsstory weiterzumachen. Die Wahrheit ans Licht zu bringen. Die Vorschriften zu umgehen und die britische Öffentlichkeit wissen zu lassen, wofür genau ihre Steuern ausgegeben werden. Und inwiefern sogenannte „Verteidigungsetats" in weniger herkömmliche Ressourcen fließen.

Diesem Brief sind Dokumente beigefügt, die beweisen, dass Traynors und meine schlimmsten Befürchtungen im Hinblick auf C19 ganz und gar zutreffen. Der arme alte Sudbury hat keine Ahnung. Was für ein Narr. Ich schreibe diese Zeilen, liebe Elizabeth, und habe keine Ahnung, ob Sie sie persönlich lesen werden. Ich hoffe es. Vergeben Sie mir bitte meine Durchtriebenheit, aber alle Spuren mussten verwischt, alle Ausdrucke vernichtet und alle Bänder gelöscht werden, wie man so sagt. Sie wissen natürlich nicht, wer ich bin, und das ist auch besser so. Sobald Sie alle Informationen haben, sind Sie für den Umgang mit C19 gewappnet, oder können zumindest dafür sorgen, dass sich jemand darum kümmert. Vielleicht UNIT, wenn die nicht selbst zu tief mit drinstecken. Trauen Sie nur wenigen, meine liebe Elizabeth, denn Verrat zieht stets weiteren Verrat nach sich. Unterdessen werde ich hoffentlich wieder in der gesichtslosen Anonymität verschwinden, aus der ich hervorgekrochen bin.

Der arme Grant Traynor. Er hat sich immer so sehr gewünscht, mal einen Orden oder ein paar Auszeichnungen für seinen Dienst für das Wohl der Öffentlichkeit zu bekommen. Ich hab ihm gleich gesagt, er würde nie welche bekommen. Am Ende wird das Ganze wie immer unter den Tisch gekehrt, da bin ich sicher. Doch wenn wir C19 aufhalten können, war es das Opfer wert.

In meinem nächsten und letzten Bericht
werde ich versuchen, Ihnen Namen, Daten und
Gesichter zu liefern. Diese Informationen
werde ich nun beschaffen gehen.

    Au revoir,

    ein Freund

Mit Leberflecken übersäte Hände zogen das Blatt Papier aus der abgewrackten Smith-Corona-Schreibmaschine. Arthritische Finger falteten es vorsichtig und schoben es in einen schlichten braunen Umschlag.

Mühsam erhob sich der alte Mann von seinem Stuhl und fluchte leise, als die Muskeln in seinem Rücken einen Hauch später reagierten als die anderen. Er hielt einen Moment inne und erlaubte seinem Körper, sich an die neue Haltung zu gewöhnen.

»Und jetzt«, murmelte er. »Wer? Und wo? Und wo wir schon dabei sind, warum?« Er zog den grünen Vorhang vor seinem Fenster zur Seite und ließ Tageslicht in das kleine, spärlich eingerichtete Büro fluten. Dann schaltete er die Messinglampe mit dem grünen Schirm aus, die auf seinem Schreibtisch stand, und nickte kurz dem Porträt der Queen zu, das von der gegenüberliegenden Wand aus Holzimitat auf ihn herabblickte.

Das Telefon klingelte. Einen Augenblick lang blickte er sich verwirrt um und fragte sich, woher das nervtötende Geräusch kam. Es kam natürlich von der Stelle unter dem Kissen, das er beim letzten Klingeln auf den Apparat geworfen hatte. »Nebenstelle vierundsechzig. Ja?«, blaffte er genervt in den Hörer. »Ich bin beschäftigt.«

»Zu beschäftigt für einen alten Freund?«

Er erbleichte und war dankbar, dass der Anrufer sein Gesicht nicht sehen konnte. »Hallo. Was kann ich für Sie tun?«

»Ich habe gehört, Sie nehmen heute Abend an einer Konferenz teil. Ich möchte, dass Sie sie versäumen und stattdessen zur Südküste fahren.« Wie immer sorgte das Lispeln des jungen Mannes dafür, dass jedes »S« seltsam verwaschen klang.

Der alte Mann zitterte. Es war ein Befehl, keine Bitte. Wie immer. »In Ordnung. Wohin genau?«

Wegbeschreibungen (oder eher Anweisungen) folgten und nach einem knappen Abschiedsgruß war die Leitung still.

Der alte Mann spannte eine weitere Seite in die Smith-Corona; morgen würde er wohl das nächste Schreiben aufsetzen.

Anderswo im Gebäude gingen die Leute ihren Tätigkeiten nach und hatten keine Ahnung, was genau in Zimmer vierundsechzig wirklich vor sich ging. Draußen schlug Big Ben drei Uhr und die Sirene eines Patrouillenboots der Polizei schallte über die Themse Richtung Vauxhall.

Die Empfangsdame saß hinter ihrem Schreibtisch aus Chrom und Glas. Mit ihrem weißen Outfit mit den makellosen Bügelfalten und dem winzigen Hut auf ihrem Kopf war sie sowohl als Krankenschwester als auch als Telefonistin, Buchhalterin und Dame am Empfangstresen zu erkennen. Sie kaute am Ende ihres Stifts, während sie den Flur entlang und durch die getönten Glastüren nach draußen spähte. Dort warteten zwei Personen auf einen Wagen, der gerade ankam. Zuerst versuchte sie angestrengt, etwas von ihrem Gespräch mitzubekommen, doch sie gab es bald auf. Es ging sie nichts an und sie hatte ohnehin genug zu tun.

»Guten Morgen, Sir Marmaduke. Stets eine Freude, Sie zu sehen.« Eine junge Frau mit kurzen dunklen Haaren, ebenfalls in einer schneeweißen Uniform, machte einen angedeuteten Knicks, als sich der beleibte Mann, der von seinem Chauffeur gebracht worden war, aus dem Wagen hievte. Sir Marmaduke Harrington-Smythe, Psychologe und Analytiker, rang schnaufend um Atem und nickte ihr zu. Langsam stieg er die fünf Stufen zu dem fünfstöckigen weißen Gebäude hinauf, das die wenigen, die von seiner Existenz wussten, unter dem Namen Glashaus kannten.

Er war sich gewiss, dass jemand anlässlich seines Erscheinens die Blumen gegossen haben würde, ebenso wie die Kletterpflanzen, die von den Balkonbrüstungen über dem Haupteingang herabhingen. Die Mitarbeiter würden die weißen vergitterten Fenster des Gebäudes geputzt haben, das – ganz im Stil der Architektur der Dreißiger – gedrungen wirkte und abgerundete Ecken besaß.

Auf dem Absatz hielt er einen Moment lang inne und schaute zum Nachmittagshimmel auf. Das strahlende Blau stand in scharfem Kontrast zum nüchternen Weiß des Hauses, das die Sonne reflektierte.

Die Frau warf ihrem Begleiter einen kurzen Blick zu: Es handelte sich um einen jungen Mann, der ebenfalls dunkles Haar und den gleichen Pagenschnitt wie sie hatte und ein ähnliches Outfit in unschuldigem Weiß trug, zu dem anstelle des knielangen Rocks jedoch eine Hose gehörte. Sonst bestand praktisch kein Unterschied zwischen den beiden. *Nun*, dachte Sir Marmaduke, *abgesehen von der Tatsache, dass weder ich noch sonst jemand je gehört hat, dass der Junge ein Wort von sich gegeben hätte.*

Die beiden traten gleichzeitig vor und schoben die Flügel der gläsernen Tür auf, damit er eintreten konnte.

Die Empfangsdame schaute auf, als Sir Marmaduke herein-kam, und schenkte ihm zur Begrüßung ein Lächeln, das er erwiderte. Dann blickte sie den dreien nach. Das seltsame Paar folgte Sir Marmaduke einen langen Korridor hinunter, der in sterilem Weiß gehalten war. Sie hielten sich einige Schritte hin-ter ihm und liefen exakt im Gleichschritt, als wäre jede ihrer Bewegungen aufeinander abgestimmt. Nie lag einer von ihnen auch nur einen Zentimeter oder eine Sekunde daneben.

Man nannte sie die irischen Zwillinge; dabei wusste nie-mand im Gebäude, ob sie wirklich Zwillinge waren – oder Iren. Sie verlor sie aus dem Blick, als Sir Marmaduke sie in Richtung des Patientenbereichs führte. Ins Untergeschoss.

Doktor Peter Morley versuchte, seine Hand vom Zittern abzu-halten, als er die Plastiktasse unter den Wasserhahn stellte. Er wollte sich so gerne entspannen, tief durchatmen, laut seufzen. Alles wäre ihm recht gewesen, um endlich seine Nerven zu beruhigen.

Er betrachtete sich selbst im Badezimmerspiegel, sein schüt-ter werdendes Haar mit den grauen Strähnen darin, von denen vor seiner Ankunft hier noch nichts zu sehen gewesen war. Unter seinen ohnehin schon tief eingesunkenen Augen lagen

Schatten. In der Schule hatten sie ihn »Totenkopf« genannt und er hatte das immer als ungerechtfertigt empfunden. Zwar wich sein Haar schon seit seinem zehnten Lebensjahr zurück und er hatte ein verkniffenes Gesicht, aber »Totenkopf« war ihm doch etwas weit hergeholt erschienen. Nun, nachdem er acht Monate hier eingesperrt war, stellte er fest, dass die Beschreibung immer mehr zutraf. Er stellte fest, dass sein linkes Augenlid leicht zuckte – ein klares Anzeichen für Erschöpfung.

»Ich brauche nur Schlaf«, sagte er zur Überwachungskamera über der Kabinentür. »Ein bisschen Privatsphäre wäre auch nicht verkehrt. Könnte sein, dass ich mal pinkeln muss.«

Zur Antwort blinkte ihn die Kamera nur mit ihrem winzigen roten Lämpchen auf der Oberseite an, erinnerte ihn daran, dass jedes Gespräch und jede Handlung verfolgt und aufgezeichnet wurde, Tag und Nacht. Acht Monate im Glashaus, im Keller eingesperrt, versteckt vor der Welt, und es machte ihn immer noch nervös, vor der Kamera zu pinkeln. Es wäre ja nicht so schlimm, wenn das Urinal nicht genau seitlich zur Tür angebracht wäre, sodass die Kamera … nun ja, alles sah.

»Und ich dachte, es wäre schon peinlich, auf die Herrentoilette im King's Head zu gehen.« Er wusch sich die Hände, füllte seinen Plastikbecher erneut mit kaltem Wasser und stürzte die köstliche Flüssigkeit herunter. Das war das Beste an dieser Bude: Essen und Trinken waren erstklassig.

Er warf den Becher in einen blauen Müllsack. Zur vollen Stunde würde er verbrannt werden, unabhängig davon, ob sich ein leerer Becher darin befand oder fünfzig Dokumente mit der Aufschrift »Streng geheim«. Er wandte sich um, seufzte, fuhr sich mit der Hand durch seine wenigen Haarsträhnen, stieß die Tür auf und trat wieder ins hektische Treiben hinaus, das im Keller herrschte.

Er stand im Hauptarbeitsbereich, wo seine drei Assistenten herumschwirrten. Wie immer schienen sie von seiner Laune oder auch nur von seiner Anwesenheit nichts mitzubekommen – er hatte allerdings den Verdacht, dass sie ihn absichtlich ignorierten. Oder setzte ihm nur seine Paranoia zu? Und wann war er überhaupt so paranoid geworden?

Morley nahm sich vor, sich ein wenig zusammenzureißen, und schaute seinem Team bei der Arbeit zu. Jim Griffin, der Analytiker, führte mithilfe einer Reihe von Computern Experimente durch und sprach jedes Ergebnis auf ein Tonband, noch während es auf dem kleinen Bildschirm vor ihm erschien. Gelegentlich kratzte er sich mit einem Kugelschreiber an der Nase. Sein dunkles Haar stand ihm vom Kopf ab, als hätte ihm jemand fünftausend Volt durch den Körper gejagt. An einer Werkbank auf der anderen Seite des Raums erhitzte Dick Atkinson, der Chemiker des Teams, gerade etwas Porrigdeartiges in der Mikrowelle und steckte Metallstäbe hinein, um die Mikrowellen auf etwas zurückzuwerfen, das einmal eine Lammkeule gewesen sein mochte.

In der Nähe der Doppeltür friemelte Cathryn Wildeman, die kleine, dunkelhaarige Zoologin aus Amerika, an einem Elektronenmikroskop herum; Morley hatte nicht die geringste Vorstellung, was sie da so gebannt betrachtete.

Plötzlich hörten alle drei auf zu arbeiten und starrten die Türen an. Draußen knurrte der Grund für Morleys Nervenflattern gerade die irischen Zwillinge an: »Auf keinen Fall, Ciara. Wir haben keine Zeit für solche Nebensächlichkeiten.

Ich möchte, dass sie so schnell wie möglich abgefertigt und in den D-Flügel gebracht wird. Ist das klar?«

»Natürlich, Sir Marmaduke«, kam die vorhersehbare Antwort.

Morley musste unwillkürlich lächeln: Es konnte nur Gutes verheißen, wenn den grausigen Zwillingen ausnahmsweise mal der Kopf gewaschen wurde. Doch der Anflug von Frohsinn verging ihm schnell, als der fettleibige Mann die Türen aufstieß und ins Labor geschritten kam, als gehörte es ihm.

Was es ja auch tat, ermahnte Morley sich selbst.

»Peter!«, bellte Sir Marmaduke. »Peter, auf ein Wort. Sofort!« Er zeigte auf Morleys winziges Büro am anderen Ende des Labors. Morleys drei Mitarbeiter hatten die Stimmung der drei Neuankömmlinge rasch analysiert und wandten sich eilig wieder ihrer Arbeit zu, als wären sie nie unterbrochen worden, während Morley kleinlaut Sir Marmaduke zu seinem Büro folgte. Er versuchte vergeblich, den Kloß in seinem Hals herunterzuschlucken. Er wusste nicht, was Sir Marmaduke hier wollte, hatte aber den Eindruck, dass seine schlechte Laune mit ihm persönlich zu tun haben könnte. Es störte ihn nicht einmal besonders, dass die irischen Zwillinge ihnen einfach folgten – noch jemanden im Raum zu haben konnte nur helfen, selbst wenn es die beiden waren. Dass sie allerdings auf identische Weise von einem Ohr zum anderen grinsten, machte ihm nicht unbedingt Mut.

Sir Marmaduke stieß die Tür auf und zog an der Lampenkordel. Das kleine Zimmer wurde von flackerndem, fluoreszierendem Leuchten erhellt, dann stabilisierte sich die Leuchtstoffröhre und tauchte den Raum in ein hartes, unnatürlich weißes Licht, das den blassen Zwillingen in ihren blütenweißen Uniformen einen schwachen, lilafarbenen Schimmer verlieh.

»Sir Marmaduke, wie geht es Ihnen?«

Sir Marmaduke setzte sich an Morleys Schreibtisch und starrte den weißen, halbvollen Becher Bovril an. »Verschwendung, Peter, kann ich nicht gutheißen.« Mit spitzen Fingern hob er ihn an und nickte den irischen Zwillingen zu. Die beiden setzten sich sofort in Bewegung. Die Frau nahm den Becher und warf ihn in einen blauen Müllsack, der seitlich an einem Aktenschrank hing. Der Mann wandte sich der Überwachungskamera über der Tür zu und holte ein schmales schwarzes Gerät hervor. Er zielte mit der Fernbedienung auf die Kamera und das rote Licht ging aus.

»Ich wusste nicht, dass Sie das können.« Morley starrte die irischen Zwillinge an.

»Natürlich wussten Sie das nicht. So wichtig sind Sie nämlich nicht.« Sir Marmaduke hatte keinerlei Skrupel, Morley zu beleidigen, und der war so sehr an seine Unhöflichkeit gewöhnt, dass er sie kaum noch bemerkte. »Sie erfahren immer nur das, was Sie für Ihre Arbeit wissen müssen, Peter, und das wird auch so bleiben. Seien Sie ganz beruhigt: Ciara und Cellian sind mir als meine Augen und Ohren viel wichtiger als irgendwelche Überwachungskameras der Regierung.« Er bedeutete Morley, auf einem kleinen, unbequemen Stuhl in einer Ecke des Zimmers Platz zu nehmen. Genau dorthin warf Morley gewöhnlich seine Zeitungen – die, die vom internen Zustelldienst gebracht wurden. Natürlich konnte er sich nicht selbst ins Freie wagen und sich eine kaufen, Gott bewahre. Nein, nein, das war strengstens verboten. Jemand hätte ihn ja sehen können und das ging einfach nicht. Man stelle sich nur die Reaktion vor …

Er schreckte aus seinen Gedanken auf, als die Zwillinge sein Büro verließen. Er schaute Ciara nach und ihm wurde unwillkürlich bewusst, wie schön sie war. Ihr Gang, ihre Haltung, ihr Gesicht und ihre Figur – alles an ihr war perfekt. Was er nur gegeben hätte …

Schlag dir das sofort wieder aus dem Kopf. Er musste zugeben, dass der männliche Zwilling nicht weniger gut aussehend war mit seinem kantigen Kinn, den funkelnden blauen Augen und dem modisch geschnittenen, pechschwarzen Haar. Cellian hatte die Art von Körperbau, auf den Morley stets neidisch gewesen war: schlank, doch wie aus Stein gemeißelt. Wahrscheinlich verkörperte er genau das, was sich ein Modedesigner unter einem Engel vorstellte.

Bevor die Zwillinge den Raum verließen, zogen sie noch synchron die Jalousien vor den Glasscheiben auf beiden Seiten der Tür herunter. Morley wusste aus Erfahrung, dass sie direkt vor der Tür warten würden wie treue Schoßhündchen auf ihren Herrn.

»Ich hab wieder einen Fall für Sie. Eine Polizistin aus dem Süden. Sehen Sie sich das mal an.« Sir Marmaduke zog einen Umschlag hervor. Morley riss ihn auf, hielt dann jedoch inne. Der Umschlag trug das Siegel von UNIT.

»Äh, Sir Marmaduke, ich glaube, ich hab nicht die Berechtigung, mir Dokumente dieser Sicherheitsstufe anzusehen.«

Sir Marmaduke zuckte mit den Schultern. »Ich hab sie Ihnen doch gerade gegeben, oder? Also haben Sie auch die nötige Berechtigung. Und jetzt lesen Sie.«

Morley blätterte die Akte durch. Sie enthielt Mitteilungen, die von einem Brigadier Lethbridge-Stewart unterschrieben worden waren, und andere, die mit »diktiert, aber nicht gelesen« gekennzeichnet waren, verfasst von jemandem, der nur »der Doktor« genannt wurde.

»UNITs wissenschaftlicher Berater. Ihr Pendant.« Sir Marmaduke winkte ihm ungeduldig zu, dass er weiterlesen solle.

Morley fand einige Fotos, an die jeweils ein Name geheftet war: BAKER, (Major) NORMAN (verstorb. RD1); LAWRENCE, (Doktor) CHARLES (verstorb. RD1); SQUIRE, (Mrs) DORIS (G/H RS1); MASTERS, (Rt Hon) EDWARD (verstorb. RD1); DAWSON, (Miss) PHYLLIS (G/H RS1) … Er legte die Akte auf den Tisch.

»Ja, ich kenne die Namen dieser beiden Frauen. Diese Dawson war eine Forschungsassistentin des alten Scotty. Ich meine John Quinn, am Wenley-Moor-Atomzentrum. Und Mrs Squire war eine Bauersfrau. Ihr Mann ist gestorben, glaube ich.«

»Und woher kam Mrs Squire?«

»Derbyshire, wenn ich mich richtig erinnere.«

Sir Marmaduke nickte. »Und was verbindet diese Leute?«

Morley dachte nach. »Wenley Moor. Das liegt in Derbyshire. Tatsächlich gar nicht weit von hier. Charles Lawrence war der Direktor, nicht wahr?«

Sir Marmaduke klopfte auf die Akte. »Und Baker war sein Sicherheitsoffizier, der nach einem kleinen … Malheur in Nordirland gegen Ende des letzten Jahrzehnts aus dem regulären Dienst bei der Armee ausgeschieden war. Der andere Parlamentsbursche wurde beauftragt, dort entweder alle ›zu töten oder zu heilen‹. Ist selbst draufgegangen, an einer ziemlich gemeinen Seuche, die am Ende von diesem mysteriösen Doktor bei UNIT bezwungen wurde.« Er lehnte sich zurück und fuhr fort: »Nun, bei unseren zwei Damen aus Derbyshire gibt es eine Sache, die wirklich interessant ist. Was wissen Sie über ihre Symptome?«

Morley schüttelte langsam den Kopf. »Das tut mir sehr leid, Sir Marmaduke, aber ich war immer hier unten. Ich glaube, ich hab die beiden vielleicht zwei, drei Mal gesehen. Ich wusste nicht einmal, dass es da eine Verbindung gibt.«

»Wie auch? Sind doch bestimmt nur ein paar Zivilisten, die in etwas streng Geheimes reingeraten sind und deshalb nun unsere besondere Fürsorge brauchen, richtig?« Sir Marmaduke lächelte verschwörerisch. »Aber die Lage hat sich verändert, Peter. Wir haben nun noch eine dritte Verbindung. Sehen Sie sich den Bericht dieses Doktors an: so ein Bursche aus dem Norden namens Dr. Meredith. Er war da oben der Landarzt. Sowohl Squire als auch Dawson mussten festgeschnallt werden; beide behaupteten, sie hätten Ungeheuer gesehen.«

Morley zuckte mit den Schultern. »Daran ist nichts Ungewöhnliches. Schließlich wurde das Glashaus für solche Menschen eingerichtet. Und UNIT versorgt uns immerhin mit Kundschaft.«

»Aber zu Ihnen kommen nur wenige, oder? Nun, das wird sich ändern. Unsere Damen aus Derbyshire haben sich über Nacht zu richtigen Amateurkünstlerinnen entwickelt. Haben angefangen, Wände und Türen zu bekritzeln, ebenso wie alles, was sie sonst noch in die Finger bekommen konnten.«

»Formalistisch, abstrakt oder symbolistisch?«

Sir Marmaduke lachte auf. »Oh, äußerst symbolistisch. Sind Sie je in Lascaux gewesen? Nun, die beiden auch nicht. Aber seit ihrer ›Erfahrung‹ haben sie recht passable Imitationen jener französischen Höhlenmalereien angefertigt. Und«, Sir Marmaduke beugte sich nach vorn, »Sie bekommen nun Ihre erste Patientin für dieses Jahr: Eine Polizistin aus Sussex kritzelt Mammuts, Säbelzahntiger und noch etwas weitaus Interessanteres an sämtliche Wände der geschlossenen Abteilung im Hastings Hospital.« Er fischte einen weiteren Umschlag aus seinem Jackett, öffnete ihn und legte zwei Fotos nebeneinander auf den Tisch. Das eine zeigte eine menschenähnliche Kreatur, bei der es sich jedoch eindeutig um ein Reptil handelte, übersät mit Schuppen und Wülsten. Auf dem Kopf hatte das Wesen eine Reihe von Höckern und ein drittes Auge. Andere auffällige Merkmale waren die Klauenhände und die große, runde Stummelnase. »Haben Sie so was schon mal gesehen?«

Morley schüttelte den Kopf.

»Das war in den Höhlen von Wenley Moor. Es ist der Grund dafür, warum unsere Damen nun einen an der Klatsche haben. Zudem ist es auch der Ursprung dieser bis dahin unbekannten Seuche, an der in England achtunddreißig Personen gestorben sind. Und«, Sir Marmaduke tippte auf die UNIT-Akte, »es hat das Forschungszentrum und UNIT insgesamt neunundzwanzig Menschenleben gekostet.«

»Worum handelt es sich?«

Sir Marmaduke zuckte mit den Schultern. »Um einen Reptilienmenschen. In diesem Bericht werden sie als ›Homo Reptilia‹ oder ›Silurianer‹ bezeichnet. Was mich angeht, sind das einfach Monster mit Glubschaugen. UNIT hat ausnahmsweise mal ordentliche Arbeit geleistet und sie alle in die Luft gejagt. Haben wir zumindest gedacht, bis die Polizistin Barbara Redworth plötzlich anfing, so was hier zu zeichnen.« Er deutete auf das zweite Foto, das eine skizzenhafte, aber erkennbare Illustration einer solchen Kreatur zeigte.

»Sie sind wieder da, Peter, und dieses Mal wollen wir nicht, dass sie in die Luft gejagt werden. Diesmal wollen wir sie lebend und diese Barbara Redworth wird uns zu ihnen führen. Sie, mein Guter, und Ihr Team werden alles stehen und liegen lassen und sich sofort dieser Sache widmen! Ich will, dass diese Frau untersucht, analysiert, befragt und mit Wahrheitsserum vollgepumpt wird, bis sie uns alles sagt, was wir wissen müssen. Ich will eine dieser Kreaturen haben: lebendig, gesund und bereit, diese Regierung mit all ihren Verschleierungen, streng geheimen UNITs und verdeckten Militäroperationen aus den Angeln zu heben.« Sir Marmaduke zeigte wieder auf das Foto mit dem Reptilienmann. »Und wenn ich dabei gleichzeitig dieses aufgeblasene Arschloch Lethbridge-Stewart und seine Kumpane bei C19 in Verruf bringen kann, umso besser.«

Der von Sir Marmaduke Harrington-Smythe derart als »aufgeblasenes Arschloch« geschmähte Mann lenkte im selben Moment seinen Daimler in die Einfahrt eines kastenförmigen zweistöckigen Hauses: 6 Moor Drive, Gerrards Cross, Buckinghamshire.

Das Haus von Brigadier Alistair Gordon Lethbridge-Stewart (acht Jahre zuvor aus dunkelroten Backsteinen erbaut, die aus den Hügeln von Lancashire herangekarrt worden waren) stand zusammen mit vier weiteren identischen Häusern in einer Sackgasse; die kleine Zufahrt von der Hauptstraße Slought-to-Amersham wurde von großen immergrünen Bäumen verborgen.

Nummer zwei beherbergte die Familie Pike: Alistair wusste nur, dass der Mann so etwas wie ein Baukostenplanungs-ingenieur war und einen amerikanischen Akzent hatte. Das Ehepaar hatte drei Jungen, die eine Menge Krach machten.

Im Haus Nummer vier lebten Mrs und Mr Prys, ein Paar in den späten Fünfzigern. Sie hatten zahlreiche Verwandte, die jeden Sonntag zur Mittagszeit in die Sackgasse einfielen und die Einfahrten aller anderen Häuser mit ihren Wagen zuparkten. Mr Prys arbeitete als Führungskraft in der Werbebranche, während seine Frau stark in die Arbeit des örtlichen Women's Institute involviert war. Beide hatten etwas für Rugby übrig. Alistair erinnerte sich mit Grausen an den Tag, als Mrs Prys ihre Nachbarn dem gesamten Waliser Team hatte vorstellen wollen: Die pinkfarbenen und blauen Steinfliesen der Veranda hatten sich auf unangenehme Weise mit den roten und weißen Streifen der Trikots gebissen.

Auf der anderen Seite, in Nummer acht, wohnte die Pen-sionärsfamilie Ince, die zusammen mit den roten Ziegeln aus Southport gekommen zu sein schien, mit denen die fünf Häuser erbaut worden waren. Ein fröhliches Paar, das oft zu Bridge-, Backgammon- oder Mah-Jongg-Abenden einlud, an denen Alistair manchmal mit seiner Frau Fiona teilnahm. Die Garage der Inces war im Gegensatz zu denen der anderen drei Familien nicht mit Fahrzeugen vollgestellt; stattdessen schien es sich um eine Art Schrein für verstorbene Pflanzen zu handeln: Mrs Ince konnte ihre Kräuter und Blumen noch so oft neu pflanzen oder umtopfen, sie verwelkten und starben schneller, als sie Ersatz aus dem Gartencenter in Cadmore End herbeischaffen konnte.

Als Alistair den Motor abschaltete, warf er einen Blick zur Nummer Zwei hinüber. Er stellte fest, dass über dem Garagentor nun ein Basketballkorb angebracht war. Wie lange war er schon da? Wenn sie eine normale Familie gewesen wären, hätte er einfach in die Küche schlendern und seine Frau oder seine Tochter fragen können.

Seine Familie war jedoch alles andere als normal. »Schwierigkeiten bei der Kommunikation«, nannte man das heutzutage. »Völlig aus den Fugen geraten« war die Beschreibung, die er bevorzugte. In Erwartung des Willkommens, das ihm bevorstand, biss er die Zähne zusammen. Er wusste nicht genau, welcher Art es sein würde, aber er war sicher, dass er sich hinterher ausgelaugt und unglücklich fühlen würde. Er stieg aus dem Auto, nahm seine Aktentasche und reckte sich nach seinem dunkelblauen Blazer, der auf dem Beifahrersitz lag.

Den Autoschlüssel steckte er in seine Hosentasche, dann tastete er in seinem Jackett nach dem Hausschlüssel. Die Mühe hätte er sich allerdings sparen können: Die Vordertür schwang auf und der eigentliche Grund seines Daseins rief begeistert »Daddy ist da!« und rannte mit ausgestreckten Armen und einem ekstatischen Grinsen auf dem Gesicht auf ihn zu.

Er schaltete in den »Hart-arbeitender-Vater-kommt-von-der-Arbeit«-Modus, ließ sich auf ein Knie sinken und umarmte seine Tochter. Kate schlang ihm mit jener wilden

Freude, die Erwachsene nur noch selten verspüren, beide Arme um den Hals. Er stand auf und wirbelte sie im Kreis herum. Sie klammerte sich an ihm fest und quietschte ohrenbetäubend.

»Tigerchen, du wirst ja jeden Tag schwerer. Oder ich werde älter.«

»Nein, Daddy. Mummy sagt, das kommt, weil du nie da bist und nicht mitkriegst, wie ich wachse!«, stieß Kate fröhlich glucksend hervor.

Alistair fiel ein Zeitschriftenartikel über Kindererziehung ein, den er einmal gelesen hatte. »Passen Sie auf, was Sie vor Ihren Jüngsten sagen«, hatte der Autor darin gewarnt. »Kinder werden es imitieren und alles Mögliche nachplappern, oft im unpassendsten Moment.«

Wie wahr. Und wem hatte Fiona wohl gesagt, dass er nie da sei? Virginia? Doreen? Mrs Anderson, der Putzfrau? Höchstwahrscheinlich hatte sie die Bemerkung gegenüber ihrem Vater gemacht – diesem alten Trottel, der sich ständig einmischte und jede Schwiegermutter alt aussehen ließ.

Kate wandte sich ab, als etwas ihre Aufmerksamkeit erregte. Als Alistair aufschaute, sah er, dass Mrs Lethbridge-Stewart mit einem Geschirrhandtuch in der Hand im Eingang stand. Von ihr bekam er kein Lächeln. Keine Umarmung. Kein freudiges Kichern, weil sie ihren Ehemann nach zweiundsiebzig Stunden endlich wiedersah.

Aber daran war nichts ungewöhnlich.

Mit einem schweren Seufzer, der von acht Jahren trauriger Vertrautheit kündete, löste sich Alistair von Kate und ging resigniert auf seine wartende Frau zu. Er wusste, dass sie wegen der Nachbarn und ihrer Tochter so tun würde, als wären sie eine glückliche Familie: ein Küsschen auf die Wange, eine rein symbolische Frage nach seinem Arbeitstag.

Aber er hatte sich geirrt. Fiona Lethbridge-Stewart drehte sich einfach um und ging ohne ein Wort ins Haus zurück.

Obwohl es im Flur warm war, musste er den Drang unterdrücken, das Thermostat an der Wand hochzudrehen. Für einen kurzen Augenblick sah er das Pastellgrün von Fionas Nylonhose aufblitzen, dann fiel die Küchentür mit einem hörbaren Klicken hinter ihr ins Schloss.

»Daddy, guck mal, was Miss Marshall uns heute beigebracht hat.« Kate hielt ihm eine kleine Sonnenblume aus Pappe entgegen und ihre Augen strahlten noch immer, weil ihr Vater zu Hause war.

Alistair löste den Blick von der Küchentür, war wieder ganz der »gute Vater«, kniete sich hin und bewunderte die bunte Blume. Er zeigte auf die gelben Blütenblätter, das braune Gesicht und den hellgrünen Stängel. Kate nickte bei jedem seiner Worte und lächelte bezaubernd. *Das Ebenbild ihrer Mutter*, dachte er.

»Ich wollte sie Mummy zeigen«, sagte Kate und starrte kurz die geschlossene Küchentür an, »aber sie hat gesagt, ich soll zu dir gehen. Sie hat gesagt, dir fällt dann wieder ein, dass wir auch noch da sind. Oder so.« Kate zog plötzlich eine Schnute. »Was meint sie damit?«

Alistair stand auf und wandte sich der Treppe zu. »Das hat sie gesagt, ja? Hör zu, Tigerchen, ich geh nach oben und zieh mich um. Hilf doch Mummy mit dem Abendessen, ja?«

»Wir haben schon gegessen.«

»Oh. Wann denn?«

»Vor einer Ewigkeit.«

Wenn Alistair das Zeitgefühl seiner Tochter richtig einschätzte, konnte die »Ewigkeit« nicht länger als eine Stunde gewesen sein, andernfalls wäre sie mittlerweile schon wieder hungrig. Offenbar hatte Fiona es aufgegeben, mit dem Essen auf ihn zu warten.

Er merkte, dass Kate ihn anstarrte. Er wusste, dass sie trotz ihrer Freude über sein Heimkommen und über ihre Blume spüren konnte, dass zwischen ihren Eltern etwas nicht stimmte. Was sollte er ihr sagen? Beim Militär wurde einem nicht beigebracht, die unbequemen Fragen fünfjähriger Mädchen zu beantworten. Und wie man mit seiner fünfunddreißigjährigen Ehefrau auskam, die nichts über die eigene Arbeit wusste, dazu sagten sie einem auch nichts. Nicht zum ersten Mal verfluchte er das verdammte Gesetz zur Wahrung des Staatsgeheimnisses.

Kein Wunder, dass Fiona immer wütender wurde. Das eigentliche Wunder war, dass sie ihn nicht längst verlassen hatte. Wie viele andere Frauen hatten in ihrer Ehe mit solchen Problemen zu kämpfen? Er hätte wetten können, dass Doreen Prys ihren Mann auf der Arbeit anrufen konnte, zu Betriebsfeiern mit eingeladen wurde und die Namen seiner Kollegen sowie deren Ehefrauen kannte. Die arme Fiona musste sich mit den Nachbarn, ihren Eltern und ein paar Frauen zufriedengeben, die sie auf Tupperpartys kennengelernt hatte.

Was für ein Leben hatte er ihr vor Jahren versprochen? Und was für ein Leben hatte er ihr tatsächlich geboten?

»Daddy? Daddy, geht's dir gut?«

Alistair widmete seine Aufmerksamkeit wieder seiner Tochter, die nach wie vor am Fuß der Treppe stand. Er schenkte ihr ein flüchtiges Lächeln. »Sag mal, Tigerchen, erinnerst du dich noch an den Bären, den wir neulich auf dem Weihnachtsmarkt gewonnen haben?« Neulich? Drei, fast vier Monate war das her.

»Aloysius?«

»Genau. Warum holst du ihn nicht und wir gucken, ob wir ein paar Kekse für ihn auftreiben können, hm?«

Ohne ein Wort rannte Kate an ihm vorbei die Treppe hinauf und in ihr Zimmer.

»Gib mir fünf Minuten, dann komm ich nach, ja?«, rief er ihr hinterher.

Es kam keine Antwort, was er als Zustimmung interpretierte. Als er die Schlafzimmertür aufstieß, war er schon wieder mit seinen eigenen Gedanken beschäftigt. Dank seiner durch UNIT geschulten Reflexe merkte er jedoch sofort, dass etwas nicht stimmte. Er konnte es nicht sofort beim Namen nennen, aber …

Er hörte kein Ticken. Der Wecker war verschwunden. Er betrachtete sein Nachtschränkchen: Keine Uhr, kein Schnurrbartstutzer und kein zerlesenes Taschenbuch; nicht einmal eine Packung Taschentücher lag darauf.

Er stellte seine Tasche ab und ging zum Kleiderschrank, der seiner Seite des Bettes am nächsten war. Er war leer. Einen Moment lang stand er reglos da und blickte sich um, dann verließ er das Zimmer und öffnete die nächste Tür im Flur. Dahinter lag der Raum, den sie manchmal als Gästezimmer verwendeten.

Die Vorhänge waren zugezogen, doch selbst im Halbdunkel konnte er erkennen, dass das Bett nicht bezogen war. Der Temperatur nach zu urteilen war die Heizung aus. Er schaltete das Licht an und öffnete den einsamen Schrank. Tatsächlich: Dort hingen seine Anzugjacketts, seine Hosen und Hemden. Unterwäsche, Socken und Westen waren in zwei kleine Schubladen gestopft worden, ein Päckchen Taschentücher lag auf dem Boden neben einem Paar Freizeitschuhe.

Der Wecker lag mit dem Ziffernblatt nach unten auf einem unbezogenen Kissen, abgelaufen und still. Das perfekte Symbol für seine Ehe.

»Daddy, schläfst du heute Nacht hier?«

Alistair Lethbridge-Stewart, der Brigadier, konnte es jederzeit mit Cybermen, Yetis und Autons aufnehmen. Er konnte Soldaten in den Tod schicken und jemanden erschießen, ohne auch nur eine Sekunde zu zögern. Er konnte Untergebene schelten und manipulieren und eine streng geheime paramilitärische Organisation führen, die an ein Regierungsministerium angeschlossen war.

Was Alistair Lethbridge-Stewart, der Vater, hingegen nicht konnte, wie er plötzlich mit Bedauern feststellte: seiner fünfjährigen Tochter ein stabiles Zuhause bieten. Er hatte keine Antworten auf ihre Fragen. Er konnte ihr nicht erzählen, womit er den Lebensunterhalt der Familie verdiente. Er konnte nicht da sein, wenn sie ihn brauchte. Als er sich das eingestand, wurde ihm klar, dass seine Frau zum gleichen Schluss gekommen sein musste, und zwar schon viele Male. Er würde versuchen, ein besserer Vater und Ehemann zu sein. Das würde er wirklich.

Er hielt Kate noch immer fest an sich gedrückt und kämpfte darum, nicht völlig die Fassung zu verlieren, als Fiona die Treppe heraufmarschiert kam und ihm kühl mitteilte, eine Mrs Hawke aus dem Büro sei am Telefon.

Jana Kristan befand sich bereits im Hastings General Hospital und ging im Empfangsbereich der Notaufnahme auf und ab, als zwei Krankenpfleger – ein Mann und eine Frau – hereinkamen.

Sie wurde auf die beiden aufmerksam, weil sie im Gleichschritt gingen und alles und jeden mit erstaunlicher Synchronizität musterten. Die Empfangsdame und die Patienten starrten ihnen hinterher, während sie den Korridor zu den Krankenstationen entlanggingen, ohne mit irgendjemandem ein Wort gewechselt zu haben, nicht einmal miteinander. Die Rezeptionistin warf dem Sicherheitsmann einen Blick zu (der wahrscheinlich von einer örtlichen Firma beauftragt worden war, nach Stunden bezahlt wurde und nur darauf wartete, dass seine Schicht endete – erbärmlich), doch der zuckte lediglich mit den Schultern und widmete sich wieder seiner Ausgabe des *Daily Sketch*. Als die Rezeptionistin sich erneut ihren Papieren und Formularen zuwandte, blickte sich Jana noch einmal unter den Anwesenden um und folgte dann den geheimnisvollen Pflegern. Sie hatten etwas Faszinierendes und geradezu Unnatürliches an sich. Jana musste an überarbeitete Tänzer denken, die zu keiner beiläufigen Bewegung mehr fähig waren. Vielleicht ein Bruder-und-Schwester-Duo? Oder Zwillinge?

Während sie dem schmutzig weißen Gang folgte, las sie die Namen von Ärzten und Spezialisten von den Türschildern ab. Gelegentlich wurde die Monotonie der sterilen, schmucklosen

Wände mit den immer gleichen Holztüren durch Schränke, Untersuchungsbereiche oder eine kleine Toilette unterbrochen. Sie kam an ein paar schwach beleuchteten Nebengängen vorbei, die nicht gerade vielversprechend aussahen, ebenso wie an zwei Sets von Fahrstühlen und einem Notausgang, die aus dem Kellerbereich heraufführten.

Schon bald wurde Jana klar, dass sie keine Ahnung hatte, wo sie eigentlich war, und die mysteriösen Pfleger waren spurlos verschwunden. Sie machte sich keine Sorgen, dass jemand sie fragen könnte, was sie hier zu suchen hatte: Sie hatte schon vor langer Zeit gelernt, dass man nur lässig genug auftreten musste, damit die Leute annahmen, man hätte ebenso wie sie das Recht, sich dort aufzuhalten, und einen in Ruhe ließen. Schließlich konnte es ja sein, dass man wichtiger war als sie.

Als sie jedoch eine offene Tür passierte und ein paar weiße Overalls dort hängen sah, schnappte sie sich einen und schlüpfte, in einem Nebengang versteckt, rasch hinein: Der Overall diente nur zur Sicherheit, vervollständigte ihre Tarnung. Sie warf einen Blick auf das Namensschild mit Foto: Hoffentlich würde niemand zu genau hinschauen und sich denken, dass eine derart groß gewachsene Blondine vermutlich nicht die Hausmeisterin des Krankenhauses war – und wohl auch nicht Tommy Taftitti sein konnte, denn der Name schien karibischer Herkunft zu sein.

Schließlich gelangte sie auf eine Station, aber die durch Vorhänge abgeteilten Betten verrieten ihr nicht, was sie wissen musste. Sie überlegte kurz, ob sie »versehentlich« hinter jeden Vorhang schauen sollte, kam aber zu dem Schluss, dass auf diese Weise nur früher oder später ihre Tarnung auffliegen würde.

»He, Sie da.« Jana drehte sich nach der Stimme um. Ein junger Doktor mit zerzausten Haaren und dunklen Ringen unter den Augen war hinter einem der Vorhänge aufgetaucht und deutete wütend auf einen Schrank in der Ecke. »Ja, Sie. Putzfrau. Holen Sie Desinfektionsmittel und einen Mopp: Wir haben hier drin eine Schweinerei.«

Einen Moment lang war sie versucht, ihn zu ignorieren, aber dann überlegte sie es sich anders. Sie entschuldigte sich, wobei sie ihren holländischen Akzent übertrieben stark durchklingen ließ, und schlurfte auf den Schrank zu. Als sie ihn gerade geöffnet hatte und sich hinunterbeugte, um das Putzmittel herauszuholen, schwang auf der anderen Seite der Station eine Tür auf.

Es waren die beiden Pfleger. Sie duckte sich und tat so, als würde sie nach dem richtigen Reinigungsmittel suchen. Dabei beobachtete sie, wie die beiden einen der abgeteilten Bereiche betraten und einen Moment später wieder herauskamen. Sie schoben jemanden in einem Rollbett vor sich her, scheinbar auf dem Weg zu einem Operationssaal. Sie schnappte ein paar Worte von dem auf, was sie mit dem jungen Doktor besprachen, und ihre Vermutung wurde bestätigt.

So viel zu ihrem Instinkt – nichts an alldem war unheimlich. Jana schüttelte angesichts ihrer eigenen Dummheit den Kopf – *erbärmlich*, schalt sie sich selbst –, dann richtete sie sich mit dem Desinfektionsmittel in der Hand auf und ging zu der Tür, durch die sie gerade verschwunden waren.

»ZU DEN STATIONEN 3, 4 UND 5«, verkündete die Anschlagtafel über der Tür.

Sie brauchte einen Moment, bis sie es vollends begriffen hatte. »Verdammt!«, zischte sie, als ihr Gehirn das Problem erkannte. Die Wegweiser zu den OPs, die sie auf ihrem Weg durch den Korridor gesehen hatte, hatten alle nach vorn gezeigt. Das komische Paar bewegte sich mit dem Bett in die völlig falsche Richtung. Wo sie die Person auch hinbringen mochten, ein Operationssaal war es jedenfalls nicht.

Sie ließ das Desinfektionsmittel fallen, zog eilig den Kittel aus und lief auf dem Weg zurück, den sie gekommen war. Sie hatte wertvolle Sekunden verschenkt: Die unheimlichen Pfleger konnten durch jede Tür oder in jeden Fahrstuhl verschwunden sein.

»*Verdomd!*«, knurrte sie auf Holländisch und schlug mit der Faust gegen eine Tür. Wie hatte sie nur so dumm sein können? Was hatten die beiden vor? Und warum verschwendete sie so viel Energie mit der Suche nach ihnen, wenn …

Sie rannte zur Rezeption zurück. Der Empfangsbereich hatte sich mittlerweile geleert und es gab keine Schlange mehr vor dem Tresen. Etwas außer Atem kam sie vor der Schwester zum Stehen.

»Hi.« Sie versuchte, höflich zu lächeln. »Erinnern Sie sich noch an die beiden Pfleger, die vorhin hier vorbeigekommen sind?«

»Hier kommen viele Pfleger vorbei«, murmelte die Frau, ohne den Blick von dem Stapel Einweisungsformulare zu heben, den sie vor sich liegen hatte.

»Wollen wir das mit dem Dummstellen nicht einfach lassen? Sie wissen genau, von welchen Pflegern ich spreche. Ihnen kamen die beiden auch komisch vor!«

Die Rezeptionistin hob langsam den Kopf und Jana begriff, dass es eine andere Frau war als die, die vorher hier gesessen hatte. Wieder fluchte sie, tonlos diesmal, und drehte sich zum Sicherheitsmann um. Der ebenfalls verschwunden war. Tatsächlich war die Rezeption völlig leer.

»Sie haben Ihre Patienten aber schnell abgefertigt. Vor zehn Minuten war es hier noch rappelvoll.«

Die Rezeptionistin reichte ihr einen Stift und ein Blatt Papier. »Sie waren vor ein paar Minuten hier, ja? Haben Sie ein Einweisungsformular ausgefüllt?«

»Ich bin keine Patientin«, sagte Jana und trat zurück. »Ich bin eine … Besucherin. Jana Kristan. Ich will eine Patientin besuchen.«

»Oh. Und welche Patientin wäre das bitte?« Die Rezeptionistin schenkte ihr ein gekünsteltes Lächeln.

Jana zögerte und schluckte. Dann handelte sie gegen ihren Instinkt – den sie heute ohnehin schon viel zu oft ignoriert hatte und der sie nun anschrie, bloß nichts zu sagen – und wagte die Flucht nach vorn. Sie würde die unwissende Ausländerin spielen; das hatte in der Vergangenheit schon öfters funktioniert. »Ich bin aus Holland hergeflogen. Ich besuche meine Cousine, eine Polizistin. Sie ist in Smallmarshes verletzt worden.«

»Und wie lautet ihr Name?« Das Lächeln der Empfangsdame war nun so falsch wie das Schurkengrinsen eines Pantomimen.

Janas Plan schien nicht aufzugehen, also lehnte sie sich über den Tresen und versuchte auf allzu offensichtliche Weise, den Namen der Polizistin zu lesen, obwohl die Schrift für sie auf dem Kopf stand. Die Rezeptionistin wurde von der abrupten Bewegung überrascht und rutschte mit ihrem Stuhl rückwärts, um von der Reporterin wegzukommen.

Plötzlich begriff Jana, was los war. Sie steckte mächtig in Schwierigkeiten: Die Rezeptionistin, die sie zuvor gesehen hatte, lag mit dem Gesicht nach unten unter dem Schreibtisch und Blut sickerte aus einer Wunde neben ihrem Ohr. Jana konnte nicht erkennen, ob die Frau am Leben oder tot war, fürchtete jedoch, dass den Sicherheitsmann sowie die unglücklichen Patienten und ihre Verwandten oder Freunde, die noch vor zehn Minuten hier gesessen hatten, ein ähnliches Schicksal ereilt haben könnte.

Nun, da ihre Tarnung aufgeflogen war, sprang die falsche Rezeptionistin auf und griff panisch nach etwas, das unter einem Stapel Papiere auf dem Schreibtisch lag. Jana schlug mit ihrer Handtasche zu und traf die Hochstaplerin damit an der Schläfe. Als sie zurücktaumelte, riss Jana ihre Tasche auf und holte eine kompakte, blaugraue Pistole mit einem Schalldämpfer aus einem Seitenfach.

»Für den Notfall«, sagte Jana und zielte.

Ihre Gegnerin tat so, als wolle sie zurückweichen, warf sich dann jedoch nach vorn und traf Jana mit einem schnellen rechten Haken am Kinn. Überrumpelt stürzte die Reporterin zu Boden, rollte sich jedoch seitlich ab. Sie prallte gegen einen Stuhl, der geräuschvoll durch den Wartebereich schlitterte. In nicht einmal einer Sekunde hatte sie sich auf ein Knie hochgewuchtet, zielte und schoss.

Die Kugel traf die falsche Rezeptionistin genau in die Stirn. Sie brach auf ihrem Stuhl zusammen, ihr Gesicht zu einem

Ausdruck absoluter Verblüffung erstarrt. Jana hielt die Waffe noch einen Moment länger auf sie gerichtet, nur um sicherzugehen, dann fegte sie die Papiere von der Schreibfläche zu Boden. Unter den Einweisungsformularen lag eine kleine blaugraue Pistole, das gleiche Modell wie ihre Waffe. Jana starrte sie an, dann wischte sie eilig die Fingerabdrücke von ihrer Pistole und tauschte sie gegen die andere aus. Nun sah es so aus, als wäre die Schwindlerin mit ihrer eigenen Waffe erschossen worden.

Ohne die echte Rezeptionistin zu untersuchen oder zu versuchen, die anderen Leute zu finden, hob Jana ihre Handtasche auf und warf die neue Pistole hinein. Sie holte kurz Luft und glättete ihr Haar, dann verließ sie das Krankenhaus. Eine Hand behielt sie in der Tasche, die Finger um den Griff der Pistole geschlossen, für den Fall, dass sich ihr noch jemand näherte.

Der Parkplatz war menschenleer. Sie nahm Kurs auf ihren roten Mini, hielt dann jedoch inne. Etwas stimmte nicht, das konnte sie dank ihrer Ausbildung spüren.

Sie rannte los, suchte Deckung zwischen den parkenden Autos und stürmte auf ihren Wagen zu. Als sie noch zehn Meter davon entfernt war, hörte sie hinter sich zwei Schüsse, die offenbar aus einer schallgedämpften Waffe abgefeuert wurden, und duckte sich Schutz suchend hinter eine Motorhaube. Zwei weitere Schüsse folgten, doch sie galten nicht ihr.

Ihr roter Mini explodierte in einem Feuerball: Die Hitze versengte ihr das Gesicht und sog ihr den Atem aus der Lunge. Die Tür und die Vorderreifen wurden gut zwölf Meter hoch in die Luft geschleudert und prasselten dann in Einzelteilen auf den schwarzen Schotter herab. Krankenhausfenster barsten.

Ein schicker Wagen der Marke MG, der hinter ihrem Mini stand, ging in Flammen auf; einige Sekunden später explodierte der Tank und in der Umgebung barsten weitere Fenster.

Inmitten des Chaos, während Leute schrien und Feuersirenen losgingen, nickte Jana anerkennend. »Sehr gut. Professionelle Arbeit.« Sie wussten, wer sie war, hatten gezielt auf ihr Auto geschossen. Und sie kannte jene blaugrauen Pistolen: Die Leute, die sie verwendeten, waren gut ausgerüstet. Es war mal wieder Zeit zu verschwinden. Und zwar sofort.

Ein kurzer Sprint über den Parkplatz durchs Tor des Krankenhausgeländes auf die Straße brachte sie vom Inferno weg und erlaubte ihr, sich ins allgemeine Getümmel der Passanten zu stürzen. Diesmal schoss niemand auf sie. Sie beeilte sich, in der Menge unterzutauchen. Wenn sie so tat, als wären ihre Kleider nicht verkokelt und ihr Gesicht rußverschmiert, würde niemandem was auffallen. Zügig aber unauffällig ging sie an den Gaffern, verwirrten Einkäufern und geparkten Autos vorbei und machte sich in Richtung des Bahnhofs von Hastings davon.

Obwohl es streng genommen das Labor des UNIT-Hauptquartiers war, hatte Mike Yates sich wie alle anderen daran gewöhnt, es als das Labor des Doktors zu betrachten. Irgendwie verlieh das dem Raum so etwas wie Persönlichkeit und einen tieferen Sinn. Der Doktor gehörte zu UNIT, sein Platz war in seinem Labor, und alle fühlten sich sicherer, wenn er hier war.

Mike war noch nicht lange bei UNIT, dennoch hatte er bereits gelernt, in den meisten Angelegenheiten dem Urteil des Doktors zu vertrauen.

»Seltsamer Typ, aber ein guter Mann«, war Jimmy Munros einziger Kommentar gewesen, als Mike ihn bei einem Cricket-Match nach seinem zukünftigen wissenschaftlichen Berater gefragt hatte, kurz bevor er UNIT beigetreten war. »Ich hatte nicht so viel mit ihm zu tun, weil er laut dem Brigadier wohl ziemlich krank gewesen sein muss.« Mike fiel Munros kryptisches Lächeln wieder ein. »Offenbar ist er ergraut und sechs Zoll gewachsen. James Turner hat ihn nämlich vor ein paar Jahren kennengelernt, und da soll er noch eher klein und dunkelhaarig gewesen sein.«

Daraufhin hatte Mike Major Turner aufgesucht, kurz bevor dieser gemeinsam mit seiner reizenden Frau zu seinem neuen Posten in Ceylon abgeflogen war – oder Sri Lanka, wie man jetzt sagen sollte.

»Ach, der Doktor war einfach göttlich«, hatte Mrs Turner erzählt. »Ich hab ein paar tolle Bilder von ihm in der Hitze des Gefechts.«

Major Turner hatte sich plötzlich geräuspert. »Isobel hat ein Faible fürs Fotografieren«, hatte er erklärt. »Aber leider unterliegen alle Bilder, die sie in meiner Zeit als Captain unter dem Befehl des Brigadiers geschossen hat, der Geheimhaltung. Sobald Sie ganz bei UNIT angekommen sind, darf Isobel sie Ihnen gern zeigen.«

Mike Yates hatte sich zu Dienstantritt gefragt, welcher der beiden früheren Captains sich wohl richtig erinnerte. Doch nachdem er während des kürzlichen Aufenthalts auf den Pazifischen Inseln eng mit dem Doktor zusammengearbeitet hatte, fand er nun, dass keine der Beschreibungen diesem Mann auch nur im Ansatz gerecht wurde. Er mochte den Doktor, obwohl er das nie zugegeben hätte – ihm gefiel seine Form der Anarchie, die er offensichtlich über lange Zeit hinweg kultiviert und verfeinert hatte. Er schätzte es, dass der Doktor den Brigadier ausstechen konnte, ohne ihn dafür je demütigen zu müssen. Und seine Assistentin, Doktor Shaw, mochte er auch – sehr sogar.

Vielleicht sollte er sie fragen, ob sie mal mit ihm ausgehen würde.

Nein, vielleicht lieber nicht. Sie wirkte recht kämpferisch und anspruchsvoll. Das mochte überwiegend eine professionelle Haltung sein – und wahrscheinlich ein Mittel, dem verantwortungslosen Verhalten des Doktors etwas entgegenzusetzen –, aber er bezweifelte dennoch, dass er die nötige Erfahrung oder Geduld hatte, um sie rumzukriegen.

Aber hübsche Beine hatte sie.

Mike räusperte sich und bereitete sich innerlich darauf vor, das Labor zu betreten. Ihm war klar, dass er möglicherweise irgendein ungeheuer wichtiges Experiment störte, bei dem es auf unbewegte Luftmoleküle ankam (deswegen hatte Corporal Nutting sich vor Kurzem eine Predigt anhören müssen), oder mitten in eine hitzige Debatte zwischen dem Doktor und Doktor Shaw platzte. Wann immer Mike in solche Diskussionen hineingeraten war, war er mit seinem Latein dermaßen am Ende gewesen, dass er nicht einmal hätte sagen können, ob sie sich am Anfang, in der Mitte oder am Ende ihres Gesprächs befunden hatten.

Er holte tief Luft, klopfte leicht gegen die grüne Doppeltür und öffnete sie.

»Entschuldigen Sie, dass ich Sie störe, Doktor, aber …«

Das Labor war leer. Die Fenster waren geschlossen, die Luke über der Wendeltreppe offenbar von innen verriegelt, und nichts auf den Arbeitstischen ließ vermuten, dass gerade irgendwelche Experimente liefen. Der Mantel des Doktors hing nicht mehr am Hutständer in der Nähe des Fensters, das den Blick auf den Kanal erlaubte und durch das der Wissenschaftler so oft völlig entrückt hinausstarrte.

»Oh«, sagte er laut und kam sich ziemlich dumm vor.

Das Telefon auf dem Schreibtisch neben der komischen Polizei-Notrufzelle, die der Doktor im Labor abgestellt hatte, klingelte. Er wartete ein zweites Klingeln ab und fragte sich, ob er abheben sollte. Schließlich griff er nach dem Hörer.

»Hallo, UNIT-Labor hier, was kann ich für Sie tun?«

»Ist Liz Shaw gerade zu sprechen?« Die Stimme klang leise, höflich und gebildet.

»Im Moment nicht«, entgegnete Mike. »Soll ich ihr etwas ausrichten?«

Es klickte, dann hörte er nur noch das Freizeichen. »Oh«, sagte er noch einmal. Er legte wieder auf, zuckte mit den Schultern und wandte sich ab, um zu dem Büro zurückzukehren, wo John Benton gerade das Scrabble-Brett aufstellte. »Ich muss dran denken, ihr zu erzählen, dass ihr Vater angerufen hat … oder wer auch immer das war.«

Marc Marshall war nicht sicher, was genau eigentlich passiert war, nachdem die Polizistin gegen die Wand geprallt war. Nicht so richtig.

Er fühlte sich eigenartig benommen, fast war ihm, als würde er schweben. Es erinnerte ihn an die Zeit vor etwa zwei Jahren,

100

als er unter Drüsenfieber gelitten hatte. Immer wieder war er eingeschlafen, hatte zwischendurch das Gesicht seiner Mutter gesehen. Alles war ihm schwer, verschwommen vorgekommen, die ganze Welt schien in Sepiatöne getaucht worden zu sein.

Genau so fühlte er sich nun im Badezimmer des alten Hauses, als die dreiäugige Kreatur ihn über die Schulter warf und ihn an der reglosen Frau vorbeitrug. War sie tot? Er wusste es nicht. Er versuchte, sich darauf zu konzentrieren, was das bedeutete. Tot. Jemand war tot? Er hatte noch nie einen Toten gesehen, doch obwohl das Ganze aufregend und schrecklich hätte sein sollen, konnte er sich auf nichts konzentrieren, keinen einzigen klaren Gedanken fassen. Er trieb dahin …

Erst das Meer brachte ihn wieder zu Verstand. Genauer gesagt die Tatsache, dass er mit dem Gesicht voran in die Brandung geworfen wurde. Er hustete und prustete, als das Salzwasser in seinen Mund drang, versuchte aufzustehen, wegzutaumeln. Aber es war inzwischen dunkel geworden und außer ihm und dem Wesen, das ihn unter Wasser drückte, war niemand am Strand. Er konnte nichts erkennen außer einem Paar dunkler Schuhe.

Nein, nicht Schuhe. Füße. Sehr seltsame Füße. Schlammbraun über grünem Leder … mit drei Zehen.

Und Klauen.

Nein, kein Leder – Schuppen. Wie bei einem Fisch. Oder einer Schlange.

Marc bekam Angst und versuchte, sich durchs Wasser zurück an den Strand zu kämpfen, zappelte, um das Gewicht auf seinem Rücken abzuschütteln. Als er spürte, wie der Druck nachließ, rappelte er sich auf, fiel hintenüber und landete auf dem Hintern.

Und dann sah er es. Dieses *Ding*. Was es auch sein mochte, menschlich war es nicht – kein Faschingskostüm konnte so realistisch aussehen. Außerdem kam ihm an dem Wesen etwas bekannt vor, als hätte er es schon einmal gesehen – vor langer Zeit, irgendwo …

Mama! Wo ist Mama? Haben die Teufelsrücken sie geholt? Was ist mit den anderen?

Sind alle anderen gefangen worden? In diesen seltsamen Käfigen aus Holz, das kein Holz ist, das sich bewegt und einem den Weg abschneidet? Die Teufelsrücken starren einen an, starren einen mit ihren roten Augen an, und ihr Holz, das kein Holz ist, fängt alle ein.

Das muss mit Mama und den anderen passiert sein.

Mama!

»Mum! Hilfe!« Marc starrte zu der Kreatur hoch und zitterte vor Entsetzen am ganzen Körper. Irgendwie wusste er, dass sie ihm wehtun würde. Dieses dritte Auge, das in der Mitte der Stirn saß: Er wusste, dass er das schon einmal gesehen hatte.

Und der Mund, wo war nur der Mund? War das Loch mit dem schuppigen Hautlappen die Nase oder das Maul? Wie konnte das Wesen ohne Ohren hören? Es besaß seltsame flossenartige Fortsätze, die hinten aus seinem Kopf ragten. Warum dachte er überhaupt darüber nach? Das Ganze war nur ein Traum, oder? Es musste einer sein …

Marc versuchte sich einzureden, dass die Kreatur ganz rational betrachtet einfach nicht existieren konnte – was er vor sich sah, war schlichtweg unmöglich. Aber warum kam ihm dieser Anblick dann so bekannt vor?

Das geschuppte grüne Reptil kam auf ihn zu. Es war in eine seltsame Tunika gehüllt, die bis zu seinen Knien reichte. Einen Augenblick später stellte Marc fest, dass er ebenfalls ein solches Kleidungsstück trug. Seine eigenen Klamotten lag in Plastik verpackt neben ihm. Warum fror er nicht? Ja, und warum war er eigentlich nicht nass?

»Warum habe ich dieses Ding an? Wer bist du?« Marc hatte Berichte in der Zeitung gelesen: Jungen und Mädchen, die entführt und sexuell missbraucht worden waren. Mum und Dad sagten ihm immer, er solle sich vor seltsamen Personen in Acht nehmen. Hatte dieses Reptiliending vor, ihn sexuell zu missbrauchen? Marc wusste einiges über Sex, trotzdem hatte er keine genaue Vorstellung davon, was sexueller Missbrauch war. Steve Merrett hatte einmal gesagt, das sei ein Tritt in die Eier, aber Marc glaubte, es müsse etwas weit Schlimmeres sein. Die Kinder, die Opfer sexuellen Missbrauchs wurden, waren am Ende in der Regel tot.

»Bitte, ich will nicht sterben!«

Bitte töte mich nicht. Bring mich wieder zu Mama. Wieder dorthin, wo es das Holz gibt, das keins ist. Bitte tu mir nicht weh.

Bitte starr mich nicht an und verbrenn mich nicht. Bitte? Mama!

Marc schauderte, aber nicht vor Kälte. Es lag an etwas anderem, an etwas, das mit dem Anblick dieses Monsters zu tun hatte. Ihm war nicht bewusst gewesen, dass er fähig war, dermaßen große Angst zu empfinden. Er wollte das Monster anflehen, ihn gehen zu lassen: zurück nach Salford, zu Mum und Dad und ihren schrecklichen Empfängen. Wenn er wenigstens Tante Eve anrufen dürfte.

»Bitte tu mir nicht weh!«

Die Kreatur streckte eine Hand mit drei Klauen aus. Sie hielt ihm einen winzigen Kasten entgegen. Einen Sekundenbruchteil lang glaubte Marc, dass das dritte Auge des Wesens rot leuchtete, aber dann wurde er von einem Geräusch abgelenkt, das aus dem Kasten drang. Drei Töne, in absteigender Höhe, die sich ständig wiederholten. Die merkwürdigen Klänge schlugen ihn in ihren Bann, schienen seinen Verstand vollkommen auszufüllen. Seine Augen nahmen nichts anderes mehr wahr als das Kästchen. Seine Ohren hörten die Wellen, den Wind, selbst den schweren Atem der Kreatur nicht mehr. Nur diese drei Töne, wie die Klänge einer Flöte.

Dieses Geräusch, aus dem Lärmkasten, dieses schreckliche Geräusch. Nein!

Es bedeutet, dass sie es rufen. Das Königsmonster. Mama hat gesagt, es würde jeden fressen, der in seine Nähe käme, sogar die Teufelsrücken.

Das Königsmonster würde andere Monster verschlingen, auch solche, wie die Teufelsrücken sie verwenden. Die Paarjäger wären die einzigen, die sich wehren könnten.

Der Lärmkasten ruft auch die Paarjäger. Mama hat gesagt, sie sind schlimmer als das Königsmonster, weil sie schlauer sind. Mama hat gesagt, sie hätten sich Papa geholt. Einer hat ihm nachgestellt und ihn bemerkt und ihn angestarrt, obwohl er sicher im Gebüsch gehockt hat. Mama hat gesagt, er hätte vergessen, was das Böseste an den Paarjägern ist, und während er den direkt vor sich angesehen hat, hat sich der andere von hinten angeschlichen.

Mama hat gesagt, Papa hätte ihn nicht kommen sehen. Der Stamm hat versucht, ihn zu retten, aber die Paarjäger sind zu schnell gewesen, und Papa schon fort.

Dann hätten die Teufelsrücken ihren Lärmkasten benutzt, um die Paarjäger wieder zu ihrem Lager zurückzurufen. Mama hat gesagt, wenn ich je den Lärmkasten höre, soll ich so schnell weglaufen, wie ich kann. Mich zwischen den Bäumen verstecken, oder im Gebüsch, aber auf jeden Fall weg von dem, was da gerufen würde. Jetzt höre ich den Lärmkasten, aber ich kann nirgendwo hin, und ich kann das Königsmonster knurren hören und ...

Marc schrie, legte eine Hand an seinen Kopf und versuchte verzweifelt, irgendwie auf die Beine zu kommen. Das Geräusch musste aufhören. Musste aufhören ... aufhören ... bevor das kam, was gerade gerufen wurde. Er musste dafür sorgen, dass das Geräusch aufhörte.

Es schreit, macht den Lärm, den seine haarigen Vorfahren immer gemacht haben, wenn wir die Rufgeräte aktiviert haben. Chukk hat gesagt, sie hätten sich weiterentwickelt, stünden nun beinahe auf einer Stufe mit uns. Warum schreit dieser Schlüpfling dann so? Ich muss ihn davon abbringen, aber wie? Das letzte Mal, als ich es bei dem älteren Mann auf der Klippe versucht habe, ist er gestorben. Ich darf nicht so viel Kraft einsetzen.

Konzentrier dich. Hör auf zu schreien! Konzentrier dich.

Es hat aufgehört. Der Schlüpfling ist jetzt leise. Er starrt mich an. Ich hab es geschafft – zumindest hab ich sein Gehirn abgeschaltet, ohne es zu töten.

Also, wo bleibt nun Sula?

Police Sergeant Robert Lines war bei seinen Kollegen als Bob, der Schweigsame bekannt. In diesem Augenblick starrte ihn seine Mannschaft jedoch entgeistert an und wartete darauf, dass er diesen Ruf ruinierte, indem er dem übertrieben gekleideten Mann, der vor dem Rezeptionstisch stand, aus Frust an die Kehle ging.

Das Polizeirevier von Smallmarshes war kein sonderlich großes Gebäude. Es gab zwei Verhörzimmer, eine winzige Kantine und einen gemeinschaftlichen Arbeitsbereich, der Bob gleichzeitig als Verwaltungsbüro diente. Dort gingen auch sämtliche Nachrichten von der Kriminalpolizei Hastings ein.

Das Revier besaß außerdem einen kleinen und antiquiert wirkenden Empfangsbereich, der mit Postern zur Verbrechensbekämpfung und Hinweisen zur Tollwutimpfung dekoriert war. Auf einer Seite war eine Luke in die Wand eingelassen, durch die er sich gerade lehnte, die Fingerknöchel weiß, weil er sich so verkrampft am Rand festhielt. Die Uhr an der Wand teilte Bob mit, dass es zehn nach elf war, also höchste Zeit, seine Polizisten heim zu ihren Familien zu schicken. Sie hatten alle einen höllischen Tag hinter sich und das hier hatte ihnen gerade noch gefehlt.

»Hören Sie, es tut mir leid, Sir, aber das ist eine Angelegenheit für die Polizei, nicht für Zivilisten, egal, wie gut Sie es auch meinen mögen.« Er zwang sich, den hochgewachsenen weißhaarigen Herrn anzulächeln. Er war ein seltsamer Kauz, da war sich Bob sicher: Er war deutlich größer als eins achtzig und sein strohiges Haar hatte schon fast vollständig eine schneeweiße Farbe angenommen; wahrscheinlich war er etwas über fünfzig. Er hatte ein faltiges Gesicht mit einer langen Hakennase und stechenden blauen Augen, die ihm beinahe aus dem Kopf zu fallen schienen. Seine Kleidung war sonderbar und sehr exzentrisch, sie wirkte fast edwardianisch: Er trug ein weißes Rüschenhemd, ein königsblaues Smokingjackett und darüber ein langes, schwarzes Cape mit rotem Seidenfutter.

Der Exzentriker erwiderte das Lächeln. »Könnten wir uns vielleicht unter vier Augen unterhalten, Sergeant? Ich kann Sie sicher davon überzeugen, dass ...«

»Wir sind unter vier Augen, Mister ...?«

»›Doktor‹ wäre passender.« Der große Mann deutete auf eines der Verhörzimmer, das durch die Luke zu sehen war. »Nur wir beiden?«

Sergeant Lines seufzte, lockerte seinen Griff um den Rand der Luke und wackelte mit den Fingern, um die Durchblutung anzuregen. Wenn er sein Wohlwollen doch bloß genauso leicht steuern könnte. Er nickte zum Türdurchgang links von der Luke.

Der Doktor dankte ihm, öffnete die Tür und marschierte am Sergeant vorbei direkt in das kleine Verhörzimmer.

Bevor Sergeant Lines irgendetwas sagen konnte, legte ihm der Doktor einen Ausweis in die Hand. Das Foto zeigte eindeutig den Mann, der vor ihm stand, aber sonst wusste Lines mit den Informationen auf der Karte nichts anzufangen.

»Es tut mir leid, Doktor, aber von UNIT habe ich noch nie was gehört. Was genau machen die?«

Der Doktor ließ sich auf einen der harten Holzstühle plumpsen. »Meistens Leben retten.«

»Also was Medizinisches?« Sergeant Lines hatte beschlossen, sich wenigstens ein bisschen gastfreundlich zu geben, wenn er sich einer langen Unterredung schon nicht entziehen konnte. Er griff nach dem Hörer des internen Telefons, das auf dem Tisch stand, und drückte auf einen Schalter. Ein schwaches Summen kam zugleich aus dem Hörer und der Tür hinter ihm. Einen Moment später meldete sich jemand am anderen Ende. »Hallo, Pat, hier ist Bob Lines«, sagte er unnötigerweise. »Ich weiß, es ist spät, aber könnten Sie vielleicht Tee für zwei zum Verhörzimmer 2 bringen? Danke, meine Liebe.«

Der Doktor stand auf. »Ich habe wirklich keine Zeit zum Teetrinken, Sergeant. In Smallmarshes gehen Dinge vor sich, um die man sich kümmern muss.«

Bob Lines nickte langsam, setzte sich gegenüber vom Doktor hin und bedeutete ihm, ebenfalls wieder Platz zu nehmen.

»Das mag sein, Doktor, aber eins nach dem anderen. Sie sagen, Sie sind den ganzen Weg von London hergekommen, weil Sie Informationen darüber haben, was mit Barbara Redworth passiert ist.« Es klopfte an die Tür und seine Angestellte Patricia Haggard kam mit einem Tablett herein, auf dem Teetassen, Milch, Zucker und eine große schwarze Teekanne standen. Lines dankte ihr, schloss die Tür und servierte den Tee.

»Milch und Zucker?«

»Drei, bitte.«

Bob hob eine Augenbraue. »Nun, Doktor, fangen wir am Anfang an. Wer genau sind Sie, warum sind Sie hier, was wissen Sie über den Fall, und warum sollte mich diese Organisation mit dem Namen UNIT interessieren?«

Der Doktor schwang seine langen Beine auf den Tisch. Dann zuckte er einmal mit den Schultern und sein Umhang fiel ordentlich über die Stuhllehne. Er fing an, sich den Nacken zu massieren. »Nun, das ist nicht so einfach zu erklären, Sergeant. UNIT steht mit der Regierung in Verbindung und fällt damit unter das Staatsgeheimnis. Ich kann Ihnen jedoch immerhin sagen, dass ich wegen der Umstände hier bin, unter denen Barbara Redworth verletzt wurde. Wir haben einen Bericht bekommen, der mich veranlasst hat, Sie hier aufzusuchen.« Er lächelte breit. »Was war Ihre andere Frage?«

Sergeant Lines zuckte mit den Schultern. »Ich wollte nur wissen, wer Sie sind. Aber das fällt bestimmt auch unter das Staatsgeheimnis, oder?«

Der Doktor nickte entschuldigend. »Sie werden mir einfach vertrauen müssen, Sergeant. Ich stehe auf der richtigen Seite.«

Sergeant Lines seufzte und schlürfte seinen Tee. »Ich kann nicht behaupten, dass ich mich wohl dabei fühle, Doktor. Barbara Redworth wurde heute Nachmittag um fünfzehn Uhr fünfundvierzig zum letzten Mal wohlauf gesehen. Wir waren zusammen mit der Division aus Hastings, zu der sie gehörte, auf eine Klippe hochgeschickt worden, um einen VA zu untersuchen.«

Der Doktor hob eine Hand. »VA? Verstorben bei Ankunft?«

»Nein«, sagte Bob Lines. »VA steht bei uns für völlig abgebrannt. Wir kannten den Verstorbenen nur als Jossey, aber offenbar war er früher mal Filmstar: Justin Grayson. Die Todesursache steht noch nicht fest.« Er leerte seine Tasse und griff nach der Kanne. Höflich bot er dem Doktor an, auch ihm nachzuschenken, aber der lehnte ab.

Bob schwieg kurz, trank noch etwas Tee und fuhr dann fort: »Einer meiner Kollegen hat gesehen, wie Redworth das verfallene Seaview Cottage betreten hat. Sie kam nicht wieder raus, ein paar meiner Jungs schlugen Alarm und dann fanden wir sie im Obergeschoss, wo sie auf dem Boden kauerte und Bilder an die Wand malte. Keiner bekam ein vernünftiges Wort aus ihr raus. Das Rettungsteam hat berichtet, dass sie richtig aggressiv wurde, als sie sie aus dem Haus holten.«

»War sie angegriffen worden? Auf irgendeine Weise verletzt?«

Bob Lines hob die Hand. »Das kann ich nicht beantworten, Doktor. Ich bin kein, ähm, Doktor.«

Der Doktor rieb sich wieder den Nacken. »Na gut, das ist die offizielle Antwort. Aber was ist Ihre Meinung?«

Der Sergeant dachte einen Moment lang darüber nach. Er hatte nicht wirklich etwas gegen die Frage einzuwenden. Seltsamerweise spürte er, dass er anfing, diesem eigenartigen Mann zu vertrauen. »Das muss unter uns bleiben, Doktor. Ich muss Sie bitten, meine Ansichten in keiner Weise als Tatsachen auszulegen. Es wäre mir sogar am liebsten, wenn Sie gleich wieder vergessen würden, was ich Ihnen jetzt erzähle.«

Der Doktor stimmte zu und Sergeant Lines fuhr fort: »Möglich, dass sie angegriffen wurde. Ich glaube nicht, dass es ein sexueller Übergriff war. Als ich sie im Krankenwagen sah, war ihre Uniform schmutzig und nass ...«

»Nass?«

»Ja, nass. Man hat sie zusammengekauert in einem dreckigen Badezimmer gefunden, neben einer Wanne voll mit trübem, abgestandenem Wasser. Davon hatte sie anscheinend eine Menge abbekommen, genau wie der Boden auch. Um ehrlich zu sein …« Lines kaute einen Moment lang auf seiner Unterlippe herum. Dann sagte er: »Um ehrlich zu sein, hab ich mich gefragt, ob in dem Wasser irgendwas Ansteckendes gewesen sein könnte.«

Der Doktor zuckte mit den Schultern. »Dann hätte sie ungewöhnlich schnell darauf reagiert. Soweit ich weiß, würde keine durch Wasser übertragbare Krankheit einen so plötzlichen Effekt hervorrufen.«

Sergeant Lines nippte wieder an seinem Tee. »Der Rettungssanitäter teilt Ihre Ansicht. Jedenfalls wurde sie dann ins Krankenhaus von Hastings gebrach. Mehr erfahren wir erst morgen früh.«

Der Doktor stand auf. »Gut, dann brechen wir mal auf.«

Sergeant Lines blinzelte verwirrt zu ihm hoch. »Wohin? Zum Krankenhaus? Wissen Sie eigentlich, wie spät es ist?«

Der Doktor schüttelte den Kopf. »Menschenskind, ich muss nicht ins Krankenhaus! Ich möchte, dass Sie mich zu diesem Seaview Cottage bringen. Ich nehme an, Sie sind sicher, dass ihr Angreifer, falls es einen gibt, mittlerweile weg ist, richtig?«

Sergeant Lines nickte. »Wir haben das Haus von oben bis unten durchsucht. Da war niemand. Hätte sie nicht Schwellungen im Gesicht gehabt, die nach Ansicht des Rettungssanitäters auf jeden Fall von einem harten Schlag verursacht worden sind, wären wir davon ausgegangen, dass sie, na ja, eine Art Nervenzusammenbruch hatte.«

Der Doktor fing an, in dem kleinen Zimmer auf- und abzugehen. »Die Tasche, die sie mitgenommen hat. Wo ist die?«

Sergeant Lines hob die Schultern. »In Hastings, schätz ich mal. Soll ich sie herschicken lassen?«

»Ja, bitte. Und was dieses Cottage angeht ...«

»Hören Sie zu«, sagte Lines und hob die Hände. »Es ist schon fast Mitternacht. Ich will Ihnen ja gern helfen, aber nicht mehr heute. Es ist dunkel, wir sind alle müde, und das Gebäude dort ist abbruchreif, dass wir beim Betreten Kopf und Kragen riskieren würden. Es gibt kein Licht, keine Heizung, nicht einmal Strom, um eine behelfsmäßige Beleuchtung zusammenzuschustern. Gleich als Erstes morgen früh treffen wir uns vor Ort und gehen mit ein paar von meinen Jungs rauf.« Er blickte den Doktor an und rechnete mit einer hitzigen Antwort. »Aber nicht mehr heute Nacht.«

»Sie haben völlig recht, Sergeant. Sagen wir, halb acht?«

Sergeant Lines dachte an sein warmes Bett, seine warme Ehefrau, warmen Tee und Toast. Er dachte außerdem an die Dusche, die er gewöhnlich um acht nahm. Dann dachte er an Barbara Redworth. »In Ordnung, um halb acht. Darf ich Sie was fragen, Doktor?«

»Tun Sie sich keinen Zwang an.«

»Wie haben Sie, oder dieses mysteriöse UNIT, überhaupt davon erfahren?«

Während der Doktor sich sein Cape überwarf, holte er einen großen braunen Umschlag aus einer Innentasche. »Von Ihrem Polizeifotografen, nehme ich an. Irgendwer hatte genug Verstand, die Sache an die nächsthöhere Stelle zu melden, und die haben's an UNIT weitergeleitet. Und an mich.«

Sergeant Lines runzelte die Stirn, während er die Fotos durchsah. »Die hat kein Polizeifotograf gemacht. Joe aus Hastings hat die Leiche fotografiert, aber der war schon weg, als Redworth gefunden wurde.«

Der Doktor musterte ihn einen Augenblick lang, dann öffnete er die Tür und trat auf den Gang hinaus, wo er Pat zunickte, die sogleich die Gelegenheit nutzte, ins Zimmer zu schlüpfen und das Teegeschirr einzusammeln. »Das spielt sicher keine Rolle. Wir sehen uns dann morgen früh, Sergeant. Und vielen Dank für Ihre Hilfe.«

Sergeant Lines und Pat, die das Tablett in den Händen hielt, sahen dem Doktor nach, wie er in den Empfangsbereich zurückging und dann in die warme Nacht hinaustrat. Die Tür fiel zu und dann waren sie allein im Revier. Nach dem Chaos des Tages kam es ihnen plötzlich unnatürlich ruhig und friedlich vor.

»Wer war der Kerl, Sergeant?«

Bob Lines lächelte grimmig. »Ich hab keine Ahnung, Pat. Aber eins sag ich Ihnen: Hier sind schon eine Menge Irre mit wilden Geschichten reinspaziert, aber keiner von denen war so überzeugend oder direkt wie er. Ich hab keinen Schimmer, wer er sein mag, aber ich werde ihm helfen. Ich glaub nämlich, dass er mehr als wir darüber weiß, was hier vor sich geht.«

Pat schob die Luke zu. »Sie glauben, er kennt die Antworten?«

Sergeant Lines knipste das Licht aus. »Ja. Ihm fehlen nur die richtigen Fragen.«

Die Begriffe »Luxus« oder »Haute Cuisine« hätte man nicht unbedingt mit dem Sandybeach Hotel in Verbindung gebracht.

Den angebotenen Käse und Wein hatte der Doktor jedoch bereits gekostet und für ein Bed-and-Breakfast außerhalb der Saison schlug es sich gar nicht schlecht.

Als er angekommen war, hatte ein mürrischer Gastwirt die funkelnagelneuen Banknoten entgegengenommen, die der Doktor von UNIT bekommen hatte, und ihm das »übliche Glas Vino zur Begrüßung« angeboten. Der Barbereich wirkte zwar ein wenig schäbig – die Blümchentapete war wirklich alt-modisch und an einer Korkpinnwand hingen ausgeschnittene Zeitungsartikel über das örtliche Theater –, dennoch hatten die beiden Männer bald eine lange und angeregte Diskussion über die besten Weine begonnen und darüber gefachsimpelt, wo man sie bekam und wie man sie am besten lagerte. Der Gastwirt hatte ein verwirrtes Gesicht gemacht, als der Doktor ihm von einem »hübschen, kleinen Essig« erzählt hatte, den er einmal von Elbyon mitgebracht hatte, hatte jedoch nichts dazu gesagt und ihm einfach noch ein Glas vom genießbaren Rotwein des Hauses eingeschenkt.

Nun stand der Doktor vor dem dunklen Hotel und schaute zum Fenster seines Zimmers mit Ausblick hinauf. Er suchte in seinen Manteltaschen nach dem Haustürschlüssel, und wäh-rend er mit den Fingern nach dessen Konturen tastete, drehte er sich unwillkürlich noch einmal zu den Klippen um.

Weiter die lange Straße hinauf konnte er gerade eben den Umriss des einsamen Cottages am Klippenrand erkennen, wo Barbara Redworth offenbar etwas zu Gesicht bekommen hatte, das sie dazu getrieben hatte, Bilder zu malen, wie er sie ein paar Monate zuvor bei dem Vorfall in Wenley Moor gesehen hatte.

Nein, er würde nicht bis halb acht am nächsten Morgen warten können. Als die Stadtuhr Mitternacht schlug, wickelte er sich fest in sein Cape, um die kalte Meeresbrise abzuhalten, und marschierte auf Bessie zu. Er brauchte einige Minuten, bis er das Auto erreicht hatte, weil er auf einem schmalen Parkstreifen am Fuß der Klippenstraße geparkt hatte. Aus dem Kofferraum holte er eine starke Taschenlampe hervor und testete sie, indem er ihren weißen Lichtstrahl in den Himmel richtete. Hier, fernab der orangefarbenen Stadtlichter, konnte er zahllose Sterne erkennen, die auf ihn herabfunkelten.

Er richtete den Strahl auf die schmale Straße und machte sich auf den Weg, hinaus aus der Stadt und hinauf zum fernen Cottage. Sobald der Halbschatten der letzten Straßenlaterne verschwunden war, wandte er sich um und suchte die Straße hinter sich ab. Der Mann, der ihm gefolgt war, seit er das Hotel verlassen hatte, war nicht mehr zu sehen. Vielleicht handelte es sich lediglich um einen nächtlichen Spaziergänger, der vor dem Zubettgehen noch ein wenig Meeresluft schnuppern wollte. Der Mann hatte jedoch nicht wie die Ortsansässigen ausgesehen und war auch anders gekleidet gewesen, außerdem hatte der Doktor weiterhin das vage Gefühl, beobachtet zu werden.

Nicht, dass das eine Rolle spielen würde, dachte er. Sein Modegeschmack war nun einmal unfehlbar und es wäre nicht das erste Mal, dass ihm jemand aus Neugier und Bewunderung folgte. So wie sich die Siebziger zu entwickeln schienen, erwartete er, dass es in den nächsten paar Jahren noch häufiger vorkommen würde. Wichtig war im Augenblick nur, das Cottage zu untersuchen. Er wandte sich wieder um und ging weiter die Küstenstraße hinauf.

Als er sich dem Gebäude näherte, sah er das blau-weiß gestreifte Band, mit dem das gesamte Areal abgesperrt worden war. Der Lichtstrahl seiner Taschenlampe fiel auf ein krudes Schild, das am Flatterband angebracht war. Es informierte die Bürger höflich darüber, dass hier eine polizeiliche Ermittlung stattfinden würde, dass das Gebäude nicht sicher sei und dass sich alle fernhalten sollten.

Der Doktor beachtete die Warnung nicht, duckte sich unter dem Band hindurch und ging zur Haustür. Mit dem Schallschraubenzieher hatte er das einfache Vorhängeschloss im Handumdrehen geöffnet. Er stieß die Tür auf.

Wie der Polizistin Redworth fielen dem Doktor sofort die Sofabezüge auf, die in die Fensterrahmen hineingebrannt worden waren. Mit dem Finger fuhr er die Naht entlang.

Definitiv Silurianer.

Er ging direkt zum Badezimmer im Obergeschoss hinauf, aber da gab es nicht viel zu sehen. Ein Teil des Wassers in der Badewanne war offenbar bereits verdunstet. Auch hier war Stoff am Fenster festgeschweißt worden, aber eine Ecke war weggerissen, und im Gips darunter zeigten sich tiefe Furchen.

Nach weiteren zehn Minuten des Suchens hatte er kaum etwas gefunden. Erst als er schon wieder unten war und gerade gehen wollte, entdeckte er den Zugang zum Keller. Er war leicht zu übersehen: In den Steinboden der zerstörten Küchenecke war eine unscheinbare Luke eingelassen. Sie sah aus wie eine der naturbelassenen Steinfliesen, besaß allerdings zwei kleine, rostige Metallgriffe zum Öffnen.

Der Doktor packte die Griffe mit beiden Händen und zog kräftig daran. Die Falltür ließ sich nicht bewegen, dafür gab jedoch das rostige Metall nach. Er fiel nach hinten und landete hart auf seinem Hintern. Die Kellerluke blieb verschlossen.

Er kniete sich daneben und fuhr mit den Fingern die Rillen am Rand entlang. Die Polizei hatte die Luke definitiv bemerkt – er entdeckte Spurensicherungspulver in der Nähe der Griffe, das aber nichts offenbart hatte –, doch genau wie ihm war es ihnen nicht gelungen, sie zu öffnen. Sergeant Lines würde wahrscheinlich sagen, dass diese Luke, nachdem sie schon so lange nicht mehr geöffnet worden war, wahrscheinlich für immer verschlossen bleiben würde.

Der Doktor inspizierte sie etwas genauer. Die Luke war viel älter als das übrige Cottage, also musste es hier schon früher ein Gebäude gegeben haben, lange bevor das gegenwärtige gebaut worden war. Ein Keller in so einem alten Gemäuer an so einem Ort hatte wahrscheinlich früher als Geheimgang oder als Versteck für Schmuggler und ihre Ware gedient, vermutlich stammte er aus dem siebzehnten Jahrhundert. In dem Fall wäre die Luke von unten verschlossen oder verriegelt, um dem Zöllner einen Strich durch die Rechnung zu machen.

Er stellte seinen Schallschraubenzieher auf eine bestimmte Frequenz ein und fuhr damit an den vier Rändern entlang, bis er ein Piepen wie von einem Echolot hörte. Er stellte das Gerät neu ein, richtete es auf die Fundstelle über dem verborgenen Riegel und zersägte ihn mit einem dünnen Schneidestrahl.

Sekunden später stand die Luke offen und der Doktor stieg eine feuchte Holztreppe hinab. Unten verschwand ein trockener Sandweg in der Dunkelheit. Der Doktor nahm an, dass er zu einer versteckten Höhle am Strand führen würde, die von der Klippe aus, zum Beispiel von Zöllnern, nicht erkennbar war. Er prüfte die Stärke des Lichtstrahls seiner Taschenlampe, dann machte er sich auf den Weg. Was auch immer im Haus gewesen war, musste diesen Weg genommen haben. Schon bald bestätigte sich sein Verdacht: Er fand im zunehmend feuchten Sand unverwechselbare Abdrücke von Füßen mit drei Klauen.

Er hatte es mit einer weiteren Kolonie von Silurianern zu tun. Würden sie feindselig sein oder entspannt? Würden sie ihm erlauben, zwischen ihnen und den Menschen zu vermitteln, wie er es schon einmal versucht hatte?

Bevor er Antworten auf diese Fragen finden konnte, hörte er einen Schrei, zweifellos von einem Kind in Not. Er verließ den Tunnel im Laufschritt und fand sich an der stürmischen Küste wieder.

Über das Rauschen der Brandung hinweg vernahm er die vertraute Tonfolge eines Rufkästchens der Silurianer, die der Wind zu ihm herübertrug. Als er seine Taschenlampe in die Richtung hielt, erhaschte er einen Blick auf ein Reptilienwesen, das mit einem halbnackten Menschen sprach, offenbar einem Jungen im Teenageralter.

Der Doktor schaltete die Taschenlampe ab. Irgendetwas wühlte mit einem Mal die See auf. Fasziniert sah er zu, wie ein weiteres schuppiges Wesen, das ein netzartiges Kleidungsstück trug, aus den Wellen stieg. Die beiden Reptiloiden wiesen geringfügig andere Merkmale auf als die, denen er in Wenley begegnet war. Vor allem wuchsen ihnen statt Ohren zwei Flossen aus dem Kopf, die nach hinten ragten.

»Hallo?«, rief er. »Hallo, ich will Ihnen helfen. Ich weiß, wer Sie sind und …«

Nur das Wesen, das gerade aus dem Meer gestiegen war, hörte ihn. Es kreischte, wirbelte herum und zeigte auf ihn. Dann begann sein drittes Auge rot zu glühen und es bewegte den Kopf rhythmisch von einer Seite auf die andere.

Der Doktor sah, dass das erste Wesen aufhörte, mit dem Jungen zu sprechen, und auf ihn zugelaufen kam. Eine Sekunde später erfasste den Doktor die volle Gewalt des Augenstrahls und er fiel auf die Knie.

»Ich will Ihnen helfen«, keuchte er, dann kippte er mit einem erstickten Röcheln mit dem Gesicht voran in den nassen Sand. Einen Moment später bekam er einen Tritt in die Seite versetzt.

»Ungeziefer! Wir werden alle Affen auslöschen.«

Wieder zielte das Reptil mit dem dritten Auge. Der Doktor begann, angestrengt und flach zu atmen und sich unter dem Angriff zu winden.

DRITTE
EPISODE

Die winzige Insel war felsig und voller Flechten. Ein paar niedrige Sträucher und zähe Blumen kämpften auf der kargen Fläche ums Überleben, doch die meisten Pflanzen, die hier aufkeimten, starben bald, da die wenige verfügbare Erde rasch aufgebraucht war oder von den Wellen fortgespült wurde, die immer wieder über das Ufer leckten.

Vor langer Zeit war sie einmal mit dem europäischen Kontinent verbunden gewesen – mit Südfrankreich, um genau zu sein –, doch die Bewegung der tektonischen Platten vor vielen Millionen von Jahren hatte dafür gesorgt, dass eine Anzahl von Felszungen vom Festland abgebrochen war. Von der Natur gewaltsam davongerissen und von den Peitschenhieben des Ärmelkanals erodiert, waren sie schließlich ein Stück entfernt zur Ruhe gekommen. Später nannte man sie Kanalinseln und die Franzosen und Briten stritten sich jahrhundertelang darum, wem sie gehörten.

Der durchschnittliche Engländer oder Franzose, den man nach den Inseln fragte, konnte Jersey, Guernsey, Alderney und Sark aufzählen. Die Handvoll kleinerer Eilande, die sie umgaben, wurde gemeinhin ignoriert. Die meisten wussten nicht einmal von ihrer Existenz.

Die südlichste dieser Inseln, von der nächsten Nachbarin fünfunddreißig Minuten mit dem Motorboot entfernt, war am wenigsten bekannt und wurde kaum besucht. Ihr Durchmesser betrug weniger als eine halbe Meile und die Ortsansässigen nannten sie L'Ithe. Eine Gruppe von Vogelkundlern hatte hier einmal übernachtet und 1969 hatten ein paar Hippies, die es mit der freien Liebe weiter treiben wollten, als das Popfestival der Isle of Wight zugelassen hatte, ein Boot gemietet und waren zu der Insel gesegelt, um dort eine Kommune zu gründen.

Innerhalb einer Woche waren sie zurückgekehrt und hatten behauptet, L'Ithe sei verflucht. Die wenigen Zeitungen, die davon berichteten, führten das auf Experimente mit LSD zurück, aber ein berühmtes Medium namens Psychic Shirl reiste gemeinsam mit einem Reporter und einem Fotografen des *Daily Mirror* dorthin, um zu versuchen, ein paar übernatürliche Erscheinungen heraufzubeschwören. Es gelang ihnen nicht und nach ein paar Wochen verblasste das Interesse an der Insel zum größten Teil wieder. Für die Bewohner der Kanalinseln war das eine Erleichterung: eine Attraktion weniger, die dazu führte, dass Touristen ihre unberührte Natur platt trampelten.

Nur Tom Renault beklagte sich. Er kam aus Rotherham (und war eigentlich auf den Namen Thomas Reynold getauft worden). Er betrachtete sich selbst als den einzigen wahren Unternehmer der Kanalinseln und erkannte das Potenzial der »verfluchten Insel« als Touristenattraktion. Mit seinem falschen französischen Akzent und seiner ausgedachten Herkunft machte er weithin Werbung für seine billigen Inselferien und schaltete sogar Anzeigen in der *Winchester Gazette* und der *Portsmouth Herald.*

Doch das interessierte niemanden. Schlimmer noch: Die anderen Inselbewohner begannen, ihn zu meiden, besonders nachdem die Freifrau von Sark ihn persönlich in einem Brief darum gebeten hatte, seine Idee zu verwerfen. Er schrieb zurück, dass er ihre Sorge verstehen würde, erklärte jedoch, dass er als Geschäftsmann jedes Recht hätte, alle Mittel zu nutzen, um seinen Lebensunterhalt zu verdienen. Es kam keine Antwort. Er hatte die angesehenste Person auf den Inseln verärgert und wurde in kürzester Zeit zu einem geächteten Mann.

Die Lage verschlechterte sich so sehr, dass Tom eines Tages verkündete, er würde Jersey verlassen, um sich ein Haus auf »seiner« Insel zu bauen und dort zu leben. Da alle der Ansicht waren, dass es besser war, ihn einfach loszuwerden, statt weiter zu versuchen, ihn von seiner verrückten Idee abzubringen, hob niemand auch nur eine Augenbraue, als er sein Ruderboot mit Holz belud und Richtung L'Ithe davonfuhr.

Vier Tage später wurde sein Boot gefunden: Es trieb in der Nähe des Hafens von Guernsey. Tom saß darin, zumindest wurde angenommen, dass er es war. Der Leichnam war schrecklich verbrannt, ebenso wie der Boden des Bootes. Man vermutete, er könnte eine Öllampe umgestoßen haben oder etwas Zigarettenasche wäre mit einem undichten Benzinkanister in Berührung gekommen. Das Holz, das er dabei gehabt hatte, musste innerhalb von Sekunden in Flammen aufgegangen sein und Tom war wohl nicht rechtzeitig entkommen.

Zwar wurde weder eine Öllampe noch ein Benzinkanister auf dem Boot gefunden, aber es war ja durchaus möglich, dass beides bei Toms Kampf gegen das Feuer versehentlich über Bord gegangen war.

Ein Arzt aus Southampton bestätigte anhand von zahnärztlichen Unterlagen Toms Identität und seine Überreste wurden nach Rotherham geflogen, wo lediglich zwei entfernte Cousins und ein alter Freund der billigen Beerdigung auf einem örtlichen Friedhof beiwohnten.

Einzig ein Umstand des Falls hätte Verdacht erregen können, doch die Polizei von Guernsey hatte das Ganze nicht extra kommentiert, obgleich Constable Stuart Halton es in seinem Bericht erwähnt hatte. Halton war hinzugezogen worden, als das Boot entdeckt worden war: Er war verantwortlich dafür gewesen, es ins Dock zu zerren und Toms Leiche zu inspizieren. Danach hatte er das Boot zur Verwahrung aufs Revier bringen lassen. Fünf Monate später, nachdem die Sache als Unfall deklariert worden war, wurde das Boot zerschlagen und als Feuerholz verwendet. Halton hatte jedoch etwas beobachtet, das sonst niemanden interessiert hatte: Das Feuer musste unter Wasser weitergebrannt haben, denn der Kiel des Boots war verkohlt gewesen. Überdies schien das winzige Loch, durch das Wasser ins Boot gelangt war, von unten hineingebrannt worden zu sein.

Haltons Bericht wurde zu den Akten gelegt, als der Fall abgeschlossen wurde, und nie wieder angeschaut. Einige Monate später war Tom Renault nahezu vergessen und niemand schien ihn sonderlich zu vermissen. Halton und seine Kollegen gaben Kopien der Akten an die Abteilung für Polizeiaufzeichnungen des zentralen Informationsamts weiter. Das Ganze geriet in Vergessenheit.

Doch dann landeten die Unterlagen in den Händen einer großen holländischen Frau namens Jana Kristan, die sich mit ihrem Auslandskorrespondentenausweis von der Nationalen Vereinigung für Journalisten Zugang zum Zentralen Informationsbüro verschafft hatte.

Sie hatte Constable Haltons Bericht fotokopiert, rote Kreise um seine Kommentare zur Brennrichtung gemalt und die Originalakte zurückgegeben. Während sie bei der Rückgabe auf dem Formblatt unterschrieb, das an die Innenseite der Akte geheftet war, fiel ihr auf, dass drei Tage vorher schon einmal jemand diese Akte gelesen hatte. Sie versuchte, die Unterschrift zu lesen, drehte sie auf die Seite und sogar auf den Kopf, konnte das Gekrakel jedoch nicht entziffern.

Im Anschluss war sie zum Bahnhof London Bridge gegangen und hatte den Zug nach Tunbridge Wells genommen, von wo aus sie mit der Regionalbahn über Hastings weiter nach Smallmarshes gefahren war.

»Ich bin ein Erdreptil. Das war ich schon immer und werde es bis zu meinem Todestag sein – und darüber hinaus. Jedes Werk, das meinen Namen Baal D'jo trägt, wird der Zukunft mitteilen, dass ich zu meiner Lebenszeit ein Erdreptil war.

Ich bin ein Erdreptil. Mein Vermächtnis ist die Erde. Weder werde ich mich unter ihrer Oberfläche verkriechen, noch sie aufgeben. Es ist mein Recht, frei auf meiner Welt zu wandeln, der Welt, die meine Ahnen und ich gestaltet haben. Die Erde, das räume ich ein, mag mich vergessen haben, sie wird sich jedoch schon bald an mich erinnern, wird mich mit offenen Armen willkommen heißen und ich werde in ihrer Herrlichkeit schwelgen.

Ich bin ein Erdreptil. Meine Zukunft gehört der Erde, meinen Eltern und meinen Vorfahren. Meine Zukunft, Brüder und Schwestern, mein Fleisch und Blut, ist eure Zukunft. Gemeinsam werden wir die Ketten sprengen, die uns an die Vergangenheit fesseln, die Vergehen der Alten, Unwissenden und Furchtsamen. Gemeinsam werden wir unseren Planeten zurückfordern. Wenn die Affen unsere Überlegenheit nicht anerkennen, werden wir sie auslöschen.

Ich bin ein Erdreptil. Ihr alle seid Erdreptilien. Und heute beginnt die Morgendämmerung unserer Zukunft.«

»Tautologie, Baal.« Auggi drückte auf einen Knopf an der Konsole. »Letzten Absatz korrigieren«, befahl sie dem Computer. Der Absatz wurde sofort rot unterlegt. »Den Teil musst du noch mal überarbeiten.«

Baal fuhrt mit einer Klaue über das Sensorenfeld. »Und wie findest du es insgesamt betrachtet, Mutter? Würde Chukk das Ganze aufrührerisch nennen?«

»Das nehme ich stark an. Ich will es sogar hoffen. Chukk würde ein Schock ganz gut tun, und wenn du das morgen Abend im Saal verliest, wird er bestimmt einen bekommen.« Sie trat vom Computer weg. »Dann lass ich dich mal mit der Überarbeitung allein. Die Wörter ›Beginn‹ und ›Morgendämmerung‹ bedeuten dasselbe, so wie du sie hier verwendest.«

Baal starrte den Text an und nickte. »Danke, Mutter.« Er schaute ihr geradewegs in die Augen und hob die rechte Hand, die Klauen eingezogen, die Handfläche nach vorn. Sie legte

ihre Handfläche gegen seine, dann verbeugten sie sich vor-
einander.

»Gute Nacht, mein Lieber.« Nach einer weiteren leichten
Verbeugung verließ Auggi das Zimmer und machte sich auf
den Weg in die Tiefen des Unterschlupfs.

Lächelnd folgte sie dem unebenen Gang in Richtung ihres
Quartiers. Alles verlief nach Plan. Während Baal seine Rede
vorbereitete, würden Sula und Tahni bald von der Mission
zurückkehren, auf die er sie geschickt hatte. Und sie selbst?
Nun, sie wartete – auf ihren Augenblick des Triumphs. Nach
all den Jahren … Sie hielt inne. »Nach all den Jahren.« Eine
interessante Wendung. Ihr und den anderen im Schutzraum
kam es wie ein Jahrzehnt vor. In Wahrheit waren Millionen
von Jahren verstrichen und ihre gesamte Zivilisation war spurlos verschwunden. Die Welt hatte sich gewandelt. Kontinente
hatten sich bewegt und geteilt, aus wenigen Landmassen waren
viele geworden. Icthar und die Triade hatten ihr und Chukk
erzählt, dass Tausende ihrer Gefährten umgekommen waren,
ohne es mitzubekommen. Tektonische Platten und die Kon-
tinentalverschiebung hatten ihre Schutzräume während des
Langen Schlafs pulverisiert.

Icthar und die Leute in seiner Basis waren vor rund vierzig
Jahren erwacht und die Triade hatte im Zuge ihrer Forschung
viel über die »neuen« Besetzer der Erde herausgefunden. Der
winzige Planetoid, den die Wissenschaftsdivision entdeckt
hatte, war nicht an der Erde vorbeigeschossen, hatte auch nicht
ihre Atmosphäre mit sich gerissen, sondern war stattdessen in
eine Umlaufbahn eingetreten. Da er das Sonnensystem nicht
verlassen hatte, waren die Maschinen, die die Erdreptilien aus

ihrem Schlaf hatten erwecken sollen, nicht aktiviert worden. Und so hatten sie jahrtausendelang weitergeschlafen, bis die Affen sie unabsichtlich aufgeweckt hatten.

Auggi dachte an das zurück, was Icthar zu erzählen gehabt hatte, als er das letzte Mal von der Triadenbasis auf der anderen Seite der Welt aus mit ihnen kommuniziert hatte.

»Wir haben aufregende Neuigkeiten, Chukk«, hatte er gesagt. »Die Triade hat Botschaften von zwei weiteren Stationen empfangen, beide in eurer näheren Umgebung.«

Chukk hatte sofort die primitive Karte von der Welt aufgerufen, wie sie heute aussah. »Sind sie auf dieser Landmasse oder der da?«, hatte er gefragt und aufs Geratewohl auf die grünen affeninfizierten Flecken der Landkarte gezeigt.

Icthar hatte auf den obersten gezeigt. »Etwa ein Drittel des Wegs nach oben, in der Mitte. Und Chukk? Da ist noch eine Sache.«

Chukks Finger hatten frenetisch gezuckt, seine Klauen waren hervorgetreten und wieder verschwunden – ein lästiger nervöser Tick, den er sich angewöhnt hatte. »Ja?«

Scibus, Icthars rechte Hand, hatte das Wort ergriffen. »Bei einer der Stationen handelt es sich um den Schutzraum deines Bruders. Okdel ist am Leben!«

Chukk war außer sich vor Freude gewesen und wie immer war es Auggi zugefallen, das Gespräch wieder in vernünftige Bahnen zu lenken. »Wir sollten nicht vergessen, edler Icthar, dass es Okdel L'da, Bokka K'to und ihr Gefolge waren, die uns in dieses Gefängnis gesperrt haben. Ich bin … froh, dass sie all die Jahrtausende überdauert haben, aber erwarten Sie bitte keine Begeisterungsstürme von mir.«

Scibus hatte sich vorgebeugt, als hätte er Auggi gerade erst auf seinem Bildschirm erblickt. »Sind Sie das, Auggi D'jo? Wir haben Neuigkeiten für Ihren Ehemann. Ist er da?«

Auggi hatte die Gestalt vor sich angestarrt. »Es tut mir leid, Scibus. Ich hatte angenommen, Sie hätten die zahlreichen Nachrichten von Chukk, die unseren Schutzraum einiges an Energie gekostet haben, zur Kenntnis genommen. Mein geliebter Daurrix hat den Langen Schlaf nicht überlebt. Nur mein Sohn und meine Töchter werden Zeuge sein, wenn ich das Alter der Weisheit erlange.«

Icthar hatte sich natürlich sofort wieder ins Zentrum der Aufmerksamkeit gedrängt. »Schon gut, Auggi. Natürlich hat es uns sehr bekümmert, von Daurrix' Tod zu erfahren. Scibus hat es nur einen Moment lang vergessen.« Es war ihr so vorgekommen, als hätte er sie durch den Monitor direkt angestarrt und einen flüchtigen Moment lang hatte sie seine Präsenz im Raum gespürt, als würden seine Weisheit und seine Güte sie tatsächlich alle berühren. Unwillkürlich war ihr ein Schauer über den Rücken gelaufen, dann hatte sie den Gedanken rasch beiseitegeschoben. »Denken Sie daran: In den kommenden Jahren werden alle Erdreptilien wieder eine Familie sein.«

Auggi hatte mit Wucht auf den Sensor geschlagen und die Tonübertragung war unterbrochen worden. Offensichtlich hatte Icthar seinen Monolog noch nicht beendet, doch seine gut gemeinten Perlen der Weisheit würden nicht für die Nachwelt erhalten bleiben.

Chukk hatte sie erschüttert angestarrt. »Auggi, das war unhöflich. Nein, mehr als das: Du hast gerade ganz unverhohlen das Privileg missbraucht, das dir gewährt wurde.«

»Privileg?«, hatte Auggi ihn angefaucht. »Vergiss nicht, dass du nur Anführer dieser Basis bist, weil Daurrix tot ist und du dich in der Vergangenheit so unverfroren bei Icthar eingeschleimt hast. Aber eines solltest du dir merken …« Sie hatte mit einer Klaue in Richtung des Bildschirms gezeigt, wo die Mitglieder der Triade gerade bemerkt hatten, dass sie nicht mehr zu hören waren, und verwirrt auf ihre Monitore blickten, um herauszufinden, was los war. »Mein Sohn und meine Töchter sind diejenigen, die bereitwillig alles aufs Spiel setzen, um uns zu retten, während die Triade nur dasitzt und debattiert. Meine Familie ist bereit zu sterben, wenn auch nur die geringste Chance besteht, das Überleben unserer Schlüpflinge zu sichern.« Auggi hatte die Bildübertragung abgeschaltet. »Wage es ja nicht, mir irgendwelche ›Privilegien‹ zu entziehen, mit denen du mich beehrt zu haben glaubst. Nein, ich bleibe dir erhalten, Chukk. Und ich werde sicherstellen, dass du nicht die Prinzipien verrätst, für die diese einzigartige Basis steht, nur um dich bei unseren ›Verbündeten‹ da beliebt zu machen, die noch vor ein paar Millionen Jahren versucht haben, uns alle auszulöschen.«

Auggi hatte ihn weiter durchdringend angeschaut und auf Widerspruch gewartet, während die Triade versucht hatte, die Bild- und Tonverbindung wiederherzustellen.

»Schutzraum 429, bitte kommen, hier ist die Basis der Triade. Können Sie uns hören?«

Die wütende Mutter schlug wieder auf den Sensor und blickte direkt in den Monitor. »Ja, Tarpok, wir hören euch ziemlich gut. Wir hatten Energieschwankungen und die Verbindung ist zusammengebrochen.« Sie hatte Chukk herausfordernd angefunkelt. »Chukk glaubt, alles ist so weit wieder in Ordnung.« Schließlich hatte sie sich erhoben. »Ich lasse Sie jetzt mit ihm allein.«

Scibus hatte sich erneut gemeldet. »Bevor Sie gehen: Vergessen Sie nicht die Neuigkeiten, die ich Ihnen mitteilen wollte, Auggi: Die Kolonie, aus der Ihr verstorbener Partner stammte, ist von Affenschiffen in der Nähe aufgeweckt worden, und hat uns kontaktiert. Sie sind höchst erfreut, dass Sie alle am Leben sind, und hoffen darauf, in Kürze mit Ihnen sprechen zu können. Sie befinden sich direkt südlich unterhalb derselben Landmasse, auf der sich auch Okdels Schutzraum befindet. Wenn in einem so kleinen Bereich drei Basen überlebt haben, dann muss es noch mehr geben. Sie zu finden, muss unser vorrangiges Ziel sein.«

Auggi hatte zustimmend genickt. »Wenn die Familie meines Geliebten wahre Ehre kennt, wird sie einen Weg finden, die Affen auszulöschen und uns unseren Planeten zurückzugeben.« Damit hatte sie ihre Netzrobe fest um sich gezogen und den Funkraum gemessenen Schrittes verlassen.

Und nun, sechs Monate später, stand sie wieder hier. Okdel war tot, so wie alle anderen in seinem Schutzraum. Die Affen hatten sie gefunden und vernichtet. Einer der letzten Berichte des jungen Morka an Icthar hatte besagt, dass Okdel sie an die Affen verraten hatte und aus seiner Machtposition entfernt worden war. Morka hatte mitgeteilt, dass sie Bokka K'tos berühmtes Ungeziefervirus gegen die Affen angewandt hatten, doch in seiner letzten Nachricht hatte es geheißen, die Affen hätten ein Heilmittel gefunden.

Danach hatten sie nichts mehr von der Basis gehört. Icthar hatte eine Rettungsmission in die Wege leiten wollen, aber

Chukk hatte einen ungewöhnlich einsichtigen Moment gehabt und gesagt, dass es keinen Sinn hätte, die weite Strecke zu reisen und zu riskieren, dass man sie entdeckte, wenn weder sein entehrter Bruder noch Morka den Schutzraum hatten retten können und bereits absehbar war, dass die Mission höchstwahrscheinlich nicht von Erfolg gekrönt sein würde.

Auggi fand es amüsant, dass Icthar vorgeschlagen hatte, Reptilien von Stationen außerhalb der Triade einzusetzen, um Nachforschungen anzustellen. Doch als sie dies abgelehnt hatten, verlor er plötzlich kein Wort mehr über eine Rettungsmission. Sie mochten edle, allmächtige Anführer von großer Brillanz sein, doch aus Auggis Sicht waren sie törichte Feiglinge, und dass sie überlebt hatten, war eine Tragödie für den Rest der Erdreptilienspezies. In dieser Zeit, da der Planet von Ungeziefer überrannt war, wäre es besser gewesen, wenn irgendein anderer Schutzraum sie alle angeführt hätte (solange es nur nicht die Triade war) oder die Militärkaste, die im Meer lebte, die legendären Seeteufelkrieger.

Auggis Gedanken kehrten wieder zu Daurrix zurück. Er war von den Seeteufeln verbannt worden und nach all der Schande, der Demütigung, erwartete man nun von ihnen, sie als ihre Brüder willkommen zu heißen, als wäre nichts geschehen.

Und abermals hatte sich von der Triade niemand selbst vorgewagt und den Schutz ihrer Station verlassen, um mit den Seeteufeln in Kontakt zu treten. Das überraschte sie nicht. Icthar und seine Leute waren ebenso skeptisch wie alle anderen, was die Seeteufel betraf. Die vielen Jahre der Inaktivität unter Wasser hatten offensichtlich ihre Gehirne in Mitleidenschaft gezogen. Daurrix' Onkel, ein Ratgeber des Seeteufelhäuptlings, hatte ihr von geplanten Angriffen auf die Affen erzählt, bei denen sie ihre traditionelle Methode des Kielbrennens anwenden wollten. So sehr es Auggi missfiel, diese Gedanken zuzulassen: Sie mussten sich eingestehen, dass die Affen ihnen wissenschaftlich mittlerweile fast schon ebenbürtig waren. Noch drei oder vier Jahrhunderte und sie würden das Niveau erreicht haben, auf dem sich die Reptiliengesellschaft vor dem Langen Schlaf befunden hatte.

»Ich dachte, du hättest dich zurückgezogen, um dich auszuruhen, Auggi.«

Beim Klang der Stimme wirbelte sie herum und ein Schauder lief über ihren Körper. »Guten Abend, Krugga. Was führt dich zu so später Stunde auf diese Ebene?«

»Nacht? Tag? Denken wir wirklich noch in solchen Begriffen, Auggi? Dein Gruß – so antiquiert, so unwirklich!« Krugga kam hereinstolziert. Auggi spähte zu ihm hoch: Selbst nach Reptilienmaßstäben war er riesig und schien nur aus Muskeln zu bestehen. Er trug einen Brustharnisch wie die von der Triade. Die Waffenschmiede hatten lange gesucht, aber dennoch keine Rüstung auftreiben können, die groß genug für ihn war, und die Panzerplatte sah im Verhältnis zu seinem gewaltigen Leib lächerlich klein aus. Mit drei Schritten hatte er den Funkraum durchquert und begann, die Ausrüstung zu überprüfen. Trotz ihres plötzlichen Schreckens war Auggi entrüstet.

»Schnüffelst du mir etwa hinterher, Krugga?« Sie zeigte auf den Kommunikator und den Konsolenmonitor. »Mit wem soll ich denn gesprochen haben? Mit den Seeteufeln? Oder der Triade?«

Krugga zuckte mit den Schultern und sein Brustpanzer knarrte. »Ich habe keinerlei Andeutung irgendeiner Art gemacht, Auggi. Ich mache nur meine Arbeit, wie es mir von Baal aufgetragen wurde. Die Experimente stehen vor einem entscheidenden Wendepunkt und ich muss sicherstellen, dass deine Töchter uns erreichen können, wenn sie so weit sind. Du kannst ruhig gehen, ich werde auf Nachricht von ihnen warten.«

Auggi fühlte sich abgewiesen, wusste aber, dass es sinnlos war, mit Krugga zu streiten, also verbeugte sie sich nur. Krugga erwiderte ihre Verbeugung auf sarkastische Weise und hob die rechte Hand, die Klauen eingezogen, zur traditionellen Freundschaftsgeste.

Auggi starrte ihn einen Moment lang an und ihr drittes Auge leuchtete vor Zorn. Ein leichter Ruck schien durch Kruggas Körper zu gehen. Zufrieden, dass sie ihm einen kleinen Dämpfer verpasst hatte, verließ sie den Raum.

Zehn Minuten später war sie im Fahrstuhl, der sie wieder auf die Hibernationsebene brachte, wo die Erdreptilien noch immer ihre persönlichen Quartiere hatten. Bald darauf lag sie zusammengerollt auf ihrem feuchten Bett aus Tang und Flechten und schlief tief und fest.

Der blonde, sonnengebräunte Mann war kein sonderlich netter Zeitgenosse. Seine Frau hätte das bestätigt, wenn sie nicht von ihm umgebracht worden wäre. Und auch sein Vater hätte zugestimmt, wäre er nicht bei einem Ganganschlag vor den Augen seines damals einundzwanzigjährigen Sohnes niedergestochen worden.

Nur sehr wenige wussten Gutes über ihn zu sagen, was ihm nur recht war, da er seinerseits nicht viel für andere Leute übrig hatte. Lediglich seine Angriffsziele interessierten ihn. Sie durch seine mehr als fähigen Hände sterben zu sehen, war nicht nur sein Job, es war sein Hobby. Seine Berufung.

Seit seiner Jugend war er vom Tod wie besessen. Im örtlichen Kino hatte er sich billige amerikanische Filme angesehen, voll mit unnötigem Blutvergießen und emotionslosem Sex. Der Sex hatte ihn nie interessiert; es war ihm beinahe peinlich gewesen, dabei zuzuschauen, besonders wenn aus den Sitzreihen hinter ihm ähnliche Geräusche zu hören gewesen waren. Ihn hatte allein die Gewalt angezogen. Die Macht, die darin lag, eine Waffe auf jemanden zu richten, abzudrücken und ein Leben abrupt und ohne Umschweife zu beenden. Wozu brauchte man sexuelle Befriedigung, wenn man stattdessen den Tod bringen konnte? Erste Reihe, ein Platz in der Mitte, jeder Schuss, jede Waffe, jeder Tod hautnah. Er hatte darin geschwelgt.

Vom Gehalt seines ersten Jobs kaufte er sich sämtliche Bücher und Zeitschriften über Waffen und den Tod, die er in die Finger bekommen konnte. Innerhalb eines Jahres hatte er seine Einzimmerwohnung von allem befreit, was nichts mit Waffen zu tun hatte. Messer, Schwerter, Sprengstoffe und Schusswaffen. Feuerwaffen mochte er besonders – ihnen galt seine wahre Liebe.

Er heiratete ein Mädchen aus der Gegend, das er auf dem Rummel kennengelernt hatte. Sie war von seiner Geschicklichkeit an der Schießbude beeindruckt, die er trotz des falsch justierten Visiers am Luftgewehr unter Beweis stellte. Er schenkte ihr den Plüschelefanten, den er an jenem Abend gewann; sie nahm ihm die Unschuld. Zwei Monate später heirateten sie. Das schien das Naheliegendste zu sein und ungefähr sechs Wochen lang war es auch ein zufriedenstellendes Arrangement. Dann fing sie an zu nörgeln, dass er sich einen richtigen Job suchen sollte. Also fand er einen mit der Hilfe seines Vaters: Er erledigte Dienstbotengänge für diverse Gangster und andere zwielichtige Charaktere der Unterwelt, die in den Fünfzigern den Großteil des Londoner East Ends regierten. Die Arbeit gefiel ihm und die Bosse mochten ihn. Als er zum ersten Mal jemanden umbrachte, geschah es aus Versehen; das zweite Mal nicht. Am Morgen danach gaben sie ihm eine Waffe und ein Foto. Nachmittags kehrte er mit Blut auf dem Hemd und einem Lächeln auf dem Gesicht zurück und hatte zweihundert Pfund extra auf dem Konto.

Eine Exekution folgte der nächsten: Manchmal bekam jemand wegen Ungehorsams oder Arroganz eine Kugel in den Hinterkopf, manchmal waren es Attentate in Bars und Clubs, Autos und Parks. Rasch erlangte er Bekanntheit für seine Diskretion und seine Professionalität. Die Polizei wusste, dass er der Täter war, konnte ihm aber nicht mal einen Strafzettel fürs Falschparken verpassen.

Nur einmal hatte er einen Fehler gemacht. Eines Nachts war er heimgekehrt, nachdem er zwei besonders unverlässliche Polizeiinformanten umgelegt hatte. Seine Frau war wegen irgendeiner Kleinigkeit wütend gewesen. Wegen des Essens oder vielleicht wegen des Hundes? War das Abendessen kalt geworden? Hatte er ihren Geburtstag oder ihren Jahrestag vergessen? Er konnte sich wirklich nicht erinnern. Damals war ihm das alles so bedeutungslos erschienen. Sie hatte geschimpft, gekreischt und Dinge nach ihm geworfen. Er war ihr ins Schlafzimmer gefolgt, hatte sie aufs Bett gestoßen und ihr mit seiner Pistole eins übergezogen.

Benommen, verwirrt und unter großen Schmerzen hatte sie ihn um Vergebung angefleht. Ein Fehler. Er hatte sie für stark gehalten, hatte sie deswegen respektiert. Doch in jenem Moment war ihm aufgegangen, dass sie schwach war. Sie hätte sich wehren sollen. Er hatte sie sauber erschossen, von unten durchs Kinn, und ihr Gehirn hatte sich über das ganze Bettzeug verteilt.

Er hatte ein paar Anziehsachen in eine Tasche gestopft, war verschwunden und nie zurückgekehrt.

Später fand er heraus, dass ein Nachbar einen Tag später die Polizei gerufen hatte, nachdem er den Schäferhund hatte heulen hören. Sie hatten seine blutigen Fingerabdrücke an ihrer Leiche gefunden, mehr brauchten sie nicht. Mithilfe der Patrone brachten sie ihn mit einem Dutzend weiterer Morde in Verbindung. Doch da war er längst in Brasilien und blieb ständig in Bewegung.

Er verbrachte sechs oder sieben Jahre außerhalb Großbritanniens, reiste von Land zu Land und bot seine Dienste allen an, die zahlen konnten. Reiche Gangster, südamerikanische Regierungen und sogar amerikanische Geheimdienste machten zuweilen Gebrauch von seinem Talent. Er nahm ihr Geld und ihre Ausrüstung und verfeinerte sein Können, bis er der Ansicht war, es gäbe niemand Besseren außer ihm.

Ein Kontakt bei der CIA hatte ihm schließlich erzählt, falls er nach England zurückkehren würde, würde dort kein

Haftbefehl auf ihn warten: Verschiedene Gruppierungen würden ihn mit offenen Armen empfangen. Seine Sicherheit wäre garantiert. Die Bezahlung, die man ihm anbot, war mehr als verlockend. Letztendlich überzeugten ihn jedoch die Waffen, die man ihm versprach: ihre Reichweite, ihre Möglichkeiten.

Der Blonde wollte so wenig Risiken wie möglich eingehen. Mit Perücke und gefälschtem Ausweis kam er schließlich auf dem Flughafen von Manchester an und wurde dort wie versprochen von einem Mann empfangen, nach dessen Namen er sich gar nicht erkundigt hatte. Er nahm einfach die Jobs an, die ihm angeboten wurden, überzeugt davon, dass die Polizei nicht in der Lage sein würde, Hand an ihn zu legen.

Schließlich hatte er den Auftrag erhalten, einen Mann umzubringen, der sich selbst als der Doktor bezeichnete und sich irgendwo in Smallmarshes oder im Umkreis herumtrieb. Es hatte sich nach einer simplen Mission angehört: das Opfer verfolgen, an einem entlegenen Ort umbringen, die Leiche mit einem Gewicht beschweren und ins Meer werfen. Er würde wohl niemals verstehen, was genau eigentlich schiefgegangen war. Der Doktor hatte das verlassene Cottage kurz nach Mitternacht betreten und war nicht wieder herausgekommen. Der Blonde hatte eine halbe Stunde lang gewartet, dann war er ihm ins Haus gefolgt, aber sein Ziel war spurlos verschwunden gewesen. Er hatte das Cottage die ganze Nacht über beobachtet, doch als früh am nächsten Morgen ein Polizeiauto eintraf, hatte er aufgegeben und war nach London zurück. Der Mord war ihm versagt worden – nun war er verwirrt und kochte vor Wut.

Sein namenloser Kontakt, ein narbiger, blasser junger Mann, der stets einen Anzug und eine dunkle Brille trug, traf ihn am Bahnhof London Bridge. Der Wagen, der ihn in Smallmarshes abgesetzt hatte, erwartete ihn bereits vor dem Gebäude. Der stille Nigerianer am Steuer fuhr sie über die Brücke und dann westwärts durch London. Während sie am Ufer der Themse entlangfuhren, reichte ihm der blasse junge Mann ein Foto.

»Das ist Ihr nächstes Ziel. Es ist kein Verbrecher, zumindest nicht im wörtlichen Sinne: Der Mann arbeitet für die Regierung Ihrer Majestät. Daher wird er gut geschützt sein.« Der Auftraggeber lehnte sich in seinem Sitz zu ihm herüber. »Er muss sterben, weil uns jemand im Nacken sitzt. Irgendwer versucht, uns die Arbeit abzunehmen, und richtet dabei ein furchtbares Durcheinander an.«

»Muss ich gar nicht wissen.« Der Blonde betrachtete den korpulenten Mann auf dem Foto und prägte sich jedes Detail seines Gesichts und seines Körperbaus ein.

Sein blasser Begleiter schien ihn nicht gehört zu haben und fuhr fort:

»Wenn der arme Mann erst tot ist, können wir diesem verdammten Sir Marmaduke Harrington-Smythe die ganze Schuld zuschieben und seinen Laden dichtmachen – dann haben alle ein besseres Leben. Hinzu kommt, dass das Glashaus uns unsere Polizistin weggeschnappt hat. Die Aktion hat wohl einen ganz schönen Wirbel im Krankenhaus von Hastings verursacht. Dafür müssen wir diese Leute auch bloßstellen.«

Sie bogen rechts ab und fuhren dann nach links zum Parliament Square. Der Blonde blickte am Unterhaus hinauf. »Da drin?«

»Da drin«, bestätigte sein Begleiter.

»Und wann?«

»Drei Uhr heute Nachmittag.«

»Das wird knapp. Nicht viel Zeit für Vorbereitungen.«

Der blasse Mann wandte sich ihm mit ungerührtem Gesichtsausdruck zu. »Kriegen Sie's hin?«

»Gar kein Problem.« Er tätschelte seinen Koffer.

Der Chauffeur hielt vor der Westminster Abbey an und der Blonde stieg aus. Sein eigenartiger Auftraggeber kurbelte das Fenster herunter.

»Wie lief es übrigens mit dem Doktor?«

Der Blonde zuckte nicht einmal mit der Wimper. »Job erledigt. UNIT wird einen neuen wissenschaftlichen Berater brauchen.« Er hob seine Tasche auf, ging an der Methodist Central Hall vorbei und bog links in die Petty France ein. Bald war er in der Menge aus Touristen und Bürgern, die zur Passbehörde wollten, untergetaucht. Er betrat die U-Bahn-Station St. James's Park und fuhr zu seinem winzigen Einzimmerappartement in Notting Hill zurück, wo er sich geistig und körperlich auf seinen nächsten Job vorbereitete.

Als Liz den Schlüssel ins Schloss ihrer Wohnungstür steckte, überlief sie ein Schauer. So als wäre gerade jemand über ihr Grab gelaufen, wie es so schön hieß.

Sie stieß die Tür auf – etwas blockierte den Eingang. Briefe. Rundschreiben. Ein dicker Kleiderkatalog von der Sorte, wie der Vormieter sie wohl geschätzt haben musste, denn jede Woche schien ein neuer zu kommen. Liz konnte die Firmen so oft anrufen und ihnen so oft schreiben, wie sie wollte – die Kataloge kamen weiterhin.

Sie warf den Katalog auf den Stapel neben dem Telefon und klaubte den Rest der Post vom Boden auf. Offenbar war ihre Vermieterin Mrs Longhurst, die eine Etage tiefer wohnte, eine Zeit lang nicht hier gewesen.

Der Doktor, erinnerte sich Liz, hatte ihr einmal angeboten, seine Wohnung in Soho zu benutzen, aber die Londoner Innenstadt reizte sie nicht besonders. Sie war ein Kind der Grafschaften und bevorzugte die Vorstädte. Außerdem war die Wohnung in der Dean Street viel zu laut und eng, noch dazu hätte sie dort kein Haustier halten können.

Sie ging ins Wohnzimmer und blätterte ihre Post durch. Rundschreiben warf sie ohne weiteren Blick in den Papierkorb. Ihnen folgten Postkarten aus sonnigen Gefilden, auf deren Rückseiten Klischees gekritzelt waren. Liz verabscheute es, wenn ihre Umgebung mit zu viel Kram vollgestopft war, und sah keinen Sinn darin, in ihrer Küchenecke bunte, zwanzig Jahre alte Postkarten von Rhodos oder Ägypten hängen zu haben.

Neben dem selten benutzten Schwarz-Weiß-Fernseher, den Mrs Longhurst ihr zur Verfügung gestellt hatte, rappelte ihr Meerschweinchen in seinem Käfig. John-Paul wurde zwar regelmäßig gefüttert, öfter von Mrs Longhurst als von ihr, wie sie sich beschämt eingestehen musste, wollte nun aber dringend etwas Aufmerksamkeit. Liz war im Herzen nicht der Typ für Tiere, aber als sie nach London gezogen war, hatte ihr ein wohlmeinender Freund aus Cambridge zwei Meerschweinchen als Einweihungsgeschenk mitgebracht.

Das eine, Ringo-George, war schon bald nach dem Umzug gestorben; das andere behielt Liz vor allem deshalb, weil es sie an Cambridge und ihre Freunde dort erinnerte, nicht weil sie seine Gesellschaft sonderlich schätzte.

Doch als es nun zu ihr aufblickte, wurde sie plötzlich von einer Woge der Zuneigung überspült. Sie beugte sich vor, nahm den Deckel vom Käfig und hob das kleine Fellbündel heraus, das sich in ihrer Hand wand und mit den Beinchen strampelte. Sie hob es auf Gesichtshöhe, warf ihm einen Luftkuss zu und machte als Zugabe ein paar alberne Geräusche. »Du bist bestimmt das schönste Meerschweinchen auf der ganzen Welt!«

Sie hatte schon öfter gehört, dass es half, Stress abzubauen, wenn man ein Haustier hatte. Doch erst jetzt, als sie sich aufs Sofa gesetzt hatte und John-Paul sich behaglich auf ihrem Schoß räkelte, begriff sie, dass es stimmte.

»Moment, mach's dir nicht zu gemütlich«, sagte sie. »Ich will eine Tasse Tee, wenn's dir nichts ausmacht.«

Doch es war zu spät: John-Paul schlief bereits tief und fest und sie brachte es nicht über sich, ihn zu wecken. Er sah so friedlich aus und sie spürte, wie sich seine schlichte Zufriedenheit auf sie übertrug.

Sie wurde mit zunehmendem Alter definitiv sentimentaler. Sie reckte sich vorsichtig nach dem Kaffeetisch, wobei sie aufpasste, dass das Tier nicht von ihrem Schoß kullerte. Mit den Fingerspitzen zog sie Stück für Stück die Briefe näher. Als sie nahe genug waren, griff sie zu, lehnte sich zurück und begann, den Stapel durchzublättern. Die Adresse auf dem ersten war mit der Schreibmaschine getippt und ein Blick auf die Rückseite verriet ihr, dass er von ihrer Bank stammte. »Später.« Auf dem nächsten erkannte sie Jeff Johnsons vertraute Handschrift.

»Sorry, aber einen langen Vortrag über meine Lebensführung, eingeschliffene Routinen und Ziellosigkeit kann ich gerade nicht gebrauchen«, sagte sie und sortierte ihn im Stapel ganz nach hinten. Der dritte Umschlag war ebenfalls mit der Hand adressiert worden, aber die Schrift kam ihr nicht bekannt vor. Sie wollte ihn gerade öffnen, da entdeckte sie weiter unten im Stapel noch einen Umschlag mit der gleichen Handschrift darauf. Sie verglich die Umschläge und öffnete den, der drei Tage vor dem anderen gekommen war.

```
Sehr geehrte Frau Doktor Shaw,
     Ich will mich kurz fassen: Mein
Freund Grant Traynor und ich machen
uns große Sorgen wegen der Aktivitäten
von C19. Sie kennen die Abteilung
sicher als Verbindungsstelle zwischen
der britischen Regierung, Ihrer Gruppe
UNIT und den Vereinten Nationen. Doch
es steckt mehr hinter C19, als Ihnen,
Brigadier Lethbridge-Stewart, Commodore
Gilmore, Major-General Scobie und ganz
sicher Sir John Sudbury klar ist.
     Wir, Traynor und ich, haben
beschlossen, mit Ihnen Kontakt aufzunehmen.
Ihr nichtmilitärischer Hintergrund lässt
uns hoffen, dass Sie aufgeschlossener
gegenüber der Möglichkeit sind, dass
Korruption und Täuschung auf höchster
Ebene im Gange sein könnten. Wir glauben,
```

Sie sind weit weniger in das System verstrickt als ein Militärmensch und Sie haben wohl auch weniger zu verlieren, abgesehen von Ihrer persönlichen Ehre. Niemand kann Sie degradieren oder Ihnen die Pension streichen, wenn Sie mit etwas nicht einverstanden sind.

Traynor ist momentan in der Forschungsstation Nord-Ost von C19 stationiert und versucht, konkrete Beweise aufzutreiben, die er Ihnen vorlegen kann. Natürlich wissen Sie nichts über die Aktivitäten von C19 im Norden, oder? Warum sollten Sie auch?

Nun, wir sind der Meinung, dass nicht nur Sie und jeder einzelne Bürger Englands, sondern die gesamte UN davon erfahren sollte. Denn was hier vor sich geht, wird erschreckende Konsequenzen für uns alle haben.

Sicher wissen Sie, worum es sich beim Glashaus handelt. Sie nehmen vielleicht an (wir bezweifeln, dass irgendjemand es für nötig gehalten hat, Ihnen etwas anderes zu erzählen), dass es mit C19 in Verbindung steht und darum auch mit der Regierung, UNIT, Genf und so weiter.

Ich fürchte, da liegen Sie falsch. Meine liebe Elizabeth, wappnen Sie sich:

Viele Dinge, die Sie bei UNIT als gegeben hingenommen haben, werden Sie schon bald in einem völlig neuen Licht sehen. Sie sind die einzige Zivilistin, die bei UNIT angestellt ist, und obwohl Sie das Formular zur Wahrung des Staatsgeheimnisses unterschrieben haben (ich habe das Dokument hier vorliegen), sind Sie die einzige Person, die die Wahrheit aufdecken könnte.

Sie werden Hilfe bekommen. Eine Journalistin aus Amsterdam befindet sich im Land. Sie ist auf der Suche nach einer großen Story und offen gesagt wollen wir ihr dabei helfen, genau das zu finden, was sie sucht. C19 zu zerschlagen, kann für alle Betroffenen nur von Vorteil sein.

Wenn Sie gerne mehr erfahren oder sich mit der Journalistin, Miss Kristan, treffen wollen, lassen Sie es uns bitte wissen, indem Sie nach dem 23. dieses Monats jede Nacht um vier Uhr in Ihrem Wohnzimmerfenster ein Licht brennen lassen. Wir werden Sie bald kontaktieren.

Ich hoffe, wir können einander – und letztendlich der ganzen Menschheit – helfen, indem wir die Wahrheit aufdecken.

Hochachtungsvoll
Ein Freund

Der Brief trug weder Name noch Unterschrift.

Liz starrte ihn eine Weile lang an, las ihn noch einmal und schüttelte den Kopf. Was ging hier vor sich? Warum sie? Sollte das ein Scherz sein? Wollte Jeff vielleicht etwas Spannung in ihr Leben bringen? Sie riss den nächsten Brief auf.

```
Traynor ist nicht gekommen. Er hat es nicht
geschafft.
     Verdammt.
     Er hat so viele Beweise geliefert,
wie er konnte, doch wird das reichen?
Wahrscheinlich nicht, aber der Mann hat
sein Bestes gegeben. Nun ist es meine
Aufgabe, mit seiner Enthüllungsstory
weiterzumachen.
```

Liz las den Rest. Der Name »Grant Traynor« sagte ihr irgendwas. Wo hatte sie ihn schon mal gehört? Und wenn ihr mysteriöser Brieffreund ihr schon Traynors Identität offenbarte, warum hielt er dann seine eigene geheim?

Am liebsten hätte sie die Briefe als Spinnerei abgetan. Allerdings irritierte sie die Frage, wie diese Person bloß von ihrer Verbindung zu UNIT erfahren und ihre Wohnungsanschrift herausbekommen hatte? Selbst Maisie bei UNIT kannte diese nicht. Liz war nicht mal ganz sicher, ob der Doktor sie hatte. Soweit sie wusste, war nur dem Brigadier bekannt, wo sie lebte. Und Jeff sowie ein paar weiteren Freunden. Was UNIT anging, fiel ihr nur der Brigadier ein. Alle anderen kannten nur die Adresse und die Telefonnummer der Wohnung in Cambridge.

War es möglich, dass Mrs Longhurst sie irgendwem verraten hatte? Unwahrscheinlich. Sie hielt Liz für eine einfache Beamtin, die im Rahmen ihrer Arbeit oft unterwegs war.

Das Telefon klingelte und Liz zuckte zusammen. John-Paul quiekte empört und hob müde das Köpfchen. Liz war überzeugt, dass er sie verärgert anfunkelte. »Tut mir leid«, murmelte sie, hob ihn auf und trug ihn nach einem schnellen Kuss wieder zu seinem Käfig, wobei sie unterwegs den Hörer abnahm. »Warten Sie bitte einen Moment«, sagte sie und warf den Hörer aufs Sofa.

Als John-Paul wieder sicher im Käfig saß, nahm sie das Telefon und setzte sich wieder. »Entschuldigen Sie.«

»Hallo, Doktor Shaw?« Eine Frauenstimme mit irgendeinem europäischen Akzent. Liz wollte sie nach ihrem Namen fragen, aber ihr Blick fiel auf den Brief, also wagte sie einen Schuss ins Blaue.

»Ja, hier spricht Liz. Sind Sie Miss Kristan?«

Nach einer kurzen Pause sagte die Fremde: »Ja. Ja, die bin ich. Woher wissen Sie das?«

Liz konnte nicht direkt darauf antworten. »Ich hab geraten.«

»Beeindruckend. Haben Sie eventuell ein paar Briefe von einem Freund bekommen, der Ihnen seinen Namen nicht verraten hat?«

Liz stimmte zu, erklärte jedoch, dass sie, da sie am Abend des 23. nicht zu Hause gewesen war, noch keine Lampe ins Fenster hatte stellen können.

»Lampe ins Fenster stellen? Mein Gott, wie theatralisch. Der britische Sinn für Humor ist berüchtigt, aber diese Methode ist ja geradezu mittelalterlich.«

Liz lachte. »Na ja, erinnert zumindest an Chicago in den Dreißigerjahren. Können Sie mir vielleicht erklären, was das alles soll?«

Die Frau am Telefon verneinte. »Mein Redakteur in Amsterdam hat mir vor ein paar Tagen eine Nachricht geschickt und mich gebeten, zum Zentralen Informationsamt in London zu gehen und eine bestimmte Akte über ein Feuer auf den Kanalinseln zu suchen. Als ich dort ankam und meinen Ausweis vorzeigte, lag dort ein Brief für mich bereit, in dem stand, ich solle in eine Ortschaft namens Smallmarshes fahren und die Augen offenhalten.«

»Und haben Sie das getan?«

Die Frau lachte. Es war ein nettes Lachen, fand Liz. »Ja, hab ich. Erbärmlicher Ort voller erbärmlicher Leute, aber ziemlich … na ja, englisch, sagen wir mal. Auf jeden Fall hab ich ein paar sehr interessante Sachen gesehen und dachte, wir sollten uns mal darüber unterhalten.«

Liz fühlte sich hin- und hergerissen. Einerseits schien etwas unheimlich Wichtiges und Interessantes vor sich zu gehen. Andererseits war sie nicht sicher, ob sie sich da hineinziehen lassen wollte. Sie sagte sich allerdings, dass ein simples Treffen nicht schaden konnte, schließlich war das ja kein Versprechen, dass sie bei irgendwas mitmachen würde. Sie einigten sich auf Zeit und Ort, dann legte Miss Kristan auf.

Wenige Augenblicke später klingelte das Telefon erneut.

»Hallo. Spreche ich mit Frau Doktor Shaw?« Es war die Stimme eines alten Mannes mit einem ausgeprägten Akzent, den sie von Snobs aus der Oberschicht kannte.

»Wer sind Sie?«

»Das ist unwichtig, Elizabeth, wirklich.«

Elizabeth. Niemand nannte sie Elizabeth, abgesehen von ihren Eltern, wenn sie sauer waren. Der Mann am Telefon war ganz sicher nicht ihr Vater. Wieder fiel ihr Blick auf den Brief. Der anonyme Verfasser hatte sie Elizabeth genannt.

Der Mann fuhr fort: »Ich habe versucht, Sie bei UNIT zu erreichen. Mit dem Doktor habe ich gesprochen, glaube ich, und später mit so einem Soldatentrottel, aber Sie habe ich offenbar verpasst. Ich bin froh, dass Sie zu Hause sind. Bitte fragen Sie nicht, woher ich Ihre Nummer oder Adresse habe. Ich habe Ihre Wohnung beobachtet, aber es brannte nie Licht. Ich kann nur annehmen, dass Sie längere Zeit nicht da waren.«

»Nein. Nein, ich war … jetzt sagen Sie mir aber erst mal, wer Sie sind!«

»Traynor ist tot, der Arme.« Kurz war es still. »Wenn Sie weitere Beweise benötigen, dass wir … dass ich die Wahrheit sage, schauen Sie sich heute Abend die Nachrichten an. Ich werde das auch Jana Kristan empfehlen, nun, da ich weiß, dass Sie miteinander gesprochen haben. Au revoir.«

Dann klickte es in der Leitung und die Verbindung wurde beendet. Liz starrte den Hörer in ihrer Hand an, während sie versuchte, dem Ganzen irgendeinen Sinn abzugewinnen. Wie passte das alles zusammen? Was hatte Smallmarshes mit C19 zu tun?

»Und wie genau haben Sie nun bitteschön gewusst, dass ich mit Jana Kristan gesprochen habe, hm?« Sie drehte sich um und schaute John-Paul an, der nun in seinem Käfig herumlief. »Weißt du das vielleicht?«

Aber John-Paul wusste wie erwartet keine Antwort.

Es war sechs Minuten vor drei. Die Uhr, die über dem Platz thronte, schlug drei Mal. Sie ging ein wenig vor. Das war Absicht: Auf diese Weise konnte jeder verirrte Abgeordnete, Staatsbeamte oder Verwaltungsmitarbeiter, der im Parlamentsgebäude arbeitete, wie der gegenwärtige Präsident des Unterhauses es formulierte, seinen »Arsch rechtzeitig hochkriegen«.

»Sir John, Sie werden in etwa fünfzehn Minuten auf Lord Blakes Empfang erwartet.«

Sir John Sudbury seufzte. Das wusste er doch. Er wusste, wo er sein sollte, wann er dort aufkreuzen musste und aus welchem Grund er teilzunehmen hatte. Er wusste sogar, wie genau er hingelangen sollte.

»Eines weiß ich jedoch nicht: Was ich bloß getan haben könnte, dass Gott Sie, Clive Alexander Fortescue, einstmals Sekretär des Chefs des Verteidigungsstabs, zu meiner ganz persönlichen Nervensäge auserkoren hat. Fortescue, wenn Sie weiterhin wertvolle Zeit damit verschwenden, mir mitzuteilen, dass ich zu spät kommen werde, dann werde ich tatsächlich noch zu spät kommen, und zwar einfach aus dem Grund, weil Sie mich aufgehalten haben. Mit anderen Worten ...«

»Ja, Sir, ich weiß. ›Halten Sie die Klappe, Clive.‹« Fortescue steckte ein paar von Sir Johns Papieren in einen schwarzen Aktenkoffer.

»Genau. ›Halten Sie die Klappe, Clive.‹ Diese Worte haben Sie über die Jahre sicher oft genug aus dem Mund des Stabschefs gehört.«

Fortescue nickte. »Allerdings, Sir John. Diese Reaktion ist mir vertraut. Das ändert jedoch nichts daran, dass Sie ...«

»Clive, halten Sie den Rand.« Sir John starrte ihn an. »Da. Nun haben Sie mal einen neuen Satz gelernt.«

Clive Fortescue war Anfang vierzig und körperlich ein krasser Gegensatz zu seinem korpulenten Vorgesetzten. Sein dünner werdendes graues Haar, die übergroße Hornbrille und der feine Schnurrbart waren die einzigen Eigenschaften, die zu einem Sekretär passten. Seine Kleidung tendierte Richtung extravagant: Der altmodische gelb-schwarz gestreifte Schlips, der sein ständiger Begleiter war, und das zarte Muster auf seinem weißen Hemd ließen darauf schließen, dass er recht eitel war. Fortescue schloss seinen Koffer und hob Sir Johns Hut und Schal auf. »Betrachten Sie es als vernommen und verstanden, Sir John.«

Sir John starrte Fortescue an. »Du liebe Güte. Wozu brauch ich denn bitte Hut und Schal? Es ist Hochsommer und ich gehe nur zu meinem Auto!«

Zu Sir Johns Enttäuschung schien Fortescue eine Antwort parat zu haben: »Um einen guten Eindruck zu machen, Sir John. Da draußen könnten Zeitungsreporter oder Fernsehteams sein.«

Sir John marschierte zum Fenster und winkte Fortescue zu sich. Er deutete auf die vielen Menschen, die ihre Kameras und Notizblöcke bereithielten, dann zeigte er auf sein Outfit: Er trug ein schwarzes Jackett, eine graue Krawatte, eine dunkelgraue Nadelstreifenhose und goldene Manschettenknöpfe. »Der Premierminister erweist uns die Ehre seines Besuchs – natürlich ist die Presse hier. Mir ist trotzdem nicht klar, warum ich so aussehen soll, als wär ich aus einem Heim für verwirrte alte Männer ausgebrochen.«

Fortescue zuckte mit den Schultern. »Verzeihen Sie, Sir John. Ich habe wohl fälschlicherweise angenommen, Sie wollten für Ihre Position im Oberhaus angemessen gekleidet sein.«

Diesmal konnte sich Sir John das Lächeln nicht verkneifen. »Ach, was soll's, diese Runde geht an Sie. Aber …« Er hielt Fortescue den Zeigefinger vor die Nase. »Heute Abend bringe ich Sie als Erster zum Lachen, das schwöre ich! Ich werde nicht zulassen, dass Sie innerhalb von nur einer Woche gleich vier Runden in Folge gewinnen!« Der Ältere legte einen Arm um die Schultern seines Freundes und Kollegen und führte ihn nach unten.

Sie kamen an ein paar herumwuselnden Parlamentariern und ihren Sekretären vorbei und nickten einigen Kollegen zu. Währenddessen berichtete Fortescue ihm mit gedämpfter Stimme, was er über jeden von ihnen wusste und wie lange jeder einzelne voraussichtlich noch zu leben hatte.

»Wissen Sie eigentlich, wie viele Mitglieder des Oberhauses, die ihren Platz nicht geerbt haben, dort hingelangt sind, ohne zuerst Mitglieder des Unterhauses gewesen zu sein?«, fragte Sir John. »Ausgesprochen wenige«, gab er sich selbst die Antwort. »Es gibt einfach keine Gelegenheiten. Und …«

»›Und offen gesagt‹«, zitierte ihn Fortescue, »›Oberhaupt von Department C19 zu sein, ist kein Freischein für einen gemütlichen Sitzplatz und ausgedehnte Mittagessen.‹ Aber wir müssen wohl beide von irgendetwas träumen.«

Sir John lächelte wieder. »Sind Sie bereit, sich der Öffentlichkeit zu stellen, Mr. Fortescue?«

»Wann immer Sie es sind, Lord Sudbury von … von …?«

Sir John zuckte mit den Schultern. »Ich weiß es nicht, Fortescue. Wovon sollte ich denn wohl Lord Sudbury sein?«

Fortescue schob sich an ein paar Leuten vorbei und erhaschte einen Blick auf Sir Johns Wagen, neben dessen Beifahrertür der Fahrer stand. »Lord Sudbury von Spät-Erscheinien, würde ich sagen. Warum verziehen sich diese Reporter nicht in die Fleet Street und denken sich einfach irgendeine Story aus, wie sonst auch immer?«

Sir John winkte dem Fahrer zu. »Gut, es ist der Junge aus Glasgow. Wie hieß der noch mal?«

»Morton, Sir John. Geben Sie sich diesmal etwas mehr Mühe. Letztes Mal haben Sie ihn Hughes genannt, wie Ihren vorigen Handlanger. Der arme Morton wusste nicht, ob er Sie korrigieren sollte oder lieber nicht.«

Sir John war erstaunt. »Natürlich hätte er mich korrigieren sollen. Der arme Kerl muss mich ja für ein Scheusal halten, das ihn bei lebendigem Leib verspeisen würde. Keine Sorge, der junge Morton wird korrekt angesprochen und für sein Fahren gewürdigt und gelobt.«

Als sie die Türen des Hauses erreichten, reichte Fortescue ihm die Tasche. »Und wenn er schlecht fährt?«

»Umso besser. Rammen wir mal ein paar Autos von der Straße, was?«

Fortescue nickte. »Sie schaffen's nicht mal bis zum Wagen, wenn Sie sich nicht den Schuh zubinden, Sir John. Wenn Sie vor der BBC einen Purzelbaum schlagen, tut das weder Ihrer noch meiner Karriere gut.«

»Danke, Fortescue. Was täte ich nur ohne Sie?« Mühsam beugte er sich vor, um sich den Schuh zuzubinden.

»Sie haben ganz schön zugelegt«, meinte Fortescue lachend, während er Sir Johns ausladendes Hinterteil betrachtete. Er lächelte immer noch, als nicht einmal eine Sekunde später eine Kugel in seiner Stirn einschlug, an seinem Hinterkopf wieder austrat und sein Blut über das Mauerwerk des Parlaments verspritzte.

Sofort verwandelte sich die geordnete Menge in einen wilden Mob. Die Leute kreischten und schrien. Die Privatsekretäre des Premierministers stießen ihn aus dem Weg und hatten schon ihre Waffen gezogen. Sir John wurde von einem Reporter mittleren Alters zu Boden gerissen.

Ehe er oder sein reaktionsschneller Retter auch nur gelandet waren, knallten zwei weitere Schüsse und trafen Morton in die Brust. Er wurde so hart gegen den Wagen geschleudert, dass zwei Scheiben zersprangen, dann sackte er zu Boden.

Während die Leute umherliefen, lag Sir John unter dem Reporter auf dem kalten Kies und blickte direkt ins Gesicht des toten Morton, der vor ihm lag. Sein einstmals weißes Hemd färbte sich blutrot. Sir John verrenkte den Kopf, um zu sehen, ob es Fortescue gut ging, stellte jedoch wenige Sekunden später fest, dass die kopflose Leiche neben ihm Fortescues unverkennbaren schwarz-gelb gestreiften Schlips trug.

Wieder fiel ein Schuss und Schmerz flammte in seiner Schulter auf. Sein Gehirn folgerte sofort, was das bedeutete: Sie hatten es nicht auf den Premierminister, sondern auf ihn abgesehen. Während sein Arm allmählich taub wurde, klopfte Sir John dem Journalisten, der am Boden lag, auf den Rücken. »Vielen Dank, ich glaube, Sie haben mir das Leben gerettet.«

Der Mann rührte sich nicht. Sir John rollte sich leicht zur Seite und der Journalist fiel von ihm herunter. Die letzte Kugel war glatt durch ihn hindurchgegangen und hatte ihn sofort getötet, dann erst hatte sie sich in ihr eigentliches Ziel gebohrt.

Während die Sirenen zu heulen begannen und die Menschen auf das Oberhaus zuliefen, schaute Sir John auf. Die Sonne blendete ihn, aber er hätte trotzdem schwören können, dass sich in einem der oberen Fenster eines Bürogebäudes gerade jemand bewegt hatte. Aus der Entfernung konnte er nicht erkennen, ob die winzige Gestalt männlich oder weiblich war. Dann funkelte kurz die Sonne auf dem langen Gewehr und die Gestalt war verschwunden. Andere Leute deuteten mit den Fingern auf die Stelle, von der der Schuss stammte, und Polizisten rannten über die stark befahrene Straße, um den Attentäter zu stellen.

Während die Sanitäter auf ihn zugerannt kamen, konnte Sir John nichts anderes tun, als die drei Toten anzustarren, die um ihn herum lagen. Sie hatten nichts weiter getan, als im Weg zu sein, als der Killer ihn selbst aus dem Fadenkreuz verloren hatte. Er warf einen Blick auf seinen noch immer offenen linken Schuh und fragte sich zwei Dinge: Ob er der größte Glückspilz der Welt war und ob er mit drei Unschuldigen auf dem Gewissen nachts noch würde schlafen können. Er bezweifelte es.

Gebannt schaute Liz zu, wie das BBC-News-Logo dem vertrauten Gesicht des Nachrichtensprechers Corbett Woodall wich.

»Drei Menschen starben und einer wurde schwer verwundet, als heute Nachmittag ein Anschlag auf den Premierminister verübt wurde. Erschüttert aber unversehrt äußerte er später gegenüber Journalisten, die Täter würden gefasst und für ihre ungeheuerliche Tat zur Verantwortung gezogen werden. Eine Verbindung zu Nordirland könne er nicht ausschließen.

Kurz vor fünfzehn Uhr wurden vier Schüsse auf den Premierminister abgegeben, als er gerade das Unterhaus verließ. Sir John Sudbury, Junior-Verteidigungsminister und Abgeordneter für Woodhaven, trug eine Schulterverletzung davon. Bei den drei Toten handelt es sich um Sir Johns Privatsekretär Clive Fortescue, einen Fahrer des Parlaments namens Alan Morton sowie Michael Wagstaffe, ein Berichterstatter vom *Daily Chronicle*. Sir John wird gerade im St. Thomas's Hospital operiert, es heißt jedoch, er sei nicht lebensbedrohlich verletzt worden.

Der Premierminister bekräftigte heute Abend nochmals das Engagement der Regierung gegen den Terrorismus, was nahelegt, dass er einen Zusammenhang mit der IRA vermutet. Anscheinend wurden die Schüsse …«

Liz schaltete den Fernseher ab. Das Telefon klingelte und sie riss den Hörer von der Gabel.

»Ja?«, fragte sie scharf.

»Es tut mir leid, Elizabeth, aber ich habe ja vorhergesagt, dass etwas passieren würde.«

»Sind Sie dafür verantwortlich? Ist das ein Versuch, über mich an andere heranzukommen? Leute, mit denen ich zusammenarbeite?«

Einen Moment herrschte Stille. Als der alte Mann fortfuhr, hörte er sich schockiert an. »Nein. Auf keinen Fall, das versichere ich Ihnen! Ich wusste lediglich, dass etwas passieren würde. Das Ganze lässt ein Muster erkennen. Ich weiß, wer dafür verantwortlich ist. Mit Nordirland hat das nichts zu tun, sondern mit UNIT, dem Glashaus, C19 und allem anderen, womit Sie in Verbindung stehen.«

»Also ist es meine Schuld. Meinetwegen ist …« Liz verlor beinahe die Fassung.

»Nein!«, rief der Alte. »Es ist nur so, dass ich wegen Ihres besonderen Status bei UNIT auf Ihre Hilfe angewiesen bin. Ich habe Ihnen eine Mitstreiterin zur Verfügung gestellt, eine echte Ermittlerin, die mit ihren Talenten helfen kann, die Puzzleteile zusammenzufügen. Sie weiß nichts über Sie, auch nicht, wo Sie arbeiten. Ihr neutraler Blickwinkel könnte Ihnen dabei helfen, sich einen Überblick zu verschaffen.«

Liz schluckte. »Und warum können Sie das nicht selbst tun?«

Der Mann lachte. »Ich bin ein alter Mann, Elizabeth. Im Laufe meiner gesamten Karriere habe ich stets im Hintergrund gearbeitet. Das kann ich am besten: Menschen und Situationen steuern. Ich dachte, ich hätte diese Leute unter Kontrolle, aber wie Sie sehen, habe ich mich geirrt.«

»Dann«, sagte Liz langsam, »wissen Sie also, wer ›diese Leute‹ sind?«

»Natürlich.«

»Warum sagen Sie's mir dann nicht?«

Ein Seufzer drang aus dem Hörer. »Elizabeth, betrachten Sie es einfach als Leiterspiel. Ja, ich könnte eine Leiter vom zweiten zum neunundneunzigsten Feld legen. Aber Sie müssen das Spiel selbst spielen, über jedes Feld gehen und alles finden, was ich gefunden habe. Andernfalls wird das, was ich weiß und was Sie beide herausfinden werden, einer Prüfung vor Gericht nicht standhalten. Wenn Sie die Schuldigen zur Rede stellen, ohne jedes Fitzelchen Beweismaterial gesammelt zu haben, werden die schlicht und einfach ihre Spuren verwischen. Darin sind sie nämlich sehr geschickt.« Er hielt inne. »Ach ja«, sagte er plötzlich. »Es wird Sie freuen zu hören, dass Sir John Sudbury morgen früh entlassen wird. Es geht ihm gut, nur eine Fleischwunde.«

Dann ertönte wieder das Freizeichen. Der rätselhafte Mann hatte aufgelegt. Liz zog auf dem Sofa die Beine an und umklammerte ihre Knie. Mit einem Mal wirkte die Welt deutlich größer und hässlicher als noch am Tag zuvor.

Endlich erwachte der alte Mann. Die Monster hatten ihm eine dieser albernen Schnurwesten angezogen. Immerhin war es hier warm. Die Kleidung des Alten hatten sie neben ihm gestapelt, nachdem sie seine Taschen durchsucht und alles Seltsame, was sie darin gefunden hatten, auf einen Haufen geworfen hatten.

Nun saßen die Monster auf der anderen Seite des komischen Fahrzeugs, in dem sie sich befanden. Als Marc es zum ersten Mal am Strand gesehen hatte, hatte er es für einen jener komischen elektrischen Lieferwagen gehalten, die Milchmänner fuhren, nur mit soliden Seiten und doppelt so groß. Das Monster, das ihn gefangen hatte, hatte den Rufkasten benutzt, dann war das Fahrzeug auf sie zugerollt und eine Tür hatte sich an der Seite geöffnet.

Dann war dieser alte Mann plötzlich aus der Höhle aufgetaucht und hatte irgendetwas gerufen. Das zweite Monster war aus dem Meer gestiegen und dann war der alte Mann hingefallen. Das Monster hatte ihn gepackt und zum Fahrzeug getragen. Schließlich hatte das erste Monster Marc bedeutet, dass er einsteigen sollte.

Innen war das Fahrzeug gepolstert. Der alte Mann befand sich in einer Ecke, er saß mit dem Oberkörper gegen eine Reihe harter Sitze gelehnt. Fenster gab es nicht, dafür war in die gegenüberliegende Wand ein Bildschirm eingelassen. Die beiden Monster saßen davor und fuhren mit ihren Händen über kleine schwarze Dinger. Ein paar Sekunden später setzte sich das Fahrzeug in Bewegung. Auf dem Monitor konnte Marc mitverfolgen, wie das Wasser auf sie zukam.

Dann tauchten sie unter und einige Zeit verging.

»Hallo«, flüsterte der Mann. »Wer bist du?«

»Marc«, flüsterte er zurück. »Marc Marshall. Geht's Ihnen gut?«

Der Mann nickte. »Ja. Die Silurianerin hat mich nur betäubt.«

»Silu… was?«

»Die da drüben. Das sind Silurianer.«

Marc starrte ihre Rücken an. »Was sind die? Sind das Monster? Werden sie uns auffressen?«

»Nein, Marc. Sie sind Vegetarier.«

»Das stimmt eigentlich nicht.« Eins der Monster, beziehungsweise die Silurianerin, die zuletzt aus dem Wasser gestiegen war, drehte sich zu ihnen um. »Aber im Gegensatz zu den Affen synthetisieren wir unser Essen, um die Ressourcen unseres Planeten nicht zu erschöpfen.«

Der alte Mann stand auf. »Ich verstehe. Tut mir leid, dann hab ich mich wohl geirrt. Warum haben Sie uns gefangen genommen?«

158

Das andere Monster blickte sich ebenfalls um. »Wir sind Erdreptilien. Das ist unser Planet. Die Affen sind eine Plage und gehören von Rechts wegen ausgerottet. Wir brauchen aber«, das Monster zeigte auf Marc, »einen Schlüpfling.«

Marc runzelte verwirrt die Stirn. »Mich? Warum?«

Das erste Monster wandte sich ab und studierte erneut den Bildschirm. »Wirst du bald rausfinden.«

Der alte Mann räusperte sich und bedeutete Marc, still zu sein. »Ich habe schon einmal Mitglieder Ihres Volkes getroffen. Kennen Sie vielleicht Okdel? Und K'to?«

»Sind Sie für deren Tod verantwortlich?«

Die erste Silurianerin hob warnend die Hand. »Sula, sag nichts mehr.«

»Doch, Tahni, wir müssen wissen, wie sie gestorben sind. Es steht Chukk und den anderen zu, sich an den Affen zu rächen!«

Der alte Mann ging auf sie zu. Die mit dem Namen Sula drehte sich auf ihrem Platz um und ihr drittes Auge blitzte rot, dann blieb der Mann plötzlich stehen und verzog vor Schmerz das Gesicht.

»Bitte«, keuchte er, »bitte lassen Sie mich sprechen.«

Die andere Silurianerin nickte und das Leuchten hörte auf.

»Danke.« Der alte Mann rieb sich die Nase. »Man nennt mich den Doktor. Okdel war mein Freund. Er fiel einem Aufstand innerhalb Ihres Volks zum Opfer. Ich glaube, er wurde von einem der Aufrührer ermordet. Die Affen hatten mit seinem Tod nichts zu tun.«

Die Silurianerinnen wechselten einen Blick. »Morka?«

Sula nickte. »Wahrscheinlich. Er war schon immer ein Narr.«

Der Doktor fuhr fort: »Dieser Morka hat eine tödliche Seuche auf die Affen losgelassen. Okdel hat mir geholfen, ein Heilmittel zu finden, aber die Affen haben auf die einzige Art zurückgeschlagen, die sie kennen. Sie waren ebenso verzweifelt und verängstigt wie Morka und haben sich gewehrt.«

»Sie haben unsere Leute ermordet, meinen Sie.«

Der Doktor schüttelte den Kopf. »Nein. Viele sind gestorben, das weiß ich. Aber einige wurden wieder in Schlaf versetzt. K'to gehörte auf jeden Fall dazu. Die Affen haben die Höhlen versiegelt und zugeschüttet. Aber ich glaube, dass viele noch leben. Eine große Zahl von ihnen ist nicht einmal aufgeweckt worden; sie schlafen nach wie vor tief und fest und wissen nichts von all dem, was geschehen ist.«

Sula starrte ihn an. »Warum haben Sie sich mit Okdel angefreundet? Um ihn zu verraten?«

»Nein.« Der Doktor setzte sich Marc gegenüber hin. »Nein, ich habe nach einem Weg gesucht, wie die Sil… die Erdreptilien in Harmonie mit den Affen leben können. Okdel wollte das auch, aber allen Plänen dieser Art stand letztendlich die Paranoia beider Seiten im Weg. So viele mussten sinnlos ihr Leben lassen, sowohl Reptilien als auch Affen.«

»Affenleben zählen nicht«, sagte das andere Erdreptil. Dann wandte es sich ebenfalls wieder dem Bildschirm zu.

»Ich finde, alles Leben zählt, Sula. Okdel war ebenfalls davon überzeugt.«

Die andere Silurianerin wirbelte wieder herum. »Dann war Okdel ein Trottel! Wir werden bald die Basis erreichen. Du wirst Chukk und der Triade Rede und Antwort stehen.«

Dann war nur noch das schwache Motorengeräusch des seltsamen Fahrzeugs zu hören. Der Doktor blickte Marc ernst an. »Es tut mir leid. Ich hab's versucht.«

Marc versuchte zu lächeln. »Dann werden uns diese Reptilien wohl umbringen?«

»Das weiß ich nicht, Marc. Warum erzählst du mir nicht, wie du hier gelandet bist?«

Marc nickte und erzählte seine Geschichte: dass er bei seiner Tante lebte, von seinem Besuch in Dungeness, alles bis zu dem Zeitpunkt, wo er den Doktor am Strand hatte auftauchen sehen. Der Doktor lauschte ihm gebannt und stellte einige Fragen. Schließlich gab er sich zufrieden.

»Nun, ich kann dir was Gutes verraten: Die Polizistin ist am Leben und im Krankenhaus.« Der Doktor hielt inne und machte dann eine Kopfbewegung in Richtung der Reptilien. »Jetzt müssen wir einfach abwarten, wo man uns hinbringt.«

Fiona war wirklich eine Schönheit, daran bestand kein Zweifel. Während er sie betrachtete, wie sie ihm am Tisch gegenübersaß und ihr Haar im Kerzenlicht schimmerte, liebte Alistair sie mehr denn je. Ihre blauen Augen funkelten wie Saphire, und wenn sie ihn anlächelte, spürte er unbestreitbar, wie ihm warm ums Herz wurde.

Es war viel zu lange her, dass Mr und Mrs Lethbridge-Stewart gemeinsam zu Abend gegessen hatten. Sie hatten Virginia Ince überzeugen müssen, den Abend über auf Kate aufzupassen, dann hatten sie sich richtig in Schale geworfen und waren nach Old Beaconsfield gefahren, zu ihrem Lieblingsrestaurant, dem Saracen's Head.

Sie waren nicht ganz sicher, ob der Maître seine »alten und geschätzten Gäste« wirklich wiedererkannt hatte, aber sie hatten einen exzellenten Tisch bekommen, abgeschieden, aber nicht so versteckt, dass die Kellner sie übersehen würden.

Alistair hatte das Lachssteak bestellt, Fiona hatte sich für das Kalbsschnitzel entschieden. Dazu hatten sie einen einfachen, guten Burgunder getrunken – Alistair hatte auf den Rotwein des Hauses verzichtet, den er sonst immer nahm.

Sie hatten sich über das Haus unterhalten, über Kate und ihre bevorstehende Einschulung. Alistair wollte sie auf ein Internat schicken, wenn sie alt genug war, aber Fiona hielt dagegen, bei ihnen in der Nähe gäbe es auch gute Schulen. Da er nicht riskieren wollte, direkt den nächsten Streit nach dem Motto »du willst es dir nur leicht machen, indem du unsere Tochter wegschickst« vom Zaun zu brechen – obwohl das natürlich nicht der Wahrheit entsprach –, hatte er nachgegeben.

Tatsächlich hatten sie bisher noch kein unschönes Wort gewechselt. Es schien wie ein Wunder. Alistair wusste jedoch insgeheim, dass Fiona ihm etwas verschwieg; ständig schien es so, als wollte sie etwas sagen, und wechselte dann plötzlich das Thema.

»Also«, sagte sie schließlich, während sie das letzte Stück ihres Schnitzels aß, »du hast wohl viel zu tun mit deiner Arbeit. Das Büro ruft ständig an oder du musst gleich mehrere Tage dortbleiben. So weit ist London nicht weg, dass du nicht manchmal heimkommen könntest. Egal, wie spät es ist.«

Und dabei war gerade alles so gut gelaufen. Wenn Fiona bloß gewusst hätte, dass »das Büro« weniger als zehn Minuten von ihrer Haustür entfernt war, und nicht in der Stadt, wie sie annahm. Das einzige Mal, als er völlig ehrlich zu ihr hatte sein können, war damals gewesen, als er während des Baus des Zentralkomplexes in Guildford stationiert gewesen war. Wenn Fiona gewusst hätte, dass er seine Tage in einem riesigen Flugzeug verbrachte oder in einem Militärhangar ... Selbst jetzt musste er noch manchmal dorthin, weil sie es als Außenstelle benutzten. Der junge Captain Walters kümmerte sich gut um die Maschinen ...

Seine Gedanken begannen abzuschweifen und er musste sich einen Ruck geben. »Es tut mir leid, Fiona. Zu dieser Jahreszeit ist es immer sehr hektisch. Ausländische Kunden kommen zu den seltsamsten Zeiten an und erwarten, dass sich jemand um sie kümmert, und so was halt.«

Fiona nickte und nahm einen Schluck von ihrem Wein. »Und wer ist diese Miss Hawke, die dauernd anruft?«

Alistair bemühte sich, nicht zu lachen. »Maisie? Ach, sie war von Anfang an mit dabei. Man könnte sagen, sie ist mein Mädchen für alles ...«

»Tatsächlich? Und was genau bedeutet ›alles‹?«

»Also wirklich, Schatz. Sie ist verheiratet.« (*Zumindest war sie verlobt*, dachte er.) »Mit so einem ... Jungen aus der Buchhaltung.« (Der in Wirklichkeit ein Captain war.) »Sam heißt er. Und er hat mal geboxt.« (Das stimmte immerhin.) »Der würde mich ruckzuck auf die Bretter schicken.« (Auch das stimmte, aber er hätte es sich wohl nicht getraut.) »Bitte fang jetzt nicht an, dir irgendwelche Frauen auszudenken, die der Grund dafür sein könnten, dass ich so oft im Büro bleibe.«

Fiona zuckte mit den Schultern. »War nur so ein Gedanke. Es sieht so aus, als ob Eric Pike Monica betrügt, und die beiden haben drei Söhne im Teenageralter.«

»Kann ich mir nicht vorstellen«, sagte er und lachte. »Wahrscheinlich ist es eher so, dass Pike eine wunderschöne Frau zu Hause hat, die er unverschämterweise als selbstverständlich hinnimmt – ganz ähnlich wie ich. Und ihre lebhafte Fantasie läuft auf Hochtouren.«

»Du bist ein Spion, oder? Dein Job hat irgendwas mit der Regierung zu tun. Und deine Maisie Hawke ist so eine Art Miss Moneypenny.«

Alistair starrte sie an und wusste einen Moment lang nicht so recht, ob er über die Absurdität ihrer Worte lachen oder zugeben sollte, wie erstaunlich nah sie der Wahrheit gekommen war! Doch dann sah er ihre Augen: Sie waren keine funkelnden Saphire mehr, sondern glichen harten Eissplittern. Sie wartete nur darauf, dass er ihr widersprach.

»Ich finde, das ... nun ...«

»Trifft den Nagel auf den Kopf, Schatz?«

»›Lächerlich‹ war das Wort, nach dem ich gesucht habe. Schatz.« Diese Sache lief gerade gewaltig aus dem Ruder und Alistair war sich schmerzlich bewusst, dass es noch schlimmer werden würde. »Ich meine, das ist doch albern!«

Der Maître tauchte wie ein Flaschengeist plötzlich an ihrem Tisch auf. Alistair zuckte regelrecht zusammen. »Da ist jemand für Sie am Telefon, Mr Lethbridge-Stewart. Eine Miss Hawke aus Ihrem Büro?«

Fiona lächelte verkniffen und deutete auf das Telefon auf der anderen Seite des Restaurants, wo sich die Garderobe und die Herrentoilette befanden.

»Gleich wieder da«, murmelte Alistair, stand auf und folgte dem Maître. Er nahm den Hörer ab, es klickte und dann war Corporal Hawke am Apparat.

»Ich störe Sie ungern, Sir. Wir können offen sprechen, die Leitung ist jetzt sicher.«

»Hawke, wie zum Teufel haben Sie mich gefunden? Wissen Sie eigentlich, wie ungelegen das kommt?« Der Brigadier stellte fest, dass er trotz der verschlüsselten Leitung flüsterte. Auf der anderen Seite des Restaurants trank seine Frau gerade ihr Glas aus und blickte absichtlich nicht in seine Richtung.

»Es tut mir schrecklich leid, Sir. Sie waren nicht zu Hause und Ihre Babysitterin hat gesagt, Sie seien mit Mrs Lethbridge-Stewart auswärts essen. Ich bin ja schon seit Guildford Ihre Verwaltungsassistentin und hab persönlich durchaus schon öfter einen Tisch für Sie im Saracen's Head reservieren lassen.«

»Kommen Sie mir nicht komisch, Hawke. Was gibt's?«

»Ein Marine-U-Boot in der Gegend um Smallmarshes hat gemeldet, dass sie seltsame Unterwasserbewegungen gemessen haben, Sir, möglicherweise ein Unterwasserfahrzeug.«

»Wo genau? Und warum müssen Sie mich dafür bei einem sehr teuren Abendessen stören, Corporal?«

Einen Augenblick lang herrschte Schweigen. Der Brigadier stellte sich vor, wie Hawke zögerte, den Zorn ihres Vorgesetzten fürchtete. »Also?«

»Gestern hat sich etwas ergeben, Sir, während Sie mit Sir John Sudbury zu Mittag gegessen haben. Der Doktor hat gesagt, er wolle Ihnen den Bericht zeigen und mit Ihnen darüber sprechen, bevor er abreist. Die Sache hatte mit Small-marshes zu tun, einer kleinen Küstenstadt in Kent, in der Nähe von Hastings. In Sussex.«

»Ich weiß, wo Hastings ist, Corporal. Außerdem weiß ich genau, dass ich den Doktor nach Sir Johns Besuch nicht mehr gesehen habe. Und nun seien Sie so gut und verraten mir: Was genau hat er da unten zu schaffen?«

»Es tut mir leid, Sir, ich weiß, ich hätte es Ihnen schon früher erzählen sollen, aber …«

Der Brigadier seufzte. »Corporal Hawke, Sie haben mir bereits den Abend ruiniert. Und meine Brieftasche wird wohl noch zwei bis drei solcher Restaurantbesuche aushalten müssen, wenn ich meine Frau wieder besänftigen will. Es scheint mir, als hätten Sie etwas vor mir geheim gehalten, aber nicht vor dem Doktor. Kurz und bündig, Hawke: Was ist los?«

Hawke sagte nur ein einziges Wort. Dem Brigadier lief ein eiskalter Schauer über den Rücken. Dann fing er an, auf seiner Unterlippe herumzukauen. »Sind Sie sicher, Hawke?«

»Ja, Sir. Ich habe den Originalbericht hier vor mit liegen. Miss Shaw hat ihn auch gesehen, hat mich jedoch gebeten, Ihnen nichts davon zu sagen. Ich habe versucht, sie unter der Londoner Nummer zu erreichen, die Sie mir vor Kurzem gegeben haben, aber die ist schon seit geraumer Zeit besetzt. Ich glaube, Sie sollten sich zunächst diesen Bericht ansehen, bevor wir irgendetwas unternehmen.«

Der Brigadier spürte, wie er rot wurde, und bemühte sich, seine Stimme unter Kontrolle zu behalten. »Den Bericht hätten Sie mir vor anderthalb Tagen zeigen sollen, Corporal, dann hätte UNIT angemessen reagieren können. Diese Sache weist sämtliche Merkmale dessen auf, was Sergeant Benton als ›ordentlich Scheiße bauen‹ bezeichnet. Und eines können Sie mir glauben: Der Doktor steckt gerade bis zum Hals in besagter Scheiße. Ich werde zu Ihnen stoßen, sobald ich Mrs Lethbridge-Stewart zu Hause abgesetzt habe. Und da der Abend ohnehin versaut ist, gibt's sonst noch was?«

Eine kurze, unangenehme Pause folgte. Dann: »Haben Sie heute Abend die Nachrichten gesehen, Sir?«

»Nein, Corporal. Ich hatte Besseres zu tun, als fernzusehen. Hab ich irgendwas Weltbewegendes verpasst? Hat Michael Parkinson einen der Silurianer interviewt?«

»Jemand hat ein versuchtes Attentat auf Sir John Sudbury verübt. Die Kugeln entsprechen denen, die von C19 verwendet werden. Man munkelt schon, dass es was mit Sir Marmaduke Harrington-Smythe und dem Team vom Glashaus zu tun haben könnte.«

»Wunderbare Neuigkeiten, Corporal. Jetzt muss Scobie nur noch einen groß angelegten Atomschlag gegen die Chinesen einleiten, dann ist mein Tag perfekt. In fünfundvierzig Minuten will ich alle im Konferenzraum sehen.«

Er wartete nicht auf eine Antwort, sondern legte einfach auf. Silurianer. Der Doktor war bestimmt schon auf der Suche nach ihnen; wahrscheinlich nahm er an, dass UNIT ihm folgen und versuchen würde, sie in die Luft zu jagen. Typisch für diesen Mann. Dachte nie ans große Ganze. Und dann hatte auch noch jemand versucht, Sir John Sudbury umzubringen, der trotz seiner Selbstüberschätzung, was seine Rolle im Parlament anging, wohl kaum ein Primärziel abgab. Wenn das Glashaus kompromittiert war, würde wahrscheinlich bald die Hölle los sein.

Und das war noch gar nichts im Vergleich zu dem, was er von Fiona zu hören kriegen würde, wenn er ihr sagte, dass er wieder ins »Büro« musste …

Als Alistair auf die Nische zuging, wo sie gesessen hatten, stellte er fest, dass der Tisch verwaist war. Die Kerze war gelöscht worden. Im Augenblick diente sie als Ständer für die Rechnung, die aufgespießt auf halber Höhe steckte, zerrissen und mit rotem Kerzenwachs getränkt.

Der Maître hatte den Anstand, eine beklommene Miene aufzusetzen, als er mit dem hellbraunen Mantel des Brigadiers über dem Arm auf ihn zukam.

»Die Dame ist, ähm, bereits gegangen, Sir. Sie hat ein Taxi rufen lassen. Sie sagte, dass Sie die Rechnung, äh …«

Alistair löste den Zettel von der Kerze, glättete ihn um das Loch herum und versuchte, die Summe darauf zu entziffern. Dann holte er seine Brieftasche hervor und gab dem Maître einen Zwanzig-Pfund-Schein. »Das müsste alles abdecken«, sagte er knapp.

Der Maître räusperte sich überrascht. »Das ist mehr als ausreichend, Sir. Sind Sie denn sicher, dass Sie …«

Aber Alistair Gordon Lethbridge-Stewart hatte ihn bereits stehen lassen.

Einen Moment später saß der Brigadier am Steuer seines Daimlers und fuhr auf die A40, Richtung Denham und UNIT-Hauptquartier.

Der blasse junge Mann wartete bereits auf den Blonden, als der an jenem Abend in sein möbliertes Zimmer zurückkehrte.

»Das haben Sie wohl vergeigt, nicht wahr?«, war sein erster Kommentar. »Und dabei hatte man mir gesagt, Sie seien einer der Besten.«

»Ich bin der Beste«, entgegnete der Blonde emotionslos.

»Unfug, alter Junge, völliger Quatsch. Ein zweitklassiger Gangster aus dem East End sind Sie, der sich seinen Ruf wahrscheinlich eher erkauft als erarbeitet hat.« Der blasse, junge Mann goss sich einen Drink ein. »Scotch?«

»Ja.«

Einen Moment später hatte jeder von ihnen einen Drink in der Hand. Der Blonde kippte seinen runter und schenkte sich nach. Sein Auftraggeber wollte nichts mehr.

»Tja, was machen wir jetzt bloß mit Ihnen?«, fragte er. »Sir John lebt noch. Dank der Brotkrumen, die wir vor Ort für die internen Ermittler aus dem Parlament hinterlassen haben, deuten alle Spuren auf das Glashaus hin, aber wir haben auch drei Unschuldige im Leichenschauhaus und einen Nichtsnutz mit 'ner Schramme an der Schulter. Harrington-Smythe wird sich im Handumdrehen aus dieser Sache rauswinden können.«

»Das Visier am Gewehr, das Sie mir gegeben haben, war falsch eingestellt.«

Der blasse Mann wandte sich ihm zu. Sein Gesichtsausdruck war nicht zu deuten, die Augen lagen hinter den dicken Gläsern seiner allgegenwärtigen Sonnenbrille verborgen. Eine Sekunde später nickte er kaum merklich. »Dafür kriegt der Waffenmeister eine Verwarnung.« Er wühlte kurz in seiner Jacketttasche, dann reichte er dem Blonden einen Umschlag.

»Wir müssen jetzt wohl etwas wagemutiger werden. Erledigen Sie den hierin geschilderten Auftrag und tauchen Sie dann ein paar Tage lang unter. Danach werden wir unsere Polizistin aus Sir Marmadukes dreckigen Patschhändchen befreien.«

Mit einer plötzlichen, erschreckend schnellen Bewegung ergriff er die Scotchflasche, zerschlug sie am Türrahmen und rammte das scharfkantige Ende in die Tür. »Und wenn Sie das wieder versauen, kriegen Sie die nächste Flasche ab.«

Nachdem er gegangen war, versuchte der Blonde, die Flasche aus dem Holz zu ziehen, aber sie steckte fest. Während er am Flaschenhals zerrte, bemerkte er ungewöhnliche Dellen im Glas. Er schaute sich das genauer an Und entdeckte fünf deutlich erkennbare Fingerabdrücke, die ins Glas gedrückt worden waren, als bestünde die Flasche aus weichem Lehm. Die Stärke, die dafür nötig war … Um einen derartigen Druck auszuüben, bräuchte man die Kraft von zehn Männern. So stark konnte der blasse junge Mann unmöglich sein – oder etwa doch?

In einem Käfig, gut abgeschottet gegen Gerüche, visuelle Eindrücke und Geräusche, saß ein Dobermann. Zumindest war das Tier mal ein Dobermann gewesen. Jetzt war es mehr als das, etwas ganz Besonderes.

Eines Tages war ein Mann, dem er vertraut hatte, mit einer großen Spritze zu ihm gekommen, in der eine dicke, grüne Flüssigkeit geblubbert hatte. Der Mann hatte dem Hund die Substanz in den Hals injiziert, direkt in die Schlagader. Es hatte wehgetan und der Hund hatte versucht, nach seinem früheren Freund zu schnappen, war dabei jedoch zusammengebrochen.

Die Transformation hatte etwa acht Minuten gedauert. Wellen aus heißem Schmerz hatten ihn überrollt, während sein Körper und sein Geist sich verändert hatten. Seine Sinne waren schärfer geworden und er konnte auf einmal Dinge wahrnehmen, die seinem begrenzten Wahrnehmungsspektrum vorher verborgen geblieben waren: Er hörte die Atemzüge von Leuten, die sich hundert Meter entfernt in der Höhle aufhielten; er nahm den besonderen Schweißgeruch eines Mannes war, der sich zu einer Frau in seiner Nähe hingezogen fühlte.

Der plötzliche Ansturm neuer Sinneseindrücke trieb ihn in den Wahnsinn.

Der Mann beobachtete die Transformation aus sicherer Entfernung und berichtete seinen Vorgesetzten, dass der Stahlman-Hund bereit war, trainiert zu werden. Sie würden ihn zum Pirscher machen. Über drei Monate hinweg trainierte er ihn, wobei er auf Drogen, simple Konditionierung und Grausamkeit zurückgriff.

Der Pirscher war das erste Lebewesen, das absichtlich mit einer modifizierten Probe des Stahlman-Gases infiziert worden war. Es stammte aus dem aufgegebenen Bohrprojekt mit dem Spitznamen Inferno. Der Mann war verständlicherweise stolz auf diese widernatürliche Kreatur, die er entworfen und entwickelt hatte. Er betrachtete sich selbst beinahe als Gott: Im Namen von Wissenschaft, Forschung und der Zukunft hatte er eine neue Lebensform erschaffen.

Dann erwachte er eines Tages aus einem Traum, in dem er durch dunkle Tunnel gejagt worden war, und begriff, was er da im Namen seiner Auftraggeber kreiert hatte: Sie hatten keine neue Spezies ins Leben gerufen, sondern eine neue

Waffe – eine, deren Existenz völlig unerforschte und schreckliche Auswirkungen haben könnte. Was, wenn der Pirscher entkam? Wenn durch Zucht oder durch einen Biss andere Hunde infiziert werden konnten? Oder wenn die Kreatur gar Menschen anstecken konnte? Im Vergleich zu den Furcht erregenden Mutationen des Stahlmann-Hundes käme Tollwut eher einer leichten Erkältung gleich. Er beschloss, dass es Zeit war, diese Experimente zu beenden, und er schwor sich, alles zu tun, damit die Mitarbeiter des Gewölbes erkannten, wie falsch all das war. Und wenn sie es nicht einsahen, würde er einen anderen Weg finden, ihrer Arbeit ein Ende zu bereiten.

Nun waren von diesem Mann und seinen guten Absichten nur noch ein Haufen abgenagter Knochen und ein zerschmetterter Schädel übrig. Fleisch und Innereien waren komplett verschwunden und die Oberfläche der Knochen wies tiefe Furchen auf, die von den Schneidezähnen eines Hundes stammten. Ringsumher waren zerrissene und zerfetzte Kleidungsstücke verstreut. Eine Socke lag einsam in einer Ecke des Käfigs. Ins Innere des Schafts war sauber ein Etikett eingenäht, auf dem »Grant Traynor« stand.

Die Schöpfung hatte ihren Schöpfer gefressen. Und sie war noch immer hungrig.

Marc Marshall stand neben dem netten alten Mann, dem Doktor. Beide trugen wieder ihre eigene Kleidung, die gewaschen und getrocknet worden war. Der Silurianer, der sie ihnen zurückgebracht hatte, hatte ihnen erklärt, dass sie die eng anliegenden Tuniken aus dem netzartigen Material hatten tragen müssen, um ihren Körper vor dem Druck unter Wasser zu schützen. Das Reptil hatte eine Weile geredet und Marc hatte nichts davon verstanden, aber der Doktor hatte angemerkt, wie raffiniert er die ganze Sache fand.

»Und auch sehr umsichtig.«

Nun standen sie in einer Grotte tief unter der Meeresoberfläche und blickten einer ganzen Gruppe von Erdreptilien entgegen, wie sie sich selbst zu nennen schienen. Der Doktor hatte ihm erklärt, dass sie einst die Erde beherrscht hatten, zu Zeiten der Dinosaurier, und überall auf der Welt ihre Städte gebaut hatten. Autos, Flugzeuge, Schiffe und U-Boote hätten sie besessen, außerdem waren Raumschiffe in Arbeit gewesen. Der Doktor hatte auch von ihrer Kunst und Literatur berichtet, von Sport und Spielen. Sie hatten eine vollständige Zivilisation gebildet.

Sie waren wie die Menschen, nur viel, viel älter. Der Doktor hatte Marc erzählt, dass die gesamte Spezies sich absichtlich in Schlaf versetzt hatte, als ihre Astronomen festgestellt hatten, dass ein Meteor sich der Erde näherte. Sie hatten geglaubt, er würde im Vorbeiflug die Erdatmosphäre mit sich reißen. Daher hatten sie riesige Schutzräume unter der Erde gebaut, um darin zu schlafen, bis der Meteor wieder in den Tiefen des Weltalls verschwunden war. Stattdessen war er in einer Umlaufbahn der Erde verblieben – die Menschen kannten ihn als den Mond –, und die Erdreptilien waren niemals wieder erwacht.

Der Doktor hatte außerdem erklärt, dass in den vielen Millionen Jahren, die seither vergangen waren, Tausende dieser Schutzräume zerstört worden waren, dass allerdings irgendwo immer noch Hunderte von ihnen existieren mussten. Er war den Erdreptilien offenbar schon zuvor begegnet und hatte gegen sie gekämpft. Am Ende hatten sie eine Schlacht verloren, weil sie den Menschen zu ähnlich gewesen waren. So hatte es zumindest der Doktor ausgedrückt.

Und nun standen die beiden Menschen diesen anscheinend feindlich gesinnten Kreaturen in ihrem Schutzraum gegenüber und wurden von ihnen gemustert. Von einem großen Bildschirm an der Wand blickten drei weitere dieser Wesen auf sie herab, die geringfügig anders aussahen und etwas älter wirkten.

»Ich muss sagen, Sula, zwischen Ihrer Gruppe hier und Okdels Gruppe gibt es erstaunliche Unterschiede.« Der Doktor musterte Sula und Tahni, die beiden Reptilien, die sie hergebracht hatten. »Sie unterscheiden sich stark von den älteren Erdreptilien. Sie scheinen Flossen statt Ohren zu besitzen.«

»Das stimmt, Affe. Und bevor Sie noch länger an uns herumtatschen«, sagte Tahni und schlug seine Hand beiseite, »will ich Ihnen sagen, dass wir anders sind. Wir sind Hybride. Wir sind …«

»Das reicht, Tahni. Die Affen müssen nichts davon wissen.«
»Natürlich, Baal.«

Marc betrachtete den Neuankömmling. Den Kommentaren des Doktors nach musste das ein weiterer Hybrid sein, da er ebenfalls Flossen statt Ohren am Kopf trug.

Baal zeigte auf Marc. »Schwestern, das habt ihr gut gemacht. Der Affenschlüpfling ist genau das, was ich für meine Experimente brauche. Bringt ihn weg.«

Marc war wie versteinert, aber der Doktor stellte sich zwischen ihn und Baal. »Was haben Sie mit dem Jungen vor?«

174

Baal schob den Doktor mit erstaunlicher Kraft beiseite. »Das geht Sie gar nichts an, Affe.« Er schaute wieder auf den Bildschirm. »Wenn die Triade keine Einwände hat, werden wir diesen Schlüpfling hier auseinandernehmen. Verhören Sie unterdessen den alten Affen, so lange Sie wollen; stellen Sie nur sicher, dass er anschließend beseitigt wird.« Er schaute zu einem älteren Reptil hinüber, das den dreien auf dem Bildschirm glich. »Geht das in Ordnung, Chukk?«

Das Reptil namens Chukk nickte langsam.

Baal packte Marcs Arm so fest, dass es wehtat, aber Marc war entschlossen, nicht zu schreien. Er würde tapfer sein. »Und Chukk, desinfiziere unbedingt diesen Bereich. Ich kann schon spüren, wie die ekelhaften Affenflöhe über meine Haut krabbeln.«

Während Marc fortgezerrt wurde, hörte er noch, wie der Doktor rief: »Edle Triade, bitte garantieren Sie mir die Sicherheit dieses Affenschlüpflings. Ich flehe Sie an, nicht …« Doch dann wurde seine Stimme von den Felsen verschluckt.

»Was haben Sie mit mir vor?«, fragte Marc Baal.

Sula, die ihnen gefolgt war, lachte. »Wir werden sehen, wozu wir dich gebrauchen können, Affe. Wer weiß, vielleicht bist du unsere einzige Überlebenschance.«

»Ich würde gern helfen«, sagte Marc. »Wirklich. Sagen Sie mir einfach, was ich tun soll.«

Baal hielt vor einer Felswand an. Sein drittes Auge leuchtete einen Moment lang grün auf, dann schienen die Felsen zu schmelzen und gaben den Weg in ein höhlenartiges Labor frei. Er zog Marc hinein und Sula folgte ihnen. Sie benutzte ihr drittes Auge, um die solide Wand zu erneuern oder wieder aufzubauen – Marc wusste nicht, was von beidem eher zutraf.

»Wie haben Sie das gemacht?«, fragte er.

Baal ignorierte die Frage. »Stell dich dahin.« Er zeigte auf die gegenüberliegende Wand. Gleich unter der Decke war etwas angebracht, das wie eine große Filmkamera aussah und nach unten zeigte. »Unter den Kodierer.«

Marc gehorchte. Ihm gegenüber fuhr Sula mit ihren Händen über ein Pult.

»Start«, sagte sie laut.

Von dem kameraartigen Objekt ging ein weißes Licht aus, das Marc rasch einhüllte. Seine Haut begann zu kribbeln.

»Es funktioniert«, bemerkte Baal von der rechten Seite des Raums. »Schau.«

Marc wandte ihm den Blick zu. Auf einer schwarzen Scheibe in Baals Hand erschien aus dem Nichts eine winzige Figur, etwas mehr als fünfzehn Zentimeter groß.

Baal grinste Marc höhnisch an. »Siehst du, Affe, so was gibt's bei euch nicht. Das ist ein Hologramm, das jedes Detail deines Körpers darstellt. Dein minderwertiger Geist kann nicht einmal im Ansatz begreifen, was alles an komplexer Technologie dahintersteckt.«

Marc war nicht bereit, einfach klein beizugeben. Er würde nicht weinen und er würde weder Baal noch Sula noch sonst irgendjemandem zeigen, wie sehr er sich fürchtete. Er hatte Angst gehabt, als Tahni ihn in das Cottage gezerrt hatte, aber da war er vor allem überrascht gewesen. Er würde versuchen, alles auszuhalten, was sie mit ihm machten. Irgendwie kam es ihm vor, als wäre es Jahre her, seit er in dem Cottage gewesen war. Dabei war es erst gestern gewesen, oder?

»Erklären Sie mir das Ganze trotzdem«, forderte er.

Sula zuckte mit den Schultern. »Mumm hat er ja. Für einen Affen.«

Baal zeigte auf das Hologramm, und Marc sah, wie ihn eine winzige Kopie seiner selbst anblickte. Sie leuchtete schwach und flackerte. »Jetzt sieht sie wie du aus. Aber jetzt ...« Bahl tippte gegen einen Knopf an dem Hologramm-Dingsbums. Die Kopie von Marc verschwand und wurde durch ein Bild ersetzt, das Marcs Form besaß, jedoch aus Linien und Kreisen bestand. »Jetzt haben wir ein Drahtgitterbild von dir.« Wieder drückte er auf den Knopf und dieses Mal leuchtete das Marc-Bild in Primärfarben auf. »Das bist du in Infrarot. Wir können das Innere deines Körpers sehen und deinen genetischen Code nachverfolgen. Hier können wir alles sehen.«

Marc war sich bewusst, dass Baal eigentlich nicht mit ihm oder mit Sula sprach, sondern mit sich selbst.

»Hier finden wir die Chromosomen, die dafür verantwortlich sind, dass du anders bist als wir. Wir werden sie isolieren, mit unseren eigenen verbinden und neue erschaffen.« Baal schaute von seinem Pult auf. »Wir brauchen dafür einen jungen Schlüpfling, an der Schwelle zur Pubertät, dessen Körperchemie noch auf so wunderbare Weise im Fluss ist. Mit deiner Hilfe gelingt es uns vielleicht, das richtige Stück Genmaterial zu gewinnen, das uns alle retten wird.«

»Und wann wollen Sie das machen?«, fragte Marc und wandte sich an Sula, weil Baal schon wieder in seine Daten vertieft war.

Sula warf Baal einen flüchtigen Blick zu und sah dann wieder Marc an. »Schon bald, Affe. Schon bald.«

»Und wird es sehr wehtun?«

Baal hob abrupt den Kopf und lachte. »Wahrscheinlich schon. Aber das sollte deine geringste Sorge sein. Denn ob es nun wehtut oder nicht, es wird dich auf jeden Fall umbringen.« Zu Sula sagte er: »Wir können sofort weitermachen. Lass uns anfangen.«

VIERTE EPISODE

Der Brigadier schritt in den Besprechungsraum von UNIT und studierte das Chaos, das hier herrschte: Acht Personen gingen hektisch ihren Aktivitäten nach, während sie sorgsam jeglichen Blickkontakt mit ihrem befehlshabenden Offizier mieden – falls sie seine Ankunft überhaupt bemerkt hatten.

Nur der an diesem Abend diensthabende Stabsoffizier, Sergeant Benton, salutierte kurz, dann griff er nach einer Reihe von Nachrichten, die auf dem Telex kamen, und fing an, sie durchzusehen. Corporal Bell saß am roten Telefon, das sie direkt mit dem UNIT-Hauptquartier in Genf verband. Private Parkinson kochte Tee für alle und Corporal Hawke steckte kleine rote Fähnchen in eine Karte der Region Hastings. Andere suchten Akten zusammen, zogen sich Stühle heran und machten sich an die Arbeit. Ja, es herrschte Chaos, aber es war ein strukturiertes Chaos.

»Also?«

Alle verstummten, als sie die Stimme des Brigadiers hörten. Er setzte sich an seinen Schreibtisch, während Bell ins angrenzende Zimmer ging, um ihr Gespräch mit Genf fortzusetzen. Hawke zeigte auf ihre Karte und brach das Schweigen.

»Das, Sir, ist das Cottage außerhalb von Smallmarshes, wo es unseren Berichten zufolge Silurianer-Aktivität gegeben haben soll und wo die Polizistin Barbara Redworth gefunden wurde.« Sie zeigte auf die nächste Fahne in der Nähe der ersten. »Das ist das Polizeirevier von Smallmarshes, wo der Doktor zuletzt gesehen wurde.« Sie zeigte auf die dritte Markierung. »Und hier befindet sich das Krankenhaus von Hastings, Sir. Dorthin hat man die Polizistin gebracht, die anscheinend von einem oder mehreren Silurianern verletzt worden ist. Später wurde sie während eines bewaffneten Überfalls entführt. Die Entführer haben für reichlich Ablenkung gesorgt, daher fiel ihre Entführung erst Stunden später auf.«

»Gab es Opfer?«

»Ein paar Gehirnerschütterungen, ein paar Schnittwunden durch zerbrochenes Glas und ein Todesfall. Ein eigenartiger, Sir.«

»Spannen Sie mich nicht auf die Folter, Corporal.«

Hawke zuckte mit den Schultern. »Eine Frau, die wie eine Krankenschwester gekleidet war, wurde an der Rezeption des Krankenhauses erschossen. Sie gehörte nicht zur Belegschaft und keiner konnte sagen, was das eigentlich für eine Uniform war, die sie anhatte. Was auch kaum überraschend ist.«

Der Brigadier hob eine Augenbraue. »Warum?«

Benton hielt dem Brigadier ein Foto der toten Frau hin: In ihrer Stirn prangte ein sauberes Loch. »Die Frau trug eine Glashaus-Uniform, Sir.«

»Und die Waffe«, fuhr der Brigadier nach einem genaueren Blick fort, »war, der Eintrittswunde nach zu urteilen, eine Compacta, Kaliber 25. Gab es eine Austrittswunde?«

Benton schüttelte den Kopf. »Offenbar nicht, Sir. Die Kugel ist ins Gehirn eingedrungen und dort stecken geblieben.«

»Wie gesagt: Compacta, Kaliber 25. Nur das Glashaus verwendet diese Art von Spielzeug. Wurde die Waffe gefunden?«

»Auf dem Empfangstresen, Sir«, sagte Hawke. »Es sieht so aus, als wäre sie mit ihrer eigenen Waffe erschossen worden.«

Der Brigadier stand auf und räusperte sich. »Lassen Sie mich zusammenfassen. Möglicherweise wurde ein Silurianer gesichtet – eine Bedrohung der Kategorie A plus, allein für die Augen von UNIT bestimmt. Statt UNITs befehlshabenden Offizier zu informieren, fangen die wissenschaftlichen Berater den Bericht ab und schreiten selbst zur Tat. Einer fährt nach Smallmarshes und spricht mit der Polizei, denn eine Polizistin scheint dem Wesen begegnet zu sein – sie muss infolgedessen ins Krankenhaus. Der andere Berater verschwindet. Zu beiden lässt sich kein Kontakt herstellen. Unterdessen wird die Polizistin aus dem Krankenhaus entführt und es gibt nur einen einzigen Hinweis: Ein potenzielles Mitglied vom Glashaus wurde mit der eigenen Waffe ermordet.« Der Brigadier funkelte alle der Reihe nach an und lauerte darauf, dass irgendjemand etwas sagte. »Und ich wurde über all diese Vorgänge erst vor einer Stunde in Kenntnis gesetzt. Sonst noch was?«

»Nur zwei Dinge, Sir.« Benton nahm den Stapel Papier, der neben dem Telex lag. »Die Polizei von Smallmarshes hat berichtet, dass ein paar Polizisten den Doktor heute Morgen um halb acht vor dem Cottage treffen wollten, in dem der Silurianer gesehen worden ist. Er ist nicht aufgetaucht und sie wollen nun wissen, ob er wirklich mit UNIT in Verbindung steht. Ferner wurde in derselben Stadt ein Jugendlicher als vermisst gemeldet. Er heißt Marcus Marshall.«

»Und?«

»Ein Seesack, der einem Marc Marshall gehört, wurde in der Nähe desselben Cottages gefunden. Und Marc Marshall ist der Sohn von Alan Marshall.«

»Abgesehen davon, dass der Doktor die Telexnummer eines eigentlich streng geheimen Abwehrdienstes weitergegeben hat und der Sohn eines prominenten Abgeordneten verschollen ist, läuft also alles bestens?« Der Brigadier unterbrach sich, als Corporal Bell wieder hereinkam. »Und was ist die frohe Kunde von unseren Zahlmeistern in der Schweiz?«

Bells Augen huschten durch den gesamten Raum, doch dann fing sie den bohrenden Blick des Brigadiers auf und sagte rasch: »Nun, Sir, leider gibt es schlechte Neuigkeiten. Da C19 keinerlei Informationen über unsere Operationen während der vergangenen vierundzwanzig Monate an die UN rausgeben will und die holländische sowie die französische Regierung ebenfalls mauern, hat der UN-Sekretär UNITs Budget nahezu halbiert. Wenn wir Geld wollen, müssen wir uns jetzt direkt an C19 oder die britische Regierung wenden.«

Der Brigadier ging gedankenverloren zu Hawkes Karte hinüber. Er studierte einen Moment lang die Positionen der Fähnchen, dann wandte er sich wieder seinen Untergebenen zu. Er blickte mit steinerner Miene in die Runde, fest entschlossen, sich von nichts, was ihm das Leben entgegenschleuderte, aus der Bahn werfen zu lassen. »Unser Haushalt ist eine C19-Angelegenheit und bis Sir John Sudbury aus dem Krankenhaus entlassen wird, werden wir eben weitermachen müssen, so gut wir können. Ich werde mit einem kleinen Team nach Smallmarshes fahren, um Nachforschungen anzustellen und den Doktor zu finden. Benton, rufen Sie Yates an und bitten Sie ihn, eine Truppe zusammenzustellen. Sie bleiben hier und koordinieren alles. In meiner Abwesenheit haben Sie das Kommando.«

»Ja, Sir.«

»Hawke, Sie halten Kontakt mit Smallmarshes und der Polizei von Hastings. Ich will, dass die voll und ganz mit uns kooperieren. Geben Sie eine komplette D-Mitteilung zu allem heraus, was hiermit zu tun hat. Wenn Ihnen die Jungs von den Medien Ärger machen, tun Sie so, als wären wir größer und weit mächtiger, als wir es im Augenblick offenbar sind, und schreien Sie viel herum. Machen Sie ihnen Angst. Erpressen Sie sie. Drohen Sie notfalls, deren Familien zu erschießen, aber ich will, dass die Presse sich aus dieser Sache komplett raushält.«

»Ja, Sir.«

»Bell, Sie kommen mit mir mit. Nehmen Sie den Austin, nicht den Daimler. Ich möchte, dass diese Operation diskret abläuft. Benton, stellen Sie sicher, dass Yates es genauso macht. Keine Rover, keine Uniformen. Handfeuerwaffen für die Soldaten. Dies wird eine heikle Operation, meine Damen und Herren. Und es wird kein Scheiß mehr gebaut, ist das klar?« Er lächelte sie alle freudlos an. »Wegtreten.«

Als die Soldaten sich zerstreuten, winkte der Brigadier Maisie Hawke heran. »Corporal«, flüsterte er. »Sie müssen Miss Shaw finden. Kontaktieren Sie Private Johnson und fragen Sie ihn, ob er weiß, wo sie ist.«

»Sir?«

»Hawke, es gefällt mir zwar nicht, aber es gehört zu meinem Job, alles über meine Leute zu wissen, sowohl beruflich als auch privat. Ich gehe doch richtig in der Annahme, dass Sie seine Nummer haben, oder? Zwingen Sie mich nicht, aus einem Vorschlag einen Befehl zu machen.«

»Ja, Sir.« Hawke salutierte und verließ den Konferenzraum.

Der Brigadier folgte ihr hinaus und nahm Kurs auf sein eigenes Büro. Er musste selbst einen Anruf machen, allerdings einen persönlichen, und das fiel ihm schwerer, als er es je für möglich gehalten hätte: Er musste seiner Frau sagen, dass er heute nicht heimkommen würde.

Er betrat sein Büro und sah auf die Uhr. Es war zehn – seit Hawke ihn im Restaurant kontaktiert hatte, waren bereits anderthalb Stunden vergangen.

Viel wichtiger: Es war eine Stunde her, dass Fiona allein zu Hause angekommen war. Er war noch kurz vorbeigefahren, um ein paar Dinge aus dem Gästezimmer mitzunehmen, und hatte einen Blick in sein eigenes Schlafzimmer geworfen. Sie hatte im Bett gelegen und geschlafen, oder zumindest so getan. So oder so war die Botschaft klar gewesen.

Dann hatte Alistair den Kopf in Kates Zimmer gesteckt. Aloysius, der Bär, hatte auf dem Boden gelegen, war wahrscheinlich aus dem Bett gefallen. Alistair hatte das Zimmer durchquert, den Teddy aufgehoben und ihn wieder unter ihre Bettdecke geschoben. Kate hatte ihn instinktiv in die Arme geschlossen und ihn an sich gedrückt.

Als er sich umgewandt hatte, um zu gehen, hatte sie schläfrig gemurmelt: »Gute Nacht, Daddy. Ich hab dich lieb.«

»Gute Nacht, Tigerchen«, hatte er zurückgeflüstert und die Tür geschlossen.

Er wurde aus seinen Gedanken gerissen, als jemand an seine Bürotür klopfte.

»Brigadier?« Es war Bell.

»Ja, Corporal?«

»Die Wagen stehen bereit. Mike Yates wird in zehn Minuten mit seinen Männern da sein.« Dem Brigadier wurde klar, dass er Corporal Bell bisher immer nur in Uniform gesehen hatte. Nun trug sie einen dicken, grauen Fischerpullover und eine schwarze Jeans.

Anscheinend fiel ihr auf, dass er sie anstarrte, denn sie räusperte sich. »Ich hab mir gedacht, dass es da unten bestimmt kalt ist, so früh am Morgen. Wenn das unangemessen ist, Sir, dann kann ich …«

»Nein. Nein, das geht in Ordnung, Corporal.« Er schaute an sich herunter und stellte fest, dass er immer noch in Anzug und Schlips war. »Gut, dass Sie mich daran erinnern. In diesem Aufzug kann ich wohl kaum in Sussex herumspazieren, oder?«

Bell lächelte. »Brauchen Sie noch irgendetwas, Sir?«

Der Brigadier schüttelte den Kopf. »Nein. Ich zieh mich schnell um. Ich hab noch irgendwo was zum Wechseln.«

»Im linken Schrank, Sir. Drei Hemden, vier Freizeithosen, zwei Paar leichte Schuhe. Dazu ein paar Sweatshirts.«

Der Brigadier erwiderte Bells Lächeln. »Was täte ich nur ohne Sie, Corporal?«

Bell wurde rot und grinste verlegen, als sie ging.

Der Brigadier beäugte den Schrank, von dem sie gesprochen hatte. »Nein«, murmelte er. »Erst kein Vergnügen und dann die Arbeit.« Er nahm den Hörer ab und rief zu Hause an. Es klingelte zweimal, dann meldete sich Fiona mit klarer Stimme, in der kein Hauch von Müdigkeit zu hören war. Offensichtlich hatte er sie mit seinem Anruf nicht geweckt.

»Was willst du, Alistair?«

»Hallo, Schatz. Woher weißt du, dass ich es bin?«

»Fünfzehn Jahre lang immer das Gleiche: Du rufst spät an und sagst, ich werde dich eine Woche lang nicht sehen. Darum. Also, was willst du?«

Alistair seufzte. »Mich entschuldigen?«

»Klar, Schatz. Ich soll dir also verzeihen, dass du mich zum millionsten Mal sitzen lässt. Und ich darf mir wieder den Kopf zerbrechen, was genau ich unserer Tochter erzählen soll.«

»Es tut mir wirklich leid.«

Es entstand eine Pause, schließlich seufzte Fiona. Als sie weitersprach, war jede Spur von Sarkasmus aus ihrer Stimme verschwunden. Nun klang sie plötzlich doch müde, sie musste sich vorher nur zusammengerissen haben. »Ich kann so nicht weitermachen, Alistair. Das wird mir alles zu viel.«

»Was meinst du, Schatz?«

»Nenn mich nicht ständig ›Schatz‹, verdammt noch mal!«, fuhr sie ihn an. »Damit kannst du nicht alles entschuldigen, erklären oder rechtfertigen. Hör endlich auf mit deinem ›Schatz hier‹ und ›Liebling da‹.« Sie holte Luft, bevor sie etwas leiser fortfuhr: »Alistair, komm nach Hause. Lass einfach alles stehen und liegen und komm. Für einen Abend können sie dich auf der Arbeit doch wohl entbehren. Sag Miss Hawke, dass sie das Büro drei Tage lang ohne dich am Laufen halten soll. Ist das denn völlig unmöglich?«

Alistair räusperte sich. »Nun … ja, Schatz, das ist unmöglich. Ich habe hier eine ziemlich wichtige Rolle. Ich muss meine Mitarbeiter anleiten. Ich kann nicht einfach …«

»Du kannst nicht oder du willst nicht?«

»Ich kann nicht. Wirklich nicht. Ich werde mir Mühe geben und versuchen, in den nächsten Wochen ein freies Wochenende zu kriegen. Mike oder John können die Stellung halten. Aber nicht gerade jetzt.«

Fiona holte tief Luft und atmete dann geräuschvoll ins Telefon. »Alistair, du weißt so gut wie ich, dass du Mike, John, Miss Hawke, Onkel Tom Cobbley und wie sie alle heißen niemals allein den Laden schmeißen lassen wirst. Ich verstehe zwar immer noch nicht, was bei euch los ist, aber eins kapier ich sehr wohl: Dein Job ist dir wichtiger als deine Familie.«

Alistair unterbrach sie: »Moment mal, Schatz, das stimmt überhaupt ni…«

»Doch, Alistair. Das stimmt, und zwar zu hundert Prozent. Wenn ich so ein schüchternes kleines Mäuschen wäre, das kein eigenes Leben hat, würde ich es wohl einfach hinnehmen. Aber das bin ich nicht und das werde ich nicht.«

»Sollten wir darüber nicht in aller Ruhe re…«, fing Alistair an, aber Fiona schnitt ihm das Wort ab.

»Nein! Du hattest heute Abend genug ›Ruhe‹, um über alles zu reden. Du hast es versaut. Das war's, Alistair. Kate und ich sind weg. Versuch nicht, mit uns Kontakt aufzunehmen – das weißt du immerhin ganz genau: Mein Vater wird dich auf keinen Fall in unsere Nähe lassen.«

Alistair war plötzlich schrecklich flau im Magen. »Was meinst du damit, Fi? Deine Eltern sind in Chichester. Warum willst du so weit weg? Warum willst du denn überhaupt weg, verdammt?«

Fiona seufzte. »Wenn du's jetzt noch nicht begriffen hast, Alistair, dann begreifst du es nie. Leb wohl.«

Es klickte. Die Leitung war tot.

»Fiona?«, sprach eine schwache Stimme in den Hörer. »Fiona, Kate? Bitte?«

Alistair Lethbridge-Stewart stellte fest, dass es seine eigene Stimme war, die mit einem Mal ganz verloren und abgeschnitten klang.

Sie ging. Fort. Wollte sie ihn wirklich verlassen? Aber das konnte sie nicht. Nein, unmöglich. Das war nicht fair. Weder ihm noch Kate gegenüber. Sie hatte ihm ja nicht mal die Chance gegeben, ihr alles zu erklären. Fiona konnte wegen so einer unsinnigen Kleinigkeit doch nicht einfach acht Jahre Ehe wegwerfen. Man gab doch nicht wegen ein paar einsamen Wochenenden und einem unterbrochenen Abendessen sein Eheleben auf und riss die Familie auseinander.

Doch der Dämon, der in seinem Magen wütete und bittere Galle in seine Speiseröhre steigen ließ, raunte ihm etwas anderes zu. Es lag nicht allein an den langen Wochenenden oder dem verdorbenen Restaurantbesuch, oder? Es lag an den acht Jahren voller Lügen und Ausflüchte. Und daran, wie das Treffen mit Air Vice-Marshal Gilmore nach dem »Londoner Vorfall« sein Leben drastisch verändert hatte. Heimlichkeit war sein Lebensmotto geworden, zu Hause wie auch auf der Arbeit.

Kate. War sie lediglich ein Versuch gewesen, eine Partnerschaft zu festigen, die nie eine feste Grundlage gehabt hatte?

Würde er den Rest seines Lebens allein sein? Ihm fiel wieder ein, was Doris an jenem Tag vor all den Jahren in Brighton zu ihm gesagt hatte: »Nimm eine Frau niemals als selbstverständlich hin, Ali. Man weiß nie, wann beim anderen aus Vertrautheit Langeweile geworden ist, wann das, was man für Normalität hält, für den anderen nur noch Depression und Überdruss bedeutet. Das ist, was Ehen zerstört: nicht ein plötzlicher Streit, sondern eine schleichende Erosion der Liebe, weil zwei Menschen nicht merken, wie sie auseinanderdriften. Ihr mentales Bild vom Partner hat nichts mehr mit der Wirklichkeit zu tun. Hüte dich davor, Ali.«

Sie hatte ihm etwas geschenkt: eine Uhr. Sie lag in einer Schachtel ganz hinten im Schrank, auf den Bell gedeutet hatte. Doris war eine Freundin aus Sandhurst gewesen, eine Soldatin in der Ausbildung, und er ein junger Lance-Corporal. Er hatte geglaubt, dass sie einander liebten, hatte jedoch zugelassen, dass sie sich von ihm ab- und George Wilson zugewandt hatte.

Ein paar Jahre später hatten sie sich am Pier von Brighton wiedergetroffen, einen Tag nachdem er Fiona geheiratet hatte. Doris hatte ihm die Uhr überreicht. Vorgeblich als ein weiteres Hochzeitsgeschenk zusätzlich zum Wedgwood-Dinnerset, dass er und Fiona bereits von den beiden bekommen hatten. Ihm war natürlich klar gewesen, dass ihr Geschenk einen tieferen Sinn hatte. Sie hatte ihn daran erinnern wollen, was hätte sein können, vielleicht hätte sein sollen.

Wilson war vor einigen Jahren in Nordirland umgekommen. Alistair hatte Doris einen kurzen Beileidsbrief geschrieben, nur ein paar Zeilen, als er zwischen Kämpfen gegen Cybermen und Autons oder irgendeiner ähnlichen

Bedrohung ein paar Minuten Zeit gefunden hatte. Als er jetzt daran zurückdachte, ging ihm auf, wie unpersönlich der Brief gewesen war. Genauso wenig einfühlsam und persönlich wie seine fürchterlich förmlichen Briefe an die Eltern oder Witwen junger Privates, die unter seinem Kommando bei UNIT gefallen waren.

Kein Wunder, dass Doris nicht zurückgeschrieben hatte.

In was für ein gefühlskaltes Ungeheuer hatte ihn seine Arbeit da bloß verwandelt? War er überhaupt besser als die Cybermen oder die Autons? Besaßen sie gar mehr Gefühl und Gewissen als er?

Das Freizeichen im Hörer fiepte nun so durchdringend, als wäre das Telefon wütend, weil es nicht benutzt wurde. Sanft legte er den Hörer auf die Gabel.

Er löste die Knöpfe an seinem Kragen und band den Schlips ab. Dann zog er Jackett, Hose und Schuhe aus, ging zum Schrank und holte eine blaue Strickjacke und eine graue Hose heraus. Er zog ein Paar Altherrenschuhe aus schwarzem Leder an. An der Rückseite einer der Schranktüren war ein Spiegel angebracht und er betrachtete sich selbst darin. Hinter ihm auf dem Boden lagen sein Anzug und seine Krawatte, die Überreste einer Identität – etwas, das nicht länger existierte. Er drehte sich um, hob die Kleider auf und stopfte sie mit Gewalt in den Schrank. Die schwarzen Lederschuhe stellte er obendrauf. Er dachte kurz nach, dann zog er die Schachtel hervor und öffnete sie. Er starrte die Uhr einen ausgedehnten Moment lang an und fragte sich, ob er sie anlegen sollte. Dann schloss er den Deckel und stellte die Schachtel wieder an ihren Platz zurück.

Schließlich warf er einen letzten Blick in den Spiegel. Genau wie der Anzug war Alistair Lethbridge-Stewart nun weggeschlossen worden.

Der Brigadier war einsatzbereit.

Es war Mittag.

Menschen schlenderten durch die Straßen, drängten sich in Geschäften, schoben, stürmten und benahmen sich allesamt wie kopflose Hühner.

Liz Shaw hatte nicht das Gefühl, wirklich zu ihnen zu gehören oder überhaupt Teil der Spezies Mensch zu sein. Sie war lediglich eine Beobachterin, die von einem fremden Planeten hergekommen und nun gezwungen war, sich das alberne Verhalten der Menschen anzusehen.

Sie war nicht sicher, wie lange sie sich schon so abgesondert fühlte, aber das Ganze hatte bestimmt angefangen, als sie UNIT beigetreten war. Da draußen, inmitten der Sterne, Millionen von Meilen entfernt, gab es so viele andere Lebewesen. Jedes einzelne lebte sein Leben, von Tag zu Tag, gefangen in seiner eigenen kleinen Welt, und wusste nichts von Liz oder ihrer Spezies.

Als sie noch klein gewesen war, hatten ihre Eltern einmal mit ihr einen Einkaufsbummel durch die Geschäfte von Nottingham gemacht. Schon damals war ihr der Gedanke gekommen, dass jeder einzelne der vielen Menschen, die ihnen begegneten, ein Zuhause hatte, eine Familie und Freunde – aber sie würde nie etwas von alldem erfahren. Jeder hatte sein eigenes Leben, zu dem sie keinen Zugang hatte, und ihre eigene Existenz würde nur einen verschwindend geringen

Teil der Weltbevölkerung jemals berühren. Das Wissen hatte ihr ein wenig Angst gemacht, aber es hatte sie auch fasziniert. Damals hatte sie beschlossen, ihr Leben anderen Menschen zu widmen. Sie hatte sich getrieben gefühlt, sich in der Schule, am College und schließlich an der Universität mit den Naturwissenschaften zu befassen. Als sie von Cambridge den Doktortitel bekommen hatte, hatte sie das für den Höhepunkt ihrer Karriere gehalten.

Dennoch wurde ihr nun, während sie die Ströme unbekannter Menschen vorbeirauschen sah, wieder einmal bewusst, dass es im Universum wesentlich mehr gab als nur die paar Milliarden Menschen auf der Erde. Es gab Nestene und Delphons und etwas, das sich die Große Intelligenz nannte. Es gab Cybermen und Daleks und Zarbi und Drahvins, wie sie vom Doktor erfahren hatte. Es gab sogar Time Lords.

So viele verschiedene Spezies, so viele Kulturen, Gesinnungen, Moralvorstellungen. Und den Erdenvölkern gelang es kaum, so was wie einen fragilen Frieden untereinander aufrechtzuerhalten. Liz hatte den Doktor einmal gefragt, warum UNIT geheim gehalten werden musste und seine Ressourcen nicht verwenden konnte, um friedfertige Lebensformen aufzuspüren und zur Erde zu bringen. Schließlich hätte man der Menschheit auf diese Weise die Torheit von Auseinandersetzung, Streit und Krieg vor Augen führen können.

»Und wenn sie wirklich kämen, Liz? Wenn sie nur mal eben auf der Erde vorbeischauen würden, um Hallo zu sagen, was würden Sie dann machen?«

»Ich würde ihnen die Hand schütteln. Oder die Flosse, das Tentakel, egal was. Ich würde Hallo sagen.«

Der Doktor hatte sie mit zweifelnder Miene gemustert. »Tatsächlich? Würden Sie sich nicht fragen, was die hier wollen? Ihre Motive hinterfragen? Ihnen misstrauen? Nur weil diese Wesen die Technologie besitzen, um bis zur Erde zu reisen, heißt das ja nicht, dass sie sie auch mit Ihnen teilen würden.«

»Aber … aber …«

»Aber Sie«, hatte der Doktor gesagt, »sind ein vertrauensvoller Mensch. Auf die große Mehrheit trifft das jedoch leider nicht zu. Am allerwenigsten Vertrauen hätten die Mächtigen – und sie wären diejenigen, die sich tatsächlich mit den Außerirdischen auseinandersetzen würden. Ich glaube, ihre Paranoia würde sie dazu treiben, die Fremden in die Luft zu jagen. Unzählige Male wurde die Erde schon von harmlosen, wissbegierigen Wesen besucht oder sie hatten Pech und sind hier gestrandet. Viele blieben unbemerkt, aber diejenigen, die entdeckt wurden, wurden in der Regel verfolgt, gejagt und häufig auch umgebracht. Und einige, die nichts als friedliche Absichten hatten, waren gezwungen, sich gewaltsam zur Wehr zu setzen. Nein, Liz. Die Menschheit ist noch nicht bereit für die Wahrheit. Denken Sie nur einmal daran, wie der Brigadier die Silurianer behandelt hat.«

»Aber das waren Mörder! Na ja, manche zumindest.«

Der Doktor hatte genickt. »Es gibt auch jede Menge Menschen, die Mörder sind. Sollte man die ganze Menschheit wegen ein paar Hitlers, Genghis Khans oder Magnus Greels auslöschen?«

Während sie nun im Freien vor einem kleinen Café saß und an ihrem Becher mit heißem Tee nippte, bemerkte Liz, dass sie mit dem Doktor einer Meinung war. Die Menschheit war noch nicht bereit. Doch eines Tages würde sie es sein, würde es sein müssen, oder sie würden alle …

»Doktor Elizabeth Shaw?«

Liz blickte zu der Frau auf, die sie angesprochen hatte. Sie war gut einen Meter achtzig groß und hatte kurzes, blondes Haar. Ein roter Pulli spannte sich über ihrer beachtlichen Oberweite und ihre außergewöhnlich langen Beine wurden von einem sehr kurzen, schwarzen Minirock nur dürftig bedeckt. Über ihrer Schulter hing eine große, schwarze Reisetasche.

»Ja, ich bin Liz. Sie sind dann wohl Jana?«

Die Frau lächelte und setzte sich zu ihr. »Ja, hallo. Gut gewählt, der Treffpunkt. Leicht zu finden, auch wenn man sich in London nicht auskennt. Amsterdam ist voll von Straßencafés wie diesem. Ich fühl mich fast wie zu Hause.« Jana stellte ihre Tasche auf den Boden. »Kann ich Ihnen zu Ihrem Tee noch irgendwas bestellen?«

Liz lehnte höflich ab und sah zu, wie Jana mit weit ausgreifenden Schritten ins Café ging, um sich etwas zu trinken zu besorgen.

Während sie wartete, beobachtete sie weiter die Menschen, die an ihr vorüberzogen. Eine alte Frau, die an ihrem Einkauf schwer zu schleppen hatte. Ein junges Paar; die beiden sahen aus, als hätten sie sich gerade wegen irgendetwas gestritten. Sie gingen nebeneinander her, doch trotz der körperlichen Nähe schien es, als wären sie durch eine unsichtbare Mauer voneinander getrennt, als wären sie geistig weit voneinander entfernt, denn beide schauten immer wieder lange in unterschiedliche Geschäfte, wobei sie entschlossen den Blick des anderen mieden. Eine junge Frau fiel ihr auf, deren Kleidung und Make-up etwas zu übertrieben wirkten, um sie noch als schick bezeichnen zu können. Andererseits war das hier Soho und die Leute mussten eben irgendwie ihren Lebensunterhalt verdienen. Direkt gegenüber befand sich das Palace Theatre und jenseits davon stieg gerade eine Gruppe deutscher und schweizerischer Touristen aus einem Reisebus, der illegal vor dem berühmten Buchgeschäft in der Charing Cross Road 84 parkte.

»Bücher. Wo man auch hinguckt, überall sind Bücher. Aber lesen die Leute sie auch? Nein, die Jugend von heute hört Rock 'n Roll. Frieden, Sex und freie Liebe und so. Drogen, die sie ruinieren werden. In zehn Jahren sind sie alle tot und hier ist nur noch Ödland. Und was wird dann aus uns, hm?«

Liz zuckte zusammen und starrte überrascht den Obdachlosen an, der vor ihr stand. Seine Hände steckten trotz des warmen Sommertags in Handschuhen. Er hielt ihr eine Blechbüchse hin. Es hörte sich so an, als hätte er bisher ein paar Shillings und den Ring von einer Coladose ergattern können. In der anderen Hand hielt er eine zerfledderte Plastiktüte.

»Aber«, fuhr er fort, als hätte sie Interesse gezeigt, »wenigstens die Vögel werden das alles überleben. Eines Tages wird sich vielleicht wieder ein Fuchs am Piccadilly blicken lassen. Oder man bekommt den Gesang einer Nachtigall am Berkeley Square zu hören. Kennen Sie das alte Lied?«

Aus Sorge, dass er drauf und dran sein könnte, es anzustimmen, warf sie ihm eine Fünfzig-Pence-Münze in den Becher.

Er stellte die Tüte neben ihrem Tisch ab und versuchte, sein verfilztes graues Haar zurückzustreichen. »Seien Sie gesegnet,

Miss. Gott soll heute auf Sie herablächeln und Sie auf Ihrem Weg leiten.«

»Ach, und was für ein Weg soll das bitte sein?«, fragte neben ihr eine Frau mit einer kräftigen Stimme und einem leichten Akzent. Liz hob den Kopf, froh, dass Jana zurück war.

Der alte Bettler streckte optimistisch seinen Becher aus, doch irgendetwas in Janas Blick ließ ihn einen Rückzieher machen. Er ließ den Arm fallen und eine Sekunde lang dachte Liz, er würde sein Geld verschütten.

»Vorsichtig«, sagte sie.

Der alte Mann schaute sie an. »Gott segne Sie noch mal.« Plötzlich klang seine Stimme sehr leise und rau. »Ich sollte mich lieber wieder auf den Weg machen.« Er wandte sich um und ging erstaunlich schnell die Old Compton Street hinunter.

»Na dann … Hallo erst mal.« Jana setzte sich und stellte ihren Becher ab. Sie hatte sich offenbar für eine Tasse heiße Schokolade entschieden, mit einem ordentlichen Klacks Sahne obendrauf.

»Das sieht aber gut aus!«

Jana nickte. »Es gibt nichts Besseres. Schokolade ist ein Geschenk der Götter: vitalisierend, exotisch, erotisch und sehr lecker. Wollen Sie mal probieren?«

Liz schüttelte den Kopf. »Also, warum sind wir hier? Und ich meine das im wörtlichen Sinne, nicht philosophisch oder so.«

Jana stieß ein lautes, kräftiges Lachen aus, das zugleich feminin und herzlich klang. Liz stellte fest, dass sie bereits Gefallen an der amazonenhaften Journalistin gefunden hatte. »Gute Frage. Ich schätze, wir sind hier, um über unseren mysteriösen, namenlosen Freund und seine Nachrichten zu sprechen. Sie sind ja bei UNIT?« Es klang eher wie eine Feststellung als eine Frage. »Also muss es was damit zu tun haben oder zumindest mit der UN. Vielleicht ist jemand zu den Russen übergelaufen?«

»Wir sind nicht der MI5. Manchmal steckt ein bisschen mehr dahinter.«

Jana nickte. »Na gut. Wir sprechen also von kleinen grünen Männchen mit drei Köpfen.«

Liz kicherte leise.

Jana runzelte die Stirn. »Was hab ich denn gesagt?«

»Das Gleiche wie ich, als ich bei UNIT angefangen habe. Ich hab gesagt, ich hätte kein Interesse an Spionen, unsichtbarer Tinte und so was. Oder kleinen grünen Männchen mit …«

»… drei Köpfen«, beendete Jana den Satz. »Okay, ich verrate Ihnen, was ich über UNIT weiß: Nichts. Null. Niente. Nada. Ich war mal mit einem UNIT-Offizier namens Jan-Dick Heijs essen, aber er hat nur gesagt, das sei alles streng geheim, und hat mich mit der üblichen Coverstory abgespeist.«

»Netter Mann«, murmelte Liz. »Ich hab ihn bei einem Empfang in … Westminster kennengelernt. Er meinte, er würde fest daran glauben, dass irgendwann das gesamte UNIT-Personal zusammengeführt werden würde und wir dann alle auf der ganzen Welt arbeiten.« Liz nippte an ihrem Tee. »Ich hab ihm gesagt, dass ich es schön fände, wenn er nach England kommen und hier arbeiten würde.«

Jana nickte eifrig. »Und?«

»Vor ein paar Wochen ist er bei einem … Unfall ums Leben gekommen.«

»Mein Gott, wie schrecklich. Das wusste ich nicht …«

Liz zuckte mit den Schultern. »Konnten Sie ja nicht. Das war eine UNIT-Sache. Alles streng geheim.« Eine innere Stimme sagte ihr, dass sie nicht so offen über UNIT-Angelegenheiten sprechen durfte. Schon gar nicht mit einer Journalistin, auch wenn sie noch so sympathisch sein mochte. Sie ignorierte das Gefühl. Sie hatte genug von der UNIT-Bürokratie. Dem ständigen Redeverbot.

»Ich muss reden!«

Jana schaute sie an. »Haben Sie was gesagt?«

»Nein, ich träum nur vor mich hin.« Liz trank ihren Tee aus. »Okay. Zur Sache. Ich kann nicht behaupten, dass ich gern seltsame Briefe oder Anrufe bekomme, aber ich muss zugeben, dass mich die ganze Sache irgendwie fasziniert. Ich dachte zuerst, unsere anonyme Quelle sei nur irgendein Witzbold, aber dann haben Sie mich angerufen.«

»Witzbold?«

»Sorry. Spaßvogel? Jemand, der dumme Anrufe macht, weil er das lustig findet. Der mich einfach verscheißern will.«

Jana lächelte. »Ach so. Witzbold. Das merk ich mir. Mein Englisch ist nicht schlecht, aber man kann immer noch was dazulernen.«

Liz lachte. »Ihr Englisch ist ausgezeichnet. Ich hatte schon vergessen, dass es nicht Ihre Muttersprache ist.« Sie ließ den Blick über die Old Compton Street schweifen. »Ich könnte was zu essen vertragen. Ich hab noch nicht gefrühstückt und kenne einen Laden, wo man gut brunchen kann. Brunch ist …«

»Eine Kreuzung zwischen Frühstück und Mittagessen. Glauben Sie mir, Liz, wenn's ums Essen geht, kann ich Englisch!«

Jana stand ebenfalls auf und spähte dann Richtung Charing Cross Road. Über den allgemeinen Lärm hinweg war eine Polizeisirene zu hören. »Hier kann ich nicht klar denken. Wenn wir uns in ein ruhiges Restaurant oder so setzen, dann … was ist das denn?«

Liz folgte ihrem Blick zu ihren Füßen. Dort lag die Plastiktüte des Bettlers. »Der alte Trottel muss sie vergessen haben. Da ist bestimmt sein gesamter Besitz drin. Wir müssen ihn finden und sie ihm zurückgeben.« Sie blickte sich suchend um, als würde sie erwarten, dass er jeden Moment auftauchen könnte, um seinen Beutel abzuholen. »Ach, der Arme.«

Jana nahm ihr die Tüte ab. »Vielleicht ist da was drin, womit wir ihn finden können.« Sie steckte die Hand hinein und zog einen braunen Umschlag hervor.

DR SHAW. MS KRISTAN.

Es dauerte einen Moment, bis Liz begriffen hatte, und als sie ihren Mund öffnete, kam kein Wort heraus. Jana zuckte nur mit den Schultern. »Er ist schlauer, als wir dachten.«

»Ja, mag sein, aber schauen wir erst mal, was er uns dagelassen hat. Ich glaube kaum, dass er nur Hallo sagen wollte.« Jana schob ihre Hand in den Umschlag und zog einen kleinen Brief hervor.

Ich grüße Sie beide herzlich.
    Wenn Sie das hier bekommen haben,
läuft alles gut. Dem Glashaus wurde ein
Anschlagsversuch auf Sir John Sudbury
angehängt. Jetzt wollen sie ihn endgültig
umbringen. Der Minister hat Ermittlungen

gegen das Glashaus und Sir Marmaduke veranlasst. Sehen Sie sich vor: Kaum jemand ist, was er zu sein vorgibt. Abgesehen von mir natürlich. Ich bin genau das, was ich zu sein scheine: Ein gesichtsloses Mysterium, das keiner bemerkt.

Ich habe eine Karte beigefügt. Sie zeigt eine von den Kanalinseln. Dorthin führt die Spur. Irgendetwas befindet sich dort, das mit den Vorgängen in Smallmarshes zusammenhängt, allerdings weiß ich nicht genau was. Mit Grant Traynor habe ich meine wichtigste Informationsquelle verloren. Ich tappe im Dunkeln. Etwas Gefährliches geht im Norden vor sich und es hängt mit dieser Insel zusammen.

Noch etwas: Nehmen Sie sich vor Sir Marmaduke Harrington-Smythe in Acht. Er ist ein gerissener Mistkerl und wird sich nicht in die Suppe spucken lassen. Wie alle bösartigen Tiere ist er am gefährlichsten, wenn er in die Ecke gedrängt wird.

Ich glaube, jemand weiß, dass ich Sie beide mit Informationen versorge. Vielleicht bin ich verraten worden. Möglicherweise ist dies der Grund, warum der Informationsfluss versiegt ist. Wie dem auch sei, jetzt sind Sie auf

```
sich  allein  gestellt.  Ich  habe  Ihnen
alles  zugespielt,  was  ich  konnte.

      Viel  Glück,  meine  Engel.
      Ein  Freund.
```

»Was hat er uns denn bitte zugespielt?«, rief Jana und einige
Leute drehten sich zu ihnen um. Sie ignorierte die neugierigen
Blicke, sprach jedoch leiser weiter. »Eine Karte von einer Insel
und vage Andeutungen über den ›Norden‹. Von England?
Europa? Der Arktis?«

»Und warum sollten wir uns wegen des Glashauses Sorgen
machen? Was ist an denen denn zwielichtig?«

Jana kratzte sich am Kinn. Der Polizeiwagen hatte nicht weit
entfernt angehalten und mittlerweile näherte sich auch ein
Krankenwagen mit heulender Sirene, also musste sie erneut die
Stimme heben, damit Liz sie über den Lärm hinweg verstehen
konnte.

»Nun, offenbar scheinen diese Leute dort irgendwie in das
Attentat auf unseren fröhlichen Politiker verwickelt zu sein.
Vielleicht sollten wir zuerst im Glashaus vorbeischauen. Kom-
men wir mithilfe Ihrer UNIT-Kontakte da rein?«

Liz nickte. »Ich organisier uns die Fahrt dahin.«

Jana lächelte. »Kriegen Sie keinen Ärger, wenn Sie eine
Journalistin da einschleusen?«

»Im Augenblick«, sagte Liz, »will ich einfach nur wissen,
was hinter der ganzen Sache steckt.« Sie zeigte auf den Brief.
»Unser Brunch muss wohl warten. Wir besorgen uns auf der
Fahrt was zu essen.«

»Wohin gehen wir zuerst?«

»Ich muss von meiner Wohnung aus ein paar Anrufe machen, Dinge organisieren. Also erst mal zur U-Bahn-Station am Piccadilly Circus.«

Sie gingen die Old Compton Street hinab auf die Kreuzung zu, wo die Wardour Street entlanglief. Liz fiel etwas ein. »Haben Sie ein Auto?«, fragte sie.

Jana antwortete nicht. Liz spähte zu ihr hoch und sah, dass die Journalistin zur Kreuzung zwischen der Wardour Street und der Brewer Street hinüberstarrte. Dort parkten ein Polizeiauto und ein Krankenwagen; uniformierte Polizisten drängten eine Traube von Schaulustigen zurück. Die beiden Frauen näherten sich der Menge, um zu sehen, was los war, und ohne erkennbaren Grund lief Liz plötzlich ein Schauer über den Rücken. »Da ist was Schlimmes passiert«, murmelte sie. Jana schwieg. Sie warf Liz einen Blick zu und machte eine Kopfbewegung in Richtung Menschenmenge.

Liz spähte zwischen den Schaulustigen hindurch und erhaschte einen Blick auf einen Körper, der auf der Straße lag. Sofort dachte sie, jemand wäre angefahren worden. Wie eine Schlafwandlerin ging sie weiter. »Bitte lassen Sie mich durch«, hörte sie sich selbst sagen. »Ich bin Ärztin.« Jana folgte ihr dichtauf, sodass sie die Gasse nutzen konnte, die die Menschen für Liz bildeten, und wenn ihr jemand in den Weg trat, schob sie ihn, muskulös, wie sie war, mühelos beiseite.

Der Mann war tot, daran bestand kein Zweifel, war jedoch offensichtlich nicht Opfer eines Verkehrsunfalls geworden. Zwei blutige Löcher prangten in der Brust und eins in seiner Schulter. *Schusswunden*, dachte Liz. Eine vierte Kugel war in die Schläfe eingedrungen, die fünfte hatte den Hals durchschlagen. Das Gesicht des Mannes war nicht mehr zu identifizieren. Der entstellte Leichnam lag in einer Blutlache. Das hier war weder Unfall noch Mord gewesen, sondern eine Exekution.

»Der arme alte Kerl«, murmelte eine Frau, die mit Einkaufstaschen beladen war. »So sterben zu müssen.«

»Vielleicht ist es für ihn am besten so«, erwiderte ein Mann. »Ich meine, wer würde schon als Bettler leben wollen?«

Liz starrte die Leute überrascht und voller Enttäuschung an. Ein Mensch war erschossen worden. Mit voller Absicht. Ein Leben ausgelöscht, innerhalb von Sekunden. Und die fanden, es wäre wohl das Beste?

Sie wollte gerade den Mund aufmachen, um den beiden die Meinung zu sagen, da packte Jana sie am Arm. Weiter vorn unter einem in der Nähe geparkten Transporter lag ein blutbefleckter Zinnbecher, der dort hingerollt sein musste. Ein paar kleine Münzen lagen verstreut daneben.

Liz betrachtete erneut die Leiche und wechselte dann einen Blick mit Jana, die offenbar zum gleichen Schluss gekommen war.

»Tja«, sagte Jana und klopfte mit dem Umschlag gegen ihre Hand. »Dann war das wohl tatsächlich unsere letzte Botschaft. Jetzt sind wir wirklich auf uns gestellt.«

Die Basis der Reptilien war ein Wunderwerk der Architektur: Sie besaß ein System, das für Luftaustausch und Druckausgleich sorgte. Die Gänge und Leitungen waren darauf ausgelegt, für einen optimalen Grad an Wärme und Feuchtigkeit zu sorgen, ohne dass es im Inneren stickig wurde. Nässe sammelte

sich an den Wänden und lief in Abflüsse, wodurch stets sauberes Wasser zur Verfügung stand, das die Bewohner zum Baden
und für ihre Haut- und Körperpflege nutzen konnten. Es war
außerdem frei von Salz und somit trinkbar.

Einige Wände waren unbehauen, scharfkantig und unfertig.
In der Nähe der Wohnbereiche war die Oberfläche jedoch so
glatt, dass man sich in den Wänden beinahe spiegeln konnte.
Zusätzlich hingen dort hier und da verblüffend lebendige
Bilder, zudem gab es in den Nischen winzige Hologramme zu
entdecken, die fast unsichtbar waren, bis man vor ihnen stand.
Diese Kunstwerke stellten allesamt das Reptilienvolk dar. Einige, bemerkte der Doktor, zeigten Hybride oder Unterarten,
denen er noch nicht begegnet war.

Die meisten Reptilien, die der Doktor bisher gesehen hatte,
wiesen kaum Ähnlichkeiten mit jenen auf, denen die Leute
von UNIT und er in Derbyshire begegnet waren. So wie
Menschen sich bei Haar- und Hautfarbe, Größe und Gewicht
unterschieden, besaßen auch die Reptilien unterschiedliche
körperliche Merkmale. Einige schienen an ein Leben unter
Wasser angepasst zu sein, andere an extreme Kälte oder die
Bedingungen auf Hochplateaus. Auch wenn sich viele von ihnen ähnelten, ließen sie sich jedoch leicht nach Familien oder
Klans in Gruppen einteilen.

Die Gruppe, die ihn momentan gefangen hielt, schien allerdings in höchstem Maße durchmischt zu sein und fand sich
auch nicht in den Kunstwerken wieder.

Als Chukk ihn zum Essensbereich führte, wurde der Doktor
angegafft und gemustert, manchmal zischte ihn eins der Reptilien sogar an.

»Mein Volk«, hatte Chukk zuvor erklärt, »hat keinen Respekt vor den Affen. Ich entschuldige mich dafür.«

»Nicht nötig, alter Junge«, hatte der Doktor geantwortet. »Ich nehme ihnen das nicht übel.«

Ihr Weg hatte sie bisher immer weiter nach unten in die Tiefen der Basis der Silurianer hinabgeführt. Zwar hielt der Doktor extreme Temperaturen weit besser aus als Menschen, doch selbst er empfand die Hitze als etwas drückend.

»Ist es noch weit?«

Chukk schüttelte den Kopf, wobei seine flossenartigen Ohren leicht flatterten. »Nicht mehr weit. Es gibt vieles, was Sie erfahren müssen. Dann werden Sie mehr Verständnis dafür haben, was Baal mit dem Affenschlüpfling anstellt.«

Sie traten aus dem engen, heißen Korridor in ein Areal, das sich sehr vom Rest der Basis unterschied. Es handelte sich um eine gewaltige Grotte, die den Doktor an das Panoptikum auf Gallifrey erinnerte. Ein Mensch hätte womöglich an die St. Paul's Cathedral oder ein ähnliches Kirchengebäude gedacht. Die enorme gewölbte Decke war mit schönen Malereien verziert, die Silurianer dabei zeigten, wie sie mit Dinosauriern kämpften und sie zähmten.

»Und ich dachte, die Sixtinische Kapelle wäre der Gipfel irdischer Architektur«, murmelte der Doktor.

Chukk zeigte nach oben. »Dort sehen Sie Masz K'll, den legendären Kriegerhäuptling unserer Dritten Dynastie, der gegen die legendäre zweigesichtige Echse kämpft, sein böses Alter Ego. Zur Linken befindet sich Panun E'Ni, Anführer des Südklans, der einen Großteil der Welt eroberte und grausam regierte, wenngleich nur kurz. Rechts von ihm ist Tun W'lzz, der letzten Endes Panun E'Nis Untergang herbeiführte. Das untere Ende der Wand zeigt die Feierlichkeiten, die auf die Vernichtung des Feindes folgten. Die vormals gefangenen und ausgestoßenen Stämme flossen wieder zu einer neuen, geeinten Zivilisation zusammen und verspeisten die geistlosen Kriegsbestien ihrer Gegner, die Myrka.«

Der Doktor nickte. »Volkserzählungen oder historische Tatsachen?«

Chukk lachte. Das Geräusch klang fremdartig und seltsam abgehackt. »Spielt das denn wirklich eine Rolle, Doktor? Ein Jahrtausend lang dienten sie uns als Inspiration, nur darauf kommt es an. Wir haben diese Malereien Stück für Stück aus der Halle der Helden im Zentrum unserer Welt kopiert.« Der Reptilienmann zuckte mit den Schultern. »Ich glaube kaum, dass sie noch existiert. Unsere wenigen Späher und Ihre Mitmenschen haben nur sehr wenig von unserer alten Zivilisation gefunden.«

Der Doktor schlenderte zur Mitte der Grotte und blieb direkt unter Masz K'll stehen. »Erstens bin ich kein Mensch. Ich komme nicht von diesem Planeten. Zweitens haben Sie recht, fürchte ich. Von Ihrer Zivilisation ist nichts übrig geblieben. Dafür haben Millionen von Jahren der Erosion und Plattentektonik gesorgt.« Schweigend betrachtete er die Malereien, so gut es vom Boden aus ging. »Ich finde das ziemlich traurig.«

»Mein Volk ebenfalls. Besonders die, die hier eingekerkert sind.«

Der Doktor sah Chukk an. »Eingekerkert? Dann sind Sie nicht freiwillig hier unten?«

Chukk musterte den Boden, die Wände und seine eigenen Füße, rang offensichtlich mit sich, ob er sich dem Doktor anvertrauen sollte. Schließlich ging er zu ein paar Bänken hinüber, die grob aus der Wand herausgemeißelt worden waren, und wartete, bis der Doktor sich zu ihm gesellt hatte.

»Schauen Sie mich an, Doktor. Was sehen Sie?«

»Eine Person«, antwortete der Doktor. »Der Menschheit fremd, aber nicht diesem Planeten. Angehöriger einer Spezies, die ich als Silurianer bezeichne, oder *Homo Reptilia*. Beides nicht ganz korrekt, denke ich: Ihre Aufzeichnungen hier weisen darauf hin, dass Ihr Volk wesentlich älter ist, als ich angenommen hatte.«

Chukk zuckte mit den Schultern. »Die menschlichen Begriffe, die Sie verwenden, haben für mich keine Bedeutung. Nein, Doktor, ich wollte auf etwas anderes hinaus: Ich bin ein Ausgestoßener. Verachtet von meinen Standesgenossen, verabscheut von den anderen Bewohnern dieses Schutzraums. Ich bin ein Mittelsmann, wenn man so will, und hätte eigentlich nie Oberhaupt werden sollen. In Wahrheit sollte einer unserer Cousins aus dem Meer dieser Basis vorstehen, aber er ist während des Langen Schlafs gestorben, und ich habe die Macht übernommen.

Sie haben in dem Ort, den Sie Derbyshire nennen, meinen Bruder kennengelernt. Wie ich hat er vorhergesehen, dass eine Zusammenarbeit zwischen uns und der Affenmenschheit, oder wie die sich nennen, die einzige Möglichkeit ist, wenn wir überleben wollen. Andere hier zögen es vor, mittels Unterwerfung und Vernichtung unser Territorium zurückzuerobern.« Chukk seufzte. »Ich fürchte, dass meine Schlichtungsversuche zum Scheitern verurteilt sind. Die meisten hier sind jung und idealistisch. Auggi, die Gefährtin des früheren Anführers, ist eine charismatische Gegnerin jeder Art von Abkommen mit der Affenheit.«

Der Doktor kratzte sich am Hals. »Ich verstehe Ihr Problem.«

»Das ist noch nicht alles«, sagte Chukk. »Das Schlimmste kommt noch. Ich bin mit der Affenkultur nicht vertraut – ja, ich bin einer der wenigen, die sich vorstellen können, diese beiden Wörter zu kombinieren –, aber ich bezweifle, dass sie unserer sehr ähnlich ist.« Er zeigte auf den Tunnel, durch den sie hereingekommen waren. »Sie haben verschiedene Ausprägungen unseres Volkes gesehen. Die bei Weitem größten genetischen und physiologischen Unterschiede gibt es zwischen meinem Klan und unseren Cousins aus dem Meer, den Seeteufelkriegern. Sie haben vielleicht bemerkt, dass es keine Bilder oder Hologramme von Leuten gibt, die Baal und seinen Schwestern ähneln. Oder den vielen Hunderten derselben Generation, die nach wie vor hier schlafen.«

»Das ist mir tatsächlich aufgefallen. Gehe ich recht in der Annahme, dass man bei Ihnen nicht viel davon hält, wenn es um Kreuzungen zwischen Mitgliedern verschiedener Gruppen geht?«

»Könnte man so sagen. ›Darauf steht die Todesstrafe‹ trifft es allerdings noch besser. Die eugenische Reinheit unseres Volkes gilt als unser wichtigster Grundsatz und unantastbarer Glaube. Diejenigen, die in diesen Schutzraum verbannt wurden, haben sich schuldig gemacht, indem sie sich nicht an diese Lehrsätze gehalten haben.«

»Also sind Baal und die anderen aus einer Verbindung zwischen Ihrem Klan und diesen Seeteufelkriegern hervorgegangen?«

»Das ist korrekt. Normalerweise wären ihre Eier zerquetscht und die Eltern hingerichtet worden. Unsere Wissenschaftler wussten jedoch, dass viele Millionen von uns durch die Katastrophe umkommen würden, die uns dazu zwang, den Langen Schlaf zu beginnen. Während der zwölf Jahre vor dem Langen Schlaf erlaubten sie den Hybriden, hier zu leben. Wie so viele andere sind wir eingeschlafen und erst vor ein paar Jahren wieder erwacht.« Chukk stand auf und gab dem Doktor ein Zeichen, ihm zu folgen. »Kehren wir ins Labor zurück. Jetzt haben Sie einen kleinen Einblick in unsere Kultur und Geschichte erhalten und verstehen hoffentlich unser Bestreben.«

Ihre geröteten Augen spiegelten sich im Glas des Schulfotos. Es zeigte eine Gruppe von dreiundzwanzig Jungs im Alter von dreizehn bis fünfzehn, die zusammen auf einem Rugbyfeld standen und alle die Farben ihres Teams trugen. Sie lächelten und hielten eine kleine Trophäe hoch.

All diesen Jungen ging es gut und sie waren zu Hause, bei ihren Eltern – bis auf einen.

»Es ist unsere Schuld, Constable«, sagte sie, während sie noch immer das Bild anschaute. Wieder füllten sich ihre Augen mit Tränen, die am Rand ihrer roten Lider brannten. Sie schniefte. »Wir haben ihn zu Eve geschickt, weil diese Zeit für Alan gerade unheimlich wichtig ist. Es wimmelt hier von Wählern. Marc hätte das gehasst, also dachten wir, ein paar

Wochen am Meer wären genau das Richtige. Kinder lieben das Meer. Ich hab's zumindest immer geliebt.«

»Er ist vierzehn Jahre alt, nicht sechs.« Alan Marshall, der als Abgeordneter des Parlaments für Irlam o' th' Heights zuständig war, saß auf dem Sofa und starrte den leeren Fernsehschirm an. Weder seine Frau noch die zwei Polizeibeamten, die Marcs Foto für die Zeitung abholen wollten, würden einen Blick auf seine Augen erhaschen. »Die ganze Sache ist ein gefundenes Fressen für die Opposition.«

Innerhalb einer Sekunde konnte sie das Foto nicht mehr erkennen. Sie sah nur noch rot, ihre Wangen glühten und ihre Hände ballten sich zu Fäusten. Sie erinnerte sich nicht daran, sich umgedreht oder durch den Raum bewegt zu haben, doch plötzlich schlug sie mit ihren Fäusten auf ihren Mann ein. Ihr Kopf zuckte dabei so heftig hin und her, dass Tränen der Furcht und des Zorns von ihrem Gesicht in alle Richtungen flogen.

Die beiden Polizisten waren sofort bei ihr und zogen sie zurück. Jemand hielt sie an sich gedrückt, während sie unkontrolliert schluchzte. Es war die junge Polizistin mit dem leichten irischen Akzent, die an der Tür ihr Mitgefühl ausgedrückt und gemeint hatte, ein Foto würde die Chance, ihren Sohn zu finden, drastisch erhöhen.

Sarah Marshall löste ihr tränennasses Gesicht von der ebenso nassen weißen Bluse der Polizistin und blickte zu ihrem Ehemann hinüber. Er schaute sie entgeistert an, hatte mit ihrem Ausbruch wohl nicht gerechnet.

Da wusste sie, dass sie ihn hasste. Sie hasste seine Arbeit, seine Politik, seine Freunde, und dass er ständig irgendwelche

Leute um sich herum haben musste. Sie hasste die Teepartys, die endlosen öffentlichen Versammlungen, die Wahlkreisstreitereien im Rathaus. Sie hasste es, ein falsches Lächeln aufsetzen zu müssen, wenn Vollidioten mit einer Petition vor ihrer Tür standen, die zwanzig Leute in irgendeiner Fish-and-Chips-Bude unterzeichnet hatten. Sie hasste das blaue Jackett, die blaue Hose und die alberne blaue Rosette, die sie in der Öffentlichkeit tragen musste. Sie hasste es, anwesend sein zu müssen, wenn er Feste oder Eselderbys eröffnete.

»Ich will meinen Jungen wiederhaben«, kreischte sie plötzlich und warf sich auf den Boden. Sie wusste, dass sie einen ziemlich würdelosen Anblick abgab. Hoffentlich würde ihn das noch mehr blamieren.

Die Polizisten halfen ihr auf und wieder war es die Frau, die sprach. Der andere Polizist, der genauso jung aussah wie seine Kollegin, hatte noch kein einziges Wort gesagt. »Mr Marshall, ich glaube, es ist am besten, wenn wir kurz allein mit Ihrer Frau sprechen. Geben wir ihr etwas Zeit, sich zu fassen. Könnten Sie uns vielleicht allen eine Tasse Tee machen?«

»Tee? Oh, ja, natürlich.« Alan Marshall verließ das Zimmer.

»Er … er weiß ja nicht mal, wie man den Wasserkocher bedient«, schluchzte seine Frau, während sie sie zum Sofa führten.

»Das kriegt er schon raus, Mrs Marshall. Männer sind ausgesprochen anpassungsfähig.« Die irische Polizistin gab ihrem Kollegen ein Zeichen, in die Küche zu gehen. Unterdessen begann sie, Mrs Marshalls Schultern zu massieren. »Erzählen Sie mir von Ihrem Sohn. Haben Sie eine Idee, warum ihn jemand entführen wollen könnte? Hat er Feinde? Oder hat Ihr Ehemann vielleicht welche?«

Natürlich, das war es! Alans verdammte Arbeit. Das musste es sein. Sie hatte keine Feinde und Marc war erst vierzehn. Aber Alan und seine Politik. Die IRA? Die Deutschen? Vielleicht sogar jemand von der Labour Party?

»Ich weiß es nicht, aber es ist möglich.«

Die Polizistin nickte. Natürlich verstand sie das. In ihrem Beruf hatte sie bestimmt ständig mit solchen Fällen zu tun. Sie würden ihn finden.

»Haben Sie eine Lösegeldforderung bekommen?«

Gute Güte! Gar nichts hatten sie bekommen. Aber die Entführer mussten ja wissen, wie sie mit ihnen Kontakt aufnehmen konnten, warum hätten sie sich sonst die Mühe gemacht, Marc zu kidnappen? Es sei denn, das Ganze hing mit dem Abgeordnetenhaus zusammen. »Vielleicht sollte Alan nach London fahren, falls da irgendwas eingegangen ist?«

Die Polizistin runzelte die Stirn. »Unwahrscheinlich. Und wir wollen jetzt lieber noch keine Aufmerksamkeit darauf lenken. Die Entführer sollen glauben, dass wir das alles entspannt sehen. Wenn sie Panik wittern, dann … nun, wir wollen in solchen Situationen lieber nichts riskieren.«

Ihre Worte waren so tröstlich. »Haben Sie so was schon oft gemacht?«

Das Lächeln der Polizistin erstarb. »Einmal. Vor langer Zeit, in Irland. Meine große Schwester ist von einer der Anti-IRA-Gruppen entführt worden. Aber das war was anderes. Ich glaube kaum, dass wir es hier mit Terroristen zu tun haben. Wahrscheinlich hat's nur jemand auf Ihr Geld abgesehen.«

»Aber wir haben keins. Jedenfalls keine Unsummen. Ich weiß, Alan ist Abgeordneter, aber so viel verdient er nun auch wieder nicht. Das meiste geben wir für wohltätige Zwecke und Gemeinnütziges aus.«

Die Tür ging auf und der Polizist kam mit einem Tablett herein. Er lächelte, als er es abstellte. Sarah war überzeugt, dass sie das Lächeln schon einmal irgendwo gesehen hatte, und dann kam sie plötzlich darauf: Er und die irische Polizistin – die beiden mussten miteinander verwandt sein. Ihr Lächeln, die Augen und die Gesichtszüge stimmten perfekt überein. Sie bewegten sich im Gleichtakt. Aber er hatte noch nichts gesagt, kein einziges Wort, also konnte sie nicht wissen, ob er auch Ire war.

»Wo ist Alan?«, fragte sie.

Der Polizist warf seiner Kollegin einen Blick zu. Sie zuckte bloß mit den Schultern.

Sarah war verwirrt. »Ist er noch in der Küche?« Mit lauter Stimme rief sie: »Alan?«

Als keine Antwort kam, stand sie auf, wobei sie nur knapp der ausgestreckten Hand des schweigsamen Polizisten entging. Plötzlich hatte sie es eilig, in die Küche zu gelangen, zu Alan, um zu …

»Oh Gott«, flüsterte sie.

Auf dem Boden … Blut … er … er …

Etwas schlug ihr gegen den Rücken und sie stürzte auf die Knie.

Es tat weh. Sie wollte sich umdrehen, konnte es aber nicht, wollte … die Hände … nach Alan ausstrecken. Warum war er zusammen mit ihr auf dem Boden? Warum trug er rot?

Wo war Marc?

Wo …

Eine kleine dunkelhaarige Frau hob den Kopf, als zwei Polizeibeamte auf ihr Auto zukamen. Als sie angekommen waren, nahmen sie beide ihre Mützen ab, der Mann setzte sich auf den Fahrersitz und die Frau gesellte sich zu der kleinen Dame auf der Rückbank.

»Sie waren nutzlos. Völlig nutzlos«, sagte die Polizistin. »Sie hatten keine Ahnung, wo der Junge steckt. Sie dachten, er sei entführt worden.«

»Und was haben Sie gemacht, Ciara?« Die dunkelhaarige Frau tippte Cellian auf die Schulter, damit er losfuhr.

Als der Wagen sich in Bewegung setzte, lächelte Ciara und ihre blauen Augen funkelten vor Freude. »Das Übliche natürlich. Sie hat noch ganze acht Sekunden durchgehalten.« Sie legte einen Revolver mit Schalldämpfer in ihren Schoß. »In fünfzehn Minuten müsste das Gas explodieren. Es sollte reichen, um noch ein paar weitere Häuser hochzujagen. Es wird ewig dauern, bis sie die Leichen wieder zusammengesetzt haben.«

»Wir müssen uns trotzdem beeilen, Ciara. Die Regierung will wegen des Vorfalls mit Sudbury Ermittlungen gegen Ihren Arbeitgeber einleiten. Ihm wurde etwas angehängt und meine Leute wollen auf keinen Fall, dass er seinen Kopf aus der Schlinge zieht.« Die dunkelhaarige Frau schenkte Ciara ein Lächeln. »Lassen Sie uns in der Zwischenzeit schauen, ob Peter Glück mit unserer Künstlerin aus Sussex hatte.«

Doktor Morley war sich bewusst, dass er mit Barbara Redworth nicht weiterkam. Er hatte alles versucht, aber seit sie angekommen war, befand sie sich in einem nahezu völlig komatösen Zustand. Die Umstände, unter denen sie aus dem Krankenhaus geholt worden war, kannte er nicht – und er hatte absichtlich nicht nachgefragt, denn er wusste nicht, ob er mit der Antwort zurechtgekommen wäre.

Dick Atkinson hatte sich von dem losgerissen, womit er die letzten paar Tage beschäftigt gewesen war, und sich ihr Krankenblatt angesehen.

»Ihre Temperatur ist viel zu hoch, Peter. Ich weiß nicht, was mit ihr passiert ist, aber sie hat sich irgendeine Infektion eingefangen.« Er zuckte mit den Schultern. »Aber was soll's, es ist Ihr Projekt.«

»Hey«, begann Morley, aber Atkinson war bereits durch die Plastikplanen verschwunden, die Morleys Patientin vom restlichen Teil des Kellerbereichs abschirmten. Gut, tröstete er sich, das hier war nicht unbedingt das St. Bartholomew's Hospital, aber immerhin war es hier unten dank Sir Marmadukes Hygienebesessenheit sauber und steril. Nur Morley war offiziell berechtigt, sich der Patientin zu nähern, aber er hatte seinem gesamten Team erlaubt, regelmäßig vorbeizuschauen. Atkinson tat das auch, vermutlich aus Langeweile. Nicht seine Arbeit langweilte ihn, sondern seine Kollegen, die für ihn kaum besser waren als Laborratten – weil sie einen niedrigeren IQ hatten. Gelegentlich ließ sich auch Jim Griffin blicken; sein lebhafter Newcastle-Akzent klang wenigstens nicht so monoton wie Atkinsons schleppende Sprechweise, die typisch für die Midlands war.

Cathy Wildeman hatte Morley seit ein paar Tagen nicht mehr gesehen. Griffin hatte erzählt, sie sei für ein paar Stunden zum Arbeiten nach unten gekommen, habe sich dann jedoch über Kopfschmerzen beklagt und sei gleich wieder ins Bett gegangen.

»Peter«, hatte Jim an jenem Morgen plötzlich gefragt. »Peter, was machen wir hier eigentlich?«

Morley hatte weiter die Tabelle mit den Werten der Polizistin angestarrt – es war die Frage, die er seit Monaten gefürchtet hatte. Er war überrascht, dass drei intelligente Leute so lange gebraucht hatten, um sie zu stellen, aber er wusste aus Erfahrung, dass Genies oft derart in ihre Arbeit vertieft waren, dass sie sich nie nach dem »Warum« fragten – oder ob das Ganze moralisch vertretbar war. Man musste nur an Oppenheimer denken. Oder Mengele.

»Was meinen Sie, Jim?«

»Wofür bezahlt uns Sir Marmaduke? Wir erforschen alles, was er uns so anschleppt, aber das Endprodukt kriegen wir nie zu sehen. Warum?«

Morley verabscheute dieses Wort.

»Weil«, fing er an und brach dann ab. Wie viel durfte er überhaupt sagen? War das ein Test? Hatte Sir Marmaduke die anderen auf ihn angesetzt, um seine Loyalität auf die Probe zu stellen? »Weil er uns nicht dafür bezahlt, ungezügelt irgendwelche Fragen zu stellen, sondern nur für unsere wissenschaftliche Arbeit an den neuen und einzigartigen Dingen, die er uns zur Verfügung stellt. Allein dafür werden wir bezahlt: um über die Fragen nachzudenken, die er uns vorgibt.«

Zu Morleys Überraschung hatte sich Jim Griffin mit dieser Antwort zufrieden gegeben und war davongeschlendert. Aber sollte ihn das überraschen? Wenn es ein Test war, dann hatte er ihm die richtige Antwort gegeben, und alles war in Ordnung, oder?

Er widmete sich wieder seinem neusten Schützling.

»Also, Liz, wer sind diese Leute vom Glashaus?« Jana starrte das Meerschweinchen an. Hatte sie etwas für kleine, flauschige Tiere übrig oder war sie einfach nur fassungslos, dass Liz so ein nutzloses Haustier besaß?

Liz selbst war sogar ziemlich stolz darauf. Nachdem sie vor nicht einmal einer Stunde mitbekommen hatte, wie ein Leben innerhalb von Sekunden ausgelöscht worden war, war sie ziemlich froh darüber gewesen, wie sehr sich ihr Meerschweinchen gefreut hatte, sie zu sehen. Gut fünfzehn Minuten lang war es im Käfig herumgerannt, während sie Kaffee gekocht und Jana angefangen hatte, die Papiere und Fotos ihres toten Kontaktmanns durchzusehen.

»Auf dieser Kanalinsel hocken sie aber nicht, oder?«

»Nein«, rief Liz aus der Küche. »Ich glaub, sie sind irgendwo in Gloucestershire. Ich war erst einmal dort. Ich werde gleich bei UNIT anrufen und uns ein Auto mit Fahrer organisieren.«

»Okay«, sagte Jana. Dann: »Sind Sie sicher, dass Sie weitermachen wollen? Ich meine, wenn er tot ist, wofür dann das Ganze?«

Liz kam mit einem Tablett ins Wohnzimmer und stellte es auf den Beistelltisch neben dem Sofa. Sie setzte sich. »Ich weiß es ehrlich gesagt nicht. Mir schwebt da was vor, ich bin aber nicht wirklich überzeugt davon, dass es ein guter Grund ist.«

»Raus damit«, forderte Jana.

Liz goss ihnen Kaffee ein. Sie reichte Jana eine Tasse und ließ sich mit ihrer eigenen in die Kissen zurücksinken. »Okay, das sind alles nur wilde Gedanken, also nehmen Sie sich in Acht. Ich arbeite für UNIT, eine angeblich streng geheime Organisation, die aber offenbar jeder kennt, einschließlich holländischer Journalistinnen.«

»Darf ich kurz unterbrechen?«, fiel ihr Jana ins Wort. »Ich hab keine Ahnung, was die machen. Ich weiß nur, dass sie existieren. Das war eine der Sachen, die ich unbedingt rausfinden wollte, als das alles losging. Bevor unser verstorbener Informant Kontakt zu mir aufgenommen hat, hatte ich keine Ahnung, dass es diese Organisation überhaupt gibt.«

Liz nickte. »Na gut. Ich zerschieß mir trotzdem nicht die Karriere, indem ich das Staatsgeheimnisgesetz verletze und Ihnen davon erzähle. Sorry.« Jana lächelte und Liz fuhr fort. »Jedenfalls fühle ich mich nicht ausgelastet. Ich bin eine hoch qualifizierte Forscherin. Aber wie mehr als eine Person kürzlich angemerkt hat, hat mein Titel bei UNIT kaum eine Bedeutung.«

»Na und? Dann wechseln Sie doch einfach den Job.«

»Und was dann? Ich schätze, das alles hier«, sie machte eine Geste zu den Fotos und dem Brief, »ist mein Versuch, etwas mehr mitzumischen. Ein bisschen Eigeninitiative zu zeigen.«

»Um Ihre Vorgesetzten bei UNIT zu beeindrucken?«

»Nein, nicht unbedingt. Eher um mich selbst zu beeindrucken, glaub ich. Ich will mir beweisen, dass ich als Forscherin immer noch was tauge und Dingen auf den Grund gehen kann, auch wenn es sich dabei nicht um rein wissenschaftliche Sachen handelt.«

Jana stürzte ihren heißen Kaffee in einem Zug hinunter und stellte ihre Tasse wieder aufs Tablett. Dann beugte sie sich vor, griff nach dem Telefon und reichte es Liz.

»Hört sich für mich nach einem guten Grund an. Dann ermitteln wir mal. Aber vorher müssen wir eine Entscheidung treffen.«

»Welche?«

»Entweder wir kehren zu Plan A zurück: das Glashaus. Oder wir wählen Plan B: die Kanalinseln. Letzteres wäre mir lieber.«

»Warum?«

»Ich könnte mal 'nen kleinen Urlaub vertragen. Bisschen Seeluft schnuppern. Dieses geheimnisvolle Glashaus wird sich wahrscheinlich nicht einfach in Luft auflösen. Aber auf kleinen Inseln herrscht oft ein reges Kommen und Gehen – dabei verschwinden auch gerne mal Dinge. Also lassen Sie uns gen Süden fahren.« Sie nahm das Tablett und trug es in die Küche. »Buchen Sie uns einen Flug nach Jersey. Am besten nehmen Sie dafür meine Firmenkreditkarte, sie ist in meiner Handtasche.«

Liz zuckte mit den Schultern und begann, Janas Tasche zu durchsuchen.

Dann entdeckte sie die Pistole: Ihr unverkennbarer Umriss zeichnete sich durch den dünnen Stoff einer Innentasche ab.

»Jana?«

»Was?«, kam als Antwort aus der Küche.

»Warum haben Sie eine Waffe bei sich?«

Jana kam eilig herbei, während sie sich die Hände an einem Geschirrhandtuch abtrocknete. »Oh Gott, tut mir leid. Ich hatte ganz vergessen, dass ich sie überhaupt dabeihabe.« Sie schenkte Liz ein beruhigendes Lächeln. »Als ich davon sprach, nach England zu gehen, hat einer meiner Fotografen sie mir gegeben. Ich glaub, es ist ein Replikat, das er in Rotterdam gekauft hat.«

Liz starrte die Waffe an. Der Anblick kam ihr … irgendwie bekannt vor. Es war ein seltsames Modell, das sie schon einmal gesehen hatte – da war sie sich sicher. »Also ist sie nicht echt?«

»Gute Güte, nein. Ich wüsste gar nicht, was ich mit einer echten Waffe anfangen sollte. Schreckliche Dinger, machen mir Angst. Nein, ich hab sie nur dabei, um Kriminelle abzuschrecken.«

Liz reichte ihr die Tasche. »Suchen Sie lieber selbst nach Ihrer Karte. Ich mag auch keine Waffen. Und nach dem, was heute Morgen passiert ist …«

»Hey, klar, Sie haben recht. Tut mir echt leid, ich hätte Sie warnen sollen.« Sie wühlte in der Tasche herum und reichte Liz dann eine Plastikkarte. »Das ist sie. Geben Sie denen einfach die Nummer durch, meine Firma zahlt.« Auf dem Weg zurück in die Küche rief sie über die Schulter: »Ach, Liz?«

»Ja?«

»Erste Klasse, wenn's geht. Wenn's nicht mein Geld ist, will ich's auch bequem haben.«

Die englischen Touristenführer beschrieben die Gegend auf ihre typisch zurückhaltende Art als »sanft gewellte Hügel«, »ideal für alle Wanderenthusiasten«. Dann erwähnten sie noch die »bezaubernde, unberührte Schönheit der Natur« und schwärmten von der »Gelegenheit, seltene Wildtiere in ihrer natürlichen Umgebung zu beobachten«. Das reichte gewöhnlich, um die Leute während der Sommermonate in Scharen herbeizulocken, sowohl aus England als auch aus dem Ausland.

Was die Touristenführer jedoch meist unerwähnt ließen: Die Cheviot Hills von Northumberland waren auch in der englischen Mythologie berühmt. Sie standen mit der Geschichte von König Artus in Verbindung ebenso wie mit Volksmärchen von der Art, wie sie in Shakespeares *Sommernachtstraum* vorkommt. Feen, Goblins und Einhörner wurden den Überlieferungen zufolge in diesen Hügeln schon zuhauf gesehen. Viele Liebhaber englischer Legenden strömten in die Region, um als erste endlich ein Foto von Angehörigen der Anderswelt zu schießen oder ein Bild von ihnen zu malen.

Mitte der Sechzigerjahre wurde jedoch ein riesiger Schandfleck in die Landschaft gesetzt. Die Forschungsstation für Nuklearexperimente Darkmoor hatte bei ihrer Eröffnung mit schlechter Publicity zu kämpfen, außerdem schlug ihr seitens regionaler Unternehmen offene Feindseligkeit entgegen. Die Einrichtung wurde teilweise mit Geldern aus dem privatwirtschaftlichen Sektor finanziert und ihre Fertigstellung dauerte weit länger, als die britische Regierung erwartet hatte. Nach einem schweren Anschlag einer Terroristenbande namens Reavers wurde die Anlage geschlossen. Die Medienwirkung war gewaltig und wurde maßgeblich durch die Gesundheitsbehörde von Northumberland, CND und Greenpeace bestimmt. Derart bloßgestellt beschloss die Regierung, ihr Atomprogramm auf Dungeness, Sizewell und Windscale zu beschränken. Vier Jahre später wurde die Anlage abgerissen.

Das Gelände blieb jedoch in der Hand der Regierung. Es besaß eine günstige Lage, eingebettet ins Tal zwischen zwei Hügeln, und einen Zugang, der durch einen Tunnel dazwischen verborgen wurde. Also wurde dort ein neues, weitaus finstereres Projekt ins Leben gerufen.

In den späten Fünfzigerjahren hatte man die Abteilung C19 gegründet. Die Organisation war in erster Linie ein kleiner Bruder von M15, ein Ableger des Zivilschutzprogramms, das im Rahmen des Kalten Krieges seine Hochzeit erlebte. Während das Jahrzehnt voranschritt, erhielt C19 den Ruf, in diverse, weniger gut dokumentierte paramilitärische Unternehmungen involviert zu sein. Nach dem Ereignis, das in den streng geheimen Akten des Ministeriums als »Shoreditch-Zwischenfall« bezeichnet wurde, übergab man die Verantwortlichkeiten der Intrusion Counter-Measures Group an C19. Eine völlig neue Organisation sollte entstehen, die sich mit jenen außergewöhnlichen Vorfällen befassen sollte, die nicht in den Aufgabenbereich der Armee fielen.

Es wurde entschieden, militärische und wissenschaftliche Maßnahmen zu mischen. Für diese Zwecke wurde Ian Gilmore, ein erfahrener Captain der Luftwaffe, befördert und gebeten, die neue Abteilung zu leiten. Er bat darum, dass man ihm Rachel Jensen als wissenschaftliche Ratgeberin zur Seite stellte, die während des Krieges maßgeblich an Turings Computerarbeit beteiligt gewesen war, wobei sie die verworfene Idee von Judsons Ultima-Maschine weiter ausgebaut hatte.

Obgleich sie bereits in Ruhestand gegangen war, um in Cambridge ihre Memoiren zu schreiben, willigte sie ein, Gilmore zu helfen, und schlug vor, zusätzlich einige ihrer Protegés aus Cambridge zu rekrutieren, einschließlich Allison Williams, Ruth Ingram und Anne Travers. Einige Jahre später wurde London evakuiert, Berichten zufolge aufgrund einer Nervengasexplosion, die die Hauptstadt lähmte und auf den Bereich innerhalb der Ringlinie des U-Bahn-Systems konzentriert war. Ein Armeeoffizier namens Colonel Lethbridge-Stewart wurde mit der Aufklärung dieses Vorfalls betraut, der aufgrund von Gilmores Empfehlung maßgeblich für den Aufbau der Organisation UNIT war – der United Nations Intelligence Taskforce. Wie der Name andeutete, hatte sie einen breiteren Zuständigkeitsbereich als die Intrusion Counter-Measures Group und unterstand nicht allein C19, sondern auch einer zentralen Regierungsbehörde in Genf.

Die englische Bevölkerung, ja, die gesamte UN, ahnte unterdessen nichts von der Existenz dieser Organisationen. Die wenigen Minister, die von C19 wussten oder dafür verantwortlich waren, waren in Sachen Geheimhaltung gründlich unterwiesen worden und hielten dicht. Die meisten ließen sich zu Loyalität und Diskretion bewegen, indem man sie an Slogans aus der Kriegszeit erinnerte: Achtloses Gerede kostet Menschenleben. Hinzu kam die Unterzeichnung des Vertrags zur Einhaltung des Staatsgeheimnisses, dessen Bruch Hochverrat gleichkam.

Was weder die britische Regierung noch die United Nations oder selbst Lethbridge-Stewards UK-Zweig von UNIT wussten: Hinter C19 steckte mehr, als sie annahmen. Weit mehr.

Wie jeder Organismus, ob natürlicher oder gesellschaftlicher Art, besaß C19 auch eine dunkle Seite, die einem Krebsgeschwür glich und deren Existenz verdrängt wurde, wobei sie dafür sorgte, dass die positiven Seiten umso heller und strahlender wirkten. Nur diejenigen, die direkt in jenem Bereich von C19 arbeiteten, wussten davon. Tief in den Cheviot Hills verborgen befolgten sie die Befehle eines Mannes, der keinen Namen zu besitzen schien. Er war jung und blass; eine hässliche Narbe verunstaltete sein Gesicht. Seine Augen versteckte er stets hinter einer teuren Sonnenbrille mit silbernem Rahmen und er trug stets denselben blassgrauen Anzug. Vielleicht besaß er auch eine ganze Garderobe voll mit gleich aussehenden Anzügen.

Im Großen und Ganzen verschlossen die Mitarbeiter die Augen vor den Implikationen, die ihre Arbeit mit sich brachte. Die meisten waren gezielt ausgewählt, mit Leib und Seele verpflichtet und in die Basis gebracht worden, weil ihnen neben familiären Bindungen und Verpflichtungen zwei Eigenschaften fehlten, die für den offiziellen Teil von C19 unabdingbar waren: Moral und Integrität.

Grant Traynor war einmal so eine Person gewesen und der blasse junge Mann lächelte breit, als er sich auf dem supermodernen Computer, von dessen Existenz außerhalb des Gewölbes niemand wusste, Traynors Personalakte ansah.

»Anstellungsverhältnis beendet. Zusatzleistungen annulliert. Private Pensionszahlungen wieder in unsere Kassen überführt.«

»Werden Sie nicht zu selbstgefällig«, sagte eine Stimme hinter ihm. »Selbstgefälligkeit ist der Anfang vom Ende.«

Der blasse junge Mann nickte, ohne sich umzudrehen. »Natürlich, Sir.«

»Und ist der Doktor tot?«

»Nein.« Er räusperte sich. »Unser Agent behauptet, er hätte Erfolg gehabt, aber es wurde keine Leiche gefunden. Ich glaube, er lügt. Der Doktor scheint verschwunden zu sein.«

»Wahrscheinlich isst er gerade mit dem Reptilienvolk zu Mittag. Wie ich den Doktor kenne, versucht er wie beim letzten Mal, irgendeine Friedenslösung auszuhandeln. Stellen Sie sicher, dass dies misslingt. Und beschaffen Sie uns wenigstens eines dieser Reptilien. Ich habe schon seit Monaten keine ordentliche Sektion mehr gesehen.«

»Ja, Sir.«

»Ach, eins noch. Ich werde eine Zeit lang nicht da sein. Man könnte es eine Weltreise nennen, wenn man Sinn für Humor hätte.«

»Habe ich nicht, Sir. Tut mir leid.«

Der andere lachte. »Doch, die Antwort war für sich selbst genommen ein Witz.«

»Tatsächlich? Da bin ich aber froh. Darf ich wieder an die Arbeit gehen?«

»Ja. Ich bin in ein paar Wochen zurück. Dann möchte ich zahlreiche Berichte über die Physiognomie der Reptilien vorfinden. Ah, und noch etwas.«

»Ja, Sir?«

»Das Glashaus. Im Abgeordnetenhaus werden Fragen hinsichtlich seiner Legitimität gestellt. Sorgen Sie dafür, dass diese Fragen zu unserer – meiner – Zufriedenheit beantwortet werden. Ich will, dass das Glashaus stillgelegt wird, bis ich bereit bin, es zu übernehmen.« Wieder lachte der Mann. »Ich kann Privatunternehmen nicht ausstehen, es sei denn, sie gehören mir. Auf Wiedersehen.«

»Auf Wiedersehen, Sir. Gute Reise.« Es kam keine Antwort.

Der blasse junge Mann schaltete seinen Computer aus und drückte auf einen Knopf, der sich unter seinem Schreibtisch befand. Ein Teil der Tischplatte glitt lautlos zur Seite und der einzigartige Computer senkte sich langsam in den Hohlraum ab, der darunter zum Vorschein kam. Sobald das Gerät außer Sicht war, schloss sich die Öffnung wieder, und zwar so nahtlos, dass nur jemand mit ausgesprochen guten Augen, der genau wusste, wonach er suchte, die feine Linie im Mahagoni gefunden hätte. Er schob ein paar Papiere hin und her, dann stand er auf, ging zum Schrank hinüber, auf dem ein Tablett mit Gläsern und einer Whiskykaraffe stand, und goss sich selbst einen Drink ein. Bailey würde in genau achtzehn Komma sechs Minuten hier sein und sie tranken immer einen Black & White zusammen.

Er kippte sich das gesamte Glas Scotch in den Mund, ließ die Flüssigkeit über seine Zunge strömen und seine Kehle hinablaufen. Dabei erinnerte er sich an die Zeit vor fünf Jahren, als er jeden Freitagabend nach der Arbeit mit seinen Freunden im Bullfrog zusammengesessen hatte. Er hatte wie üblich etwas getrunken und seinen Kumpels beim Billardspielen zugeschaut. Gelegentlich hatte sich einer von ihnen zu ihm umgedreht und ihm einen mitleidigen Blick zugeworfen. Dabei waren ihre Augen stets ganz unwillkürlich an dem Stumpf hängen geblieben, der alles war, was von seinem rechten Arm übrig war, und an der bleichen Narbe, die seine Wange hinablief. Dafür hatte er sie alle gehasst. Gut, er konnte nicht mehr mitspielen. Auch Kartenspielen, im Zug gemütlich lesen oder eine Münze werfen ging nicht mehr. Doch arbeiten konnte er nach wie vor. Und trinken. Seine Firma war nach dem Unfall sehr gut zu ihm gewesen, hatte ihm alle möglichen Leistungen gewährt und ihn weiter beschäftigt, wenngleich nun eben am Schreibtisch statt in der Werkhalle. Er kam mit all der komplizierten Elektronik nicht mehr zurecht, konnte nicht einmal die Rückseite eines Transistorradios präzise festschrauben. Er war jedoch sehr wohl in der Lage, Bestellungen anzunehmen und aufzugeben oder Tabellen und Zeitpläne auszuarbeiten. Er hatte wirklich großes Glück gehabt.

Außerdem war er weiterhin fähig, den Geschmack von Scotch zu genießen. Und von Steak, Bratkartoffeln, Eiscreme und Zigaretten.

Aber all das hatte sich an jenem Freitagabend vor fünf Jahren geändert, als sein Chef ganz unerwartet in den Pub gekommen war, mit ein paar Leuten von der mittleren Führungsebene im Schlepptau.

Sein Chef hatte sich neben ihn gesetzt und sich erkundigt, wie er zurechtkommen würde. War die Arbeit erfüllend für ihn? Derartige Fragen. Und während seine Freunde weitergespielt hatten, hatte er nur dagesessen und sich den neuen Plan seines Chefs angehört. Offenbar hatten ausländische Investoren der Firma eine riesige Summe zur Verfügung gestellt – zusammen mit der Aussicht, bahnbrechende Forschung zu betreiben. Der Chef nahm an, dass dieser Geldsegen der Firma ein goldenes Zeitalter bescheren würde und dass sich für sie alle ungeahnte Chancen bieten würden – besonders für diejenigen, die gewillt waren, ein paar Risiken einzugehen.

Der Chef versprach ihm, dass er einen neuen, voll funktionsfähigen Arm bekommen würde. Später sollte er herausfinden, dass er damit nicht nur alles tun konnte, was mit seinem alten Arm möglich gewesen war, sondern dass er außerdem imstande war, mit der Kraft eines einzigen Fingers einen Billardtisch zu zertrümmern.

Sein Interesse war geweckt und er stimmte zu, dem Team für besondere Projekte beizutreten. Tatsächlich sollte er es anführen.

Er erinnerte sich noch vage an die Operation, an das seltsam losgelöste Gefühl, als das Betäubungsmittel zu wirken begonnen hatte. Er erinnerte sich an die Ärzte und Schwestern mit ihren Kitteln und Masken … und dann …

Dann war er aufgewacht und hatte einen neuen rechten Arm gehabt. Und einen linken. Und zwei neue Beine und, wie sie ihm sagten, einen frischen Satz innerer Organe, die niemals versagen würden. Seine Haut hatte sich kalt angefühlt, aber ihm war angenehm warm gewesen. Man hatte ihm etwas zu essen und zu trinken gegeben, doch er hatte nichts davon schmecken können. Zuerst hatte er angenommen, das läge an der Narkose, später hatte man ihm jedoch mitgeteilt, dies wäre eine Nebenwirkung des umfassenden Körperteilaustauschs, dem er unterzogen worden war. Er musste nur noch essen und trinken, damit sein Kopf und sein Teint gesund aussahen. Nährstoffe, Vitamine und alles, was er sonst noch brauchte, wurden umgeleitet, um alles vom Hals aufwärts bei bester Gesundheit zu halten. Seine neuen inneren Organe würden die Abfallprodukte abbauen.

Von jenem Tag an war er keine Minute mehr gealtert. Manchmal, wenn Bailey und er gemeinsam Scotch tranken, spürte er einen Stich des Bedauerns, weil er seinen

Geschmackssinn verloren hatte, aber seine größere Stärke, erhöhte Widerstandskraft und verbesserte Kondition machten den Verlust mehr als wett.

Er hatte noch einige Jahre weiter dort gearbeitet, bis die Firma schließlich Bankrott erklärt worden war, nachdem sein Chef, der Mann, dem er sein neues Leben verdankte, offenbar in einer Lagerhalle außerhalb der Stadt umgebracht worden war.

Aber sein Chef war nicht wirklich gestorben und schon bald fand sich der blasse junge Mann in einer paramilitärischen Abteilung der Regierung wieder, wo er einen eigenen Posten innehatte. Sein Chef hatte das alles für ihn eingefädelt, damit er dessen Wünsche direkt vor der Nase der Regierung ausführen konnte, ohne dass irgendjemand Verdacht schöpfte. Er zweigte Geld und Ressourcen ab, um die ganze Subsektion von Abteilung C19 tief im Inneren der Cheviot Hills aufzubauen. Der Codename des Ganzen lautete: Das Gewölbe.

Seine Aufgabe war klar umrissen. Alles, was er an Informationen, Hardware und Software von UNIT-Einsätzen auf der ganzen Welt (sein Chef war sehr an der Arbeit von UNIT interessiert) auftreiben konnte, sollte er sammeln, Experimente damit machen und daraus lernen. Oder es anwenden.

Im Gewölbe arbeiteten viele gute, fleißige Leute und der blasse junge Mann konnte sich auf jeden Einzelnen verlassen. Zu ihnen gehörte auch Bailey, ein nigerianischer Munitionsexperte, der aus einer der Firmen des Chefs in Ottawa hierherversetzt worden war. Nun hatte er eine zweite Aufgabe: Er war der Chauffeur des blassen jungen Mannes. Als er das Büro betrat, nahm er das angebotene Glas Black & White entgegen und übergab dafür einen Stapel Berichte.

»Ich glaube, hier drin finden Sie alles, was wir fürs gegenwärtige Projekt brauchen. Der Raum ist vorbereitet, die Bedingungen scheinen ideal. Tatsächlich ist es verdammt heiß da drin. Aber unser Gast dürfte sich wie zu Hause fühlen. Wissen Sie, wann er ankommt?«

»Noch nicht.« Der blasse junge Mann kippte ein weiteres Glas Scotch in einem Zug herunter. »Aber lange dürfte es nicht mehr dauern. Ich habe Leute reingeschickt, um ihn zu holen.«

Bailey nickte und nahm direkt unter einem Porträt Platz, das einen Mann Ende fünfzig zeigte. Das zurückgekämmte, silberne Haar und die dicken, schwarzen Augenbrauen verliehen dem Herrn auf dem Bild ein beunruhigendes Aussehen. Sein rechtes Auge war halb geschlossen, während das linke weit geöffnet war und starr geradeaus blickte, mit einer kaltblauen Iris und einer riesigen schwarzen Pupille. Er trug ein schwarzes Jackett ohne Kragen über einem hochgeschlossenen weißen Hemd, das am Hals von einem goldenen Verschluss zusammengehalten wurde. Sein Blick schien einem durch den Raum zu folgen, egal wohin man ging. Der blasse junge Mann nahm an, dass Bailey dies schon vor langer Zeit aufgefallen war, da er sich immer genau unter das Bild setzte.

»Wie laufen die Pläne bezüglich des Glashauses?«, fragte Bailey. »Einige unserer Projekte geraten immer mehr in Schwierigkeiten, weil das Glashaus die meisten unserer – wie soll ich sagen – Rohmaterialien an sich rafft.«

Der blasse junge Mann lächelte. »Es dauert nicht mehr lange. Die Spur, die wir ausgelegt haben, führt zu Harrington-Smythe und seinen Leuten. Die Regierung wird keine andere

Wahl haben, als ihnen für den Anschlagsversuch zumindest die Lizenz zu entziehen. Wir müssen nur noch hingehen und – wie üblich mit Taktgefühl und Diplomatie – alles mitnehmen, was wir brauchen. Ich weiß sogar schon, wer diese Aufgabe übernehmen wird.«

Bailey trank sein Glas leer. »Na, dann mach ich mich besser wieder an die Arbeit. Die Russen haben übrigens ein Angebot für die Energiewaffen der Nestene gemacht und es ist besser als das von den Saudis. Wofür wollen Sie sich entscheiden?«

»Im Augenblick für keins von beiden. Es gibt dringlichere Probleme. Spielen Sie sie noch ein paar Tage lang gegeneinander aus.«

Bailey nickte. »Sie sind der Boss«, sagte er und verließ das Zimmer.

»Ach, wenn Sie wüssten ...«

Der Doktor und Chukk aßen eine Art Porridge, der aus zerstoßenen Nüssen und verschiedenen Früchten zu bestehen schien. Er war etwas zu süß, aber die Manieren des Doktors waren nicht so schlecht, dass er sich darüber beklagt hätte.

»Das ist sehr nett, Chukk, aber ich muss wirklich aufs Festland zurück. Könnten Sula oder Tahni mich möglicherweise mitnehmen?« Der Doktor legte seinen Löffel hin. »Und dann wäre da noch der junge Mann, mit dem ich gekommen bin.«

Chukk schluckte mühsam. »Wenn es nach mir ginge, würden wir Sie zurückbringen, aber das kann ich nicht selbst entscheiden.«

»Nein, Chukk, ich entscheide das. Zusammen mit allen anderen.«

Der Doktor wandte sich der Frau zu, die gerade in Chukks Büro geschritten kam. »Sehr erfreut. Ich bin der Doktor und …«

»Ich weiß, wer Sie sind, Affe. Ich bin Auggi, Mutter der Gefolterten. Dies«, sie zeigte auf die riesige Reptilienperson, die neben ihr stand, »ist mein Freund Krugga.«

Chukk runzelte die Stirn. »Krugga? Warum bist du nicht auf deinem Posten?«

Der Doktor musterte Krugga, der auf ihn zukam, mit ungläubigem Blick: Er besaß derart große Muskeln, dass er fast so breit wie hoch war. Das Reptil zeigte auf den Doktor. »Ich denke, es ist meine Pflicht als Bewohner dieser Basis, diesen Affen zu bewachen. Das ist wichtiger als die Aufgabe, für die ich normalerweise zuständig bin.«

Chukk blickte ihn durchdringend an. »Ich verstehe«, sagte er. Dann wandte er sich an Auggi: »Und wie lange hat es gedauert, diese kleine Ansprache zu schreiben?«

»Ich weiß nicht, wovon du redest.« Auggi ging auf den Doktor zu. »Aber ich bin sicher, die Triade wäre dagegen, dass du diesem niederen Affen unseren Schutzraum und unsere Ausrüstung zeigst. Unsere Verteidigungssysteme.«

Der Doktor sah schweigend zu, wie Chukk zu einem Monitor hinüberging und mit einer Klauenhand darüber hinwegfuhr. Sofort erschienen unleserliche Schriftzeichen darauf, wie jene, die der Doktor in Derbyshire gesehen hatte. Er war beeindruckt vom technischen Niveau der Reptilien. Überall in Chukks Büro lagen Geräte herum, die sich mit einer Berührung, vielleicht sogar nur mit der Stimme aktivieren ließen. Gern hätte er sie untersucht, aber Auggi und Krugga schienen nicht die Absicht zu haben, den »niederen Affen« irgendetwas anfassen zu lassen.

Einen Moment später erschienen drei Gesichter auf dem Schirm, in extrem hoher Auflösung, wie der Doktor feststellte. Nahezu holografisch.

»Und wo ist Ihre sogenannte Triade stationiert?«, fragte er.

»Ruhe.« Auggi zeigte auf ihn. »Seien Sie still oder Krugga bringt Sie zum Schweigen.«

»Oh. Na, wenn das so ist, halte ich wohl mal lieber den Mund.« Der Doktor lächelte Krugga an und war nicht sicher, ob dieser sein Lächeln erwiderte oder nicht. »Sie, alter Bursche, sind schließlich der Letzte, den ich verärgern möchte.«

Chukk begrüßte die Triade und berichtete alles über den Doktor. Einer von ihnen wollte mit ihm sprechen, daher stieß Krugga ihn vor den Schirm.

»Seien Sie gegrüßt, edle Triade. Ich bin der Doktor.«

Eines der Reptilien auf dem Bildschirm, offensichtlich der Anführer, ragte etwas über die anderen beiden hinaus (der Doktor konnte nicht feststellen, ob er stand oder saß).

»Ich bin Icthar, Anführer der Triade. Dies«, er zeigte über seine rechte Schulter hinweg, »ist meine rechte Hand, Scibus, und neben ihm ist Tarpok, mein wissenschaftlicher Berater.«

»Es ist mir eine große Ehre, edle Triade.« Der Doktor verbeugte sich leicht. »Mit drei solch gelehrten Personen zu sprechen, ist ein ungeheures Privileg.«

Auf dem Bildschirm beugte Tarpok sich leicht vor. »Sie sind also der Doktor. Sie kennen Okdel I'da. Waren Sie für seinen Tod verantwortlich?«

»Nein. Es tut mir aufrichtig leicht, dass Okdel gestorben ist. Ich bin nicht arrogant genug, um zu behaupten, wir wären Freunde gewesen, aber wir waren Verbündete. Wir haben zusammengearbeitet.«

Tarpok nickte. »Er hat Ihnen ein Gegenmittel gegen das Virus zur Verfügung gestellt. Wir wissen davon. Wir wissen seine Taten durchaus zu schätzen.«

Der Doktor trat einen Schritt nach vorn und spürte, wie Krugga ihn am Arm packte. Icthar bemerkte es ebenfalls und gab Krugga ein Zeichen zurückzuweichen.

»Vielen Dank.« Der Doktor räusperte sich. »Okdels Vorgehen hat diejenigen in seiner Basis, die seine Ansichten nicht teilten, dazu veranlasst, einen Angriff auf das Forschungszentrum durchzuführen. Sie wollten mich davon abhalten, das Heilmittel zu finden. Dies hat indirekt zu einigen Todesfällen geführt und schließlich auch dazu, dass alle anderen verschüttet wurden. Hätte sich das Virus jedoch ungehindert ausgebreitet, hätte die Menschheit auf weit heftigere Weise zurückgeschlagen. Die Basis hätte sich gegen ihre Massenvernichtungswaffen niemals verteidigen können.«

»Sie sagen, sie wurden verschüttet, nicht vernichtet?«

»So ist es. Die Menschen haben die Höhlen wieder versiegelt, statt einen Massenmord zu verüben.« Dem Doktor kam der Gedanke, dass es vielleicht unklug wäre, das weiter auszuführen. Der Brigadier hatte einen richtigen Feldzug geplant, um die Reptilien abzuschlachten, aber der Doktor hatte es ihm ausgeredet. Dann, offenbar auf direkten Befehl von C19 hin, hatte der Brigadier die Höhlen versiegeln lassen und den

Doktor somit davon abgehalten, noch einmal hinunterzugehen und zu versuchen, Frieden zu schließen.

»Warum?«, fragte Tarpok.

»Weil sich immer noch sehr viele Mitglieder Ihres Volkes im Schlaf befanden, einschließlich des Wissenschaftlers, der das Virus entwickelt hatte. Ein Großteil in der Kolonie war gar nicht aufgewacht – und sollten sie je wieder erwachen, wird ihnen nicht einmal bewusst sein, dass Okdel, Morka und die anderen gegen die Menschheit gekämpft haben.« Der Doktor setzte eine stolze Miene auf. »Ich hatte gehofft, ja hoffe in der Tat nach wie vor, eines Tages zurückkehren zu können, um Ihre Leute aufzuwecken und mit ihnen zu sprechen. Auf diesem Planeten gibt es große Bereiche, die von den Menschen gar nicht genutzt werden: Wüsten, eisige Tundren. An all diesen Orten könnten Sie leben und eigene Siedlungen aufbauen. Die Menschen und Sie könnten auf diese Weise friedlich koexistieren.«

»Die Menschheit, diese Affen, sind Ungeziefer. Dies ist unser Planet«, entfuhr es Auggi. »Mit denen werde ich niemals zusammenleben. Lieber sterbe ich.«

Der Doktor wandte sich ihr zu. »Was Sie da sagen, Madam, ist vollkommen irrational und aufwieglerisch. Selbst wenn Sie die Menschheit bekämpfen würden und einen Virus nach dem anderen auf sie loslassen: Es gibt Milliarden von ›Affen‹, weit mehr als alle Mitglieder Ihres Volkes zusammengerechnet. Es wäre ein langer, blutiger Krieg – einer, den Sie nicht gewinnen könnten. Sobald die Menschheit im großen Rahmen von Ihnen erfährt und Sie als feindselig einstuft, wird man Ihre Schutzräume ausfindig machen. Wenn

Sie die Menschen gegen sich aufbringen, wird man jedes einzelne Reptilienwesen auf diesem Planeten aufspüren und umbringen.« Der Doktor machte eine Pause und erwiderte ihren eindringlichen Blick. Dann fuhr er in weniger aggressivem Tonfall fort: »Madam, wenn Sie einen Krieg gegen die Menschheit wollen, werden Sie ihn mit Sicherheit bekommen. Und auch Ihr Wunsch wird dann erfüllt: Sie werden ohne Zweifel sterben.«

Auggi trat einen Schritt auf ihn zu und auch Krugga kam näher. »Wollen Sie mir drohen, Affe?«

Der Doktor rührte sich nicht von der Stelle. »Ganz und gar nicht. Nein, ich teile Ihnen lediglich eine Tatsache mit.« Er wandte sich wieder dem Bildschirm zu. »Großer Icthar, Sie haben so viele Millionen Jahre überlebt. Warum sollten Sie das alles für einen Krieg aufs Spiel setzen? Ich flehe Sie an: Streben Sie stattdessen nach Frieden.«

Icthar ergriff erneut das Wort. »Für einen Affen können Sie gut reden. Die Triade wird gründlich über Ihre Worte nachdenken. Chukk, wir werden uns bald wieder unterhalten. Bis zu unserem nächsten Gespräch passen Sie bitte alle gut auf sich auf.«

Der Bildschirm wurde schwarz.

Auggi umkreiste den Doktor ein paarmal und blieb dann direkt vor ihm stehen. »Gucken Sie nicht so selbstzufrieden, Affe. Die Triade mag sich vielleicht von Ihrer Rhetorik beeinflussen lassen, aber das sind drei alte Feiglinge. Für mich zählen nur meine Jungen, ihr Fortbestehen – koste es, was es wolle.« Sie wandte sich ab und verließ zusammen mit Krugga das Büro. Im Gehen zischte sie über die Schulter hinweg:

»Ich werde ebenfalls über Ihre Worte nachdenken, Affe. Sehr gründlich.«

Als sie fort war, stieß der Doktor einen tiefen Seufzer aus. »Das ist eine sehr mächtige Frau, Chukk.«

Chukk nickte. »Sie würde die Basis anführen, wenn ich es zuließe. Ich erachte es als meine Hauptaufgabe, ihren extremistischen Ansichten etwas entgegenzusetzen. Sie besitzt jedoch eine große Gefolgschaft, Doktor, besonders unter den jungen Leuten. Sie betrachten sie als potenzielle Retterin. Sie und Baal, ihren Sohn. Er ist ein Student der Wissenschaft, ein sehr guter, aber er ist zu allem entschlossen.«

»Verfügt er denn wenigstens über ein gewisses Maß an Vorsicht? Ich habe viele Wissenschaftler gekannt, alle ›sehr gut‹, denen allerdings eine wichtige Eigenschaft fehlte, um wahrhaftig gut zu sein.«

»Und die wäre, Doktor?«

»Moral, Chukk. Die Fähigkeit, richtig und falsch voneinander zu unterscheiden, und nicht dem alten Credo zu folgen, dass der Zweck die Mittel heiligt. Ist Baal so jemand?«

Chukk starrte einen Moment lang auf seine Füße hinab, dann straffte er sich. »Ich glaube, wir sollten zu seinem Labor gehen, Doktor. Und zwar schnell.«

Der Doktor folgte Chukk durch die Korridore und sie gelangten in Bereiche, die er noch nicht gesehen hatte. Sie passierten Wände voller Kunst und Hologramme, liefen durch einen offeneren Abschnitt mit Bänken, Stühlen und einer sprudelnden Quelle, die alles in einen feinen Nebel hüllte. Sie stürmten blindlings in Nebengänge und wären mehrmals um ein Haar mit Reptilien zusammengestoßen, die ihrem

Tagewerk nachgingen. Einer, der gerade einen durchgebrannten Lichtschaltkreis reparierte, wurde von ihnen fast von seiner Leiter gerissen.

Als sie um eine weitere Biegung hetzten, hätte Chukk beinahe Sula über den Haufen gerannt.

»Wohin so eilig, Chukk?«

Chukk war außer Atem. »Baal. Hat er schon mit dem Affenschlüpfling experimentiert?«

Sula nickte. »Ja. Aber traurigerweise wird er auf die Ergebnisse noch eine Weile …«

Sie brach ab, als der Doktor an ihr vorbeipreschte und dabei Baals Namen rief. Als er ins Labor rannte, sah er Hologramme, Schaubilder auf den Bildschirmen (von denen er nur wenige verstand) und einen Partikelzerstreuer in der Ecke.

»Baal!«, rief er. »Baal, was haben Sie getan?«

Baal wirbelte herum und schien sichtlich wütend. »Wer hat den Affen hier reingelassen? Sula? Sula, wo bist du?«

Sula und Chukk kamen hereingeeilt. Baal kochte vor Wut. »Wie kannst du dieses … dieses Ding an meinen Arbeitsplatz bringen, Chukk! Was hast du dir nur dabei gedacht? Denk doch nur mal an die Kontamination!«

»Papperlapapp«, bellte der Doktor. »Wo ist Marc Marshall?«

»Wer? Ach, der Affenschlüpfling.« Baal setzte sich auf einen Stuhl vor einem Hologramm. »Wissen Sie, was das ist, Affe? Sind Sie mit Ihrer kümmerlichen Wissenschaft schon so weit, dass Sie das hier begreifen können?«

»Natürlich. Wenn Sie gegenüber der Menschheit nicht so blind wären, wüssten Sie, dass deren Wissenschaft der Ihren in vielerlei Hinsicht ebenbürtig ist.«

Sula zischte: »Unsinn. Wenn die Affen so fortschrittlich sind, warum gibt's bei ihnen noch Krankheiten? Warum haben sie keine Schutzräume wie diese gebaut? Warum leben sie noch nicht auf dem Mond? Wir haben für all das die Technik – die haben gar nichts.«

Der Doktor wandte sich zu ihr um. »Meine liebe junge Dame, da irren Sie sich gewaltig. Die Menschheit besitzt die nötigen Fähigkeiten, sie hat sie nur noch nicht eingesetzt. Oder ist sich einfach noch nicht bewusst, wozu sie tatsächlich imstande ist. Aber sie hat die Schwelle längst erreicht.«

Baal räusperte sich. »Zurück zu meiner Frage, Affe.«

»Man nennt ihn den Doktor, Baal«, murmelte Chukk. »Er ist ebenfalls Wissenschaftler.«

»Entschuldigen Sie, Doktor. Von Wissenschaftler zu Wissenschaftler: Erkennen Sie das hier?«

»Es ist eine Doppelhelix. Die Grundstruktur der Genetik und allen Lebens.«

»Sehr gut.« Baal fuhr mit einer Hand über einen Bildschirm in seiner Nähe und die Helix wurde durch das Drahtgittermodell eines Silurianers wie Chukk ersetzt. »Das ist jemand von meinem Volk. Und das hier auch.« Eine Variation erschien, die jenen Reptilien der Triade glich, die der Doktor auf dem Bildschirm gesehen hatte. Weitere acht oder neun Varianten erschienen im Raum; jede von ihnen drehte sich sacht auf ihrer holografischen Achse, sodass es aussah, als wäre der Raum voller tanzender Reptilienleute.

»Wir hingegen sind anders.« Alle Bilder verschwanden, stattdessen erschien das Drahtgittermodell eines Reptils, das mehr wie Baal oder Sula aussah. »Wir sind Hybride. Das

Nebenprodukt genetischer Kreuzung. Zwei genetische Stränge, die zu unterschiedlich sind, um gesunde Nachkommen hervorzubringen. Chukk hat Ihnen vielleicht erzählt, dass es der Meerkaste und den Landkasten verboten ist, sich zu paaren: Die genetische Struktur ist fehlerhaft. Nun, die Paarung fand dennoch statt, kurz vor dem Langen Schlaf. Und wir sind das Resultat.«

Der Doktor runzelte die Stirn. »Sie sind am Leben und in meinen Augen sehen Sie ziemlich gesund aus. Was ist das Problem?«

»Das stimmt, wir leben«, sagte Sula. »Aber wir sind steril. Wir stellen das Ende unserer Linie dar. Was unsere Gesundheit betrifft, liegen Sie gründlich falsch. Die Mitglieder unserer Spezies werden normalerweise zweihundert oder mehr Jahre alt. Unsere Forschungsarbeit hat jedoch gezeigt, dass wir nur noch acht oder neun Jahre zu leben haben, ehe unsere zelluläre Struktur zusammenbricht und wir sterben.«

»Das tut mir aufrichtig leid. Aber was hat Marc damit zu tun?«

Baal stand auf. »Nun, das ist meine große Entdeckung, Doktor. Die Affenchromosomen, so widerwärtig sie auch sein mögen, enthalten Gene, die wir zum Überleben brauchen. Mit ihrer Hilfe können wir das Gleichgewicht wiederherstellen und uns mehr Zeit verschaffen, um ein Heilmittel für unsere Sterilität zu finden.«

»Ihrer Mutter ist das bestimmt nicht recht.«

Chukk nickte zustimmend: »Auggi wäre entsetzt, wenn sie wüsste, dass ihr tatsächlich Affenmaterial in eure eigenen Körper implantiert.«

»Dann darf sie es eben nicht erfahren«, sagte Tahni, die gerade aus einem Nebenzimmer kam und die Tür hinter sich schloss. »Und sollte sie es doch herausfinden, Chukk, dann wissen wir ja, an wem wir uns rächen müssen.«

»Hören Sie, das ist ja alles schön und gut, aber die Politik zwischen Ihren verschiedenen Schutzräumen interessiert mich nicht. Wo ist Marc?« Der Doktor ging eilig durch das Labor auf die Tür zu, durch die Tahni hereingekommen war, aber sie stellte sich ihm in den Weg.

»Unsere Politik sollte Sie aber interessieren, Affe.« Sie legte ihm eine Hand vor die Brust. »Auggi, unsere Mutter, würde Sie am liebsten tot sehen. Chukk würde es vorziehen, Sie gehen zu lassen, damit Sie den anderen Affen von uns erzählen können. Aber wir drei, nun … mal sehen. Und da Sie nun hier sind, ist es wohl ohnehin unsere Entscheidung.« Tahni trat beiseite. »Falls Sie Ihren Affenschlüpfling sehen wollen, er ist da drin. Ich erinnere mich noch gut, wie sehr ihr alle aneinander hängt. Widerlich, das ganze Angrabschen und Rumschubsen. Furchtbar primitiv.« Sie ging zu Baal und stellte sich an seine Seite. Sula stand auf der anderen.

Als er sie musterte, fühlte er sich plötzlich an Scibus und Tarpok erinnert, die auf die gleiche Weise ein Stück hinter Icthar Stellung bezogen hatten. Er hoffte inständig, dass diese speziellen drei Reptilien niemals an die Macht kommen würden.

Er warf Chukk einen letzten Blick zu, aber der wich ihm aus und begutachtete wieder seine eigenen Füße. Offensichtlich wusste er bereits, was der Doktor vorfinden würde.

Der Doktor beäugte flüchtig den Partikelzerstreuer auf der anderen Seite des Labors und dachte an die holografische

Doppelhelix. Was hatte Baal dem Kind im Namen der Wissenschaft angetan? Wenn man Baals Experimente überhaupt als »Wissenschaft« bezeichnen konnte …

Er stieß die Tür auf. Sie war überraschend schwer – die Reptilienfrauen mussten stärker sein, als sie aussahen. Das sollte er sich merken, das könnte sich später noch …

Marc Marshall lag auf dem harten Boden, zusammengerollt wie ein Fötus. Selbst in dieser Position war nicht zu übersehen, wie seine aufgedunsene Haut ihm in Falten vom Körper hing. Der Großteil seiner Haare war ihm ausgefallen.

Mit drei raschen Schritten war der Doktor bei ihm. Er beugte sich über ihn und fühlte durch die geschwollene Haut an seinem Hals nach dem Puls. Er fand einen, aber er ging sehr langsam.

Marcs Mund, Nase und Ohren waren blutverkrustet. Seine Augen waren geschlossen und er war bewusstlos. Der Doktor versuchte, die Haut ein wenig zu verschieben, sodass er die Knochen darunter abtasten konnte. Sie schienen noch alle heil zu sein, also kam er zu dem Schluss, dass der Partikelzerstreuer die Hormone und Drüsen des Jungen irgendwie durcheinandergebracht hatte, was die Hautmutation ausgelöst haben musste.

Er versuchte, Marc hochzuheben, bekam ihn wegen der schrecklich lockeren Haut jedoch nicht richtig zu fassen. Stattdessen strich er dem Jungen sanft über den Kopf. Unter seiner Berührung lösten sich die letzten Haarsträhnen.

»Ach, Marc«, sagte er leise.

Die Lider des Jungen flatterten, dann öffnete er die Augen. Er ließ sich nichts anmerken, aber der Doktor konnte erahnen, dass er fürchterliche Schmerzen haben musste. »Doktor? Sind … Sie das?«

»Ja, Marc. Schlaf einfach. Du hattest einen Unfall, aber es wird alles wieder gut. Ich pass auf dich auf.«

Marc schluckte zaghaft, als hätte er einen wunden Hals. Seine Augen tränten. »Das männliche Reptil hat gesagt, es würde wehtun. Er … er hatte recht. Ich will nach Hause.«

Der Doktor rieb sich den Nacken und blickte den Jungen entschuldigend an. »Ich glaub nicht, dass das schon geht. Ich sag dir Bescheid, sobald wir von hier fortgehen können. Aber jetzt schlaf erst mal. Schlaf. Schlaf.«

Der Doktor starrte Marc direkt in die Augen, formte tonlos das Wort mit den Lippen, bis die Augenlider des Jungen herabsanken.

Er blieb noch ein wenig bei ihm sitzen und versuchte, seine Gedanken zu ordnen. Dann stand er auf, bereit, Baal zur Rede zu stellen.

Im Durchgang stand Tahni.

Der Doktor zeigte auf Marc und knurrte beinahe: »War das notwendig?«

»Ja. Vergessen Sie nicht: Wir sind keine Wilden und keine Primitiven. Wir machen nicht bloß zum Spaß Experimente mit Ungeziefer und wir töten, verstümmeln oder kämpfen auch nicht zu unserem Vergnügen. Wir mussten dieses Opfer bringen, um ein Heilmittel zu finden.«

»Und? Ist es Ihnen gelungen?«

»Baal braucht noch eine Weile, um das herauszufinden. Darum ist der Schlüpfling noch am Leben.« Tahni schaute auf Marc hinunter. »Wir müssen seine DNA genauer untersuchen.«

Dann sah sie wieder den Doktor an. »Und Sie werden auch vorerst hierbleiben.«

»Moment mal …«, begann der Doktor, doch dann brach er ab, denn plötzlich begann Tahnis Auge grün zu leuchten, und er hatte das Gefühl, als würden sich Nadeln in seine Füße bohren und durch seine Beine nach oben schießen. Er keuchte erschrocken, als sie nachgaben und er zu Boden stürzte. Mit einem Mal konnte er die untere Hälfte seines Körpers nicht mehr bewegen.

Er rollte sich auf den Rücken und versuchte, sich aufzurichten, aber seine Beine wollten ihm einfach nicht gehorchen. Es war, als prallten die Befehle aus seinem Gehirn gegen eine Mauer, bevor sie seine Beine erreichen konnten.

Als er zur feuchten Decke hinaufschaute, tauchte Tahnis Gesicht über ihm auf. »Das geht vorbei«, sagte sie. »Mit der Zeit.«

»Wie … wie lange?« Der Doktor hatte Schwierigkeiten zu sprechen. Die Lähmung hatte sich bereits über seinen Bauch bis hin zur Brust ausgebreitet.

»In ein paar Stunden. Vielleicht ein Tag. Bis dahin haben wir unsere Welt womöglich schon zurückerobert. Das hängt von Auggi ab. Ich sag Ihnen nur eines: Diesmal haben wir Sie hier bei uns – und niemand kann uns aufhalten.«

Der Doktor bekam noch mit, dass er ihr nicht mehr antworten konnte. Dann griff die Lähmung auf sein Gehirn über und alles wurde dunkel, als sänke er in einen See aus dicker, schwarzer Tinte, tiefer und tiefer …

FÜNFTE EPISODE

Die große blonde Frau in Jeans und einem roten T-Shirt sah zu, wie die Polizeitaucher zum vierten Mal untertauchten.

Der See war nicht besonders groß und fast vollständig von einem dichten Rand aus Strauchwerk und Bäumen umschlossen. Nur von dem Kiesplatz aus, auf dem sie und der ältere, eher rundliche Inspektor standen, gelangte man direkt zum Wasser. Der Wagen musste an genau dieser Stelle hineingefahren sein.

Maya der Voort ließ den Blick über die Landschaft schweifen, damit sie nicht weiter die Wasseroberfläche anstarren und warten musste, bis sich der schwarz umhüllte Arm aus dem Wasser reckte und das Zeichen gab, dass sie schließlich gefunden hatten, was sie schon so lange befürchtete.

»Mrs der Voort, es ist inzwischen acht Monate her.« Nach all der Zeit bemühte sich Inspektor Hoevern noch immer, mitfühlend zu sein, aber Maya konnte spüren, dass er allmählich die Geduld verlor.

»Ich weiß, ich weiß«, sagte sie. »Und es kostet Sie einiges an Zeit und Ressourcen.« Sie nahm sich eine Zigarette und hielt ihm die Schachtel hin, doch er lehnte ab. »Aber alles, was mein Ehemann und ich herausgefunden haben, führt uns hierher.«

»Bei allem Respekt«, sagte Inspektor Hoevern und gab ihr Feuer, »man kann Sie und Herrn der Voort nicht gerade als erfahrene Ermittler bezeichnen.«

»Im Gegensatz zu meiner Schwester«, sagte Maya. »Ja, ich weiß. Hans beackert mich ständig, endlich aufzugeben. Aber wir glauben, dass meine Schwester – mit der auch er gut befreundet war – da unten ist. Ich muss einfach wissen, ob wir recht haben.«

»Wissen Sie eigentlich, wie viele Leute jedes Jahr absichtlich verschwinden, Frau der Voort?«

»Hunderte.«

»Tausende. Die meisten tauchen wieder auf, und sei es nur, um zu sagen, dass es ihnen gut geht, aber manchmal eben erst Monate, sogar Jahre später. Wenn Ihre Schwester vorhatte zu verschwinden, wird das für sie ein Leichtes gewesen sein. Besonders mit ihrer Vorgeschichte. Woher sollen wir wissen, dass sie nicht gerade irgendeiner großen Story nachgeht?«

»Das hätte uns ihr Redakteur gesagt. Vielleicht nicht, was genau sie macht, aber er hätte uns wenigstens beruhigt. Laut ihm hat sie gerade eine Pause gemacht, nachdem sie diese Vertuschung durchs Militär aufgedeckt hatte.«

»Ich erinnere mich an die Sache.« Der Inspektor kratzte sich am Kopf. »All die Auszeichnungen, die sie bekommen hat, drei Jahre in Folge, glaub ich. Beeindruckend.«

Maya nickte. »Jede einzelne hat ihr etwas bedeutet. Sie hat nie damit gerechnet, dass sie wirklich eine bekommen würde, geschweige denn drei. Darum kann ich auch nicht glauben, dass sie einfach weglaufen würde. Sie hat ihr Leben, ihre Arbeit und ihre Familie geliebt.« Maya ließ sich auf der Motorhaube des Wagens des Inspektors nieder. »Sie hatte mit niemandem Streit, keine Feinde …«

»Na ja, gerade da könnten Sie falsch liegen, Frau der Voort. In ihrem Metier bleibt es leider nicht aus, dass man sich Feinde macht. Und dass sie bei ihrem letzten Fall diesen Korruptionsring in der Armee bloßgestellt hat, hat bestimmt vielen einflussreichen Leuten nicht gefallen.« Er schaute auf seine Uhr, dann wandte er den Blick wieder dem kristallklaren Wasser zu. »Bis sechs machen wir noch weiter, dann blase ich die Suche ab. Tut mir leid.«

Maya zuckte resigniert mit den Schultern. »Vielen Dank. Sie haben schon viel mehr getan, als ich erwartet hatte.«

Inspektor Hoevern setzte sich zu ihr auf die Motorhaube. »Offen gesagt habe ich ihre Schwester bewundert. Darum bin ich auch noch immer an der Sache dran. Ich gehöre nicht zur Familie, aber ich will genauso dringend wissen wie Sie, was eigentlich passiert ist, aus Respekt vor ihr. Ich wünsche ihr, dass sie in Spanien oder Südamerika einen draufmacht. Am allerwenigsten will ich, dass Sie recht behalten. Aber wenn sie da unten ist«, er zeigte auf die Wasseroberfläche, »dann werde ich auch rausfinden warum. Das verspreche ich Ihnen.«

Plötzlich kam neben ihnen ein Wagen schlitternd zum Stehen. Der Fahrer stieg aus und fluchte. »Verdammte Gegend. Nirgendwo ein Schild, dass die Straße aufhört und jetzt Kies kommt. Wenn man da mit fünfundvierzig Sachen drüberfährt, ist man einen Moment später im Wasser. Beim Bremsen würde man direkt reingeschleudert werden.« Der Neuankömmling musterte Maya. »Sie müssen Frau der Voort sein. Ich hab Ihren Mann vor ein paar Monaten bei so einer Wohltätigkeitsveranstaltung kennengelernt. In der Kunstgalerie.«

Maya runzelte die Stirn und warf Inspektor Hoevern einen Blick zu.

»Wie unhöflich von mir«, sagte er. »Frau der Voort, darf ich Ihnen Doktor Moere vorstellen?«

Maya hob eine Augenbraue. »Ich erinnere mich, dass mein Mann mal von Ihnen gesprochen hat. Sie haben eine schöne Summe für sein Projekt gespendet. Er war sehr dankbar.«

»Als Polizeiarzt wird man zwar nicht gut bezahlt, Frau der Voort, aber ich will lieber die Kunstwerke junger Leute an meiner Wand sehen als ihre mit Drogen vollgepumpten Leichen auf meinem Obduktionstisch.«

Maya wollte gerade fragen, warum er hergekommen war, da schoss plötzlich ein Arm aus dem Wasser hervor, dass es spritzte. Alle drei rannten sofort zum Ufer. Der Taucher kam auf sie zu und zog seine Maske herunter.

»Und?«, fragte Doktor Moere.

Der Taucher nickte. »Da unten ist ein Auto mit einem Insassen auf dem Fahrersitz. Er warf Maya einen kurzen Blick zu, dann sagte er zu Inspektor Hoevern: »Die Person befindet sich … na ja, schon ziemlich lange da drin.«

Der Doktor schnalzte mit der Zunge. »Wird schwierig, die Identität festzustellen. Wir werden bestimmt ein paar Tage brauchen, bis wir Klarheit haben.«

»Ist es eine Frau?« Maya war überrascht, ihre eigene Stimme zu hören. Ihre Beine waren weich wie Pudding und sie hätte am liebsten wieder auf dem Rücksitz des Polizeiwagens gesessen. Der Taucher schaute wieder den Inspektor an, und als dieser nickte, sagte er zu Maya: »Es tut mir leid, Frau der Voort, aber ich glaube schon. Es ist ein dunkles Auto, wahrscheinlich ein Mini, aus Großbritannien importiert.«

»Ich hab's ja gesagt.« Maya setzte sich kurzerhand ans Ufer und zog die Beine an. »Es ist ihr Auto. Ich wusste es.«

»Wir wissen aber noch nicht, ob die Frau in dem Auto auch wirklich sie ist«, sagte Inspektor Hoeven. Dann, an den Fahrer gewandt: »Sonst noch was?«

Vom Boden aus starrte Maya zu dem Taucher hoch. »Bitte«, sagte sie, »nehmen Sie keine Rücksicht auf mich. Ich bin nicht zimperlich, das kann der Inspektor Ihnen bestätigen. Und am Ende erfahre ich es sowieso.«

»Wir wollen aber nicht, dass Sie vom Schlimmsten ausgehen, solange Doktor Moere noch keine Autopsie gemacht hat«, warf der Inspektor ein.

Maya lächelte verkrampft. »Mag sein. Aber Sie wissen genau wie ich, dass sie es ist. Darum haben Sie auch den Polizeiarzt kommen lassen.«

»Eine reine Formalität«, erwiderte er. »Nur für den Fall.«

»Also?«, fragte Maya den Taucher.

Der Mann holte tief Luft. In dem Moment brachen zwei weitere Taucher durch die Oberfläche. Einer von ihnen trug etwas bei sich. Der Taucher schluckte. »Es ist definitiv eine Frau. Mehr kann ich nicht sagen, außer …«

»Raus damit«, drängte ihn Inspektor Hoevern.

Der Taucher breitete entschuldigend die Arme aus. »Letztendlich kann das nur Doktor Moere genau feststellen, aber …«

»Nein«, sagte Moere. »Sagen Sie uns ruhig, was Sie denken. Den offiziellen Bericht mache ich dann später.«

Der Taucher nickte. »Na gut. Für mich sieht es so aus, als wäre das Opfer erschossen worden. Aus kurzer Entfernung, in den Hinterkopf. Das war kein Unfall – es sieht ganz nach einem Mord aus.«

»In den Hinterkopf, ja? Dann war's schon mal kein Selbstmord.« Moeres Augen zuckten zu den beiden anderen Tauchern hinüber. »Und was ist das?«

»Das haben wir auf dem Beifahrersitz gefunden, neben der Leiche, Sir«, sagte der zweite Taucher und übergab dem Inspektor die nasse Tasche. Dann warf er Maya einen traurigen Blick zu. Sie erkannte den Mann wieder: Er hatte von Anfang an zum Team des Inspektors gehört.

Der Inspektor öffnete die Handtasche mit einem Latexhandschuh, den er aus seiner Jacke hervorgekramt hatte.

Maya starrte die Tasche an. Wie oft sie dieses Ding schon gesehen hatte: Über der Schulter ihrer Schwester. In ihrem Auto. Auf ihrem Sofa. »Das ist ihre«, hauchte sie. »Mein Gott, das ist ihre.«

Der Inspektor fischte eine Brieftasche heraus und brachte dann einen Ausweis zum Vorschein. Das Foto zeigte eine blonde Frau mit markantem Knochenbau und strahlend blauen Augen.

Maya konnte ihre Tränen nicht zurückhalten. Sie spürte Doktor Moeres Hand auf ihrer Schulter. »Es tut mir leid«, sagte er.

Inspektor Hoevern gab den Tauchern ein Zeichen, dass sie mit ihrer Arbeit fortfahren sollten, und stellte die Tasche auf den Rücksitz seines Wagens. Dann ging er zu Maya und hielt ihr den Ausweis hin.

»Ihre Schwester, nehme ich an?«

Maya warf einen Blick auf das Foto und die Unterschrift darunter. »Ja«, sagte sie, ein bisschen heiser. »Ja, das ist Jana.« Maya schaute auf die Wasseroberfläche, wo die Taucher gerade wieder verschwunden waren. »Und hier ist sie also gestorben. Ermordet.«

Dann ließ sie ihren Tränen freien Lauf.

Sir Marmaduke Harrington-Smythes Karriere war am Ende und er konnte nichts dagegen tun. Das Ganze war eine Falle gewesen, ein gezielter Versuch, sein Leben zu zerstören. Und alles nur aus Rache. Natürlich, jetzt passte alles zusammen. Es war Lethbridge-Stewarts Schuld. Sir John Sudbury, ja ganz C19 fraß ihm praktisch aus der Hand.

Er war schon immer manipulativ gewesen, dieser Soldat, selbst damals in Sandhurst, als ein sehr junger Lethbridge-Steward bei einem Manöverfehler erwischt worden war. Ein achtloser Gewehrschuss hätte einen der ausbildenden Marshals beinahe umgebracht. Der Marshal hatte versucht, Klage gegen ihn zu erheben, um dem jungen Mann eine Lektion zu erteilen, aber natürlich hatte Lethbridge-Stewart schon damals alle um den Finger gewickelt. Mit seinem Charme hatte er den Disziplinarrat davon überzeugt, es sei ein Unfall gewesen, das Gewehr sei schuld und nicht der Schütze. Außerdem hätte der Ausbilder seine Kompetenzen überschritten, indem er die Manöver selbst angeführt hatte, statt ihnen von fern zuzuschauen.

Das Ergebnis war gewesen, dass Colonel Harrington-Smythe zum Rücktritt gezwungen gewesen war. Was hätte er sonst tun können? Lethbridge-Stewart hatte ihn verraten, ihm einen Dolch in den Rücken gestoßen. Sein Leben als Ausbilder war vorbei, er hatte den Dienst an der Waffe aufgeben und ins Leben als Zivilist zurückkehren müssen.

Von da an hatte er (mithilfe seiner Erbschaften) genug Geld zusammengekratzt, um das Glashaus aufzubauen. Ein großartiges Konzept, ein privates, paramilitärisches Pflegeheim, das sich um die Kranken und Verletzten von M15, UNIT und anderen »diskreten« Organisationen im ganzen Vereinigten Königreich kümmerte. Dank der Hilfe des Verteidigungsministeriums, insbesondere C19, hatte er ziemlich großen Erfolg damit gehabt. Erst letztes Jahr hatten sie zugestimmt, seinen Vertrag zu verlängern.

Und nun saß er hier, in einem jener prachtvollen eichengetäfelten Besprechungszimmer, die es in allen Führungsetagen Englands gab, und musste sich anhören, wie mehr als eine Handvoll trauriger alter Männer über seine Zukunft entschieden. Aus Sudburys Mund hatte das alles noch recht vergnüglich geklungen, als der ihn nach London zitiert hatte. Von frühzeitigem Ruhestand war die Rede gewesen. »Die Abdankung des alten Marmaduke«, hatte er es genannt – wie witzig. Und alles nur wegen eines fehlgeschlagenen Anschlagsversuchs. Und wegen des Tonbands, das an jenem Morgen in Sudburys Büro geschickt worden war und das der alte Trottel sich vor dem Anschlag nicht mehr angehört hatte.

Nun saß Sir Marmaduke hier und lauschte gleichermaßen fasziniert wie entgeistert ebendiesem Band. Es war zweifellos seine eigene Stimme, die da zu hören war und mit irgendjemandem einen Plan besprach, »diese Ärsche von C19 fertigzumachen, die mein Glashaus zerstören«.

»Das ist eine Fälschung. Da will uns jemand diskreditieren, um die Allianz zwischen dem Ministerium und dem privaten Sektor zu zerstören.« Sir Marmaduke straffte sich und versuchte gleichzeitig, möglichst gelassen zu wirken, als ob ihn nichts von alledem aus der Ruhe bringen könnte. »Das ist durch und durch eine Lügengeschichte und hätte vor Gericht niemals Bestand.«

»Wir alle sind uns dessen bewusst, Sir Marmaduke«, sagte einer der gesichtslosen Bürokraten. »Das ändert jedoch nichts daran, dass an jenem Tag drei Männer gestorben sind. Sir John Sudbury sitzt allein wegen des Heldenmuts eines dieser Männer heute bei uns.«

Sir John Sudbury erhob sich mit sichtlicher Mühe von seinem Stuhl. Einen Moment lang tat er Sir Marmaduke beinahe leid, doch dann bemerkte er, dass der schmerzvolle Gesichtsausdruck auf Sudburys Gesicht nicht ganz echt war. Er spielte ihnen was vor. Um Mitleid zu erregen.

»Ich bedaure es sehr, aber wir haben keine Wahl, unabhängig davon, ob Sir Marmaduke nun involviert war oder nicht. Schließlich war ich es, der Sie alle und auch den Minister damals überzeugt hat, dass Sir Marmadukes Glashaus ein lohnendes Projekt wäre. Ich glaube immer noch daran.«

Sir Marmaduke war verwirrt. Sicher wollte Sudbury ihn drankriegen, unabhängig von dem Tonband? Das wollten sie alle. Hatten es immer gewollt.

»Ich denke dennoch«, fuhr Sir John fort, »dass es angebracht ist, beim Management etwas zu ändern. Der Minister hat mir erlaubt, Sir Marmaduke seinen Anteil am Glashaus abzukaufen«, er bedachte Sir Marmaduke mit einem eindringlichen Blick, »zu einem sehr fairen Preis. Genug, damit Sie für den Rest Ihres Lebens ausgesorgt haben.«

Sir Marmaduke hatte genug gehört. »Ich nehme Ihr Angebot an, Sir John, aber erwarten Sie bloß keine Dankbarkeit. Unfair, unnötig und gehässig ist das. Ja, reißen Sie sich das verfluchte Glashaus-Projekt ruhig unter den Nagel. Ich will nie wieder für einen von Ihnen arbeiten oder Sie alle je wiedersehen. Nur eine Sache noch fürs Protokoll.« Er schaute zu dem jungen Mann hinüber, der hinten im Zimmer saß und mitschrieb. »Ich glaube, Sie machen einen gewaltigen Fehler. Mir wurde etwas angehängt. Jemand hat es auf mich abgesehen oder will meine Einrichtung für seine eigenen Zwecke haben. Das Band ist gefälscht, und irgendwie werde ich das beweisen. Sobald ich das getan habe, werde ich Sie wegen Verleumdung verklagen. Am Ende bezahlen Sie mir das Sechsfache dessen, was Sie mir jetzt anbieten.« Er wandte sich wieder Sir John zu. »Sie, Sir, habe ich für meinen Freund gehalten. Sie haben meinen Glauben an dieses Ministerium und insbesondere an unsere Beziehung zerstört. Nehmen Sie das Glashaus und alles, was dazugehört. Ich will Ihr Blutgeld nicht, schließlich habe ich meinen Stolz. Auf Nimmerwiedersehen.« Er packte seinen Aktenkoffer, erhob sich und marschierte zur Tür. »Ich hoffe, Sie haben das alles mitgeschrieben, junger Mann.«

Der junge Protokollant schaute auf und lächelte. Sir Marmaduke vermutete, dass er ziemlich gut ausgesehen hätte, wäre da nicht die Narbe in seinem Gesicht gewesen, die sich dank seiner blassen Haut besonders deutlich abzeichnete. Vielleicht war das so ein armer Bursche aus der Unterschicht, dem Bodensatz der arbeitenden Bevölkerung, vernarbt und verletzt, den Sudbury irgendwo aufgegabelt hatte. Vielleicht war er sehbehindert, daher die dunkle Brille. »Trauen Sie niemandem«, warnte ihn Sir Marmaduke.

»Ganz wie Sie meinen, Sir Marmaduke«, antwortete der blasse junge Mann.

Sir Marmaduke trat auf den Flur hinaus und schlug die Tür hinter sich zu. Auf einer Bank weiter hinten im Korridor saßen die irischen Zwillinge in ihren Glashauskitteln. Gemeinsam standen sie auf. Ciara wollte nach Sir Marmadukes Tasche greifen, während Cellian ihm einen Plastikbecher mit Wasser anbot. Er schüttelte den Kopf. »Nein, danke. Kümmern Sie beide sich lieber um den Wagen, ich werde einen Moment an die Luft gehen. Wir sehen uns in fünfzehn Minuten vor der County Hall.«

Die irischen Zwillinge nickten und schauten auf, als die Tür, die Sir Marmaduke zugeschlagen hatte, sich wieder öffnete und eine Schar alter Männer sich in den Korridor ergoss. Er beäugte sie mit offener Feindseligkeit, was jedoch nur der junge Protokollant mitbekam, der ihnen folgte.

Sir Marmaduke drückte seine Tasche an sich und ging zur Treppe, die zum Parliament Square hinabführte. Ein paar Minuten später stand er auf der Westminster Bridge und blickte zum Abgeordnetenhaus zurück. Der leichte Wind, der die Themse entlangwehte, strich ihm durchs Haar. Er mochte den Wind – viel zu lange hatte er ihn nicht mehr auf der Haut gespürt.

Die Luft war warm, die Sonne brannte auf den Fluss hinab und warf golden glitzernde Lichtstrahlen aufs Wasser, die wie winzige Blitze über die Oberfläche zuckten. Ein Boot der Flusspolizei kam unter der Lambeth Bridge hervor, tuckerte flussabwärts und pflügte das ruhige Wasser um.

Eine Störung, dachte er. Eine Unterbrechung im natürlichen Lauf des Flusses, seinem Leben gar nicht unähnlich. Was sollte er nun tun? Vor zwanzig Minuten war er noch das Oberhaupt einer mächtigen Organisation gewesen.

Jetzt hatten sie ihn fallen lassen und nun blieb ihm nichts anderes übrig, als zum Glashaus zurückzukehren und seiner Belegschaft beizubringen, dass man ihn aus seiner eigenen Firma geschmissen hatte und dass sie bald für einen neuen, noch unbekannten Chef arbeiten würden.

Sein Blick schwenkte nach links, Richtung South Bank und County Hall. Er sah seinen unverwechselbaren Mercedes dort stehen, aber es schien niemand darin zu sein. Vielleicht schnappten die irischen Zwillinge auch gerade frische Luft. Machten sich Sorgen um ihre Jobs. Nein, die beiden brachte nichts aus der Ruhe. Bei Peter Morley sah das anders aus. Er war ohnehin schon schwach und wenn er die schlechten Neuigkeiten hörte, würde ihn das … ach, was spielte es für eine Rolle? Warum sollte es ihn kümmern? Es ging ihn nichts mehr an, ob Morley seine Arbeit zum Abschluss brachte oder nicht. Das alles lag nun hinter ihm. An einem Tag hatte er noch das Sagen gehabt und am nächsten hatten sie nicht einmal einen feuchten Händedruck und ein Dankeschön für ihn übrig – und das nach allem, was er für sie getan hatte. Seine jahrelange Arbeit war den Männern an der Macht egal. Sie würden alles, was er geschaffen hatte, ungerührt für ihre eigenen Zwecke nutzen und drei Monate später würden sie sich nur noch verschwommen an ihn erinnern.

Er sah, wie Ciara über die Brücke hinweg auf ihn zukam. Seltsam, das war untypisch für sie. Na gut, er würde ja gleich erfahren, was sie wollte.

»Da will jemand mit Ihnen sprechen, Sir Marmaduke«, sagte sie und zeigte zum Auto. Er hätte schwören können, dass es gerade noch leer gewesen war, aber jetzt befanden sich zwei Personen darin. Das am Steuer war vermutlich Cellian, aber wer saß dort auf dem Rücksitz?

Gemeinsam mit Ciara überquerte er die Brücke und erreichte den Wagen. Bevor Sir Marmaduke reagieren konnte, war Ciara zur Beifahrertür gegangen und eingestiegen. Er zuckte mit den Schultern und wollte gerade hinter ihr einsteigen, da öffnete sich die Tür von innen.

Auf dem Rücksitz hatte es sich der blasse junge Protokollant gemütlich gemacht.

»Was machen Sie denn hier?«, fragte Sir Marmaduke verärgert. »Warum tippen Sie nicht irgendwo Ihre umfangreichen Notizen ab? Will Sir John sich etwa entschuldigen? Das wird nämlich nicht …«

»Schnauze, Harrington-Smythe!«

Sir Marmaduke starrte Ciaras Hinterkopf an. Wie konnte sie es wagen, so mit ihm zu sprechen! »Ciara …«

Der junge Mann mit der Narbe packte mit überraschender Kraft sein Handgelenk und ehe er sich's versah, hatte er ihn in den Wagen gezerrt. Sir Marmaduke blickte seinen Angreifer verwundert an. »Wer sind Sie?«, knurrte er und rieb sich das Handgelenk.

»Ich?«, fragte der blasse junge Mann. »Ich bin der neue Eigentümer des Glashauses, Sir Marmaduke.«

»Aber Sie sind doch nur … nur ein …«

»Ich bin sehr vieles, Sir Marmaduke.«

Er keuchte entsetzt, als der blasse junge Mann seine Sonnenbrille abnahm: Dort, wo seine Augen hätten sein sollen, befanden sich zwei schwarze Scheiben, über die kreuz und quer mikroskopische Drähte liefen. Sir Marmaduke starrte diese künstlichen Augen fasziniert an. »Was ist denn mit Ihren … ich meine …«

Der blasse junge Mann setzte seine Brille wieder auf und klopfte Cellian auf die Schulter. »Sie sind ein Narr, Harrington-Smythe. Wir benutzen Sie jetzt schon seit Monaten, bereiten die Übernahme Ihres kleinen Pflegeheims vor – bereiten uns vor.«

»Aber … aber Sie gehören doch zu C19?«

»Tue ich das? In gewisser Weise wohl schon. Aber ich bin auch in weit interessantere Angelegenheiten involviert.« Der blasse junge Mann lächelte. Seine perfekten weißen Zähne glänzten im Sonnenlicht, während Cellian durch Millbank Richtung Victoria fuhr.

Sergeant Mike Yates starrte auf das gräulich blaue Wasser des Ärmelkanals hinaus. Eine kühle Brise spielte mit seinem Haar, aber ihm war nicht sonderlich kalt. Zu seiner Rechten lag die Straße, die durch Smallmarshes hindurch nach Hastings führte. Sie wurde von verschiedenen Geschäften und kleinen Pensionen gesäumt. Weiter die Straße hinunter und außerhalb seiner Sichtweite befand sich das Polizeirevier, in dem Bell und Osgood gerade ihre Nachforschungen anstellten. Der Brigadier war am Bahnhof. Die fünf anderen Männer, die sie mitgebracht hatten, durchsuchten das Dorf. Nur Hawke war nicht unterwegs. Sie saß in seinem Wagen und hielt über das Kurzwellenfunkgerät Kontakt mit Benton im Hauptquartier. Sie hatten das Auto durch einen Aufkleber mit dem Namen und der Anschrift eines fiktiven Taxiunternehmens versehen, nur für den Fall, dass jemand sie mit dem Funkgerät sah.

Dies war Yates' erster Zivileinsatz, seit er angefangen hatte, bei UNIT zu arbeiten, und er genoss das Ganze ungemein. In der Armee zu sein, war schön und gut, aber nach einer Weile wurde es ein bisschen lästig, ständig die khakifarbene Armeekluft oder die groben Flanellhosen tragen zu müssen. Es war ein seltenes Vergnügen, ausnahmsweise mal in den eigenen Klamotten arbeiten zu dürfen.

Er trug einen braunen Rollkragenpullover und darüber ein kariertes, braunes Sakko. Seine beige Flanellhose flatterte in der Brise, als er zum Wagen zurückging, die rechte Hand in der Tasche. Sie war auf raffinierte Weise tiefer geschnitten und zu einem Holster umgestaltet worden, in dem eine kleine Browning-Automatikpistole steckte, geladen und einsatzbereit. Mike Yates ging kein Risiko ein.

Als er näher kam, streckte Maisie Hawke den Kopf aus dem Fenster und lächelte. »Hey, Michael. Ich glaub kaum, dass uns die Einheimischen überfallen werden. Die Pistole ist wohl nicht nötig, oder?«

Er setzte sich auf den Beifahrersitz. »Man kann nicht vorsichtig genug sein, Maisie. Man kann nie wissen. Der Brig sagt immer, wir sollen auf alles vorbereitet sein.«

»Sie hören sich an wie ein Pfadfinder.« Sie lächelte noch immer. »Wenn Sie eine Weile länger bei UNIT sind, entspannen Sie sich bestimmt.«

Mike zuckte mit den Schultern. »Ja, aber wie lange wird das sein? UNIT ist nicht gerade für die hohe Lebenserwartung seiner Soldaten bekannt.«

»Wir wussten alle, worauf wir uns einlassen, als wir auf der gepunkteten Linie unterschrieben haben. Es hat uns ja niemand gezwungen.«

Mike öffnete das Handschuhfach und holte eine Tafel Dairy-Milk-Schokolade hervor. Er brach ein Stück ab und bot es Hawke an. Sie nahm es und biss herzhaft hinein.

Er schob sich ebenfalls ein Stück in den Mund. »Klar, aber wenn man in der gewöhnlichen Armee ist, im Gleichschritt über irgendeinen Platz marschiert oder endlos Truppenübungen in Deutschland macht, hört es sich ziemlich glamourös an, für UNIT zu arbeiten.«

Hawke zuckte mit den Schultern. »Und warum sind Sie nun beigetreten?«

Mike blickte durch die Windschutzscheibe. »Das ist eine lange Geschichte. Gruppenzwang durch Freunde, meine Familie hat Druck gemacht, genau wie später die Universität … Außerdem kann ich schlecht Nein sagen, wenn jemand meint, er wüsste, was das Beste für mich ist.«

»Wow. Gefällt Ihnen eigentlich irgendwas an Ihrem Leben?«

Mikes Kopf zuckte zu ihr herum und er sah sie erschrocken an. »Nein, verstehen Sie mich nicht falsch. Es gefällt mir ja. Ich meine, UNIT ist großartig, eben weil es ein gewisses Risiko gibt. Das geheimnisvolle Unbekannte. Ich hab Sachen gemacht, die ich mir nie hätte träumen lassen. Ich bin durch Zeitrisse gereist, hab dafür gesorgt, dass streng geheime Objekte weggeschlossen wurden. So viel Seltsames, wie mir bei UNIT in zwei Monaten begegnet ist, hätte ich bei der Armee in zehn Jahren nicht gesehen. Ich hör erst auf, wenn man mich mit einem Tuch bedeckt auf einer Trage wegschafft.«

»Ganz schön düster.« Hawke hielt ihre Hand hin, damit er ihr noch mehr Schokolade gab. »Ich hab bisher nichts Besonderes gemacht, bloß für den Brigadier und den Doktor Tische in Restaurants reserviert, für Sir John Sudbury Sandwiches bestellt und mich darum gekümmert, dass ein Nestene-Energieelement ins nationale Raumfahrtmuseum geliefert wird.«

»Aha? Wusste gar nicht, dass es so was gibt.«

»Ich auch nicht.« Hawke wollte mehr Schokolade. »Sie sind ganz schön eigenartig, Michael.«

»Warum?«

»Die meisten von uns machen einfach ihre Arbeit. Okay, ich bin eine glorreiche Telefonistin und Amateurfunkerin und weiß wahrscheinlich mehr über UNIT und was wir so machen als all unsere Fußsoldaten. Aber es interessiert mich nicht besonders. Sie hingegen, na ja, Sie sind irgendwie komisch. Sie mögen den ganzen Quatsch: Außerirdische, Killerroboter, Raumfahrtmissionen, bei denen Seuchen aus dem Weltraum eingeschleppt werden und all das. Sie finden das echt spannend, oder?

Mike Yates nickte. »Ich glaub schon, ja.«

»Wissen Sie, warum wir hier sind?«

»Silurianer. Das hat Benton bei seinem Anruf gesagt. Ich hab kurz die Akten durchgesehen und weiß zumindest, dass es ...«

»Reptilien sind, die auf diesem Planeten eine Zivilisation hatten, und zwar Millionen von Jahren bevor die Menschheit überhaupt richtig sprechen konnte. Sie wurden kürzlich in ein paar Höhlen bei Derbyshire gesichtet. Forschungen haben jedoch zu Spekulationen geführt, dass in der Antarktis während der Zwanzigerjahre eine ähnliche Kolonie gefunden worden sein könnte, obwohl die später aufgebaute UNIT-Station immer noch keine konkreten Beweise dafür gefunden hat. Anders als die meisten Reptilien scheinen die Silurianer sich sowohl an extrem heiße als auch an extrem kalte Temperaturen anpassen zu können. Wenn man sie weckt, sind sie gefährlich, und sie sind eine Code-1101-Bedrohung.«

Mike war beeindruckt. »Woher wissen Sie das alles?«

»Ich hab die Akte angelegt, die Sie gelesen haben.« Sie schwieg und blickte ins Leere. »Ich habe auch meinen Verlobten an sie verloren, in Wenley Moor.« Sie schaute ihn an. »Entweder nimmt der Brigadier Rücksicht auf mich oder Sir John hat den Etat nicht erhöht – jedenfalls hat der Brigadier keinen Captain mehr ernannt, seit Sam umgebracht wurde.«

»Das ... das tut mir leid, Maisie. Das wusste ich nicht.«

»Konnten Sie ja auch nicht. Selbst seine Familie weiß nichts davon. Sie glauben, dass er bei einem Autounfall in der Schweiz umgekommen ist. Können Sie sich vorstellen, wie viele Lügen ich tippe, Mike? Wie oft ich jemandem schreiben muss, dass der Sohn oder die Tochter umgebracht wurde, während er oder sie bei UNIT eingeteilt war? Ich kann ihnen nicht sagen, dass ein Auton sie in Essex erschossen hat, oder dass ein angeblich freundlich gesinntes außerirdisches Wesen mehr Strahlung durch ihren Körper gejagt hat, als sie abbekommen hätten, wenn sie sechs Monate im Reaktor von Windscale gesessen hätten. Nein, sie sterben bei Autounfällen. Oder beim Schwimmen. Oder gelten als vermisst, seit bei einem Manöver in der Wüste Gobi irgendwas schiefgegangen ist.« Sie starrte ihre Hände an, und Mike konnte erkennen, dass sie das Steuerrad viel zu fest gepackt hatte: Ihre Knöchel waren weiß. »Ich musste George Hawkins schreiben, einem Mann, mit dem ich das letzte Weihnachtsfest verbracht habe, Sam wäre bei einem Unfall ums Leben gekommen, obwohl er eigentlich gestorben ist, um uns alle vor einem Haufen mörderischer Reptilien zu beschützen.«

»Ich dachte, der Brigadier schreibt den Leuten«, sagte Mike plötzlich und wünschte sich sofort, er hätte den Mund gehalten.

Aber Maisie Hawke lachte nur und ließ das Steuerrad los. »Ach, Michael, Sie sind schon goldig.«

»Ähm. Danke. Denk ich mal.«

»Klar, er unterschreibt. Aber ich recherchiere, an wen die Briefe gehen, und ich bin diejenige, die sie tippt.« Sie schüttelte den Kopf und ihre Haare schwangen wild hin und her. »Gut, genug davon. Was jetzt?«

Mike starrte sie nur an. »Sie haben gerade zum ersten Mal über Sams Tod gesprochen, oder?«

»Darf ich eigentlich gar nicht, hm? Staatsgeheimnis und so.« Sie berührte seine Hand. »Danke fürs Zuhören.«

»Danke fürs Erzählen. Wenn Sie das mal wiederholen wollen, bin ich immer für Sie da.« Mike gab ihr das letzte Stück Schokolade.

Sie aß es und zeigte dann aus dem Fenster. »Da kommt Tom.«

Mike seufzte. Warum hatte er Corporal Osgood mitbringen müssen? Der Bursche meinte es ja gut, ging ihm aber auch ein bisschen auf die Nerven. Ach, was sollte es.

Osgood öffnete die Tür und rutschte auf den Rücksitz.

»Sergeant. Corporal Hawke.«

»Und, Tom? Was hat die örtliche Polizeimannschaft zu berichten?«

Osgood klappte den Spiralblock auf, den er immer dabei hatte. »Corporal Bell spricht noch mit Sergeant Robert Lines. Er kennt offenbar den Doktor.«

Hawke seufzte. »Das wussten wir doch. Darum haben Sie ihn schließlich aufgesucht.«

»Ach ja, stimmt. Er konnte uns jedenfalls nichts Neues sagen, aber helfen will er gern. Offenbar hat ihm der Doktor einiges offenbart.«

Das Funkgerät knackte, dann drang Bentons Stimme aus dem Empfänger im Armaturenbrett. »Trap One an Greyhound Two. Over.«

»Greyhound Two an Trap One, wir hören Sie.«

»Hallo, Sir. Es gibt Neuigkeiten von Sir John Sudbury. Das Glashaus ist wegen einer Ermittlung bis auf Weiteres geschlossen worden. Sir John will, dass wir die Entfernung sensibler Materialien überwachen. Over.«

»Na großartig«, murrte Mike. »Roger, Trap One. Wir werden Greyhound One über die Lage in Kenntnis setzen. Tun Sie erst mal nichts, wir melden uns wieder. Ende.« Er schaute die beiden anderen an. »Wir sollten lieber den Brigadier finden.«

Die Rezeptionistin des Glashauses hob den Kopf, als die Türen aufgingen und kurz das Sonnenlicht hereinließen. Sie blinzelte, dann konnte sie wieder sehen.

Ein Mann in einem cremefarbenen Jackett und einem schwarzen Rollkragenpulli stand im Eingang. Er hatte ein stark gebräuntes Gesicht und blondes, ordentlich in der Mitte gescheiteltes Haar. Eine dunkle Sonnenbrille verbarg seine Augen. Sie musterte ihn entspannt, bis sie die klobige Pistole mit dem großen, kurzen Schalldämpfer entdeckte, die der Mann plötzlich in der Hand hielt. Sie streckte die Finger nach dem Alarmknopf aus, schaffte es aber nicht – der Mann schlug ihr gegen die Brust.

Nein, das war unmöglich, er stand doch noch an der Tür …

Aber was war dann ge…

Der Blonde ging am Empfangstresen vorbei und warf dabei einen kurzen Blick auf die tote Krankenschwester, deren weißer Kittel sich scharlachrot färbte.

Ein Krankenpfleger kam mit einem Stapel Dokumente auf dem Arm aus einem Zimmer. Sekunden später lag er auf dem Boden und die Papiere wurden von dem Blut getränkt, das aus dem großen Loch in seinem Hals strömte. Sein Arm zuckte heftig, aber er war bereits tot.

Kurz darauf betrat der Blonde Doktor Peter Morleys Labor. Es war leer, abgesehen von einem Mann in einem weißen Kittel und einer jungen Frau, die beide in einer Ecke saßen.

Die Frau zeichnete mit einem Stift etwas an die Wand und der Mann schaute ihr dabei zu. Keiner von beiden hatte bemerkt, dass er hereingekommen war.

Er schoss zweimal – die Kugeln trafen mit solcher Wucht, dass sie dem Mann um ein Haar den Kopf vom Körper gerissen hätten. Die Frau wirbelte herum und schaute entgeistert zu ihm auf.

»Hey, wer zum Teufel …« Ein anderer Mann, der wie ein Wissenschaftler gekleidet war, war von hinten aus einem Büro gekommen.

Der blonde Mann drehte sich kaum merklich und feuerte beiläufig und ohne zu zielen. Der Schuss traf den Neuankömmling in die Leistengegend und schleuderte ihn gegen die Wand. Bleich vor Schock versuchte er aufzustehen, doch dann traf ihn eine zweite Kugel zwischen die Augen.

Noch bevor er auf dem Boden aufschlug, hatte der Blonde die Frau erreicht. Er packte sie grob und warf sie sich über die Schulter.

Zehn Minuten später waren sie auf dem Weg nach Northumberland.

Brigadier Lethbridge-Stewart studierte den Fahrplan, der am Bahnhof von Smallmarshes aushing. Einmal stündlich kam hier ein Zug vorbei, entweder Richtung Dover oder Richtung Hastings. Es war ein eingleisiges System, wie der berühmte Marlow Donkey nahe seiner Heimat.

Sein Zuhause, Fiona und Kate und all das schien im Augenblick erschreckend weit weg zu sein. Es verblüffte den Brigadier immer wieder, wie leicht es ihm fiel, sein Privatleben beiseitezuschieben. Es war wie eine Art Dissoziation, fand er, ein bewusstes Doppelleben, dem Bemühen geweiht, die Queen, das Land und Fiona glücklich zu machen. Er musste sich nicht erst daran erinnern, dass er gescheitert war. Fiona würde sich von ihm scheiden lassen. Selbst ihre katholischen Großeltern würden sie nicht davon abhalten können. Vielleicht hatte sie recht. Vielleicht sollte er einfach aufgeben und sie gehen lassen, damit sie ihr eigenes Leben weiterführen konnte. Dann würde sie in der Lage sein, einen echten Geschäftsmann zu finden, der in einer echten Firma arbeitete und echte Ausreden zu bieten hatte, warum er so spät noch im Büro war, und echte Affären mit echten Sekretärinnen anfing.

Nein. Er würde sich jetzt nicht diesem Gefühl von Bitterkeit hingeben. Die Trennung war, offen gesagt, ohnehin unvermeidlich gewesen. Und das war auch nichts Neues: Seit dieser Sache in der U-Bahn vor ein paar Jahren, als alle nur noch davon sprachen, aus London evakuiert zu werden, hatte Fiona wissen wollen, warum er in den »Büroappartements in London« geblieben war, statt zusammen mit ihr aufs Land zu ziehen. An Kate hatten sie damals noch gar nicht gedacht, aber nur achtzehn Monate später war Fiona schwanger gewesen. Es hatte ihn daran erinnert, dass sein Platz zu Hause war.

Aber die Lethbridge-Stewarts waren schon seit der Schlacht von Waterloo beim Militär, als Major General Fergus Lethbridge-Stewart als rechte Hand des Dukes von Wellington gedient hatte, und gegen diese Familientradition hatte sich der Brigadier noch nie aufgelehnt. Wie alle Sandhurst-Burschen hatte er etwas anderes gelernt für den Fall, dass er als Zivilist enden würde, aber es hatte wenig Zweifel daran gegeben, dass die Armee sein Lebensmittelpunkt sein würde.

Und hier stand er nun, auf einem leeren Bahnsteig an der Küste von Kent/Sussex, und fragte sich, was aus seinen beiden Mitarbeitern geworden war. Der Doktor war nicht gerade dafür bekannt, sich an Regeln und Vorschriften zu halten, aber dass er plötzlich komplett verschwand, war verdächtig. Wenn diese Reptilienmonster involviert waren, mochte das Ganze sogar etwas mit Rache zu tun haben. Schließlich war der Doktor in Derbyshire dabei gewesen. Zwar war es nicht der Doktor, sondern der Brigadier selbst gewesen, der versucht hatte, sie alle in die Luft zu jagen (natürlich alles auf Befehl von C19 hin), aber wer könnte es ihnen verübeln, wenn sie einen Groll hegten?

Dann war da noch Miss Shaw: bissig, kratzbürstig und ein klein wenig beängstigend. Der Brigadier schätzte sie dennoch, nicht nur für ihren klugen Kopf, sondern auch für ihre Fähigkeit, den Doktor im Zaum zu halten. Auch sie hatte sich scheinbar in Luft aufgelöst. Maisie Hawke hatte sie nicht aufspüren können, nicht einmal über Jeff Johnson.

»Kann ich Ihnen helfen, Sir?«

Der Brigadier schaute auf und entdeckte einen Schaffner, der vor ihm stand.

»Für ein Weilchen wird erst mal kein Zug kommen, tut mir leid. Ich wollte gerade zuschließen und was zu Mittag essen gehen. Wollen Sie hier bleiben oder später wiederkommen? In etwa zwanzig Minuten kommt der nächste, falls Sie nach Hastings wollen. Bis die Bahn nach Dungeness und Dover ankommt, dauert's noch über eine Stunde.«

»Okay. Nein, dann geh ich wohl besser.«

»Gute Entscheidung, Sir. Bis später dann.«

Der Brigadier folgte dem Schaffner vom Bahnsteig herunter und über den kurzen Weg, der zur Küstenstraße hinaufführte.

»Mr Lethbridge-Stewart?«

Er schaute sich um und erspähte Yates' Wagen am Straßenrand. Die beiden Corporals saßen ebenfalls mit drin. Er ging hinüber und Yates richtete ihm Bentons Nachricht aus.

Der Brigadier griff nach dem Funktransmitter und funkte Benton im UNIT-Hauptquartier an. Dieser meldete sich prompt. »Hallo, Sir. Haben Sie meine Nachricht gekriegt? Over.«

»Hab ich, Benton. Was zum Henker hat Sudbury vor? Wir brauchen das Glashaus. Over.«

»Keine Ahnung, Sir«, antwortete Benton. »Aber ich glaube, er will, dass wir uns möglichst schnell auf den Weg dorthin machen. Ehrlich gesagt vermute ich, dass er Sorge hat, Sir Marmaduke Harrington-Smythe könnte dorthin zurückkehren und ... nun ja, alles in Grund und Boden stampfen. Over.«

Das brachte den Brigadier ans Grübeln. Harrington-Smythe war ein Gespenst aus seiner Vergangenheit, das stets in den ungünstigsten Momenten seine hässliche Fratze zeigte. Damals in Sandhurst hatte der Kerl immer wieder versucht, ihn und die anderen Pioniere in Disziplinarfälle zu verstricken; nach der Sache mit International Electromatics hatte er angeboten, die Firma aufzukaufen, und als daraus nichts geworden war (die Regierung hatte sie selbst gekauft), hatte er das Glashaus aufgebaut. In den besseren Kreisen nahm man gemeinhin an, dass sein Ritterschlag und sein Rang eines Commanders dazu gedacht waren, ihn zufriedenzustellen, damit er nicht aufmuckte und umgänglich blieb. Er hatte ein Händchen dafür, die Wahrheit über Dinge, die eigentlich nicht an die Öffentlichkeit gelangen sollten, herauszufinden – so hatte er auch erfahren, dass eine Institution wie das Glashaus ihm nützen würde.

Er war bösartig genug, um richtig Ärger anzuzetteln, sollte Sir John Sudbury ihn zu sehr verstimmt haben. »Tun Sie, was Sudbury sagt, Benton. Stellen Sie ein kleines Team aus Männern zusammen, denen Sie vertrauen. Ich will nicht, dass auch nur ein Wort hiervon nach außen dringt. Vergessen Sie nicht, dass nicht jeder bei UNIT vom Glashaus weiß. Over.«

»Verstanden, Sir. Ende.«

Der Brigadier gab Yates den Sender zurück. »Wo ist Corporal Bell?«

»Noch auf dem Revier, Sir«, entgegnete Osgood.

Der Brigadier ließ den Blick Richtung Stadt schweifen. »Da gibt's nicht viel zu erfahren, oder?«

»Nein, Sir«, bestätigte Yates. »Ich schlage vor, dass ein paar von uns über Nacht hierbleiben. Vielleicht kommt ja doch noch irgendwas Ungewöhnliches zum Vorschein.«

»Gute Idee, Sergeant. Behalten Sie einige Leute hier bei sich. Ich fahre mit den Corporals zum Hauptquartier zurück. Osgood, Sie nehmen den anderen Wagen.«

»Ja, Sir.«

Der Brigadier nahm auf dem Fahrersitz Platz, nachdem Yates gemeinsam mit Osgood ausgestiegen war. »Wir gabeln Bell beim Revier auf. Haben Sie Ihr Funkgerät dabei, Yates?«

Der Sergeant zog ein kleines Walkie-Talkie hervor. »Und ich bin bewaffnet, Sir.«

Der Brigadier schärfte Yates ein, nur zu beobachten und kein Risiko einzugehen. Der Sergeant stimmte zu und der Brigadier ließ den Motor an, um die lange Fahrt zurück nach London anzutreten.

Im Rückspiegel wurden Yates und Osgood immer kleiner, während er zusammen mit Corporal Hawke Smallmarshes verließ und das Auto auf die Straße nach Dover lenkte.

»Haben Sie was gegen einen Umweg einzuwenden, Corporal?«

»Nein, Sir. Mir gefällt die Landschaft in Kent.«

»Wunderbar.« Eine Weile lang konzentrierte er sich nur auf die Straße, dann räusperte er sich. »Guter Mann, dieser Mike Yates, finden Sie nicht?«

Hawke lächelte. »Er ist ein prima Offizier, Sir.«

»Ach, kommen Sie, Maisie. Ich rede doch nicht nur von seinen militärischen Fähigkeiten. Er besitzt Intuition. Und er hat außergewöhnliche Führungsqualitäten, finden Sie nicht?«

»Bei allem Respekt, Sir, sind das denn keine militärischen Fähigkeiten?« Sie öffnete das Handschuhfach und fischte eine weitere Tafel Schokolade heraus. »Wollen Sie auch was?«

»Nein, danke. Meine Frau hängt mir ständig in den Ohren, dass ich keinen Speck ansetzen soll.« Er schwieg einen Moment lang. »Andererseits wäre etwas Schokolade jetzt genau das Richtige. Danke sehr.«

Er konnte sehen, dass Hawke sich ein wenig entspannte. Gut, das hatte er bezweckt. Er versuchte es anders.

»Wir dienen jetzt ja schon eine ganze Weile zusammen, oder, Corporal?«

»Drei Jahre, Sir. Es war eine schöne Zeit. Im Großen und Ganzen.« Hawke knabberte an einem Stück Schokolade und brach dem Brigadier auch etwas ab. Es waren noch zwölf Meilen bis Dungeness und weitere zehn bis zur Straße nach London. »Corporal. Maisie. Ich finde, es ist Zeit für ein paar Beförderungen innerhalb von UNIT. Wir könnten vielleicht einen Captain brauchen.«

Hawke ließ den Kopf gegen die Kopfstütze sinken. »Ich weiß zu schätzen, dass Sie mit mir darüber sprechen wollen, Sir. Wirklich. Aber ich bin auch der Meinung, dass Sie einen Captain brauchen. Für die Soldaten wäre etwas mehr Stabilität bestimmt von Vorteil. Eine Handvoll Sergeants und Corporals sind ja schön und gut, aber die Befehlsstruktur sollte gestärkt werden.«

»Yates? Benton? Jemand von außerhalb?«

»Mike Yates würde einen guten Captain abgeben, Sir. Wie schon gesagt, ich weiß es zu schätzen, dass Sie so lange gewartet haben, aber Sam ist tot und das Leben muss weitergehen. Für uns alle.«

Der Brigadier spürte, dass er rot wurde. Sie hatte es spitzgekriegt, und zwar wahrscheinlich schon vor langer Zeit: Aus Rücksicht auf ihre Gefühle hatte er es immer wieder verschoben, Beförderungen auszusprechen. »Das heißt, dass ein Sergeant-Posten frei wird. Sie können ihn haben, wenn Sie wollen.«

Sie drehte unvermittelt den Kopf und lächelte ihn an. »Eine nette Idee, Sir, aber ich bin keiner von den Soldaten. Wenn Carol Bell oder ich Sergeant werden wollten, müssten wir UNIT verlassen und erst mal in die Armee eintreten. Das will ich nicht und ich weiß, dass es ihr genauso geht.«

Der Brigadier nickte. »Ich könnte es mit einer Sondervergabe versuchen. Sie wären dann einer der wenigen weiblichen Sergeants bei der britischen Armee.«

Sie fuhren gerade durch Dungeness und konnten undeutlich in der Ferne die Kuppel des Kernkraftwerks sehen. Die Reihenhäuser in der Nähe des gigantischen Gebäudes wirkten geradezu winzig.

»Nein, danke, Sir. Mir gefällt meine Arbeit. Tom Osgood würde einen guten Sergeant abgeben. Er ist ein richtiger Zauberkünstler, wenn's um Technik geht, und die Leute mögen ihn, auch wenn er manchmal ein bisschen exzentrisch ist. Er wäre beliebt.«

Der Brigadier steuerte mit dem Wagen die Ausfahrt nach London an. »Danke für Ihre Einschätzung, Corporal. Ich schätze, ich werde wie üblich danach handeln.«

Fünf Minuten später schaltete er das Radio ein und das Programm von Radio Four vertrieb die Stille, die sich im Auto ausgebreitet hatte.

»Ich glaub, ich bin seekrank. Dachte, ich sag's Ihnen lieber.« Liz Shaw versuchte, ihre Begleiterin anzulächeln, während das Motorboot von den sechs Meter hohen Wellen hin- und hergeworfen wurde wie ein hilfloses Stück Treibholz. Zumindest kam es ihr so vor. Eigentlich war das Meer nicht allzu unruhig, aber das heftige Auf und Ab und das Brummen des Motors setzten Liz mächtig zu.

»Wir sind fast da, Doktor Shaw. Ich hätte allerdings gedacht, dass Sie robuster sind.« Jana Kristan saß hinten im Boot an der Steuerpinne und wirkte wie eine falsch angebrachte

Galionsfigur: Das Kinn hatte sie entschlossen in den Wind gereckt, der ihr die Gischt ins Gesicht trieb, und ihr brauner Mantel bauschte sich hinter ihr auf. Liz hätte sich am liebsten unter der Plane verkrochen, die sie unter ihrem Sitz gefunden hatte, um erst wieder hervorzukommen, wenn sie die Insel erreicht hatten.

Robust? Sie hatte sich noch nie schlechter gefühlt. Sie hoffte nur, sie würde ihren Lieblingshut nicht als Spucktüte verwenden müssen.

Von Southampton aus waren sie nach St. Helier auf Jersey geflogen, hatten die Fähre nach Guernsey genommen und dann das Boot mit dem Außenbordmotor gemietet, um zu ihrer mysteriösen Insel überzusetzen, die L'Ithe hieß, wie der Mann von der Bootsvermietung ihnen erzählt hatte. Erst als sie losgefahren waren, hatte Jana ihr gestanden, dass sie die Notizen, die sie von ihrem mysteriösen Brieffreund bekommen hatten, in Liz' Wohnung vergessen hatte. Sie erinnerte sich aber noch gut genug, um sich zusammenreimen zu können, zu welcher Insel sie mussten.

»Das ist ein sehr kleiner Felsbrocken«, rief Jana über den Lärm hinweg. »Nur ein paar Meilen Durchmesser. Dürfte nicht lange dauern, das zu finden, worauf er uns hinweisen wollte.«

Liz nickte nur, während sie darum kämpfte, den Snack bei sich zu behalten, den sie im Flugzeug gegessen hatte. Ihr blieb nichts anderes übrig, als zu beten, dass sie bald da sein würden.

»Wo bringen Sie mich überhaupt hin?«, fragte Sir Marmaduke Harrington-Smythe. »Wohl nicht zurück zum Glashaus, nehme ich an.«

»Ganz gewiss nicht«, sagte der blasse junge Mann. »Da wimmelt es jetzt von UNIT-Leuten, die nach Dingen suchen, die sie nicht finden werden.« Er zeigte auf die Bäume am Rand der Straße. »Diese Gegend ist sehr hübsch. Als ich noch jünger war, bin ich gern durch den Wald und über die Wiesen spaziert. Besonders, wenn es dunkel war.«

Sir Marmaduke fragte sich, ob sie langsam genug fuhren, dass er es riskieren konnte, aus dem Wagen zu springen. Er schaute nach vorn und sah im Rückspiegel, dass Cellian ihn mit seinen stechend blauen Augen anstarrte. Als hätte er Sir Marmadukes Gedanken gelesen, beschleunigte er den Wagen ein wenig.

Verdammt.

»Wie lange arbeiten meine beiden Leute hier schon für Sie?«, fragte Sir Marmaduke.

Statt zu antworten, öffnete der junge Mann eine kleine Holzkiste, die in den Boden des Mercedes eingelassen war. Er förderte eine Flasche mit Gordon's Gin und eine mit Tonicwater zutage.

»Eis?«

Sir Marmaduke schnaubte empört. »Ich will keinen Drink. Viel lieber hätte ich eine Antwort auf meine Frage!«

Der blasse junge Mann zuckte mit den Schultern und schnippte mit dem Finger gegen den Deckel der Flasche. Der metallene Vakuumverschluss sprang ab, schoss steil nach oben und blieb im Dach des Wagens stecken. Sir Marmaduke starrte seinen seltsamen Entführer entgeistert an, während der ein Glas aus derselben Kiste hervorholte und sich einen Drink mixte. Dann sah er Sir Marmaduke direkt in die Augen, leerte sein Glas in einem Zug und stellte es zurück an seinen Platz. Schließlich nahm er die leere Ginflasche und hielt sie senkrecht zwischen seinen Handflächen.

»Dies, Sir Marmaduke, ist Ihre Karriere.«

Sir Marmaduke konnte nur mit offenem Mund zuschauen: Der Mann drückte ruckartig die Handflächen zusammen, aber die Flasche explodierte nicht in einer Wolke von Scherben – sie schien einfach zu verschwinden. Als der blasse junge Mann seine Handflächen öffnete, waren sie über und über mit feinstem Glasstaub bedeckt.

»Wie …?«

Sein Entführer zuckte mit den Schultern. »Nur ein Kniff. Nein, das war gelogen: Ich bin stärker als ein durchschnittlicher Mensch. Meine Reflexe sind besser, meine Lebenserwartung höher, wenn wir Unfälle mal außen vor lassen. Ach ja, und …«, wieder setzte er die Brille ab und zeigte seine mechanischen Augen, »ich sehe auch besser, sogar jenseits des normalen Spektrums im Infrarotbereich. Ich sehe Farben, von denen ein gewöhnlicher Mensch nicht einmal zu träumen vermag.«

»Sind Sie denn überhaupt ein Mensch?«

»Oh ja. Aber ich bin zugleich etwas Besseres, ausgestattet mit einer Technik, von der Sie alle nicht die geringste Vorstellung haben. Und bevor Sie fragen: Ja, es ist außerirdische Technik.«

Sir Marmaduke fragte noch einmal, wie lange Ciara und Cellian schon für ihn arbeiteten.

»Länger als für Sie. Ich habe die beiden vor etwa sieben oder acht Monaten … nun, erschaffen, schätze ich. Mithilfe von Technologie, mit der Sie bereits zu tun hatten.«

»Ich?«

Der blasse junge Mann lächelte. »Sie werden's schon bald erfahren. Und jetzt sagen Sie mir alles über die United Nations Intelligence Taskforce, was ich noch nicht von meiner Arbeit bei C19 weiß.«

Das Auto fuhr weiter, während sich der Abendhimmel zu verdunkeln begann.

Sergeant Benton kam durch die Eingangstür des Glashauses und ging auf die drei UNIT-Soldaten zu, die sich gerade über den Empfangstresen beugten und die Rezeptionistin begutachteten. Benton warf Private Boyle einen fragenden Blick zu, aber der schüttelte den Kopf.

»Ist noch irgendwer am Leben?«, fragte Benton.

»Nicht auf dieser Etage«, erklärte Corporal Tracy, der ebenfalls zur Gruppe gehörte. »Alle Patienten und die Belegschaft waren auf den Stationen in den oberen vier Etagen. Sie haben von alldem hier nichts mitbekommen und erst vor etwa einer Stunde davon erfahren.« Der Corporal zeigte auf das Telefon der Rezeptionistin. »Eine Krankenschwester hat es klingeln hören und ist runtergekommen, um nachzusehen, warum niemand abnahm.« Er zeigte auf den Leichnam, »Das war der Grund.«

Benton blickte auf das Blutbad hinunter, während er seine Waffe wegsteckte. »Ja. Aber warum, Tracy? Was gab es hier bloß, weswegen sie sterben musste?«

Corporal Champion kam aus dem Korridor herbei. »Ich glaube, Sie sollten sich das besser ansehen, Sir.«

Benton und Tracy folgten Champion den Korridor entlang und inspizierten kurz den Krankenpfleger, dessen Blut auf einem Haufen verstreuter Papiere trocknete. Sie passierten eine Kreuzung – zwei weitere Leichen lagen dort –, dann zeigte Champion auf eine unauffällige Tür.

»Ein Schrank, Corporal?«

»Nicht direkt, Sir.« Er drückte gegen die Tür und sie glitt mit einem Summen aufwärts.

Weder Sergeant Benton noch Corporal Tracy versuchten, ihre Überraschung zu verbergen. »Ich war ein paarmal mit dem Brig hier«, sagte Benton, »aber diesen Teil hab ich noch nie gesehen. Sonst jemand?«

»Nein, Sir.« Corporal Champion führte sie durch die Tür. Der Gang dahinter war abschüssig. Unten zweigten verschiedene Wege ab.

»Das ist wie ein Labyrinth, Sir«, sagte Tracy.

»Shipman und Farley sehen sich gerade hier unten um. Sie müssten bald zurück sein.«

Champion hatte es kaum ausgesprochen, da ertönte aus dem Flur zur Linken Farleys Stimme. Sergeant Benton steuerte darauf zu und nahm dabei Notiz von verschiedenen Türen und Seitengängen. »Das Ganze muss ja eine Ausdehnung von mehr als einem Kilometer haben. Beeindruckend.«

Sie trafen Farley vor einer eichengetäfelten Tür. Vor ihm auf dem Boden lagen zwei weitere Leichen.

»Da drin, Sir. Kein schöner Anblick.«

Farley öffnete die Tür und Benton sah ein großes Labor vor sich. Große Lampen in der Decke beleuchteten verschiedene Bereiche wie Scheinwerfer in einem Zirkus.

Der Tote an der gegenüberliegenden Wand fiel ihm als Erstes auf. Er war nicht mehr zu erkennen, da die Kugeln das meiste von seinem Kopf weggerissen hatten.

»So ein Jammer«, sagte Benton. »Er gehört nicht zum Pflegepersonal, also können wir ihn nicht identifizieren.«

Corporal Champion blickte ihn mit großen Augen an. »Dann können wir keinen dieser armen Teufel identifizieren. Das sind nämlich alles keine Pfleger.«

»So ist es, Corporal. Das Glashaus ist streng geheim. Offiziell wissen nur der Brigadier und seine engsten Mitarbeiter davon – und natürlich Doktor Sweetman.«

Farley räusperte sich. »Eigentlich weiß bei UNIT so gut wie jeder davon, Sir. Das war immer ...«

»So eine Art Witz, dass man hierhergeschickt werden könnte. Ja, Private, ich weiß. Ich war selbst mal ein Private.« Benton zeigte auf die gegenüberliegende Wand. »Da ist noch jemand.«

Champion straffte sich erschrocken. »Sergeant Benton, was hat der Mann da drüben gemacht?«

Benton ging hinüber, um sich die unkenntliche Leiche anzusehen. »Nichts ... Moment mal! Oh, das kommt mir ein bisschen seltsam vor, aber hier liegt ein Stift und da sind ...«

»Zeichnungen an der Wand, Sergeant? Mammuts, Tiger, so was in der Art?« Champion eilte hinüber.

Benton nickte. »Das trifft's ungefähr, Corporal. Warum?«

»Mir ist nur gerade etwas eingefallen, Sir. Zu den Höhlen in Derbyshire, wo ich mit ein paar von den Jungs und Captain Hawkins war. Steve Robins hat solche Bilder gezeichnet, als diese Reptiliendinger uns da eingesperrt hatten. Silurianer nennt der Brigadier sie, glaube ich. Und Sergeant Yates hat sie heute Morgen erwähnt, als er die C-Patrouille zusammengetrommelt hat, um sie Richtung Süden zu schicken. Wenn ich's mir recht überlege, hat Steven ungefähr sechs Wochen hier verbracht, bevor er in den regulären Dienst bei der Armee zurückkehrte.«

»Okay.« Benton dachte kurz nach. »Und abgesehen vom Doc suchen sie momentan nach irgendeiner vermissten Polizistin, die ähnliche Bilder malt.«

Tracy sprach aus, was alle dachten: »Dann muss diese Polizistin ebenfalls hier gelandet sein.«

Plötzlich kam Boyle zusammen mit Private Shipman hereingestürmt. »Wir haben ein großes Büro gefunden, Sir«, sagte Boyle. »Sehen Sie sich das hier mal an.«

Shipman hielt einen Stapel Fotos in der Hand. Den winzigen Löchern am oberen Rand nach zu urteilen, mussten sie vorher irgendwo gehangen haben, vielleicht an einer Pinnwand.

»Lassen Sie mich mal sehen.« Benton nahm dem Private die Bilder ab. »Na, da schau her. Dann hat unser Eindringling also nicht alle aus Spaß ermordet – er hatte was Größeres vor.« Er hielt den beiden Corporals eines der Fotos vor die Nase. »Erkennt einer von Ihnen sie wieder?«

»Das ist die Polizistin, die der Brig gesucht hat.«

»Richtig, Champion. Darum konnten wir sie in Kent nicht finden. Sie war im Glashaus. Und da ihre Leiche hier nirgendwo rumliegt, wurde sie wahrscheinlich entführt, möglicherweise von jemandem, der sie lebendig braucht, damit man sie zu ihren Reptilien aus Derbyshire befragen kann.« Benton sah sich in dem riesigen Raum um, wobei er versuchte, die beiden Leichen und die Zeichnungen zu ignorieren. »Ich nehme an, das ist so eine Art medizinisches oder biologisches Labor.«

»Sieht so aus, Sir.« Tracy untersuchte eilig die Papiere und die Geräte, die auf den Werkbänken verstreut lagen. »Ich bin nicht Sherlock Holmes, Sergeant, aber ich glaub kaum, dass nur die beiden hier gearbeitet haben.«

»Warum?«

»Na ja, ich denke dabei an das Labor des Doktors bei UNIT. Ich meine, er hat doch immer haufenweise Sachen gleichzeitig am Laufen, richtig?«

»Gewöhnlich schon«, pflichtete Benton ihm bei.

»Gut, er ist ein bisschen cleverer als andere. Trotzdem stehen hier vier oder fünf Versuchsaufbauten, genau wie beim Doktor, nur weiter im Raum verteilt. So als wären das einzelne Arbeitsstätten.«

Sie wurden dadurch unterbrochen, dass Shipman nach ihnen rief, der gerade zu dem kleinen Büro zurückgekehrt war. Benton und die anderen überließen es Tracy, die Arbeitsflächen noch etwas genauer unter die Lupe zu nehmen, und folgten dem Ruf des Privates.

»Hey, Sergeant, wie hieß diese Polizistin?« Shipman ging gerade einen Kasten voller Akten durch.

Benton dachte nach. »Irgendwas mit Red, glaub ich.«

»Also nicht Wildeman?«

»Nein. Warum?«

Shipman winkte mit etwas, das wie eine Personenakte aussah, an die oben ein Foto geheftet war. »Cathryn Wildeman, Sir. Hat wahrscheinlich hier gearbeitet und war wohl eine Art Tierspezialistin. Zoologie und Genetik. Scheint aus Cambridge zu stammen. Die liegt nicht tot da draußen rum, oder?« Er deutete mit der Akte in Richtung des Hauptlabors.

Benton schaute Shipman über die Schulter und studierte die nächste Akte. »Das hier ist aber einer von den Männern da draußen: James Griffin. Vielleicht ist der andere dieser Typ, Atkinson.«

Shipman blätterte durch die Einträge. »Oder es könnte der hier sein, Sir. Den Bericht hab ich zuerst gesehen. Peter Morley. Er scheint hier das Sagen gehabt zu haben und die anderen waren ihm offenbar unterstellt.«

Benton dachte einen Moment lang nach und sortierte dann alles wieder in den Aktenordner ein. »Das bringen wir dem Brigadier am besten direkt mit.« Zu den anderen sagte er: »Gut, befragen Sie bitte alle Mitarbeiter, sperren Sie diese Ebene komplett ab und nehmen Sie alles, was sich tragen lässt, ins Hauptquartier mit.« Die Soldaten beeilten sich, seine Befehle auszuführen. Er folgte ihnen aus dem Büro hinaus. Boyle deckte gerade den unkenntlichen Leichnam mit einer schwarzen Plastikplane ab. Darüber konnte Benton die Zeichnungen an der Wand ausmachen. »Zum Kuckuck, wo steckt bloß der Doktor, wenn man ihn mal braucht?«

Der Doktor war von Reptilienmenschen umringt, die ihn alle anstarrten. Seinen Mantel und sein Jackett hatten sie ihm abgenommen, für den Fall, dass er irgendwelche Waffen darin versteckt hatte. Von der Decke strömte ein breiter, heller Energiestrahl herab, der ihn erbarmungslos an Ort und Stelle festhielt.

Er befand sich in einer gigantischen Halle, größer noch als die, die Chukk ihm zuvor gezeigt hatte. Sie war mit Steinbänken gefüllt, die in einem Halbkreis angeordnet waren. Er vermutete, dass es sich um eine Art Verhandlungszimmer handeln musste. Jenseits der Bänke, ihm direkt zugewandt, hatte man einen riesigen Bildschirm in den Fels eingelassen, der von zwei Zugangstunneln flankiert wurde. Der Doktor nahm an, dass die Leute bei Abstimmungen ihre Meinung kundtaten, indem sie einen der Tunnel nahmen – je nachdem, ob sie mit Ja oder mit Nein stimmen wollten.

Seine Nase juckte, aber er konnte nicht mal einen Finger rühren, um sich zu kratzen. Er wollte sprechen, irgendetwas sagen, aber es war unmöglich. Er konnte nichts weiter tun, als stur geradeaus zu schauen. Auggi blickte ihm triumphierend entgegen.

Zwanzig Minuten zuvor war sie ins Labor gekommen und hatte von ihrem Sohn verlangt, dass er den Doktor in ihre Obhut übergab. Baal hatte unter der Bedingung zugestimmt, dass ihm der Doktor unversehrt zurückgegeben werden würde. Auggi hatte versichert, das sei kein Problem, und Krugga hatte den Doktor fortgebracht.

Und nun stand er in diesem Raum, von dem er annahm, dass es eine Art Ratssaal sein könnte. Chukk war hier, außerdem eine von Baals Schwestern, wahrscheinlich Tahni. Ihr schien Politik mehr zu liegen als Sula, die sich mit der Rolle als Assistentin ihres Bruders zufriedenzugeben schien.

»Die Affen sind im Allgemeinen schlimm, aber dieser ist besonders widerlich«, verkündete Auggi. »Er war an der Vernichtung von Okdel I:das Schutzraum beteiligt.«

»Verschüttung«, warf Chukk ein.

»Wie bitte?«, fragte eines der anderen Reptilien. »Das müssen Sie erklären.«

»Der Doktor behauptet steif und fest, dass die Mehrheit der Einwohner von Schutzraum 873 immer noch schläft. Sie sollen am Leben sein, aber verschüttet. Die Affen haben sie nicht umgebracht, sondern sie im Inneren ihres Schutzraums eingeschlossen. Dieser Affe, dem Auggi so gern die Schuld an allem geben möchte, hat in Wirklichkeit dafür gesorgt, dass sie noch leben und nicht von den anderen Affen vernichtet wurden.«

Danke, Chukk, dachte der Doktor, *aber ich glaube, das wird nichts nützen.*

»Selbst wenn dieser eine Affe einigermaßen harmlos sein sollte«, sagte ein anderer, »sind die meisten immer noch Mörder. Typisches Affenverhalten.«

Auggi nickte. »In der Tat. Außerdem gilt dieser Affe bei den Affen als Wissenschaftler. Wahrscheinlich wollte er unser Volk nur für seine Experimente missbrauchen.«

Chukk seufzte. »Auggi, du weißt, dass das nicht stimmt.«

Auggi wandte sich ihm zu. »Gar nichts weiß ich, genauso wenig wie du. Dieser Affe hält dich zum Narren, du lässt dich von seiner gespielten Ehrlichkeit blenden.« Sie ging auf ihn zu und ergriff seine Hände. »Lieber Chukk, hör mir zu. Du bist im Grunde gut und du besitzt eine feste Vorstellung davon, was richtig und was falsch ist. Du wurdest zu unserem Anführer, nachdem Daurrix gestorben ist, und hast uns mit deiner Weisheit und deinem Verstand über die Schwierigkeiten der letzten Jahre hinweggeholfen. Ich glaube dennoch, dass diese Affen eine fürchterliche Bedrohung für uns darstellen. Für unsere Schlüpflinge. Wir brauchen eine affenfreie Welt, in der sie aufwachsen können.«

»Warum?« Der Doktor zwang seinen Kiefer dazu, sich zu öffnen, seine Stimmbänder zu vibrieren. Das Wort kam als heiseres Flüstern heraus, doch es genügte: Alle hielten inne und starrten ihn an.

»Mach den Strahl stärker!«, schrie Auggi.

Krugga wollte ihren Befehl sofort ausführen, doch Chukk rief: »Nein! Nein, ich finde, wir sollten den Affen anhören. Wenn wir uns als Anführer begreifen, als die Entscheidungsträger dieses Schutzraums, dann brauchen wir alle verfügbaren Informationen, die wir kriegen können, so unangenehm sie uns auch erscheinen mögen.« Er stellte sich neben den Doktor und breitete die Arme aus. »Wir müssen so viel erfahren, wie wir können.«

Langsam, einer nach dem anderen, setzten sich die Reptilien auf ihre Bänke. Der Doktor hoffte, dass dies als Zeichen ihrer Zustimmung zu deuten war. Es musste wohl so sein, da nur Auggi und Krugga stehen blieben. Nach einem Augenblick des Zögerns nahm selbst Krugga Platz, obwohl Auggi ihm einen stechenden Blick zuwarf. Nur sie selbst blieb stehen, als Chukk den Strahl abschaltete.

»Vielen Dank.« Der Doktor rieb sich die Kehle. »Danke, dass Sie mir die Ehre erweisen, heute zu Ihnen sprechen zu dürfen. Alles, was Sie gerade in diesem Saal über mich gehört haben, stimmt. Ich war beim Schutzraum 8… ähm …«

»873«, half ihm Chukk.

»Richtig, Okdels Basis. Viele seiner Gefährten sind umgekommen, weil sie die Menschheit angegriffen haben – die Affen, wie Sie sie nennen. Die Menschen waren stärker, weil sie Angst hatten. Furcht ist eine Motivation, die man nicht unterschätzen darf, vor allem im Krieg: Sie lässt die Leute härter kämpfen – hinterhältiger. Glauben Sie mir: Die Menschheit besitzt Waffen, die weit schrecklicher sind als Ihre. Die Menschen haben das Atom gespalten, haben Kernwaffen erschaffen, mit denen sie in nur einer Sekunde Millionen von Ihnen vernichten könnten.«

Eines der älteren Reptilien kam mühsam auf die Beine. »Wir haben die Kraft der Kernspaltung entdeckt und auch ihr zerstörerisches Potenzial erkannt, haben jedoch beschlossen, diesen Weg nicht weiter zu verfolgen. Warum haben die Affen etwas so Törichtes getan?«

Andere nickten und blickten den Doktor an, als erwarteten sie eine Antwort von ihm.

»Nun gut, Sie haben recht. Die Menschen sind töricht. Wenn sie es wollten, könnten sie sich selbst in einem halben Tag auslöschen.«

»Gut«, sagte Auggi. »Wir könnten mit einem hohen Strahlungsniveau durchaus leben. Vielleicht sollten wir die Kernenergie wiederentdecken.«

Überall in der Halle war erschrockenes Keuchen zu hören.

»Das war natürlich nur ein Scherz«, fügte sie rasch hinzu. Der Doktor warf ihr einen eindringlichen Blick zu. Offensichtlich war sie eine vollendete Politikerin, konnte Meinungen einschätzen und im Nu auf einen anderen Kurs umschwenken. Sehr gerissen. Und auch sehr gefährlich.

»Aber machen Sie sich eines klar, meine edlen Reptilien«, fuhr der Doktor fort. »Die Menschheit versteht sich neben der Kriegsführung auf tausenderlei andere Dinge. Jeder ihrer Vernichtungswaffen stehen zehn Heilmittel für Gebrechen, Krankheiten und Unfälle gegenüber. Für jeden Krieg, der ausbricht, bilden sich zwei oder drei Gruppen, die Frieden fordern. Die Menschheit ist erstaunlich widerstandsfähig.«

Ein weiteres Reptil erhob sich. »Könnten die Affen den Gendefekt unserer Schlüpflinge heilen?« Ein Raunen ging durch den Raum. Der Doktor nahm an, dass viele von ihnen sich dies gefragt hatten, im Angesicht von Auggis entschlossenem verbalem Angriff auf die Menschheit jedoch das Risiko gescheut hatten, sich ihren Zorn zuzuziehen. Nun, da er frei sprechen durfte, hatte Auggi ein wenig an Macht eingebüßt.

»Möglich. Die Menschheit sieht sich ähnlichen Problemen gegenüber und findet Wege, sie zu überwinden.« Er fragte sich, ob er Baals geheime Experimente preisgeben sollte. Er war voller Zorn, dass Baal Marc Marshall derart gefoltert hatte, wusste aber zugleich, dass er den richtigen Moment finden musste, diese Waffe gegen Auggi zu richten. Dies war er wahrscheinlich nicht. Stattdessen blickte er in Tahnis Richtung.

»Möglich. Es würde sich lohnen, diesen Weg zu erkunden, und ...«

Ein Reptil kam ungebremst in den Saal gestürmt und hätte beinahe ein paar ältere Reptilien zu Boden geworfen.

»Chukk! Auggi! Zwei Affen haben die Insel betreten.«

Nein! Das konnte er gerade wirklich nicht gebrauchen.

Es überraschte ihn nicht, dass Auggi diese Gelegenheit, ihn zu diskreditieren, prompt beim Schopf packte. »Da seht ihr es! Der Affe lügt. Er wusste, dass sie uns angreifen würden.«

Der Doktor kam zu dem Schluss, dass es wenig Sinn hatte, darauf hinzuweisen, dass zwei Personen, wahrscheinlich irgendwelche Fischer, nicht gerade so etwas wie eine gefährliche Invasionsstreitmacht darstellten.

Krugga aktivierte den gewaltigen Bildschirm an einer der Höhlenwände mit seinem dritten Auge. Zwei Gestalten erschienen darauf, die ein Boot an einem Felsen vertäuten. Oder vielmehr war die eine damit beschäftigt, es festzumachen, während die andere auf einem Felsen saß und das Gesicht in den Händen vergraben hatte.

Ihre Haltung kam dem Doktor irgendwie bekannt vor.

»Näher ranzoomen«, sagte Auggi zum Bildschirm.

Aufgeregte Ausrufe verbreiteten sich im Saal wie ein Lauffeuer. »Sind sie feindselig?«, bellte einer. »Sollten wir sie vernichten?«, fragte ein anderer ängstlich. Während die beiden Menschen auf dem Bildschirm größer wurden, bemerkte der Doktor, dass Auggi ihn anstarrte. Er konnte die Gesichtsausdrücke der Reptilien mittlerweile sehr gut einschätzen, aber auch ein Amateur hätte gewusst, was sie dachte. Sie hatte ihr Volk wieder im Griff. Die Affen unternahmen ganz offensichtlich eine Invasion.

Chukk versuchte, die Menge zur Vernunft zu bringen, aber niemand hörte ihm zu.

»Mein Reptilienvolk.« Auggi sprach leise, jedoch nachdrücklich genug, dass alle abrupt verstummten. »Wir werden angegriffen. Nehmt die beiden gefangen, wir müssen sie verhören.« Die letzten Worte richtete sie an Krugga, der eilig im Tunnel zur Rechten verschwand. Dann zeigte Auggi auf den Doktor. »Dieser Affe dort hat versucht, euch zu täuschen. Er hat euch alle belogen und betrogen. Chukk, sag bloß nicht, dass du ihm immer noch glaubst. Er wollte uns nur ablenken und hat gehofft, dass wir die Eindringlinge nicht bemerken würden.«

»Ich bin nicht sicher, Auggi.«

Der Doktor starrte Chukk an. Wenn der Reptilienanführer einknickte, würde er seinen einzigen Verbündeten hier verlieren.

Dann füllte ein Menschengesicht den Bildschirm aus. Es war das Gesicht der Person, deren Haltung dem Doktor eben schon bekannt vorgekommen war.

»Oh nein«, wisperte er. »Liz!«

Auggi schaltete den Bildschirm ab.

»Verdammt kalt, was?«

Jana hatte das Boot vertäut und rieb sich die Hände.

Liz nickte. »Ja, aber wir sind hier, um herauszufinden, was unserem mysteriösen Freund so wichtig war, dass er dafür gestorben ist. Schauen wir uns mal um.« Sie vergrub die Hände tief in den Taschen ihres grünen Duffelcoats. »Wenn meine Erfahrung mich eines gelehrt hat, dann dass das Unbekannte umso gefährlicher wird, je länger sich man in seiner Nähe rumtreibt.«

Jana lachte. »Ich sag Ihnen was: Ich würde für eine Toilette sterben. Hier ist nicht zufällig irgendwo 'n Damenklo?«

Liz lachte. »Einer von den Büschen da wird's wohl tun müssen.«

»Gleich wieder da«, rief Jana und eilte davon.

Liz zog ihre Mütze tiefer ins Gesicht und versuchte zu verhindern, dass der Wind ihr die langen Haare in die Augen peitschte. Sie war verdammt froh, dass sie diesmal keinen Minirock, sondern eine Hose und Stiefel trug. Ihre Beine hatten es wahrscheinlich am wärmsten.

Warum brauchte Jana nur so lange? Wohin war sie überhaupt verschwunden und …

Liz hörte abrupt auf, sich Gedanken um Jana zu machen: Denn in diesem Augenblick stieg ein Silurianer aus einem Loch neben ein paar Felsen in der Nähe – und er war riesig. Eine Sekunde lang glaubte sie, er hätte sie nicht bemerkt, doch dann wandte er sich ihr zu. Und starrte sie an.

Muss auf den Baum. Schnell. Die Teufelsrücken kommen da nicht rauf, sie sind nicht schwindelfrei. Hier oben kriegen sie uns nur mit einem Langhals, aber die benutzen sie selten. Die sind zu dumm, man kann sie nicht abrichten, selbst wenn die Teufelsrücken ihnen mit ihrem dritten Auge wehtun. Sie wissen nicht einmal, dass man ihnen Schmerz zufügt!

Der Teufelsrücken kommt, aber er hat uns nicht gesehen. Warte. Oh nein! Er hat den Fuß von jemandem gesehen und es einem anderen Teufelsrücken gemeldet.

Die Augen! Nicht die Augen. Nein!

Liz schüttelte den Kopf. Nein, so schwach war sie nicht. Sie hatte diesen Wesen bereits gegenübergestanden und würde nicht zulassen, dass die kollektiven Erinnerungen ihrer Spezies sie überwältigten. Was würde der Doktor in so einer Lage tun?

Sie kannte die Antwort. Sie kämpfte ihre Furcht, ihre Übelkeit herunter, stand auf und streckte ihre Hände aus, die Handflächen nach vorn gerichtet.

»Ich weiß, dass Sie mich verstehen. Ich bin nicht bewaffnet und ich komme in Frieden.« Der Silurianer neigte leicht den Kopf, als würde er über ihre Worte nachdenken.

»Hier waren zwei Affen«, sagte er langsam.

Seine Stimme ließ Liz erschaudern. Sie hatte vergessen, wie kalt und völlig fremd sie klangen.

»Meine Freundin wird jeden Moment wieder hier sein«, sagte Liz. »Auch sie ist in friedlicher Absicht hier.«

»Einen Scheiß bin ich!«, schrie Jana von einem Felsplateau herab, das sich hinter dem Silurianer befand.

»Nein!«, schrie Liz, aber es war zu spät: Jana feuerte ihre Pistole ab. Ein, zwei, drei Kugeln schlugen in den Leib des Silurianers ein. Er taumelte leicht nach vorne und wollte gerade herumwirbeln, während sein drittes Auge aufleuchtete. Jana sprang mit beiden Beinen voran auf ihn herab und traf ihn mit ihren Stiefeln direkt in die Kniekehlen.

Der Silurianer wurde zu Boden gerissen. Er blutete aus zwei Wunden an der Schulter und einer im Genick.

Liz funkelte Jana an. »Warum haben Sie das gemacht?«

Wortlos richtete Jana ihre Pistole direkt auf Liz.

»Das ist ein Silurianer, oder?«

»Ja, aber wie …«

»Das Loch da. Ist er da rausgekommen?«

Liz nickte. »Aber ich verstehe immer noch nicht.«

»Nein, aber das macht nichts.« Jana stieg über das am Boden liegende Reptil hinweg, wobei sie unentwegt mit ihrer Waffe auf Liz zielt. »Ich brauche Sie nur, weil Sie etwas über diese Viecher wissen. Und jetzt ab ins Loch.«

Liz atmete tief durch, dann tat sie wie geheißen.

Kurze Zeit darauf stiegen sie eine steile Treppe hinunter, die in den Fels gehauen war, und betraten einen feuchten Tunnel, der im Halbdunkel lag und sich in zwei Richtungen erstreckte.

»Wohin jetzt?« Liz hielt an und verschränkte die Arme. »Sie haben doch sicher irgendeinen Plan. Offensichtlich haben Sie ja gewusst, was Sie hier erwartet.«

Jana hielt ihre Pistole weiter auf sie gerichtet und beäugte die Tunnelwände, die schwach phosphoreszierend leuchteten. »Nicht wirklich. Ich hab nur Befehle befolgt.«

»Die unseres anonymen Informanten?«

Jana lächelte. »Seien Sie nicht albern, Doktor Shaw. Ich arbeite für Ihre Leute. C19.«

»Sie gehören zu Sir John Sudbury?«

»Wieder falsch.« Jana stieß Liz nach links und begann, sie durch den Tunnel vor sich herzutreiben. »Unser mysteriöser Gönner dachte, er wäre vor uns sicher, aber wir wussten, dass er auf der Suche nach jemandem war, der alles enthüllen wollte, wofür wir so hart gearbeitet haben. Wir sind Traynor losgeworden und dann hat man mich losgeschickt, damit ich mich als so eine dumme holländische Journalistin ausgebe, der er geschrieben hatte. Ich bin seinen Anweisungen gefolgt, in Smallmarshes gelandet und siehe da, ein Silurianer hat sich die Polizistin und das Kind geschnappt. Also habe ich Kontakt mit Ihnen aufgenommen und eben noch ein bisschen länger die dämliche Jana Kristan gespielt.«

»Dann haben Sie sie wohl umgebracht.«

»Nein, ich nicht. Schätzen Sie sich glücklich, dass ich mich nicht als Sie ausgeben musste.«

»Wahrscheinlich nur, weil ich bei UNIT schwerer umzubringen gewesen wäre.«

Jana lachte auf und stieß Liz in einen anderen Tunnel. »Mit meinen Papieren könnte ich jederzeit bei UNIT ungehindert zur Tür reinspazieren. Nein, Sie darzustellen wäre einfach zu schwierig gewesen, weil klar war, dass UNIT sich in die Sache einmischen würde.«

»Halt, Affen!« Eine Reptilienperson stand schlagartig vor ihnen. »Ich bin Chukk, Anführer dieses Schutzraums, und ich werde …«

Jana schoss ihm direkt in den Kopf und sprang über den Leichnam hinweg, noch bevor er zu zucken aufgehört hatte.

Liz blickte in eine gewaltige Halle hinein, in der etwa sechzig Reptilienwesen saßen. Vor ihnen stand der Doktor. Sie stieß Jana aus dem Weg und preschte zwischen den erschrockenen Reptilien hindurch auf ihn zu.

»Nichts da, Schlampe!« Jana zielte und drückte ab. Im selben Moment begannen das dritte Auge jedes anwesenden Reptils, rot zu leuchten.

Jana, oder wer sie auch sein mochte, wurde gegen die Wand geschleudert. Ihr Mund öffnete und schloss sich in stiller Qual. Nach einigen Sekunden stürzte sie leblos zu Boden. Ihre Pistole schlitterte über den Boden und blieb vor Auggis Füßen liegen.

Sie hob die Waffe auf. »Die Affen wollen uns also helfen, ja, Chukk?«

Die übrigen Reptilien drehten sich zum Doktor um und warteten, dass Auggi entschied, was aus ihm und der Affenfrau werden sollte.

Ihre Blicke fielen auf den Doktor, der am Boden saß und die reglose Affenfrau in den Armen hielt, während ihr Blut sein Hemd tränkte. Die Kugel war in ihren Rücken geschlagen und aus ihrer rechten Schulter wieder ausgetreten.

Eine Träne lief über seine Wange. »Liz, oh nein, es tut mir so leid.« Er strich ihr über das Haar. »So schrecklich leid.«

SECHSTE EPISODE

An der Tunnelzufahrt wurde der Mercedes von einem bewaffneten Wachmann per Handzeichen aufgefordert, vor einer rot-weißen Schranke anzuhalten. Der Wächter trug einen schwarzen Overall mit einem Gürtel, an dem verschiedene Taschen, ein Paar Handschellen und ein langer Schlagstock hingen. Der Mann hatte einen mattschwarzen Helm auf dem Kopf, dessen durchsichtiges Plastikvisier sein gesamtes Gesicht bedeckte. Seine Maschinenpistole hielt er beiläufig in der Linken, aber es bestand kein Zweifel, dass sie geladen und schussbereit war.

Während der letzten paar Meilen waren sie an so vielen »Zutritt verboten«-Schildern vorbeigekommen, dass Sir Marmaduke es aufgegeben hatte, sie zu zählen. »Seit wann stehen in diesem Land bewaffnete Wachen vor Tunneln?«, fragte er. »Ich hab kurz gedacht, wir wären in Ostdeutschland.«

Ciara erklärte ihm, ohne ihn anzusehen, dies sei eine Sicherheitsvorkehrung, um sowohl unachtsame Zivilisten zu schützen als auch die Leute, die unter den Hügeln arbeiteten.

»Wollen Sie sagen, dass es in den Hügeln eine Anlage gibt? Aber wie geht das überhaupt?«

Der blasse junge Mann zeigte dem Wachmann einen Ausweis. Der sprach in sein Walkie-Talkie und öffnete dann die Schranke. Cellian fuhr hindurch. Als der Mercedes in die Dunkelheit vordrang, flammten zwei parallele Reihen roter Lichter an der Decke auf. *Wie eine umgekehrte Landebahn*, dachte Sir Marmaduke.

Schweigend fuhren sie etwa eine halbe Meile, dann wurden aus den zwei roten Linien vier: Der Tunnel gabelte sich. Sie hielten sich rechts. Sir Marmaduke blickte sich hastig um und sah noch, wie hinter ihnen alle Lichter ausgingen. Plötzlich war die Zufahrtsstrecke wieder in völlige Finsternis getaucht. Das rote Licht, das durch die Fenster hereinfiel, warf unheimliche Schatten auf seine Entführer und zum ersten Mal spürte er echte Nervosität in sich aufkeimen.

»Wo genau sind wir hier eigentlich?«

Der blasse junge Mann lächelte und lehnte sich in seinem Sitz zurück.

»Gut, Sir Marmaduke, eine kurze Geschichtsstunde. Warum wurde UNIT gegründet?«

»Das weiß ich nicht. Ich erfuhr erst vor ein paar Jahren davon, wegen der Sache mit dieser Elektronikfirma und den verdächtigen Komponenten in ihren Rundfunkgeräten.«

»Radios, Sir Marmaduke. Versuchen Sie doch wenigstens, ein bisschen mit der Zeit zu gehen. Aber das nur nebenbei. Was, glauben Sie, macht UNIT?«

Sir Marmaduke konzentrierte sich auf die roten Lichter und vermied es, seinen Entführern ins Gesicht zu schauen. »Ich denke mal, die befassen sich mit Sachen, die nicht zum Zuständigkeitsbereich der regulären Militärstreitmächte gehören.

Außerirdische Invasionen und Infektionen, das Paranormale, Menschen mit übersinnlichen Fähigkeiten. So was halt. Und selbst das weiß ich nur dank unserer Patienten im Glashaus. Es ist nichts weiter als ein Job für mich, eine Dienstleistung. Also habe ich nie allzu viele Fragen gestellt.«

Der Mann neben ihm kicherte. »Ach, Blödsinn, Sir Marmaduke. Warum haben Sie die Polizistin aus Hastings entführt? Um Ihre Fehde mit Lethbridge-Stewart weiterzuführen vielleicht? Oder weil Sie wussten, dass sie mit den Reptilienmenschen in Verbindung steht, deren vorige Opfer Sie ebenfalls behandelt haben?«

»Was sollte ich denn bitte mit Reptilienmenschen anfangen?«

»Diese Frage stellen wir uns schon lange. Selbst Ciara und Cellian haben es nicht rausgekriegt. Keiner meiner Agenten im Glashaus ist dahintergekommen. Soll ich Ihnen sagen, was ich glaube?«

Sir Marmaduke schnaubte. »Ich werde Sie wohl kaum dran hindern können.«

»Das stimmt. Ich glaube, dass Sie auf diese Weise die Reptilienmenschen ausfindig machen wollten – UNITs Silurianer oder wie auch immer man sie dort nennt. Ich vermute, Sie haben sich erhofft, so eine Art Sammlung aufzubauen, und zwar von … na ja, fassen wir's mal mit außerirdischem Krimskrams zusammen. Immer wenn eine UNIT-Operation beendet war, sind Sie rein und haben aufgeräumt. Sie haben Ersatzteile, tote Außerirdische und was weiß ich alles mitgenommen und das Zeug an den Höchstbietenden verkauft. Ich gehe davon aus, dass Sie bereits Kontakte haben, besonders in Gebieten, in denen UNIT als Untergruppe der UN keine Rechtsbefugnis hat. Hinter dem Eisernen Vorhang vielleicht? Oder im Nahen Osten? In Ländern, deren Anführer gern das Kräftegleichgewicht kippen würden.«

Sir Marmaduke hielt es für klug, nichts dazu zu sagen. Cellian brachte den Wagen in einem kleinen, hell erleuchteten Seitentunnel zum Stehen, der sich als kaum größer als eine Garage entpuppte. Er drehte sich um und sah, wie hinter ihnen lautlos ein Gittertor herunterglitt. Dann bemerkte er, dass sie sich aufwärts bewegten, wahrscheinlich mittels einer hydraulischen Plattform. Schließlich hielten sie an und die Gittertür hob sich wieder. Cellian fuhr in ein Parkhaus, das die Größe eines Hangars hatte, und parkte das Auto. Etwa dreißig andere Fahrzeuge standen in der Halle verteilt, einige als Pkw oder Transporter erkennbar, andere äußerst ungewöhnlich. Eines der Gefährte erkannte Sir Marmaduke als Marssonde sechs.

»Das Ding«, sagte der blasse junge Mann, als hätte er die Gedanken seines Gefangenen gelesen, »haben wir reinbekommen, als das britische Raumfahrtprogramm aufgegeben wurde. Nachdem James Quinlan gestorben und Professor Cornish zurückgetreten war, hat die Regierung die ganze Sache auf Eis gelegt. Sie denken drüber nach, einen Teil davon runter nach Devesham in Oxfordshire zu bringen, um den Kram vor dem neugierigen Blick der Öffentlichkeit zu schützen, aber bis dahin kriegen wir alles, was sie ausrangieren.« Er kurbelte sein Fenster herunter, und noch während er dabei war, kam ein schwarz gekleideter, bewaffneter Wachmann herbeigeeilt.

»Ich habe Meldung, dass alles vorbereitet ist, Sir. Die Frau ist zusammen mit den beiden Wissenschaftlern im Labor.« Der Wachmann warf Sir Marmaduke einen Blick zu, dann sagte er zu dem jungen Mann: »Wir haben auch einen Bericht von unserer Agentin beim HR-Projekt.«

»Lassen Sie hören.«

»Die Ziele befinden sich offenbar auf einer Kanalinsel namens L'Ithe. Mister Bailey hält es nicht für ratsam, einen Trupp hinzuschicken, da es schwer zu vermeiden wäre, die Leute auf den anderen Inseln zu beunruhigen. Es kommt selten vor, dass Leute nach L'Ithe fahren, also würden wir dadurch bloß unnötige Aufmerksamkeit erregen.«

»Ich verstehe. Was schlägt er vor?«

»Er hat ein paar Männer nach Smallmarshes geschickt, die beobachten sollen, ob die Kreaturen zum Festland zurückkehren. Er hält es für wahrscheinlich, dass sie weiterhin ihre vertrauten Routen nutzen werden.«

»Wahrscheinlich liegt er damit richtig. Gut, ich werde mir später einen Überblick über die Lage verschaffen. Lassen Sie mich wissen, wenn unsere Agentin uns wieder kontaktiert.«

»Ja, Sir. Brauchen Sie sonst noch etwas, Sir?«

»Nein, danke, Mister Lawson.« Er tippte sich sanft gegen die Stirn, als wäre ihm gerade etwas eingefallen. »Ach, Mister Lawson?«

»Sir?«

»War in letzter Zeit mal jemand mit dem Pirscher draußen?«

»Nein, schon seit einer Weile nicht mehr.«

»Sagen Sie Bailey, dass er später am Tag Auslauf kriegen soll. Ich will nicht, dass er träge wird.«

»Natürlich, Sir.« Lawson nickte den irischen Zwillingen zu, wandte sich ab und ging auf eine der vielen Türen an der Wand des riesigen Parkhauses zu.

»Wo waren wir gerade, Sir Marmaduke? Ach ja, ich weiß: Sie standen also kurz davor, mir einen Strich durch die Rechnung zu machen.« Der blasse junge Mann stieß die Tür auf seiner Seite des Autos auf. Ciara und Cellian lösten im selben Moment ihre Gurte, kurbelten ihre Scheiben hoch und stiegen aus. Dann öffnete Ciara Sir Marmaduke die Tür, ganz so, wie sie es immer getan hatte.

»Ciara, warum nur?«, fragte er leise, aber sie beachtete ihn nicht.

Ihr wahrer Arbeitgeber ging vorne um den Wagen herum. »Es wäre wohl am besten, dieses Fahrzeug lahmzulegen. Wir möchten ja nicht, dass Sir Marmaduke einen Fluchtversuch unternimmt.« Er streckte seine Hand aus und Cellian ließ den Autoschlüssel hineinfallen.

Lächelnd schloss der Mann die Hand zur Faust, dann ließ er eine zusammengequetschte Kugel aus Metall und Plastik zu Boden fallen. »Und nur, um ganz sicherzugehen …« Ohne jede Anstrengung rammte er seinen Arm mehrmals durch die Motorhaube, tief in die Eingeweide des Wagens. Schließlich klopfte er sich ein paar winzige Metallsplitter vom Ärmel. »Ich glaub, der fährt nirgendwo mehr hin.«

Schließlich wandte er sich wieder Sir Marmaduke zu. »Was wollte ich sagen? Genau, Sie hatten mich gefragt, was das für eine Einrichtung ist.« Er wedelte mit dem Arm durch die Luft wie ein Immobilienmakler, der einen potenziellen Käufer herumführt. »Das ist das Gewölbe. Ein Ableger von C19, wenn man so sagen will. Und zwar einer von der Art, dass jemand wie Sir John Sudbury einen Herzinfarkt bekäme, wenn er davon erführe. Sie sehen, ich habe das, was Sie vorhatten, hier bereits in die Tat umgesetzt.« Er trat durch eine der Türen und sie folgten ihm über einen Metallsteg, unter dem sich eine weitere Halle von der Größe eines Stadions ausdehnte, die ins Innere des Hügels gebaut worden war.

»Das Gewölbe besteht aus acht Ebenen pro Hügel. Zwei Hügel, sechzehn Bereiche für Forschung, Lagerung und Entwicklung, plus ein paar außenliegende Areale, wo einige unserer interessanteren Experimente leben. Schauen Sie.« Er zeigte nach unten, wo Männer in weißen Kitteln und mit Klemmbrettern in der Hand herumwimmelten. Sie bewegten sich zwischen mehreren großen Computern mit sich drehenden Bändern und anderen seltsam geformten Geräten hin und her. Die Doppeltüren wurden von bewaffneten, schwarz gekleideten Männern bewacht. »Nicht alles hier ist außerirdischer Herkunft, Sir Marmaduke. Diese Leute bauen neue Computer mithilfe menschengemachter Technik; sie stammt aus einem Supercomputer, der während der Sechziger gebaut wurde.«

»WOTAN? Mein Gott, ich dachte, der wäre zerstört worden.«

»Seien Sie ganz beruhigt, das ist er auch. Aber hier im Gewölbe sind wir sehr an jeder Form künstlicher Intelligenz interessiert, vor allem wenn sie wie diese versehentlich entstanden ist. Stellen Sie sich nur einmal die Möglichkeiten vor: So eine KI könnte Unternehmen, Krankenhäuser und Schulen leiten. Die Regierung natürlich auch. Sie muss nicht essen, trinken oder schlafen. Darauf arbeiten wir hin.«

Der blasse junge Mann ging weiter, Sir Marmaduke folgte ihm und die irischen Zwillinge bildeten das Schlusslicht. Durch eine Tür gelangten sie in eine Schleuse. Ciara schloss die

Tür hinter ihnen und sie wurden gründlich mit feinem Dampf eingesprüht, bevor die nächste Tür den Weg freigab.

»Dekontaminierung. Alles vollkommen harmlos, aber unerlässlich, wenn man von einem Abschnitt in einen anderen wechseln will.« Sie gelangten in den nächsten Bereich, der etwas kleiner und in blaues Licht getaucht war. Sir Marmadukes Entführer setzte seinen Vortrag fort: »Im Wesentlichen gehen wir rein, wenn UNIT mit seiner Arbeit fertig ist. Wir sammeln alles ein, was da ist, egal ob tot, explodiert, unbelebt oder einfach nur ungewöhnlich. Wir nehmen zerstörte Computer und deaktivierte Waffen mit. Angeblich wird das Ganze auf ausdrücklichen Befehl des Brigadiers hin zerstört und eingeäschert. Bei UNIT oder dem Hauptteil von C19 weiß jedoch keiner, dass wir die Sachen in Wirklichkeit bekommen. Wir sichten das Material, schlachten alles aus, was interessant ist, und den Rest lagern wir ein. Hier wird nichts weggeworfen.

Dieses Areal ist der Pflanzenwelt gewidmet. Jeden Tag gelangen Millionen von Staubpartikeln aus dem Weltraum in unsere Atmosphäre, die meisten so mikroskopisch klein, dass sie unmessbar und irrelevant sind. Allerdings heften sich einige an Pflanzen auf der Planetenoberfläche und verursachen interessante Mutationen. Wussten Sie, Sir Marmaduke, dass im letzten Winter in Westaustralien achtzehn Menschen gestorben sind, nachdem sie dem Anschein nach ganz gewöhnliches Obst aus der Region gegessen hatten? Die Früchte enthielten jedoch erschreckend hohe Mengen Quecksilberoxid, ein Element, dass auf der Erde nicht natürlich vorkommt.

Da drüben in der gegenüberliegenden Ecke gibt es eine neue Züchtung der Venusfliegenfalle. Wie Sie sehen, ist sie groß genug, um ein Kaninchen oder einen kleinen Hund zu fangen. Das wuchs vor ein paar Monaten in irgendeinem Garten in Rhodesien. Ein einzigartiges Exemplar, das, wie man sagen muss, in botanischen Kreisen einen ziemlichen Aufruhr ausgelöst hat. Zumindest unter den wenigen Wissenschaftlern, die davon erfahren haben.«

»Das ist doch obszön.« Sir Marmaduke fuhr mit dem Finger unter seinem Kragen entlang. Ihm war inzwischen unangenehm heiß.

»Obszön?« Sein Entführer schürzte die Lippen, als wäre er verwirrt. »Obszöner als das, was Sie geplant hatten? Wie das? Oder stört es Sie lediglich, dass wir Ihnen zuvorgekommen sind? Und zwar in diesem Ausmaß und mit derart vielen Ressourcen? Das alles ist doch weit imposanter, als Sie sich je hätten erträumen können.«

»Wir mögen auf etwas Ähnliches hingearbeitet haben, das gebe ich zu, aber wir waren nicht annähernd so kaltschnäuzig wie Sie hier. Oder so geheimnistuerisch.«

»Unsinn, Sir Marmaduke. Sie haben Peter Morley und sein Team Tag und Nacht an Experimenten arbeiten lassen, ohne dass einer von ihnen eine Ahnung hatte, worauf diese hinauslaufen sollten. Nun, fast keiner.«

Sir Marmaduke blieb stehen. »Wieso wissen Sie von Morley? Ist er einer Ihrer Spione?«

»Du liebe Güte, nein. Ich hätte nie jemanden angestellt, der ein so großes Sicherheitsrisiko darstellt. Der Mann ist eine tickende Zeitbombe. Hatte gar nicht den Mumm für die Arbeit, die er leisten sollte. Aber er ist ein Genie, das muss ich ihm lassen. Und ziemlich nützlich.«

»Also ist er hier?«

»Ja, allerdings nicht freiwillig. Kommen Sie mit in den nächsten Bereich, dann kann er Ihnen die Geschichte selbst erzählen. Das dürfte Sie bestimmt interessieren.«

Als sie das Ende des Stegs erreichten, drückte der blasse junge Mann auf einen Knopf. Eine Tür glitt auf und dahinter kam ein Fahrstuhl zum Vorschein. »Abwärts zu den Damenschuhen und Handtaschen«, witzelte er, aber sein Lächeln erreichte seine künstlichen Augen nicht. Sir Marmaduke schauderte und fragte sich, was ihn dort unten wohl erwarten mochte.

Liz Shaw saß auf einer Schaukel im großen Garten hinter dem Haus ihrer Eltern in Burton Joyce.

Das Gras leuchtete in kräftigem Grün, der Himmel war wolkenlos blau und eine hellgelbe Sonne badete sie in warmes Licht. Alle Farben wirkten sehr lebhaft und die Wärme fühlte sich ebenfalls genau richtig an. Aber irgendwas stimmte nicht ganz.

Und überhaupt … War sie nicht zu alt zum Schaukeln?

Sie stieg ab und schaute sich um. Sie war ganz ohne Frage hier zu Hause, aber alles sah zu perfekt aus, zu sauber, zu ordentlich.

Dennoch kam sie sich geborgen vor, vollkommen entspannt.

»Es sieht so aus, weil Sie sich so daran erinnern«, sagte jemand hinter ihr. Erschrocken drehte sie sich um und entdeckte einen großen Mann, der nun auf der Schaukel saß.

Sein hellbraunes Haar war mit schneeweißen Strähnen durchsetzt. Etwas an seinem freundlichen, faltigen Gesicht und seiner gebogenen Nase kam ihr bekannt vor, doch seine blauen Augen waren besonders bemerkenswert: Sie schienen direkt in ihre Seele hineinzublicken.

Er trug ein albernes schwarzes Cape und darunter ein Jackett aus rotem Samt. Das alles kam ihr sehr vertraut vor, sie verstand nur nicht warum.

»Kennen wir uns?«

»Aber ja«, antwortete der Mann. »Für Sie bin ich der Doktor. Wir arbeiten zusammen. Wir sind Freunde.«

»Ach ja, genau. Aber warum kommen Sie mir dann nur vage bekannt vor?«

»Nun, das ist ein bisschen schwierig zu erklären. Ich habe Sie in eine Trance versetzt.«

Liz hob in gespielter Sorge die Augenbrauen und schürzte ihre Lippen. »Na, das ist ja äußerst vertrauenerweckend.«

»Falls es Sie beruhigt: Es gefällt mir selbst nicht, dass ich es getan habe.«

»Mir auch nicht, aber ich hatte wohl kein Mitspracherecht.« Liz stellte fest, dass das Haus und der Garten verschwunden waren. Sie befanden sich jetzt in einem riesigen Zimmer mit kahlen Wänden und einer großen Tür an einer Seite. Liz fand, dass es wie ein naturwissenschaftliches Labor in einer Schule aussah. Es gab zahlreiche Werkbänke, auf denen Bunsenbrenner und komplizierte Aufbauten aus Röhren und Mikroskopen standen. Das Ganze erweckte den Eindruck, als hätte Salvador Dalí versucht, eine Szene aus *Goodbye Mister Chips* zu interpretieren.

»Das kommt mir alles so bekannt vor! Warum?«

»Hier sind wir uns zum ersten Mal begegnet, im temporären UNIT-Hauptquartier in Londons Stadtmitte. Bevor wir alle ins Priory Mews in Denham umgezogen sind. Ich habe in der Sprache Delphons mit Ihnen gesprochen. Wissen Sie noch?«

Der Doktor schwebte mit gekreuzten Beinen einen halben Meter über dem Boden, eingerahmt von einem großen rechteckigen Fenster, das sich hinter ihm befand. Liz überlegte, ob es am hereinfallenden Licht lag, dass sein etwas verschwommener Umriss ein seltsam engelsgleiches Aussehen hatte: Eine Art goldene Aura schien ihn zu umgeben.

»Ah, jetzt erinnere ich mich allmählich! Gut, und warum nun die Trance?«

Der Doktor lächelte. »Das ist ein alter tibetanischer Trick. Ihr Stoffwechsel verlangsamt sich auf ein Minimum. Sie atmen noch, Ihr Herz schlägt noch, aber gerade eben so. Und dieses Gespräch, das wir führen, findet in Ihrem Gehirn statt, das sich weiter beschäftigen muss und sich an der telepathischen Verbindung festklammert, die ich zu Ihnen aufgebaut habe. Eigentlich ganz einfach.«

»Natürlich, absolut simpel. Aber warum?«

»Das ist der verzwickte Teil.« Der Doktor schwebte auf sie zu. »Ich hoffe, Sie kommen damit zurecht. Ach was, natürlich tun Sie das.« Er lächelte. »Sie sind eine sehr starke junge Frau.«

Liz verdrehte die Augen. »Ja, Doktor, aber unter uns Wissenschaftlern: Lassen wir das mit den archaischen Schmeicheleien und sagen Sie mir lieber, was los ist, ja?«

»Na gut. Liz, Sie sind angeschossen worden.«

»Sie meinen, mit einer Waffe? So richtig mit Bumm?«

»So richtig mit Bumm.«

»Aber tot bin ich noch nicht?«

Der Doktor entknotete seine Beine, stellte beide Füße auf den Boden und ging zum Laborfenster hinüber. Der Raum begann sich leicht zu verzerren, das Fenster bekam eine Bogenform und hinter dem Doktor nahm eine Wendeltreppe Gestalt an. Das Zimmer zog sich zusammen und die eben noch eisgrauen Wände des Londoner Hauptquartiers nahmen das fade Krankenhausgrün von Priory Mews an. »Die Farbe fand ich schon immer abscheulich«, murrte Liz.

»Wenn wir zurückkommen, sag ich Lethbridge-Stewart, dass er sich um einen neuen Anstrich kümmern soll«, sagte der Doktor.

»Also werde ich wieder zurückkommen?« Liz stellte sich neben den Doktor ans Fenster. Statt auf den vertrauten Slough Canal fiel ihr Blick auf ein gewaltiges, dunkles Nichts, in dem leuchtende Planeten und Sterne um ihre Aufmerksamkeit buhlten. »Meine Mutter hat mir einmal erzählt, dass jeder einen Stern hat, Doktor. Und wenn man stirbt, dann verschwindet dieser Stern vom Himmel.« Sie wandte sich ab und setzte sich aufs Fenstersims. »Als meine Großmutter starb, hat meine Mutter mich mit nach draußen in den Garten genommen. ›Das ist Omas Stern‹, hat sie gesagt. ›Er erweist ihr seinen Respekt, was wir alle tun sollten. Morgen früh wird er nicht mehr da sein. Dann hat er Oma mitgenommen und in den Himmel gebracht.‹ Am nächsten Abend konnte ich den Stern nicht mehr entdecken, egal wie lange ich auch suchte. Ich glaub, ich halte immer noch nach ihm Ausschau, wenn ich spät abends noch unterwegs bin oder hier arbeite. Nicht bewusst, aber immer wenn ich zu den Sternen aufschaue, denk ich an Oma und die wunderbaren Dinge, die sie mir erzählt hat.« Liz zog am Ärmel des Doktors, sodass er sich zu ihr umwandte. »Sie hätten sie gemocht. Sie war Ihr Typ.«

»Ja? Und was für ein Typ soll das sein, Liz?«

Liz zuckte mit den Schultern. »Ach, ich weiß nicht. Sie wusste einfach eine Menge Dinge und«, Liz lächelte ihn an, »wenn sie einmal keine Antwort wusste, hat sie sich eine ausgedacht, die sich genau richtig anhörte.«

»Na, dann hätten wir uns sicher blendend verstanden.« Der Doktor ging zu einer Werkbank hinüber und inspizierte eines der Geräte darauf. »Das Unbewusste ist schon eine komische Sache. Hier bin ich also in Ihrem Kopf, Ihren Erinnerungen, und halte meinen Triakteon-Zeiton-Regulator in der Hand – und er funktioniert wieder. Seit es mich hierher verschlagen hat, will ich den TZR reparieren, hab's aber bisher nicht hingekriegt. Das hat was mit der Erinnerungsblockade zu tun, die die Time Lords mir auferlegt haben.« Er hob den Kopf und schenkte ihr ein Lächeln. »Vielen Dank, Doktor Shaw. Jetzt weiß ich, wie ich ihn reparieren kann, wenn wir zurückkommen.«

Liz hörte ihm nicht richtig zu. »Wird mein Stern gerade schwächer, Doktor?«

»Also wirklich, Liz, wir sind Wissenschaftler. Wir wissen beide, warum Sterne funkeln und schwächer werden. Wir wissen ebenfalls, dass solche Fragen nicht leicht zu beantworten sind. Sobald ich in die reale Welt zurückkehre, liegt es an Ihnen, das hier durchzustehen. Ich kann versuchen, Ihren Körper zu retten, aber Ihr Geist muss genauso stark sein. Die Verwundung hat Ihrem Körper ein schlimmes Trauma zugefügt. Wegen des Schocks hat sich Ihr Unterbewusstsein auf eine Ebene zurückgezogen, auf der wir in dieser Weise miteinander kommunizieren können. Um zu überleben, müssen Sie sich wieder mit Ihrem bewussten Geist verbinden.«

»Und glauben Sie, dass ich das schaffe?«

Der Doktor begann zu verblassen. »Das weiß ich nicht, Liz, aber ich hoffe es. Wir haben uns noch gar nicht richtig kennengelernt.« Dann war er verschwunden und mit ihm das UNIT-Labor. Liz befand sich wieder im Garten neben der Schaukel. Schwarze Wolken zogen über den Himmel. Es würde Regen geben.

Die Augen des Doktors flogen auf und Sula wich alarmiert zurück.

»Was haben Sie da gemacht?«, fragte sie vorsichtig.

Der Doktor erhob sich aus seinem Schneidersitz und ging durchs Baals Labor zu Liz hinüber, die auf einer Steinplatte lag.

»Kommuniziert. Telepathisch.« Er berührte die Platte. »Die ist aber warm.«

Sula zeigte auf einige Kontrollen an der Wand über der Platte. »Der Fels absorbiert die natürliche Wärme des Planeten und verteilt sie. Der gesamte Schutzraum wird auf diese Weise beheizt. Baal hat gesagt, dass Affen es sehr warm haben müssen.«

»Dann habe ich ihm zu danken. Er hat recht, Liz muss warmgehalten werden.« Er berührte den Verband an ihrer Schulter. Er war aus dem gleichen netzartigen Gewebe gefertigt wie die Kleidung, die er bei ihrer Fahrt unter Wasser getragen hatte. »Was für ein faszinierendes Material.«

»Eine unserer wichtigsten Entdeckungen.« Baal betrat das Labor aus der Richtung von Marc Marshalls Zelle. »Die

Affen haben noch nichts Vergleichbares hergestellt. Es hat ihre Blutung gestillt und sollte bei der Heilung helfen. Es ist semiorganisch und die Stränge dieser Version sind mit einem Antiseptikum getränkt. Wir können das Gewebe anpassen, sodass es transportiert, was wir brauchen: Wärme, Licht, selbst Antibiotika.«

Der Doktor berührte sacht das Material. Es pulsierte leicht. »Ist es lebendig?«

Baal lächelte. »In gewisser Weise.« Er stupste den Verband stärker an. Er bebte ein wenig. »Rotes Blut. Ich hatte vergessen, dass die Affen so helles Blut haben.« Er schaute den Doktor an. »Ich glaube, sie wird überleben. Keines der für Affen lebenswichtigen Organe ist beschädigt worden. Ein Lungenflügel hat einen leichten Riss, aber das Gewebe im Ganzen wurde nicht zerstört. Sie wird eine Zeit lang schwach sein. Sind Sie dieser Affenfrau zugetan? Sind Sie vielleicht ein Paar?«

»Wir sind Freunde. Nichts weiter.«

»Ich merke aber, wie froh Sie sind, dass sie überleben wird. Affen geben in derartigen Situationen sehr starke Pheromone ab. Als Wissenschaftler freut mich das. Ich bin stets erpicht darauf, etwas Neues zu lernen.«

Der Doktor lächelte. »Ihr neu entdecktes Mitgefühl spricht für Sie, Baal.«

Baal wich zurück. »Verwechseln Sie mein wissenschaftliches Interesse nicht mit Mitgefühl, Affe. Ich studiere Ihre Gefährtin nur, weil es für unser Überleben von Bedeutung sein könnte. Unseres, nicht ihres. Es dient unserer Sache, sie am Leben zu halten.« Er zeigte auf Marc Marshalls Zelle. »Er dagegen nützt uns nichts mehr. Sollte Auggi ihn finden, dürfte es schwierig werden, ihr seine Verfassung zu erklären. Tahni hat zugestimmt, Sie beide wieder zum Festland zu bringen, wo sie Sie gefunden hat. Danach sind Sie für ihn verantwortlich.« Baal fuhr mit einer Klauenhand über einen Sensor hinweg. »Und dann kehren Sie zurück. Allein.«

»Warum?«

Baal deutete auf Liz. »Die Frau, mit der sie gekommen ist, hat Krugga verwundet und Chukk ermordet. Außerdem hat sie auf Ihre Freundin geschossen. Ihre Schusswaffe mag plump sein, ist aber effektiv. Das kann nur eins bedeuten: Jemand weiß, dass wir hier sind. Man will meine Arbeit aufhalten. Das kann ich nicht zulassen. Wenn Sie zurückkehren, ist unsere Sicherheit garantiert.«

»Womit begründen Sie das? Ich könnte ja mit bewaffneten Soldaten wiederkommen und Sie alle auslöschen!«

Baal lachte. »Halten Sie mich etwa für einen Narren, Affe? Nur weil ich so unbeirrbar versuche, meine Generation zu retten? Sie irren sich. Ich habe gehört, welche Rolle Sie bei der Sache mit Okdels Schutzraum gespielt haben. Anders als meine Mutter halte ich Krieg nicht für die einzige Lösung. Aber wenn es sie glücklich macht, solche Strategien zu verfolgen, und sie sich so von meiner eigentlichen Arbeit fernhält, lasse ich sie gewähren. Sie haben beteuert, dass Sie Frieden stiften wollten, und ich glaube Ihnen. Chukk hat Ihnen ebenfalls geglaubt, auch wenn ihm das rein gar nichts gebracht hat.« Baal öffnete Marcs Zelle. »Wir sind beide Wissenschaftler, Affe. Wir streben danach, unser Wissen zu mehren, unseren Horizont zu erweitern. Ich werde auf Ihre Freundin aufpassen; im Gegenzug müssen Sie zurückkehren und mir bei meiner

Forschung helfen. Ich habe eine Liste von Dingen, die Sie mir mitbringen sollen. Tahni allein würde nicht begreifen, um was genau es sich handelt, und wüsste nicht, wo sie das alles herkriegen soll.« Er gab dem Doktor ein kleines, elektrisches Datenpad und drückte mit einem Finger auf einen Knopf, der sich darauf befand. Eine Liste erschien. »Tahni wird unsere Schrift für Sie übersetzen.«

Der Doktor blickte auf Marcs zitternden Leib hinab. »Und was hält Sie davon ab, Liz das Gleiche anzutun?«

»Ihre Liz ist bereits ausgewachsen. Das hier ist ein Schlüpfling, seine innere Chemie befindet sich noch im Fluss. Genau das brauchte ich, um einen Versuch unternehmen zu können, das Ganze in unsere Physiognomie zu integrieren. Liz nützt uns nur als Geisel, die sicherstellt, dass Tahni wohlbehalten zurückkehrt.«

Baal beugte sich zu Marc hinunter und hob ihn überraschend behutsam auf. »Ich weiß nicht, ob Sie ihm mit Ihrer Wissenschaft helfen können, und es kümmert mich auch nicht sonderlich, aber ich hoffe dennoch, dass er überlebt. Als Wissenschaftler würde ich nicht wollen, dass man mich für einen Mörder hält.«

Sula kam mit einem Armvoll des Gewebes herein. Sie wickelte Marc darin ein wie in einen Kokon und Baal übergab ihn dem Doktor.

»Wissen Sie, Baal, Sie sind ein sehr guter Wissenschaftler. Bemerkenswert sogar. Ein wahrer Wissenschaftler werden Sie hingegen erst sein, wenn Sie aufhören, jede Ihrer Handlungen als gerechtfertigt zu betrachten – ganz egal wie hoch der Preis ist. Ein echter Wissenschaftler bewahrt sich seine Menschlichkeit …

Sie wissen, wie ich das meine.« Er setzte sich in Richtung Hauptlabor in Bewegung und blickte dabei zu Liz hinüber, die nach wie vor bewusstlos dalag. »In der Menschheitsgeschichte haben unzählige Wissenschaftler letzten Endes mit dem Leben dafür bezahlt, dass sie ihre moralische Verantwortung vergessen oder ignoriert haben. Ich hoffe, Sie werden sich, wenn ich zurückkomme, nicht bereits zu ihnen gesellt haben.«

Tahni stand im Durchgang. »Hier entlang, Affe. Auggi ist im Ratssaal und macht ihre Autorität geltend. Wir müssen aufbrechen.« Sie zog ihn aus dem Labor und einen kleinen Tunnel entlang. »Wir können nur mit einem Schlachtkreuzer entkommen. Hier geht's lang.«

Der Doktor folgte ihr dichtauf und bemühte sich, Marc nicht zu sehr durchzuschütteln. Ein oder zwei Mal regte sich der Junge leicht, dann verlor er wieder das Bewusstsein.

»Da um die Ecke«, keuchte Tahni, bog im Laufschritt ab und rannte direkt in Krugga hinein, der offenbar wieder auf den Beinen war.

»Was hast du v…«, fing er an, aber dann sah er den Doktor und Marc. »Nein!«

Bevor er sie aufhalten konnte, flammte Tahnis drittes Auge hellrot auf und Krugga, durch seine Verletzungen bereits geschwächt, fiel auf die Knie. Sein eigenes drittes Auge leuchtete einen Moment lang rot und der Doktor spürte einen Stich in der Stirn, aber der Schmerz hörte beinahe sofort wieder auf. Auch Marcs Körper verkrampfte sich ein paar Sekunden lang, bevor er erneut erschlaffte.

Krugga kippte vornüber und fiel aufs Gesicht. Tahni wedelte mit einer Hand über das Bedienelement einer Tür. »Was hatte er wohl hier zu suchen?«, murmelte sie, während sie den Doktor in den Schlachtkreuzer führte.

»Ist er tot?« Während die Luke zuglitt, blickte sich der Doktor noch einmal zu Krugga um, der reglos dalag.

»Das weiß ich nicht. Er war schon verwundet.« Plötzlich wirbelte sie zum Doktor herum. »Und es ist mir auch egal! Er gehört nicht zu uns, ist kein Hybrid. Er hat keine Ahnung, wie das ist: zu wissen, dass man in ein paar Jahren tot sein wird.«

Der Doktor hob angesichts ihres Ausbruchs eine Augenbraue. »Ich dachte, Sie wären alle mächtig stolz darauf, Hybride zu sein.«

Tahni schnaubte, während sie den Kreuzer startete. »Tja, so hätten Baal und Auggi das wohl gern, aber offen gesagt wäre es den meisten von uns lieber, sie hätten uns gar nicht erst auf die Welt gebracht. Was bringt es denn, nur so kurz zu leben?«

»Das hängt davon ab, was Sie mit der Zeit anfangen.« Der Doktor nahm auf dem Sitz Platz, der offenbar für den Navigator gedacht war. Das Gefährt schoss ruckartig vorwärts und er warf einen Blick auf Marcs reglose Gestalt, die zusammengerollt neben der Tür lag. »Sie werden mir vergeben müssen, dass ich mir um Ihr Wohlergehen keine allzu großen Gedanken mache. Wenn Marc das Resultat Ihrer Forschung ist, dann haben Sie es nicht besser verdient. Wenigstens haben Sie ein Leben. Seins haben Sie zerstört.«

Tahni warf dem Doktor einen flüchtigen Seitenblick zu. »Mit Ihrer Wissenschaft können Sie ihn doch bestimmt reparieren?«

»Reparieren? Ich weiß ja nicht mal, was Baal ihm angetan hat. Ich nehme an, dass es sich um eine Art DNA-Spaltung handelt, aber auf diesem Planeten ist die Forschung nicht weit genug, um ihn wiederherzustellen.«

Tahni drehte sich zu Marc um. »Wir wollen nur überleben.«

Der Doktor blickte starr nach vorn. »Das würde Ihnen auf der Erde niemand vorwerfen. Aber bei Ihren Methoden müssen Sie sich dringend etwas zurücknehmen.«

Den Rest der Fahrt über herrschte Schweigen.

Der blasse junge Mann befand sich am Schreibtisch in seinem Büro. Ihm gegenüber saß Sir Marmaduke Harrington-Smythe, während Cellian und Ciara neben der Tür Stellung bezogen hatten. Es klopfte.

»Herein.«

Die Tür öffnete sich und Cellian trat etwas zur Seite, als eine dunkelhaarige Frau hereinkam. Sir Marmaduke runzelte die Stirn. »Wildeman? Cathryn Wildeman? Was machen Sie denn hier?«

Die amerikanische Zoologin ging zu dem blassen jungen Mann hinüber und blieb ein Stück hinter ihm stehen. »Ich arbeite hier, Sir Marmaduke. Seit drei Jahren mittlerweile. Ich war schon hier, bevor ich nach Cambridge gegangen bin.«

»Ich habe Sir John überredet, sie für das Glashaus-Projekt auszuwählen«, erklärte der Mann. »Miss Wildeman war ausgesprochen nützlich, hat mir immer wieder Informationsbrocken zukommen lassen.« Er lächelte. »Nein, das stimmt so eigentlich nicht. Um ehrlich zu sein, hat sie mir viel mehr gegeben: jeden Sicherheitscode, jedes streng geheime,

D-klassifizierte, von UNIT unterzeichnete Blatt Papier, das sie in die Finger bekommen konnte. Cath hat Ciara und Cellian einen großen Teil der Informationen gegeben, die ich benötigt habe.«

Sir Marmaduke funkelte die Amerikanerin an. »Sie haben mich verraten. Was ist mit den anderen?«

Cathryn Wildeman bedachte ihn mit einem falschen Lächeln, das eher an ein Zähneblecken erinnerte. »Oh, die habe ich auch verraten.« Sie zog ein kleines Notizbuch hervor. »Sir. Es wird Sie freuen zu hören, dass unsere Agentin den Hinweisen, die wir von Whitehall abgeschöpft haben, nach-gegangen und mittlerweile auf L'Ithe angekommen ist – das ist eine kleine Kanalinsel. Sie und Doktor Shaw sind seit ein paar Stunden dort. Im letzten Bericht hieß es, dass es sich mit gro-ßer Sicherheit um eine Basis der Silurianer handeln würde. Sie wolle sich Zugang verschaffen, ein Exemplar gefangen nehmen und damit zum Festland zurückkehren. Sie hat Smallmarshes als Treffpunkt vorgeschlagen, da man von der Insel aus in di-rekter Linie dort hinfahren kann. Außerdem ist der Ort isoliert und wenig beachtet. Seither haben wir allerdings nichts mehr von ihr gehört.«

Der blasse junge Mann nicke. »Na schön. Schicken Sie ein Team nach Sussex runter. Das wird nicht mehr als drei Stun-den dauern. Verwenden Sie den Tarnkappenjäger – das dürfte UNIT und alle anderen davon abhalten, uns zu verfolgen.«

»Noch etwas, Sir«, sagte Wildeman. »Mit dem Glashaus sind wir fertig. Wir haben die Polizistin hier, zusammen mit Doktor Morley.«

»Sonst noch jemanden?«, fragte er.

»Leider haben Griffin und Atkinson den Besuch nicht überlebt.«

Das Gesicht des blassen jungen Mannes verfinsterte sich
einen Moment lang. »Hat unser Mann irgendwelche Spuren
hinterlassen?«

Wildeman zögerte ein wenig. »Es gab ein paar Tote. Einschließlich Atkinson und Griffin, fürchte ich. Hat er einen
Fehler gemacht?«

»Ja, schon wieder.« Der blasse junge Mann lächelte. »Aber
immerhin ist er gut darin, Leute umzubringen. Meistens
jedenfalls.« Er sah zu Wildeman hoch. »Ich glaube, wir
kommen eine Weile ohne seine Dienste aus. Kontaktieren Sie
ihn, bezahlen Sie ihn und bedanken Sie sich bei ihm für seine
Arbeit. Wir melden uns dann bei ihm, wenn er mal wieder im
Land ist.«

»Ja, Sir.«

Sir Marmaduke konnte seine Abscheu nicht verbergen.
Sie redeten im Plauderton über Tote, Auftragskiller und
zukünftige Morde, als würden sie sich darüber unterhalten,
was sie beim chinesischen Restaurant zu essen bestellen
sollten. »Haben Sie alle denn nicht mal einen Hauch von
Gewissen?«

Der blasse junge Mann musterte Sir Marmaduke mit
gespielter Verwirrung und wechselte dann einen Blick mit
Wildeman. »Verstehen Sie, wovon er spricht? Der Mann, der
das Glashaus aufgebaut und selbst die allergrößten Anstren-
gungen unternommen hat, mit Lügen, Diebstahl und Betrug
im Leben voranzukommen, fragt uns, ob wir ein Gewissen
haben?« Mit einem Mal beugte er sich über seinen Schreibtisch

und starrte Sir Marmaduke direkt ins Gesicht. »Nein, Sir Marmaduke. Wir haben keinerlei Form von Gewissen und wir benötigen es auch nicht.«

Wildeman verabschiedete sich und ging. Ciara und Cellian folgten ihr und ließen den blassen jungen Mann mit Sir Marmaduke allein.

»Die paar Dinge, die ich noch brauche, Sir Marmaduke, sind die Anforderungscodes, die geheimen Militärwellenlängen und die Kommunikationspasswörter von UNIT. Wissen Sie, ich habe Abteilung C19 genau da, wo ich sie haben will, und das Glashaus befindet sich nun in meiner Hand. Alles, was mir also zur absoluten Kontrolle der Spionageabteilungen dieses Landes noch fehlt, sind diese Kleinigkeiten. Und Sie werden sie mir verraten.«

Sir Marmaduke begann zu schwitzen. »Ich weiß nichts über UNIT.«

»Sie lügen, Sir Marmaduke.« Der blasse junge Mann kam um den Tisch herum und stellte sich neben den Stuhl seines Gefangenen. Er beugte sich vor, nahm Sir Marmadukes linke Hand in seine und tippte ihm sanft auf den kleinen Finger. Sir Marmaduke schrie vor Schmerz auf.

»So ist es: Einmal angestupst und er ist an zwei Stellen gebrochen. So ein Mann bin ich. Oder war ich. Und werde es immer sein.« Er tippte gegen Sir Marmadukes Zeigefinger und zertrümmerte die Knochen darin.

Tränen liefen Sir Marmaduke übers Gesicht.

»Sie halten wohl keinen Schmerz aus, was, Marmie? Aber Sie sind doch so ein großer, starker Soldat. Einstmals Ausbilder in der edlen Kunst des Überlebens des Stärkeren.« Er brach ihm einen weiteren Finger. »Und wer ist hier der Stärkere, Sie Fettkloß? Sie oder ich?«

Sir Marmaduke wollte etwas sagen, aber wegen des Schmerzes brachte er lediglich ein abgewürgtes Quietschen heraus.

Der blasse junge Mann runzelte die Stirn. »Tut mir leid, alter Junge, aber ich hab Sie nicht richtig verstanden. Wie bitte? Versuchen Sie's noch mal, Sportsfreund.« Er brach seinem Gefangenen den Daumen. »Als Nächstes kommt die andere Hand. Dann Ihre Füße. Ihre Genitalien. Ihr Hals. Das reicht, um Sie zu zerstören, Sie für den Rest Ihres Lebens zu verkrüppeln, aber nicht um Sie zu töten. Warum ersparen Sie sich all das nicht und sagen mir einfach, was ich wissen muss?«

Ein Blutrinnsal lief Sir Marmaduke über das Kinn: Er hatte sich in die Zunge gebissen. Der Schmerz war entsetzlich, aber das spielte keine Rolle mehr. Eher würde er alles ertragen, als seinem Peiniger zu verraten, was er wissen wollte. Mit seiner neu entdeckten Entschlossenheit starrte er seinem Entführer so lange stur in die Augen, bis sich auf dessen blassem Gesicht zum ersten Mal ein Ausdruck von Unsicherheit zeigte.

»Wo bin ich?« Noch bevor sie zu Ende gesprochen hatte, wusste Liz, dass die Frage überflüssig war. Sie befand sich in einer Basis der Silurianer, tief unter einer kleinen Insel.

Sie hatte den Doktor gesehen, dann war sie von irgendetwas getroffen worden. Der Doktor hatte gesagt … nein, der Doktor hatte gar nichts gesagt. Dennoch kam es ihr so vor, als hätten sie miteinander gesprochen. Unmöglich.

Es hatte etwas mit Sternen zu tun … nein, das musste sie sich eingebildet haben. Also, was hatte sie nun getroffen?

318

»Ein Geschoss, aus dem Ding hier.« Vor ihr stand eines der Reptilien, das eine Art Netzhemd trug. Das Wesen ähnelte den Silurianern, die sie in Derbyshire kennengelernt hatte, aber es gab subtile Unterschiede. Ihr Interesse als Wissenschaftlerin war sofort geweckt. Unterschiedliche genetische Linien derselben Spezies. So wie es bei den Menschen verschiedene Größen, Hautfarben und Körperproportionen gab, so schienen auch bei den Reptilien vielfältige Variationen zu existieren. Die Augen dieser Kreatur ähnelten viel stärker denen eines Fisches und anstelle der breiten Ohren besaß sie flossenartige Fortsätze am Kopf. Ihre Haut war grün gesprenkelt, nicht dunkel und olivfarben, wie sie es kannte.

Und das Reptil hielt eine Pistole in der Hand. Liz erkannte die besondere Form sofort und fragte sich, warum ihr das nicht gleich aufgefallen war. »Das ist eine UNIT-Dienstpistole. Nur Mitarbeiter, die mit C19 in Verbindung stehen, bekommen so eine ausgehändigt. Sie haben mal versucht, mir beizubringen, wie man eine benutzt, aber ich bin durchgefallen.« Sie musterte ihr Gegenüber mit offenem Blick. »Wo haben Sie die her?«

Der Silurianer – oder die Silurianerin? – legte den Kopf auf die Seite, während der Lappen über dem Mund rhythmisch eingesogen und wieder freigegeben wurde. Offenbar dachte das Wesen darüber nach, was es sagen sollte. Liz beschloss, ihm ein wenig auf die Sprünge zu helfen. »Sie hat Jana gehört. Sie war in ihrer Handtasche. Warum also haben Sie die jetzt?«

»Ihre Gefährtin hatte sie. Sie hat damit auf Sie geschossen. Jetzt ist sie tot.« Das Reptil wandte sich ab und ließ die Pistole in eine Tasche seines Overalls fallen.

»Wie ist sie gestorben? Und warum?«

»Sie hat unseren Anführer umgebracht. Der Rat hat sie getötet, gleich nachdem sie Sie angeschossen hat.« Das Wesen erwiderte ihren Blick. »Chukk war ein gutes Erdreptil. Selbst Baal findet es traurig, dass er nicht mehr unter uns weilt.«

»Wer ist Baal?«

»Er hat Ihnen das Leben gerettet. Er ist unser Wissenschaftler.«

Liz dachte darüber nach. »Ich bin auch Wissenschaftlerin. Vielleicht sollte ich mich mal mit ihm unterhalten. Und Sie sind …?«

»Sula. Baals Schwester. Und er wird mit Ihnen nicht über Wissenschaft reden wollen. Affen sind nicht in der Lage, Wissenschaft zu beschreiben. Ihre Lernkapazität ist zu beschränkt. Ihre Gehirne sind nicht größer als Ragganüsse.«

»Und das ist in der Tat sehr klein«, sagte eine neue Stimme.

»Baal, nehme ich an? Ich heiße Liz Shaw und bin Ärztin. Wenn ich das richtig verstanden hab, verdanke ich es Ihnen, dass ich noch lebe, nicht wahr?«

Baal zuckte mit den Schultern. »Das hat nichts zu bedeuten. Der Doktor wollte eben, dass Sie überleben, darum sind Sie nun meine Geisel. Mehr steckt nicht dahinter.«

»Ich bin Ihnen trotzdem dankbar.« Liz zeigte auf die Maschine in der gegenüberliegenden Ecke. »Das ist ein Partikelzerstreuer, mit dem man DNA und andere genetische Strukturen aufbrechen kann. Warum haben Sie so was?«

Baal und Sula wechselten einen Blick, den Liz jedoch wegen der unvertrauten Gesichtszüge nicht genau zu deuten wusste.

Baal wandte sich wieder an Liz. »Sie sind also Wissenschaftlerin?«

»Ich habe mich immer für eine gehalten, aber da mein Gehirn ja nicht größer als eine Ragganuss ist, muss ich mich wohl getäuscht haben.«

Baal starrte sie ein paar Sekunden lang an, dann ging sein Blick zu Sula, die lediglich mit den Schultern zuckte.

Baal fuhr fort. »Ich bin der Ansicht, die Affen sollten ausgelöscht werden. Sie haben unseren Planeten überrannt und viele unserer Schutzräume zerstört. Sie haben versucht, uns zu vernichten.«

Liz rutschte auf der Steinplatte hin und her, bis sie eine bequemere Sitzposition gefunden hatte. »Das stimmt nicht«, sagte sie und hoffte, dass Baal ihr nicht das Gegenteil beweisen konnte. »Wir sind bisher nur auf die Basis in Derbyshire gestoßen.«

Erneut suchte Baal Sulas Blick. »Schutzraum 873?«

»Sieht so aus«, antwortete Sula.

Baal machte eine Handbewegung zu dem Bildschirm, der neben dem Partikelzerstreuer in die Wand eingelassen war. Sogleich erwachte dieser zum Leben und zeigte eine Karte, die Liz als eine Abbildung der Erde vor mehreren Millionen Jahren wiedererkannte: Nur eine einzige große Landmasse war darauf zu sehen. Baal legte mit einer Klaue einen kleinen Schalter um und Hunderte von roten Punkten leuchteten auf.

»Ihre Schutzräume?«

Sula bestätigte dies und fügte hinzu, dass viele von ihnen zerstört worden seien, als sich der Megakontinent geteilt hatte. »Einige liefen mit Wasser voll und alle nicht im Meer beheimateten Erdreptilien ertranken. Andere wurden von tektonischen Verschiebungen zerquetscht. Viele wurden jedoch dadurch vernichtet, dass die Affen ihre Kernwaffen in den Ozeanen testeten, oder sie wurden vom Müll vergiftet, der ins Meer geworfen oder in der Wüste vergraben wurde. Eine Kolonie erwachte vor etwa fünfzig Jahren in der Antarktis. Ihre Bewohner haben uns Nachrichten hinterlassen: Sie haben andere Schutzräume gebeten, sofort nach ihrer Erweckung Kontakt mit ihnen aufzunehmen. In der letzten Nachricht erzählten sie von einfallenden Affen, die ihre Stadt zerstörten.« Baal bedachte Liz mit einem durchdringenden Blick. »Diese Stadt bildete wahrscheinlich das letzte Stück unserer oberirdischen Architektur – und die Affen haben sie dem Erdboden gleichgemacht. Ihr Doktorkollege hat darauf beharrt, dass die Affen eine Erde wollen, auf der wir alle gemeinsam leben können. Er ist ein Narr, das wissen Sie so gut wie ich. Die Affen werden ihren Planeten ebenso wenig mit uns teilen wie wir mit ihnen.«

Liz holte tief Luft. »Sie haben recht. Vorerst werden sie das nicht tun. Aber in den kommenden Jahren könnte sich das ändern. Wenn Sie wirklich auf Frieden hinarbeiten wollen, müssen Sie vorausplanen.«

Baal schnaubte. »Sie meinen, wir sollen uns weiter hier verstecken. Bis die Affen endlich so weit sind, ihr Ego hintanzustellen und sich auf Kohabitation einzulassen?«

»Ja.«

»Warum sollten wir? Wir haben die Mittel, Sie alle auszulöschen.«

»Nein, haben Sie nicht«, sagte Liz. »Sonst hätten Sie es schon getan. Sie wissen sehr gut, dass Ihre Seuche nichts bringt. Wir haben ein Gegenmittel gefunden. Sie bluffen, Baal, Sie haben nichts in der Hand.« Sie trotzte seinem Blick. »Wovor haben

Sie eigentlich solche Angst? Wohl kaum vor uns Affen, sonst würden Sie dem Doktor nicht vertrauen oder mich als Geisel festhalten.« Sie wandte sich wieder an Sula. »Wo ist der Doktor überhaupt?«

»Wieder auf dem Festland. Mit Tahni. Und Sie werden hierbleiben ...«

»Als Geisel, ja. Das hat Ihr Bruder bereits klargestellt.« Liz stand auf, geriet jedoch sofort ins Taumeln und Sula stützte sie. »Danke«, sagte Liz. »Und jetzt, Baal, Sula, lassen Sie mich wenigstens irgendwas tun, wenn ich schon hier gefangen bin. Was machen Sie wirklich in diesem Labor, wofür Sie einen Partikelzerstreuer brauchen? Irgendwas stimmt nicht mit Ihren Genen, oder?«

Baal wirkte ehrlich überrascht. Liz glaubte sogar, dass sie ihn völlig überrumpelt hatte.

Sula schob sich zwischen sie. »Ja, Doktor Shaw. Baal, Tahni, ich und alle anderen Schlüpflinge hier werden nicht mehr lange überleben ...«

Baal stieß sie zur Seite. »Sula, nicht!«

Aber Sula fuhr zu ihm herum und eine Sekunde lang leuchtete ihr drittes Auge auf. Baal zuckte zusammen. »Nein, Baal, ich hab genug vom Stolz unserer Mutter und von deiner Unfähigkeit, dir eigene Gedanken zu machen, die nicht auf ihren Vorstellungen basieren. Ich stecke in ebenso großen Schwierigkeiten wie du und alle anderen. Und ich entscheide mich dafür zu überleben, indem ich dieser Affenfrau unser Wissen anvertraue.«

»Um was genau geht es denn?«, fragte Liz.

Sula erzählte ihr alles.

Auggi hielt eine Ansprache vor ihrem neuen Rat. Einige von Chukks wichtigsten Unterstützern waren aus ihren Machtpositionen entfernt worden und schmollten nun in ihren Quartieren oder in der Großen Kapelle. An ihrer Stelle lauschten nun Auggis Unterstützer gebannt jedem ihrer Worte.

»Chukk ist tot und seine verweichlichten Ideen davon, wie wir mit den Affen umgehen sollen, sind mit ihm gestorben. Ich sage, wir löschen sie aus. Wir vernichten sie vollständig. Und dann …«

Ein älterer Seeteufelkrieger kam in die Kammer gehumpelt und fiel ihr ins Wort. »Anführerin«, zischte er. »Anführerin, ich hatte im Überwachungsbereich Dienst und habe plötzlich auf den Bildschirmen …«

Die Störung ließ Auggi vor Wut schäumen. »Ich hoffe, du hast einen sehr guten Grund dafür, mich zu unterbrechen, Naalix. Das mag ich nämlich gar nicht.«

»Ein Kreuzer ist gestohlen worden. Krugga wurde erneut angegriffen. Er hat gesagt, es waren der Affe und …«

»Der Doktor! Ich hätte ihn gleich umbringen lassen sollen.« Sie zeigte auf die Türen. »Naalix, bring Baal zu mir. Ich will ihn auf der Stelle sehen, keine Widerrede.«

Naalix humpelte hinaus. Auggi wandte sich mit einem triumphierenden Lächeln an den Rat. »Endlich«, verkündete sie. »Endlich habe ich den Anlass, den ich brauche. Bereitet die Zerstörung des Kreuzers vor. Jagt ihn in die Luft!«

»Nein, Mutter, das darfst du nicht!« Baal stand am rechten Tunneleingang, Naalix kam ihm hinterhergehinkt.

Auggi beachtete ihn nicht. »Naalix, spreng diesen Kreuzer in die Luft. Schieß alle Langstreckentorpedos ab, die wir haben.«

»Ja, Anführerin.« Naalix verschwand, während Baal auf seine Mutter zueilte.

»Mutter, der Doktor befindet sich nicht allein auf dem Kreuzer: Tahni ist bei ihm.« Er hatte damit gerechnet, dass sie ihren Befehl sofort widerrufen und den Angriff abblasen würde. Stattdessen grinste sie nur. »Meine Tochter, gefangen von diesem bösen Affen, opfert ihr Leben, um uns alle zu retten. Wie edel.«

Baal wich zurück. »Sie ist deine Tochter, Auggi! Meine Schwester.«

Auggi funkelte ihn an und Baal entdeckte etwas in ihren Augen, das ihm bisher dank seiner Ergebenheit völlig entgangen war; er war geblendet gewesen von seiner Bewunderung und der Notwendigkeit, die eigenen Geheimnisse vor ihr zu verbergen.

»Ist mir egal.« Auggi lächelte. »Reißt den Kreuzer in Stücke.«

Endlich begriff auch Baal, was Chukk immer gewusst hatte: Warum Chukk und die Triade ihren Antrag auf Führerschaft abgewiesen hatten, nachdem sein Vater den Langen Schlaf nicht überlebt hatte. Auggi war nicht einfach nur machthungrig und von Besessenheit getrieben. Sie war vollkommen wahnsinnig.

»Mike! Schauen Sie!«

Carol Bell deutete in den Nachthimmel und musste trotz ihres dicken Anoraks ein Zittern unterdrücken. Etwas war unangenehm niedrig über sie hinweggeflogen und hatte einen Moment lang den Mond verdunkelt.

Sie hatten sich am Klippenrand bei dem alten Cottage hingekauert, wo der Junge verschwunden und die Polizistin dem Wahnsinn anheimgefallen war. Die Luft war kalt und ein wenig feucht. Bell wünschte sich, sie wäre wieder im UNIT-Hauptquartier und würde ihre effiziente Kommunikationsabteilung leiten, unterstützt von Maisie Hawke und Larry Parkinson. Für nächtliche Überwachungseinsätze war sie nicht geschaffen, egal wie dringend der Brigadier zusätzliche Soldaten brauchte. Die Überstunden würden natürlich nützlich sein.

Mike Yates versuchte, das tief fliegende Objekt im Blick zu behalten, aber es war zu dunkel und er konnte nichts erkennen. »Was das wohl gewesen ist?«

Bell gab ihrem Zittern nach. »Ein Tier war's nicht, so viel kann ich Ihnen sagen. Der Boden hat ganz leicht gebebt, als es über uns hinweggeflogen ist. Und ich hatte so einen Druck auf den Ohren.«

Yates warf ihr einen Seitenblick zu. »Sind Sie sicher?«

»Ja, warum?«

»Dann müssen Sie sich direkt unterhalb seiner Flugbahn befunden haben. Vielleicht ist es am Strand gelandet.«

»Was kann es denn bloß gewesen sein?«

Mike legte einen Finger auf die Lippen. »Stellen Sie nicht zu viele Fragen. Ich weiß nur davon, weil ich vor ein paar Wochen in ein Treffen zwischen dem Brig und Major General Scobie hineingestolpert bin.«

»Darf ich wenigstens eine Frage stellen?«

Mike nickte. »Aber bitte eine, die sich schnell beantworten lässt.«

»Wovon zum Henker reden Sie?«

»Ein Tarnkappenflieger zur Bodenaufklärung. Möglicherweise bewaffnet. Etwa vor einem Monat in Genf geklaut. Die haben unserer Regierung dafür die Schuld gegeben, dass die Existenz des Flugzeugs bekannt wurde. Scobie sollte uns das Ganze in die Schuhe schieben.«

Bell konnte sich vorstellen, wie der Brigadier reagiert haben musste. »Der alte Mann war bestimmt stinksauer.«

Mike lächelte. »Na ja, begeistert war er nicht. Hat Scobie ganz schön zusammengestaucht. John Benton und ich haben ihn selbst in der Kantine noch gehört.«

»Und wer hat den Flieger nun mitgehen lassen?«

Mike zuckte mit den Schultern und begann, den Klippenpfad hinabzusteigen. »Wer es auch war, ist mit dem Ding gerade da unten in der Bucht gelandet. Schauen Sie.«

Bell spähte über den Rand der Klippe und sah eine Bucht, in der es an heißen Sommertagen wahrscheinlich von Badegästen wimmelte, die glaubten, sie hätten ein ganz geheimes Plätzchen entdeckt. Man konnte die Stelle in der Tat nur dann finden, wenn man danach suchte. Die Form eines dreieckigen Flugzeugs hob sich wie ein gewaltiger Schatten vom hellen Sand ab. Das Gefährt war klein und sicher passten nicht mehr als fünf oder sechs Personen hinein. Obwohl der Mond und die Sterne hell strahlten, wurde von der Oberfläche kein Licht reflektiert. Es war, als hätte jemand ein riesiges schwarzes Dreieck in den Strand geschnitten. Sie konnten nicht erkennen, wie hoch oder niedrig es war: Für diese Einschätzung fehlten ihnen einfach die nötigen Bezugspunkte.

Bell zeigte nach links. Dort bewegten sich in diesem Augenblick sechs oder sieben schwarz gekleidete Männer an den

Klippen entlang, die etwas deutlicher zu erkennen waren als das Flugzeug, in dem sie angekommen waren. Sie warf Yates einen fragenden Blick zu, doch der zuckte nur mit den Schultern.

»Die Uniformen hab ich noch nie gesehen. Die Waffen sind allerdings UNIT-Standardausführung.«

Bell nickte. »Das heißt, sie sind einzigartig. Unsere SLGs lassen sich schneller laden und haben weniger Rückstoß als die Normalausführung.«

»Ich dachte doch, dass ich einen Unterschied bemerkt hätte.«

»Das ist noch gar nichts, Mike. C19 arbeitet an einer Maschinenpistole, die panzerbrechende Sprengmunition verschießen kann, als würde es sich um normale Kugeln handeln. Ihre Leute sollten sie in ein paar Monaten kriegen.«

Mike Yates klopfte auf seinen Dienstrevolver. »Der soll mir heute Nacht reichen. Ist handlicher. Sind Sie bewaffnet?«

»Natürlich.«

»Und auch bereit, Ihre Waffe einzusetzen?«

»Natürlich.«

»Haben Sie denn jemals außerhalb des Schießübungsplatzes in Guildford eine Waffe verwendet?«

»Natürlich nicht.« Bell lächelte. »Aber irgendwann ist immer das erste Mal. Gibt nicht viele Telefonistinnen, die Schurken abknallen dürfen.«

Mike berührte sanft ihren Arm. »Sie kommen schon zurecht. Gehen Sie aber kein Risiko ein. Eines wissen wir über diese Burschen: Sie sind nicht auf unserer Seite, egal, welche Waffen sie tragen. Wenigstens einer von uns beiden muss dem Alten, wie Sie ihn so gern nennen, Bericht erstatten. Wir dürfen nicht beide den Held spielen. Ist das klar, Corporal?«

Carol Bell musterte ihn und senkte dann den Blick auf ihre Waffe. »Ja, Sergeant. Sir.«

Yates grinste. »Okey-dokey, dann behalten Sie das Ganze im Auge, während ich runtergehe.« Und damit verschwand er in der Dunkelheit.

»Sie schießt auf uns!«, rief Tahni ungläubig. »Meine eigene Mutter hat Torpedos auf mich abfeuern lassen!«

Der Doktor starrte dieselbe Anzeige an. »Ich dachte, das hier wäre ein Schlachtkreuzer! Können Sie das Feuer nicht erwidern?«

Tahni schüttelte den Kopf. »Nein. Dieses Schiff ist für Kurzstreckenmanöver gebaut. Die Raketen, die wir geladen haben, sind gut, haben aber keine große Reichweite.«

Der Doktor fuhr mit seiner Hand über die Konsole und rief eine Darstellung der Torpedos auf, die sich ihrem Gefährt näherten. »Wie bediene ich die Kurzstreckenraketen?«

Tahni zeigte auf ein Pult auf ihrer Seite des Cockpits. Der Doktor schob sie sanft beiseite. »Entschuldigen Sie.« Sie tauschten die Plätze.

»Was haben Sie vor, Affe?«

»Schauen Sie zu, dann lernen Sie was.« Die Torpedos hatten sie fast erreicht. Der Doktor warf einen raschen Blick zu Marc hinüber, der noch immer bewusstlos in der Ecke lag, dann wandte er sich wieder an Tahni.

»Halten Sie sich gut fest. Das wird unangenehm.«

Auf ihrem Gesicht lag noch immer ein Ausdruck der Verwirrung, als der Doktor die Kurzstreckenraketen abfeuerte. Wieder fuhr er mit seiner Hand über den Knopf. Der Kreuzer bockte heftig, als draußen die Raketen explodierten und die Torpedos neutralisierten.

Der Doktor klammerte sich an seinem Sitz fest, aber Tahni wurde quer durch den Raum geschleudert und schlug neben Marc auf dem Boden auf. Sekunden später war sie jedoch wieder auf den Beinen, während der Doktor weiter mit der Steuerung kämpfte.

»Clever, Affe.« Sie schob ihn zur Seite, setzte sich wieder auf ihren Platz und versuchte, den Kreuzer unter Kontrolle zu bekommen. Die gewaltige Explosion hatte eins der hinteren Pulte beschädigt und Funken regneten auf den Doktor und Marc herab. »Außenhülle beschädigt«, zischte Tahni. »In ein paar Sekunden fangen wir an vollzulaufen.«

»Wie weit ist es bis zum Strand?«

»Wir haben den Unterwassertunnel, den ich geschaffen habe, schon fast erreicht. Er ist luftdicht, aber wegen der Kälte sollten Sie wohl lieber unsere Kleidung tragen.«

»Keine Zeit.« Der Doktor zeigte auf das explodierte Pult: Wasser sickerte dahinter durch die Wand und löste weitere kleine Explosionen aus. »Weg da«, schrie er.

Das musste er Tahni nicht zweimal sagen. Sie wirbelte herum und sprang auf den Doktor zu. Im selben Moment explodierten sowohl die Steuer- als auch die Navigationskonsole und zerstörten dabei die Bildschirme.

»Wir fahren blind«, kreischte sie und kurz darauf kollidierte der Kreuzer mit irgendetwas.

»Wir müssen schwimmen«, schrie der Doktor, packte Marc und warf ihn sich über die Schulter. Er zeigte auf den roten Notfallknopf. »Ist der für die Luken?«

Tahni nickte. »Wir werden in Sekundenschnelle volllaufen. Sie werden ertrinken!«

Der Doktor schlug kommentarlos auf den Lukenöffner. Die Verriegelung der Luke löste sich abrupt, aber die Tür flog nach innen statt nach außen und hätte um ein Haar den Doktor und Marc getroffen. Es platschte leise und für die Dauer eines Wimpernschlags glaubte er, sie wären sicher, doch dann kam das Wasser mit Urgewalt hereingeschossen und füllte die Kabine. Die drei Insassen wurden gegen die Wand geschleudert und mussten gegen die Strömung ankämpfen, um nach draußen ins offene Meer zu gelangen.

Der Doktor suchte sofort nach dem dunkelsten Fleck über sich, da er wusste, dass dies gewöhnlich der sicherste Ort war, um aufzutauchen. Ein paar Sekunden später durchbrachen Marc und er die Wasseroberfläche und der Doktor schnappte nach Luft. Er schaute sich um. Der Strand war zum Glück nicht weit weg. Der Doktor drehte Marc auf den Rücken und schleppte ihn hinter sich her, während er keuchend aufs Ufer zuschwamm. Sobald er dort angekommen war, spritzte hinter ihm Wasser in einer Schaumfontäne auf. Der Kreuzer war explodiert. »Tahni?«, rief der Doktor. »Tahni, wo sind Sie?«

»Sie ist hier«, sagte eine barsche Männerstimme.

Der Doktor blickte direkt in die Mündung eines Schnellfeuergewehrs. Er schaute nach links und stellte fest, dass am Strand eines jener neuen, streng geheimen Tarnflugzeuge der Regierung stand.

»Interessant«, murmelte er. »Ich hätte nicht gedacht, dass es davon schon mehr als nur Reißbrettentwürfe gibt.« Tahni wurde von vier anderen Männern festgehalten, während ein weiterer ihr eine Waffe an den Kopf hielt. Der Doktor fing ihren Blick auf und sah, dass ihr drittes Auge aufzuglühen begann. In der Hoffnung, dass Reptilien besser im Dunkeln sehen konnten als Menschen, formte er mit den Lippen ein »Nein« und war erleichtert, als das Leuchten schwächer wurde.

Ein anderer Soldat lud sich Marc auf die Schulter. Der Mann, der ihn angesprochen hatte, winkte mit seiner Waffe zu dem Flugzeug hinüber. »Und jetzt alle in den Blackbird.«

Der Doktor und der Mann, der Marc trug, sowie die Soldaten, die Tahni festhielten, gingen über die Rampe an Bord. Der Anführer ließ kurz den Blick über den Strand schweifen, dann stieß er einen Pfiff aus.

Der Mann, der offenbar für die Gruppe Wache stand, hörte den Pfiff und wollte gerade antworten, da traf ihn ein großer Steinbrocken am Hinterkopf. Er fiel wie der sprichwörtliche nasse Sack zu Boden, doch bevor er aufschlug, wurde er schon wieder hochgerissen und in die Finsternis einer Felsspalte gezerrt.

Mike Yates öffnete den Gürtel des Mannes und schnitt ihm mit einem Messer die Schnürsenkel durch. Seine eigene Oberbekleidung hatte er bereits abgeworfen. Er unterdrückte ein Zittern, als er den Reißverschluss des schwarzen Overalls aufzog, den Mann herausschälte und selbst hineinschlüpfte. Die gesamte Prozedur dauerte kaum mehr als dreißig Sekunden – lang genug, dass der Anführer noch einmal pfeifen konnte.

Mike schloss eilig den Reißverschluss des Overalls, zog sich die kaputten Schuhe an und hoffte, dass niemand einen allzu genauen Blick auf die Schnürsenkel werfen würde. Er setzte sich den Helm auf, klappte das Visier herunter, um sein Gesicht zu verbergen, stolperte aus der Felsspalte hervor und wäre beinahe mit dem Anführer der Gruppe zusammengestoßen.

So undeutlich er konnte, murmelte er eine Entschuldigung.

»Über Ihre Vorstellung hier werden wir später im Gewölbe noch sprechen«, blaffte der Anführer und schob ihn auf das Flugzeug zu.

Fünfundvierzig Sekunden später legte das Flugzeug einen perfekten, senkrechten Start hin, schoss, beobachtet von Corporal Bell, leise in den Himmel hinauf und verschwand Richtung Norden.

Auggi und Krugga konnten über den Bildschirm mitverfolgen, wie der Kreuzer in Millionen Stücke zersprang, als die Torpedos ihn trafen.

»Ausgezeichnet. Meine verräterische Tochter darf die Affen auf keinen Fall warnen.« Auggi zeigte auf Baal. »Du solltest lieber wieder in dein Labor zurückkehren. Ehrlich … Ich dachte, du hättest den nötigen Mumm und die Liebe zum Krieg von deinem Vater geerbt.«

Baal durchbohrte sie und Krugga mit Blicken, dann wich er in den Tunnel zur Rechten zurück. Er eilte jedoch nicht sofort davon, sondern wartete und lauschte auf den nächsten Befehl, den seine Mutter dem Rat geben würde.

»Armselig sind sie, diese Affen«, schimpfte sie. »Chukk hat sich geirrt, genau wie die Triade. Es ist unsere Pflicht, Krieg gegen diese Eindringlinge zu führen. Wir werden jetzt angreifen, solange es noch dunkel ist.« Sie hob mit dramatischer Geste die Hand. »Bemannt die Schlachtkreuzer. Aktiviert den Myrka. Wir starten unseren Angriff, vernichten jeden Affen, der uns über den Weg läuft, und übernehmen diese Landmasse. Wenn sie erst mal uns gehört, wird ihre Zivilisation schon bald zugrunde gehen.«

Baal hastete zurück in sein Labor, zögerte allerdings im Durchgang. Sein Blick fiel auf Sula und die Affenfrau Liz, die mit den Computern beschäftigt waren. Die Affenfrau trug den Arm in einer Schlinge, aber sie verstand offensichtlich etwas von dem, was sie da tat.

Hatte er sich etwa dermaßen gründlich geirrt? Hatte die strenge Erziehung seiner Mutter ihn gegenüber der Wahrheit vollkommen blind gemacht? Sula und Liz arbeiteten zusammen. In gewissem Maß machten der Doktor und er ebenfalls gemeinsame Sache. Und Chukk und der Doktor hatten ganz gewiss kooperiert.

Der Alarm schrillte durch den Schutzraum. Junge, kräftige Erdreptilien aller Art stürzten sich in die kleinen und großen Kreuzer und bewegten sich mit Höchstgeschwindigkeit aufs Festland zu. Auggi und Krugga führten die Angriffsflotte mit dem Hauptschlachtschiff an, das auch den furchterregenden Myrka beherbergte.

Auggi beobachtete, wie die Küstenlinie auf ihrem Bildschirm näher kam.

»In wenigen Stunden wird der Planet uns gehören!«

SIEBTE EPISODE

Als Sergeant Benton durch die Tür trat, sah er den Brigadier an seinem Schreibtisch sitzen. Er war dermaßen in ein Blatt Papier vertieft, dass Benton den Impuls verspürte, noch einmal hinauszugehen und anzuklopfen.

»Das können Sie sich sparen, Sergeant, ich hab Sie gesehen. Kommen Sie rein!« Der Brigadier bedeutete ihm, auf einem Stuhl Platz zu nehmen. Benton gehorchte und betrachtete seinen Vorgesetzten über den Tisch hinweg. Kurz nach der Sache mit der Großen Intelligenz im Londoner U-Bahn-System hatte er angefangen, unter seinem Kommando zu arbeiten. Als der Brigadier befördert worden war und die Grundstruktur UNITs aufgebaut hatte, war Benton noch ein Private im normalen Dienst der Armee gewesen. Er hatte es Major-General Rutlidge, dem Mann, der dem Brigadier als Kontaktmann zur Armee gedient hatte, zu verdanken, dass er in die engere Auswahl für potenzielle UNIT-Soldaten gekommen war. Sowohl er als auch Jack Tracy hatten bereits Erfahrung mit verdeckter Ermittlung besessen, was Lethbridge-Steward gefallen hatte. Also hatte er sie beide zu einem Gespräch gebeten und ihnen UNITs zukünftige Rolle bei der Verteidigung Englands erklärt – und der Welt, wie sich herausgestellt hatte. Beide waren zu Corporals befördert worden und hatten Captain Turner und Sergeant Walters, die engeren Mitarbeiter des Brigadiers, kennengelernt. Maisie Hawke und Carol Bell waren auch von Anfang an dabei gewesen.

Benton dachte kurz an all diejenigen, die einmal eine Zeit lang bei UNIT gedient hatten. Jimmy Munro, nun wieder in der Armee. Sam Hawkins und Sergeant »Big« Hart, die beide den Silurianern zum Opfer gefallen waren. Zahllose Soldaten, Corporals und Technikfreaks. Und im Herzen von alldem stand der Brigadier Lethbridge-Stewart, ein Mann, den Benton nicht nur als seinen Anführer achtete und bewunderte, sondern auch als Mensch enorm schätzte. Nie hätte er sich angemaßt, seinen befehlshabenden Offizier als Freund zu bezeichnen, aber zwischen ihnen existierte ein gegenseitiger Respekt, was Benton gefiel.

Er empfand dem Brigadier gegenüber extrem große Loyalität und wusste, dass es Lethbridge-Stewart ebenso ging. Schließlich hatte der Alte mit großem Nachdruck darum gekämpft, dass Major-General Scobie, Billy Rutlidges Nachfolger, Benton zum Sergeant beförderte. Allmählich hatte das Team, das sich der Brigadier immer gewünscht hatte, Gestalt angenommen. Abgesehen von inaktiven Corporals wie Bell und Hawke gab es bei UNIT nun auch eine Handvoll von Corporals, die einander abwechselten – Tom Osgood, Jack Tracy und Steve Champion –, zudem ein paar Sergeants, nämlich Mike Yates und ihn selbst, und sogar einen Major, Alex Cosworth, der für sechs Monate aus der Armee herversetzt worden war. Cosworth befand sich allerdings ebenfalls nicht im aktiven

Dienst und war hinzugezogen worden, um bei verwaltungstechnischen Dingen zu helfen. Benton fand ihn in Ordnung; er hatte etwas von einem Universitätssnob und war ein ziemlicher Bürohengst, wäre im Einsatz jedoch wahrscheinlich nicht zu gebrauchen gewesen. Der Brigadier hatte es wohl genauso gesehen, denn Cosworth hatte den Verwaltungsblock des Guildford-Hauptquartiers bisher nicht verlassen.

Der Brigadier riss Benton aus seinen Gedanken, indem er das Dokument, das er gerade gelesen hatte, in Bentons Richtung schob. Der Sergeant verstand den Hinweis, nahm es und warf einen Blick darauf.

Es war ein Schreiben von der Kanzlei Beech und Co. aus Putney und enthielt die Details zum Scheidungsantrag der Klientin Fiona Lethbridge-Stewart, wegen Zerrüttung der Ehe.

Benton gab ihm den Brief zurück. »Das tut mir sehr leid, Sir.«

Der Brigadier räusperte sich. »Wenigstens kriege ich das Auto und das Besuchsrecht für Kate. Sonst aber so gut wie nichts.«

»Gut, dass sie Sie widerspruchslos Ihre Tochter sehen lässt.«

»Hmmm. Nur weil sie weiß, dass ich wahrscheinlich sowieso nicht oft dazu kommen werde.« Der Brigadier klopfte mit seinem Stift gegen das gerahmte Foto auf seinem Schreibtisch. Prompt kippte es um.

Benton sah, dass auf dem Bild alle drei Lethbridge-Stewarts um einen Weihnachtsbaum herum saßen. Das Foto musste zwei Jahre alt sein, denn er wusste, dass der Brigadier während des letzten Weihnachtsfests in Genf gewesen war.

»Was soll's, zurück an die Arbeit. Was kann ich für Sie tun, Sergeant Benton?«

Benton stand abrupt auf und erstattete Meldung. »Corporal Bell hat uns angefunkt, Sir.« Er übergab die vollständige Abschrift des Berichts.

Der Brigadier überflog das Ganze mit routinierter Geschwindigkeit und verzog dann das Gesicht. »Ich hoffe, Yates stellt nichts Dummes an.«

»Nein, Sir. Wir wollen ja nicht unseren neuen Captain verlieren, Sir.«

Der Brigadier hob den Kopf und zog fragend die Augenbrauen hoch.

Benton räusperte sich. »Das macht unter den Jungs die Runde, Sir. Sie wetten darauf, dass er demnächst befördert wird.«

»Tatsächlich, Sergeant? Und warum glauben die Jungs das?«

Benton öffnete den Mund, stellte jedoch fest, dass er keine Antwort hatte. »Das weiß ich nicht, Sir. Alles nur Gerede.«

Der Brigadier stand auf und glättete seine Uniform. Dann beugte er sich herunter und legte den Kanzleibrief in eine Schublade. »Sie waren von Anfang an dabei, John. Glauben Sie denn nicht, dass Sie auch mit im Rennen sind?«

Benton leckte sich die Lippen. »Darf ich frei sprechen, Sir?«

»Natürlich.«

»Das passt nicht zu mir, Sir. Ich weiß es. Sie wissen es. Mike Yates weiß es. Er ist ein Offizier, Sir. Genau wie Sie, so was hat man im Blut. Die Jungs respektieren ihn, bewundern ihn richtig, wenn man so will. Und ich auch. Offen gesagt könnte ich jemandem wie ihm ebenso wenig Befehle erteilen, wie ich Ihnen welche geben könnte.« Benton merkte, dass er gerade ein wenig rot wurde. »Wirklich, Sir. Es wäre mir wesentlich lieber, wenn er Captain würde. Das wäre gut für die Moral, würde eine Befehlskette etablieren und dazu beitragen, dass alles effektiver läuft. Hinzu kommt, Sir, dass ich die Verantwortung nicht will. Ich bin Soldat, kein Politiker. Mike kann mit denen da oben besser hantieren als ich. Mit den Soldaten auf dem Exerzierplatz komm ich gut zurecht, aber mit diesen Typen von C19 oder vom Ministerium weiß ich wirklich nichts anzufangen.«

»Du liebe Güte, Sergeant.« Der Brigadier lächelte. »Ich glaub, ich hab Sie noch nie so lange am Stück reden hören.«

Benton konnte nicht anders, er musste ebenfalls lächeln. »Die Ansprache hab ich geübt, Sir.«

Der Brigadier nickte. »Ich werde Ihre Einschätzung berücksichtigen, Sergeant, falls ich das Budget für eine Beförderung bekomme.« Benton wandte sich zum Gehen, aber der Brigadier fuhr fort: »Ach, und Sergeant Benton?«

»Sir?«

»Vielen Dank für Ihre Offenheit.«

»Natürlich, Sir.«

»Und jetzt«, fuhr der Brigadier in geschäftsmäßigem Ton fort, »noch mal zu diesem Bericht von Bell. Sie empfiehlt, dass Parkinson dieses Flugzeug verfolgen soll, falls es sich wirklich um den neuen Blackbird von C19 handelt. Sie sagt, die Transponderkodes seien bei uns eingespeichert.«

»Darum haben wir uns schon gekümmert, Sir. Ich werde Parkinson fragen, ob er den Zielort bereits herausgefunden hat.«

Der Brigadier nickte. »Danke, Sergeant. Ich hatte so eine Ahnung, dass Sie das bereits in die Wege geleitet haben könnten. Sagen Sie mir Bescheid, wenn Sie Näheres wissen. Dann habe ich eine Aufgabe für Sie.«

»Sir?«

Der Brigadier zeigte auf die Karte der Südküste hinter seinem Schreibtisch, die Corporal Hawke aus der Nachrichtenzentrale geholt und hier aufgehängt hatte. »Ich werde dem Blackbird mit einer Einheit folgen und versuchen, den Doktor und Sergeant Yates wohlbehalten zurückzuholen. Bell hat jedoch berichtet, dass der Doktor sich in Begleitung eines Silurianers befunden haben soll. Das bedeutet, dass sie Smallmarshes vermutlich regelmäßig besuchen. Ich will, dass Ihr Team sich mit Bell trifft und nach diesen Quälgeistern Ausschau hält. Mir ist egal, ob Sie eine Nacht oder eine Woche lang dableiben. Solange ich nicht mit dem Doktor gesprochen habe, weiß ich nicht, was die Silurianer planen. Sie sollten besser vor Ort sein, nur für den Fall, dass sie angreifen. Das letzte Mal haben sie uns überrumpelt; das soll uns nicht noch einmal passieren.«

»In Ordnung, Sir. Ich frage bei Parkinson nach und gebe dann Bescheid.« Benton salutierte und machte sich auf den Weg zur Nachrichtenzentrale, dankbar dafür, dass er als eingefleischter Junggeselle niemals eine Scheidung würde durchmachen müssen.

Ein dreidimensionales Schaubild schwebte vor Liz in der Luft. Mit ihrem Pad konnte sie jeden Abschnitt der Erdreptilienphysiologie auswählen und hervorheben.

Zu ihrer Rechten schwebte ein weiteres Hologramm, ein Drahtgittermodell derselben Gestalt, das grün leuchtete. Hin und wieder nahm Liz geringfügige Änderungen an ihren

Einstellungen vor oder sprach einen Befehl ins Pad. Die inneren Organe des Schaubilds weiteten sich dann, schrumpften oder bewegten sich leicht. Schließlich schob sie das eine Hologramm über das andere, um zu sehen, wo noch Anpassungen an der Grundform des Körpers nötig waren.

Sie arbeitete nun schon eine Weile einhändig und war zu neunzig Prozent bei der Sache. Die anderen zehn Prozent galten Jana und den bizarren Umständen, die sie hierhergebracht hatte. Jana war offensichtlich eine ausgebildete Attentäterin gewesen: Daran bestand kein Zweifel, so geschickt, wie sie ihre C19-Pistole benutzt hatte. Wie beiläufig sie diesen Chukk erschossen und dann noch einen Glückstreffer bei Liz gelandet hatte – ein deutlicher Hinweis darauf, wie gewissenlos sie gewesen war. Leider war sie nun tot und die Frage, wer sie angeheuert hatte, würde wohl vorerst ein Mysterium bleiben.

Sula betrat das Labor so leise, wie sie konnte, aber Liz war sich ihrer Gegenwart sofort bewusst. Etwas löste eine Art Alarm in ihr aus, wie damals, als sie den Silurianer – nein, das Erdreptil – in der Scheune der Farm der Squires gesehen hatte oder vor Kurzem, als sie mit Jana auf L'Ithe angekommen war. Sie hatte gelernt, das Gefühl zu unterdrücken, die urzeitliche Furcht ihrer Spezies. Nicht nur weil es unangebracht gewesen wäre – um nicht zu sagen peinlich, sie konnte ja nicht jedes Mal Muffensausen kriegen, wenn sie Sula oder Baal sah –, sondern weil es von wissenschaftlicher Bedeutung war zu beweisen, dass sich diese Angst überwinden ließ. Wenn die Menschheit und die Erdreptilien eines Tages in Frieden zusammenleben sollten (hoffentlich noch während ihrer Lebenszeit), dann musste dieser Erinnerungseffekt, der in ihrer DNA angelegt zu sein schien, ausgerottet werden oder man musste die Menschen darin schulen, dies zu überwinden.

Sula reichte Liz ein Gefäß mit Flüssigkeit. Das Pad nahm sie ihr ab und legte es auf ein Tablett, das sie in der Hand hielt. »Liz, Sie müssen das trinken. Es unterstützt das Gewebe, das wir über die Wunde gelegt haben, und verstärkt das Antiseptikum.«

Liz beäugte die Flüssigkeit. »Wunderbar, aber vertragen Säugetiere das denn?«

Sula dachte darüber nach. »Ich bin nicht sicher. Soweit ich weiß, hat noch kein Säugetier je etwas davon zu sich genommen. Aber es wurden auch bisher keine Säugetiere mit dem Gewebe behandelt und das hat Sie ja auch nicht umgebracht.«

»Stimmt auch wieder. Na gut, im Namen der Wissenschaft. Prost!« Liz stürzte den Inhalt des Bechers in einem Zug herunter. »Wenn ich das mit einem Pint Guinness geschafft hätte«, sagte sie und wischte sich die Lippen am Ärmel ab, »hätte ich auf dem Weihnachtsmarkt was gewinnen können.«

Sula starrte sie sprachlos an und hatte offenbar kein Wort verstanden.

»Egal«, sagte Liz. »Beachten Sie mich gar nicht, ich schwafle nur.«

Sula nahm ihr den Becher ab und spähte hinein. »Sie sollten den Inhalt eigentlich in kleinen Schlucken über eine halbe Stunde verteilt trinken.«

Liz runzelte die Stirn. »Na, ich bin ja noch am Leben.« Sie nahm das Pad wieder entgegen. »Danke.« Dann musste sie plötzlich lächeln. »Sie und Baal scheinen mich auf einmal gar nicht mehr nur als ignorante Affenfrau anzusehen. Wie kommt's?«

Sulas Haut wurde ein wenig dunkler, aber sie antwortete nicht.

»Tut mir leid«, sagte Liz. »Ich wollte Sie nicht in Verlegenheit bringen. Ich war nur neugierig.«

Sula ging zum Partikelzerstreuer, stellte das Tablett auf den Boden und schaltete den Schirm ein. Ein kleines affenartiges Säugetier war darauf zu sehen.

»Ihr Urahn«, sagte sie schlicht.

Liz starrte ihn an. Lebendige, echte Frühgeschichte, nicht nur ein Haufen Spekulation an Hand von fossilen Funden. »Mein Gott, wie schön.«

»Wirklich?«

Liz bedachte Sula mit einem flüchtigen Blick und widmete sich dann wieder dem Bildschirm. »Ästhetisch gesehen nicht, aber wissenschaftlich betrachtet schon. Wir könnten so viel von Ihnen lernen. Seit Hunderten von Jahren fragen wir uns schon, wie unsere Vergangenheit wohl ausgesehen haben mag. Sie waren dabei. Sie können uns davon erzählen.« Liz zeigte aufgeregt auf das Bild auf dem Schirm. »Verdammt, Sie können sie uns sogar zeigen. So viele Fragen ließen sich beantworten, wenn wir nur alle zusammenarbeiten würden.«

»Ich weiß nicht, ob die Triade das auch so sehen würde.«

»Traurigerweise tun das jene, die an der Macht sind, so gut wie nie. Ich denke, die meisten Staatsoberhäupter unserer Welt würden angesichts dieser Gelegenheit keine Freudensprünge machen. Am Ende kommt es auf gewöhnliche Leute wie Sie und mich an, wenn es darum geht zu zeigen, wie nötig Kooperation ist.«

»Meine Mutter und andere wie sie haben uns über so lange Zeit beigebracht, dass wir die Affen ganz und gar zu verachten haben – es wurde uns quasi angezüchtet. Sie haben unsere Welt überrannt und so viel ihrer natürlichen Schönheit zerstört. Man hat uns gelehrt, dass wir Sie um jeden Preis vernichten müssen.«

Liz nickte. »Aber nun sehen Sie, dass es auch anders geht, oder? Dass Sie und ich zusammenarbeiten könnten?« Liz zeigte auf den Becher auf dem Tablett. »Sie haben gesagt, Sie hätten nicht gewusst, ob das bei mir wirkt oder mich stattdessen sogar umbringt. Aber das ist ja das Schöne an dem, was wir tun: Wir lernen gemeinsam. Aus Baals Notizen weiß ich, dass es Ihnen nicht gelungen ist, Ihre genetischen Probleme in den Griff zu kriegen. Also haben Sie einen menschlichen Jungen entführt und an ihm herumexperimentiert, stimmt's?«

»Ja.« Sula wirkte beschämt.

»Aber die Sache ging schief und daran ist niemand schuld. Sie verstehen unseren Körper ebenso wenig wie wir den Ihrigen. Nur durch Zusammenarbeit werden wir die Antwort finden. Der Doktor hätte Ihnen geholfen.«

»Können Sie denn die Antwort finden?« Liz und Sula drehten sich um und sahen Baal, der durch den Raum auf sie zukam, wobei er den Boden vor seinen Füßen anstarrte, ohne ihren Blicken zu begegnen.

Sula schien sofort beunruhigt. »Baal? Was ist passiert?«

Er seufzte tief und nahm ihr Gesicht in seine Hände. »Unsere Mutter hat befohlen, den Kreuzer zu zerstören, auf dem sich Tahni und der Doktor befinden.«

»Ihre eigene Tochter?« Liz war entsetzt, nicht nur wegen Tahni, sondern auch wegen des Doktors.

»Mit meiner Mutter lässt sich, nun ja, nicht mehr vernünftig reden. Ihr habt doch sicher den Alarm gehört. Sie hat mit der Flotte einen Angriff gegen die Affen gestartet.«

Sula machte ein schockiertes Gesicht. »Aber warum? Was soll das bringen?«

Baal schüttelte langsam den Kopf. »Vergiss nicht, dass unser Vater zur Elite der Seeteufelkrieger gehörte. Sie hat sich auf eine Verbindung mit ihnen eingelassen, weil sie deren Gepflogenheiten bewunderte. Die Auslöschung der Affen hält sie für den einzigen Weg nach vorn, selbst wenn es sie das eigene Leben kostet.«

»Wie viele folgen ihr denn?«, fragte Liz leise.

Baal zuckte mit den Schultern. »Ihre Anhänger. Die meisten von uns, mehr als die Hälfte, nehme ich an. Allerdings wenige von unserer Generation – die meisten Hybride wissen es besser. Wir hatten eigentlich vorgehabt, durch unsere Forschung gemeinsam ein Heilmittel zu finden.« Er setzte sich auf einen Sitz neben dem Kartenbildschirm. »Wenn aber nur wir Hybride überleben, dann müssen wir dies nun allein schaffen.«

Liz wusste, dass sie ihre Arbeitgeber irgendwie über den bevorstehenden Angriff in Kenntnis setzen musste. Sie wusste ebenfalls, dass Baal und Sula trotz der Zweifel, die sie gerade hatten, niemals einem Verrat an ihrem Volk zustimmen würden. Wenn sie ihr Vertrauen gewinnen wollte, würde sie es sich verdienen müssen. »Dann lassen Sie mich Ihnen helfen«, sagte sie. »Ich bin Wissenschaftlerin, mein Fachgebiet ist Chemie, außerdem habe ich einen Doktorgrad. Zumindest hier vor Ort ist niemand qualifizierter als ich. Was haben Sie zu verlieren? Sie kennen sich mit Ihrer Biologie aus, ich mich mit meiner.

Zusammen müssten wir eigentlich ein Heilmittel finden können.«

Baal und Sula tauschten einen Blick. Schließlich berührte Sula seinen Arm.

»Baal, was unsere Mutter da tut, ist falsch. Was sie Tahni angetan hat, lässt sich nicht rechtfertigen – ebenso wenig wie das, was wir dem Affenschlüpfling angetan haben. Nichts davon lässt sich rückgängig machen, aber wir können weitermachen, aus unseren Fehlern lernen. Liz kann uns helfen. Bitte, von jetzt an wollen wir alle gleich sein, sonst werden wir uns vor lauter Furcht, was wir sind und was mit uns geschehen könnte, niemals aus unserem Schutzraum heraustrauen!«

Baal blickte starr nach vorn. »Der Doktor hat mich gefragt, ob ich glaube, dass die Absichten, die ich mit meiner Arbeit verfolge, die Vorgehensweise rechtfertigen.«

»Der Zweck heiligt niemals die Mittel«, sagte Liz. »Das ist ein festgeschriebenes wissenschaftliches Prinzip, nach dem die meisten seriösen Wissenschaftler arbeiten.«

Baal schaute ihr direkt in die Augen. »Selbst wenn es bedeutet, dass Sie am Ende scheitern? Selbst wenn es Sie zum Tod verdammt, weil Sie nicht bereit waren, Risiken einzugehen?«

»Auch viele menschliche Wissenschaftler haben sich diese Frage gestellt«, sagte Liz. »Hier geht es um Moral: Kann man, ungeachtet der positiven oder negativen Folgen, hinterher noch mit sich selbst leben? Wissenschaft, Baal, ist nicht nur ein Beruf, es ist eine Berufung. Man verpflichtet sich anderen, nicht nur sich selbst. Mehr noch als in anderen Berufen haben unsere Entscheidungen, Erfolge und Fehlschläge Einfluss darauf, ob andere leben oder sterben.«

Baal kam auf sie zu und streckte beide Hände aus. Liz ergriff sie.

»Also gemeinsam«, sagte er. »Bitte helfen Sie uns, ein Heilmittel für unsere Krankheit zu entwickeln. Dann, das verspreche ich, werden wir einen Weg finden, alle zusammen auf der Oberfläche zu leben.«

Liz drückte kurz seine Hände, bevor sie ihn freigab und ihm und Sula lauschte, während sie darüber diskutierten, wie sie das Labor am besten umgestalten könnten. Sie bekam nur am Rande mit, dass sie überlegten, wie man die Maschinen und Methoden so anpassen konnte, dass auch Liz damit arbeiten konnte.

Das ist es, dachte sie. *Darum geht es doch eigentlich – worauf UNIT, der Doktor und der Brigadier hinarbeiten. Es ist nicht meine Aufgabe, herumzulaufen und dem Doktor dabei zu helfen, seine TARDIS zu reparieren. Ich sollte eine Weile hier verbringen, sollte helfen, diese Wesen zu heilen und irgendeine Form von Beziehung zwischen unseren beiden Spezies zu fördern.*

Aus dem Augenwinkel nahm sie ein weißes Lämpchen wahr, das an einem der Pulte an- und ausging. Wie ein funkelnder Stern. Sie musste lächeln. *Okay, Oma, das ist es. Hier will ich sein, das will ich tun. Ich will meine Ausbildung, mein Wissen nutzen, um diesen Leuten zu helfen. Und das werde ich.*

Der Doktor bekam eine Besichtigungstour. Zusammen mit der Einheit schwarz gekleideter Kämpfer vom Strand wurde er durch Korridore und Labore, Flugzeughangars und Überwachungsstationen von der Größe eines Sportstadions geführt. Das Gewölbe war wie eine Kleinstadt, begraben unter den Cheviot Hills.

Er nahm an, dass er das volle VIP-Programm geboten bekam, wenngleich diese Einrichtung, die der blasse junge Mann ihm präsentierte, offensichtlich nicht oft von Besuchern erkundet wurde. Außerdem fragte der Doktor sich, wie viele von denen, die sie betreten hatten, auch wieder hatten gehen dürfen.

»Offen gesagt, Doktor«, meinte sein Gastgeber im Plauderton, »wäre das Gewölbe ohne Ihren Beitrag nicht halb so erfolgreich. Schauen Sie sich nur mal um: Wir haben Cyberwaffen, Nestene-Energieelemente, Ampullen mit der Silurianer-Seuche. Das da drüben erkennen Sie vielleicht auch wieder. Eine unserer ersten Trophäen.«

Der Doktor schaute in die angegebene Richtung. In einem verriegelten Käfig stand die untere Hälfte eines cremefarbenen Dalek, der mit grünen Flecken und Einschusslöchern übersät war. Der Doktor war sicher, dass er so einen Dalek noch nie gesehen hatte, schon gar nicht im zwanzigsten Jahrhundert.

»Wie faszinierend. Nun, Ihre Tour hat mir sehr gefallen. Wann erfahre ich, wie es Marc geht? Und wo haben Sie Tahni hingebracht?«

Der blasse junge Mann ignorierte ihn. »Und hier«, fuhr er fort, während er den Doktor durch eine Stahltür in einen blau erleuchteten Raum führte, »befindet sich unsere Kryotechnikabteilung. Einige Leute werden Sie vielleicht wiedererkennen.« Er lächelte wohlwollend. »Schauen wir uns mal ein bisschen um, ja?« Er drückte auf einige Knöpfe an einer Konsole. Ein Teil der Wand glitt beiseite und gab den Blick auf etwas frei, das wie eine Leichenhalle aussah. An einer Seite waren etwa vierzig Schubfächer in die Wand eingelassen, jedes groß genug für eine Person. »Wen haben wir denn hier?«, fragte der blasse junge Mann und drückte auf einen weiteren Schalter, woraufhin eine der Schubladen beinahe geräuschlos aus der Wand glitt; im Inneren befand sich ein gläserner Sarg, der mit Raureif überzogen war. Der blasse junge Mann beäugte das Namensschild und rieb dann mit seinem Ärmel darüber. »Oh, George Ratcliffe. Anführer einer neofaschistischen Gruppierung der Nachkriegszeit. Kennen Sie ihn?«

Der Doktor starrte ihn an. »Wollen Sie auf irgendwas Bestimmtes hinaus?«

»Wie wär's mit dem hier?« Ein weiterer mit Reif bedeckter Sarg kam zum Vorschein. »Melvin Krimpton. Ihn kennen Sie bestimmt.« Er machte eine Geste zu den übrigen Schubladen. »Tatsächlich würde ich einen Penny gegen ein Pfund wetten, dass Ihnen die meisten dieser Leute bekannt sind, dass Sie sogar dabei waren, als sie umkamen, welches Gesicht Sie damals auch getragen haben mögen. Da oben liegt ein gewisser Stephen Weams, da drüben George Hibbert und gleich hier hinten Mark Gregory, ein Wissenschaftler, den ich persönlich kannte. Sind Sie ihm je begegnet? Ich bin mir nicht sicher, aber wie dem auch sei … Jedenfalls starben all diese Menschen an etwas, das nicht in den normalen Zuständigkeitsbereich der Polizei oder des Militärs fällt. Wir behalten ihre Leichen zu Forschungszwecken hier, um der Zukunft zu dienen.« Er machte eine Pause, dann lachte er. »Ich frage mich, was die Eltern des jungen Stephen Weams wohl zu Grabe getragen haben? Was musste wohl alles gefälscht werden, um die Wahrheit über die Große Intelligenz selbst vor den Familien der Verstorbenen geheim zu halten?«

»Und wozu das alles?«

»Weil, Doktor, all dies gesammelt, sortiert und archiviert werden muss. Und weil unser Land mithilfe all der Technologie, die dahintersteckt, zu großer Macht gelangen kann. Stellen Sie sich doch mal vor: Wir könnten eine Armee von Autons nach Nordirland schicken oder den Yanks in Vietnam mit einer oder zwei ›Kriegsmaschinen‹ helfen. Und sollte diese Regierung sich ihre blütenweißen Hände nicht schmutzig machen wollen, dann wird es halt die nächste tun. Oder die übernächste. Wenn der Preis stimmt, können sie alles haben, was sie wollen. Und bevor Sie fragen: Das ist alles völlig legal. Ich arbeite für C19. Für Sir John Sudbury, Ihren Bridge-Partner. Nicht dass er irgendwas hiervon wüsste – schließlich hatte er auch keinen Schimmer, was im Glashaus vor sich ging. Britische Politiker und Staatsbeamte geben wunderbare Straußenvögel ab: Stecken den Kopf in den Sand und ignorieren alles, was ihnen unangenehm ist.«

Der Doktor rieb sich den Nacken. »Wollen Sie sagen, dass Sudbury, Scobie und sogar Lethbridge-Stewart von dieser Einrichtung wissen?«

»Du liebe Güte, nein. Abgesehen von meinen Mitarbeitern weiß niemand davon. Und wer sind die? Nun, das bleibt mein Geheimnis, aber lassen Sie mich Ihnen versichern, dass sie alle Gesellschaftsschichten infiltriert haben. Politiker, Schauspieler, Zeitungsreporter, Ladenbesitzer und Müllmänner. All diese Leute halten die Augen und Ohren offen, nur um mich glücklich zu machen.« Der blasse junge Mann ließ den letzten Sarg wieder einfahren.

Der Doktor ließ die Augen durch den Raum wandern. Drei Türen führten aus der Kryogenik-Kammer heraus, einschließlich der, durch die sie hereingekommen waren. Zwei Wachen flankierten ihn, während der Anführer etwas abseits stand; alle drei waren bewaffnet. Ob der blasse junge Mann auch eine Waffe bei sich trug, konnte er nicht wissen, aber er wettete insgeheim, dass es so war. Den Fluchtversuch konnte er sich abschminken.

»Warum wollten Sie die Silurianerin haben?«

Der blasse junge Mann lächelte. »Sie ist ein Bonus. Wir waren uns im Klaren, dass irgendjemand hier Informationen nach Whitehall weitergegeben hat, wahrscheinlich jemand innerhalb von C19 selbst. Diese Person hat Kontakt mit einer berühmten holländischen Enthüllungsjournalistin aufgenommen, die undercover hier arbeiten sollte. Sie hat mit ihren gestohlenen Informationen allmählich alles zusammengepuzzelt, was wir bereits wussten: dass es auf L'Ithe etwas Wertvolles zu entdecken gab. Wir tauschten die Journalistin gegen eine unserer Mitarbeiterinnen aus und ließen die Scharade weiterlaufen. Zusammen mit Ihrer Miss Shaw hat sie dann für uns die Basis der Silurianer gefunden. Ich wollte schon immer so ein Reptil haben; ihre genetische Struktur ist so einzigartig.« Er lehnte sich an die Wand, als würde er sich gerade mit dem Doktor über einen alten Film unterhalten und nicht über den schrecklichen Plan, die Wissenschaft der Menschheit zu pervertieren. »Stellen Sie sich einen gezüchteten Supersoldaten vor, der selbst unter extremen Bedingungen zurechtkommt, wie man sie in der Antarktis oder der Sahara vorfindet, der unter Wasser so gut atmen kann wie an Land. Die Silurianer sind uns evolutionär weit voraus. Nun, da meine Leute Gelegenheit hatten, mit dem armen Jungen zu experimentieren, den Sie mitgebracht haben, schwebt mir einiges an Möglichkeiten vor, wie wir unser Ziel erreichen können. Eine Armee eugenischer Kämpfer, Doktor. Wir würden den gesamten Planeten beherrschen. Westminster würde zum Herzen der westlichen Welt und schließlich auch des Ostens werden. Was sagen Sie dazu?«

Der Doktor blickte ihn direkt an. »Nur eines: Ha!« Er riss beide Arme in die Höhe und nach hinten, sodass er beide Wachen am Kinn erwischte, dann schlug er ihnen mit den Handkanten in die Nacken. Beide Männer fielen zu Boden und blieben benommen liegen. Der Anführer griff nach seinem Gewehr, aber der Doktor beförderte es mit einem hohen Tritt in die nächste Ecke. Ein zweiter Tritt traf den Kämpfer in den Solarplexus. Er kippte hinten über und schnappte nach Luft.

Der blasse junge Mann griff in sein Jackett, doch bevor er seine Waffe hochreißen konnte, knallte ein Gewehrschuss und sie schlitterte über den Boden davon. Der Mann umklammerte sein schmerzendes Handgelenk und starrte auf einen der Männer hinab, die der Doktor niedergeschlagen hatte. Dieser hatte sich auf ein Knie gestützt und zielte mit seinem Gewehr direkt auf die Brust seines Arbeitgebers. Er warf den Kopf zurück und sein Helm fiel herunter.

»Sergeant Yates!« Der Doktor eilte auf ihn zu. »Mein lieber Mike, es tut mir entsetzlich leid, dass ich so hart zugeschlagen habe.«

Mit etwas rauer Stimme murrte Yates, dass es nicht wehgetan habe. Langsam erhob er sich, wobei er weiter sein Gewehr auf seinen Gegner gerichtet hielt.

Der Anführer der Wachen stand ebenfalls auf und taumelte zu seinem Boss hinüber, gefolgt von der dritten Wache.

»Sie haben sich infiltrieren lassen«, sagte der blasse junge Mann zum Anführer. »Wahrscheinlich in Smallmarshes.«

»Korrekt.« Yates' Stimme klang wieder kräftiger.

Plötzlich holte der blasse junge Mann aus und versetzte dem Anführer der Wache einen Faustschlag gegen den Kopf.

Mike zuckte zusammen und rechnete damit, dass der Mann erneut zu Boden gehen und womöglich ein paar Zähne einbüßen würde. Stattdessen wurde ihm mit einem entsetzlichen Geräusch der Kopf von den Schultern getrennt; Blut und Gewebe spritzte in alle Richtungen. Der Kopf prallte mit einem dumpfen Laut auf dem Boden auf, kullerte ein Stück und kam neben der Tür zum Stillstand. Eine Sekunde später kippte der Körper um und blieb reglos liegen.

Ohne zu zögern schoss Mike acht Kugeln in die Brust des blassen jungen Mannes, aber wieder geschah nicht das, was er erwartet hatte. Der Mann lächelte lediglich und begutachtete seinen zerfetzten Anzug. Die Kugeln hatten eine nahezu gerade Linie aus Löchern in seiner Brust hinterlassen.

»Kybernetik. Er ist mit Cyber-Technik ausgestattet worden!« Der Doktor packte Mike am Arm und zog ihn mit sich. »Laufen Sie!«

Yates ließ sich das nicht zweimal sagen und folgte dem Doktor durch die Tür. Er drehte sich kurz um und beschoss das elektronische Tastenfeld, um den Durchgang zu verriegeln. »Das wird sie entweder aufhalten oder ihnen die Sache leichter machen. Ob wir wohl Glück haben werden?«

Die Tür öffnete sich zwar nicht, doch plötzlich erschien ein gewaltiger Riss, der sich diagonal über ihre Oberfläche hinwegzog. Ein Arm in einem Anzugärmel stieß hindurch und tastete nach dem Bedienfeld.

Die Miene des Doktors verfinsterte sich. »Da haben Sie Ihre Antwort, Sergeant. Lange wird sie das nicht aufhalten. Wir sollten uns aufteilen. Können Sie irgendein Transportmittel auftreiben?«

»Den Blackbird finde ich wahrscheinlich wieder.«

»Ausgezeichnet. Machen Sie ihn startklar. Ich muss Marc und Tahni finden und von hier wegbringen. Geben Sie mir eine halbe Stunde. Wenn ich dann noch nicht da bin, verschwinden Sie und bringen Lethbridge-Stewart, Sir John Sudbury und Scobie hierher – und falls nötig die komplette UN. Diese Einrichtung muss stillgelegt werden.«

»Wird gemacht, Doktor. Viel Glück.« Mike hängte sich das Gewehr über die Schulter und bog nach links in einen Korridor ab.

Der Doktor fragte sich gerade, welchen Weg er nehmen sollte, da wurde ihm die Entscheidung abgenommen: Die Tür ihm gegenüber wurde sauber aus den Angeln gerissen und flog gute drei Meter weit auf ihn zu. Er wirbelte herum und preschte in die entgegengesetzte Richtung davon.

Der blasse junge Mann und der noch lebende Wächter standen im Durchgang. »Erledigen Sie ihn! Schießen Sie ihn nieder!«

Sergeant Benton und seine Truppe warteten in Uniform und bewaffnet am Strand und behielten das Meer im Auge. Corporal Bell und ein paar örtliche Polizisten inklusive Sergeant Bob Lines waren ebenfalls vor Ort.

Einer der Soldaten, Private Millar, bediente ein leistungsstarkes Echolot.

»Sie kommen weiterhin näher, Sir. Etwa acht Schiffe und noch etwas, das ich nicht identifizieren kann. Geschätzte Ankunftszeit in etwa drei Minuten.«

Benton wandte sich an Lines: »Wie läuft die Evakuierung?«

»Abgeschlossen, Sergeant Benton. Nur Haggard, Attrill und ich sind noch hier.« Lines drehte sich zu der Polizistin namens Haggard um. »Pat, gibt's aus Hastings irgendwelche Neuigkeiten?«

»Nein, Sergeant, aber wir haben überall Straßensperren aufgestellt. Höchstens eine Feldmaus käme noch nach Smallmarshes rein.«

»Gute Arbeit.«

Attrill kam herüber. »Sergeant?«

»Harry?«

»Ich weiß, das klingt komisch, aber die Straßenlaternen gehen immer mal wieder aus, ebenso der Strom auf dem Revier.«

»Das liegt bestimmt an denen«, sagte Private Farley und zeigte aufs Meer hinaus. Eine Reihe eiförmiger, fast völlig glatter Kapseln brach gerade durch die Wasseroberfläche.

Lediglich die beiden kleinen Einbuchtungen an der Vorderseite deuteten darauf hin, dass die Kapseln so etwas wie Torpedos geladen hatten.

»In Ordnung, Männer, bereit ma…« Benton kam nicht dazu, den Satz zu beenden. Zwischen den Kapseln schoss eine riesige, mit Schuppen bedeckte grüne Kreatur durch die Wellen, die vom Aussehen her ein wenig an ein Pferd erinnerte.

Scharfkantige Flossen verliefen von ihrem Kopf bis hinunter zum langen Schwanz.

»Ein Dinosaurier«, murmelte Private Johnson ungläubig.

»Das ist Nessie, verdammt noch mal«, zischte Corporal Champion. Er machte sein Maschinengewehr scharf und die anderen Soldaten taten es ihm gleich.

»Sie drei fahren zurück zum Revier«, befahl Benton den Polizisten. »Corporal Bell, Sie fahren mit. Wenn Sie können, kontaktieren Sie das Hauptquartier und fordern Verstärkung an.«

»Aye, Sir.« Bell verschwand mit den Polizisten.

Die zuvor nahtlos eingepassten Dächer der Kapseln glitten auf und gaben den Blick auf jeweils drei Silurianer im Inneren frei. Farley war der Erste, der reagierte und das Feuer eröffnete. Er konnte beobachten, wie die Kreaturen ihr drittes Auge rot aufleuchten ließen. Private Beaton, der den Angreifern am nächsten stand, ließ sein Gewehr fallen und fiel tot um. Farleys erste Salve traf zwei Silurianer mitten in die Gesichter und sie stürzten leblos ins Wasser, doch die anderen kamen ungerührt näher.

Benton zögerte nicht. »Rückzug zum Cottage«, schrie er. Ohne auf weitere Anweisungen zu warten, wichen die Soldaten zurück, wobei sie ohne Unterlass auf die Angreifer feuerten. Noch ein Silurianer starb, doch im Gegenzug wurden zwei aus Bentons Aufgebot getötet.

Benton entsicherte eine Granate und Millar neben ihm tat das Gleiche. Benton merkte sofort, dass er schlecht gezielt hatte: Seine Granate explodierte in der Nähe des gewaltigen grünen Seeungeheuers. Millars Granate dagegen landete genau in einer der Kapseln. Sie detonierte sofort und zwei brennende Silurianer wurden in die Luft geschleudert. Die Explosion erfasste zwei weitere Kapseln, die ebenfalls hochgingen, wobei ihre Insassen wahrscheinlich umkamen.

Benton und Millar kämpften sich zum Cottage hinauf, konnten die anderen jedoch nicht sehen. »Wir können nicht als Einzige noch übrig sein, Sir«, keuchte Millar und ließ den Rucksack mit dem tragbaren Sonargerät zu Boden gleiten.

»Nein, die anderen sind da drüben bei Farley. Sehen Sie.«

Farley stand weiter oben, ein Stück von der Klippe entfernt, und winkte ihnen wild zu.

»Was ist los?«, fragte Millar.

Benton drehte sich um und sah, wie das Seeungeheuer gerade hinter der Rückwand des Cottages verschwand.

»Leise, Millar.«

Millar drückte sich gegen die Wand, während Benton sich langsam vorwärts schob und riskierte einen Blick um die Ecke. Für den Bruchteil einer Sekunde konnte er die Augen der Kreatur klar erkennen. Dass dieses Wesen intelligent war, ließ sich nicht verleugnen. Ihm wurde schlagartig bewusst, dass es nach ihnen Ausschau hielt und herauszufinden versuchte, wohin sie verschwunden waren.

Benton drehte sich zu Millar um, gerade als das Seeungeheuer seine Vorderflosse hob und die Ecke des Cottages berührte. Dann gab es einen grellen blauen Blitz und Benton warf sich schützend die Arme vors Gesicht. Als das Leuchten verschwunden war, fiel sein Blick auf Millar, der sich immer noch an der Wand festhielt. Seine Augen waren verschwunden, die Haut daneben gekräuselt und voller Blasen. Rauch stieg aus den leeren Augenhöhlen und dem Mund auf, dann kippte Millar vornüber und landete mit dem Gesicht im Gras.

Benton feuerte mehrmals sinnlos seinen Revolver ab, dann kletterte er eilig den Hügel über der Klippe hinauf.

»Bei dem verdammten Rauch kann ich kaum was erkennen«, murmelte er, während Farley ihm das letzte Stück hinaufhalf.

»Neben Millar haben wir auch Beaton, Ashton und Mitchell verloren, Sir. Und ich hab weder Corporal Champion noch Private Salt gesehen.«

Benton beobachtete, wie einer seiner Männer sorgfältig zielte und einen weiteren Silurianer erschoss. »Wir müssen diese Kreatur aufhalten, ehe ihr noch jemand zum Opfer fällt! Werfen Sie ein paar Leuchtfackeln und schauen Sie, ob Sie Champion und Salt zu uns leiten können. Ich werde die schwere Artillerie auspacken.«

Er rannte zu einem der UNIT-Landrover zurück und holte eine Bazooka aus dem Kofferraum. Er öffnete sie, lud sie und klemmte sich zwei weitere Geschosse unter den Arm. Dann hastete er zur Klippe zurück und sah, wie Farley eine Fackel anzündete und sie in den Qualm schleuderte.

Sie landete zu Füßen des Seeungeheuers und es wich leicht zurück. Im selben Augenblick lösten sich zwei Gestalten aus dem Rauch: Champion und Salt sprinteten auf ihr Team zu. Champion entdeckte das Wesen rechtzeitig und konnte ausweichen, aber Salt hatte nicht so viel Glück: Er prallte direkt gegen seinen Schwanz und zuckte dann spasmisch, als mehrere Tausend Volt durch seinen Körper gejagt wurden.

Benton feuerte die Bazooka ab, aber das Geschoss explodierte ein Stück neben dem Wesen, ohne Schaden anzurichten. Während Farley Champion half, sich auf ihre erhöhte Position zu retten, schoss Benton erneut. Farley warf eine weitere Fackel in die Düsternis. Wieder ignorierte die Kreatur die Explosion, wich jedoch vor dem Licht zurück. Benton ließ unvermittelt die Bazooka fallen und schnappte sich Farleys Sack mit den Leuchtfackeln.

»Wie viele haben wir noch?«

»Äh, ungefähr zwanzig, Sir.«

Benton steckte die Bazooka-Rakete in den Beutel, legte eine Granate dazu und zog den Ring. Dann holte er weit aus und schleuderte den Sack in Richtung des Meereswesens. Er landete zwischen seinen Beinen und explodierte dort, wobei das wohl größte Feuerwerk gezündet wurde, das Smallmarshes jemals zu sehen bekommen würde.

Die Detonation löschte einige Silurianer aus, aber das war es nicht, was das Meeresungeheuer aufhielt. Es war das plötzliche blendende Gleißen von zwanzig Leuchtfackeln, die gleichzeitig aufflammten.

Die UNIT-Soldaten bedeckten vorsorglich ihre Augen, aber selbst durch ihre Finger konnten sie den gewaltigen weißen Lichtblitz noch erkennen. Die Auswirkung auf alle, die sich am Strand befanden, war verheerend. Die wenigen überlebenden Silurianer waren vorübergehend geblendet und fielen auf die Knie. Das Meeresungeheuer selbst brüllte laut auf und brach dann tot zusammen, wobei es einige unglückselige Silurianer, die in seinen Weg getaumelt waren, unter sich begrub.

Die UNIT-Soldaten rückten zum Strand vor, um ihre Gefangenen einzusammeln. Champion brüllte eine Warnung und einen Wimpernschlag später ragte ein Silurianer vor Benton auf, der mindestens drei Mal so groß und kräftig wie die anderen war.

Der Sergeant zögerte einen Moment zu lange, aber Farley rettete ihm das Leben, indem er sein gesamtes Magazin in den Rücken des Reptils entleerte. Trotz seiner schrecklichen Verletzungen gelang es dem riesigen Silurianer noch, sich umzudrehen. Er versuchte, sein drittes Auge einzusetzen, und kurz sah es so aus, als würde es ihm gelingen. Seine Wunden waren jedoch zu schwer. Er stürzte, rollte ein Stück über den Strand und blieb schließlich liegen, sodass seine leblosen Augen gen Himmel starrten.

Auggi, die sich in sicherer Entfernung in ihrem Kreuzer befand, beobachtete über den Bildschirm, wie ihre Leute massakriert wurden. Neben ihr lagen zwei tote Erdreptilien, die es gewagt hatten, ihr vorzuschlagen, dass sie sich gemeinsam mit ihnen am Angriff beteiligen sollte. Nein, hatte sie entschieden, das war Kruggas Aufgabe.

Nun begriff sie, dass Chukk recht gehabt hatte: Die Affen waren stärker, als sie angenommen hatte. Jetzt hing alles an Baal. Er musste einen besseren Stamm des Virus züchten und ihr helfen, ihn auf diese elenden Plagegeister loszulassen.

Mit dem Scanner kontaktierte sie Baal in seinem Labor. Sekunden später erschien sein Gesicht auf dem Bildschirm.

»Mutter! Was tust du da bloß?«

»Die Affen haben meine Flotte ausgelöscht, mein Sohn. Es ist nun an uns beiden, sie ein für alle Mal zu vernichten.«

Baal schüttelte den Kopf. »Nein, Mutter, du irrst dich. Wir werden den Affen – den Menschen – helfen und sie werden uns helfen. Sieh nur.« Er trat zur Seite und gab den Blick auf Sula und die Affenfrau frei, die gerade gemeinsam im Labor arbeiteten, während das Drahtgitterbild des Hybrids zwischen ihnen schwebte.

»Du … du hast ihr unser Geheimnis verraten? Unsere Schande?«

Baal trat wieder ins Bild. »Keine Schande, Mutter. Wir sind mit diesem Defekt geboren worden und können Hilfe gebrauchen, um ihn zu beheben.«

»Aber die Affen haben deine Freunde umgebracht.«

»Nein, du hast sie umgebracht. Du hast sie in eine törichte Schlacht geführt, die sie nicht gewinnen konnten. Dieser Planet gehört uns nicht mehr. Wir müssen ihn mit den Menschen teilen, wenn wir überleben wollen. Wir sind eine winzige Stimme unter Millionen. Solange wir keine guten Neuigkeiten haben, haben wir auch nicht das Recht, die anderen Schutzräume aufzuwecken.«

Auggi starrte ihren Sohn an, bevor ihr Blick auf die zwei toten Hybriden zu ihren Füßen fiel. Schließlich zuckten ihre Augen zu einem anderen Bildschirm, der zeigte, wie die Affenkrieger die Toten am Strand untersuchten. »Verrat, wohin ich mich auch wende«, zischte sie und brach die Übertragung ab.

Dann programmierte sie einen neuen Kurs, fort von der Küste und von ihrer Basis. Sie würde irgendwo hinfahren, wo niemand ihr noch mehr Schande bereiten konnte und wo sie in Ruhe ihre Rache gegen die Affen planen konnte.

Der Schlachtkreuzer schoss durch die Wellen davon.

Mike Yates stürmte in vollem Lauf in den Hangarkontrollraum, sehr zum Erstaunen des schwarz gekleideten Wachmanns und der Technikerin im weißen Kittel, die sich dort aufhielten.

Der Mann starrte ihn verwirrt an. »Was geht hier vor sich?«

»Ein Ausbruchsversuch. Der Doktor von UNIT macht Ärger.«

Die Technikerin wechselte einen vielsagenden Blick mit dem Soldaten. »Sehen Sie, Lawson, ich hab ja gesagt, der Boss würde es wissen wollen.« Sie wandte sich an Yates und zeigte auf den Radarschirm. »UNIT-Helikopter, wahrscheinlich drei, haben uns umzingelt. Aus irgendeinem Grund wissen sie, dass wir hier sind.«

Yates hob sein Gewehr. »Wahrscheinlich haben sie mich geortet«, sagte er und schlug den Wächter bewusstlos. Dann richtete er sein Gewehr auf die Technikerin, die ihn nun verängstigt anschaute. »Wo ist der Blackbird?«

Die Technikerin zeigte auf ein Rauchglasfenster und Yates konnte einen dunklen Umriss dahinter ausmachen. »Öffnen Sie die Hangartore. Sofort!«

Die Frau legte einen Schalter um und Yates hörte, wie die zwei Türen direkt über dem Blackbird sich voneinander zu lösen begannen. Sonnenlicht fiel von oben herein.

Die Technikerin nutzte den kurzen Moment, als er abgelenkt war, und zückte eine Waffe, aber Yates erkannte die Bewegung noch rechtzeitig aus dem Augenwinkel. Er täuschte einen Ausfallschritt an, dann feuerten sie beide gleichzeitig.

Yates wurde nach hinten geschleudert, als die Kugel seine Schulter durchschlug. Blut lief aus der Wunde, aber wie durch ein Wunder musste der Treffer alle wichtigen Arterien verfehlt haben. Sein eigener Schuss hingegen traf ins Ziel, direkt ins Herz, und die Technikerin starb, ohne einen Laut von sich zu geben.

Er spähte durch die Scheibe und konnte mitverfolgen, wie einer der Helikopter des Brigadiers durch die Öffnung herabgeflogen kam. UNIT-Soldaten sprangen heraus, bewaffnet und kampfbereit.

Er hob den Stuhl der Technikerin hoch, warf ihn durch die Scheibe und rief: »Hier ist Greyhound Two. Nicht schießen!«

Mittlerweile waren zwei der Helikopter gelandet, einer auf jeder Seite des Blackbird. Yates entdeckte Tom Osgood, der gerade die Luke des Flugzeugs öffnete und einstieg, wahrscheinlich um ihn fürs Erste flugunfähig zu machen. Schließlich erschien auch der Brigadier mit einer Pistole in der Hand, ein noch willkommenerer Anblick. »Da oben ist Yates. Helfen Sie ihm da runter!«

Mike Yates entspannte sich. Die Kavallerie war endlich eingetroffen.

In seinem luxuriösen Büro schrie der blasse junge Mann Ciara und Cellian an.

»Schnappen Sie ihn sich und bringen Sie ihn um! Der Doktor muss sterben, egal wer sich Ihnen in den Weg stellt. Alle anderen hier sind entbehrlich.«

Ciara und Cellian nickten knapp und joggten davon. Er drückte einen Knopf auf seinem Schreibtisch. Ein Bild an der gegenüberliegenden Wand glitt zur Seite und gab den Blick auf einen Bildschirm frei. Baileys Gesicht erschien darauf.

»Wo sind Sie, Bailey?«

»In den Ostlaboren. Warum?«

»Probleme. Schaffen Sie alles in die Sicherheitszone. Ich treffe Sie in ein paar Tagen dort.«

»In Ordnung, Sir.«

»Ach, und Bailey?«

»Sir?«

»Nehmen Sie unbedingt den Pirscher mit. Eines Tages werden wir mit seiner Hilfe den Doktor zur Strecke bringen.«

»Ja, Sir.« Der Bildschirm wurde dunkel.

Der blasse junge Mann ließ die Augen durch den Raum wandern, bis sie auf Sir Marmaduke Harrington-Smythes Leiche landeten. »Sie waren mir ja eine Riesenhilfe. Was für eine Zeitverschwendung.«

Er drückte einen anderen Knopf auf seinem Schreibtisch. »Sorry, Boss«, murmelte er, während er seine Krawatte richtete, seinen Stuhl unter den Schreibtisch schob und den Wandsafe neben Sir Marmadukes Leiche öffnete. Im Inneren befanden sich Mikrofiches, Mikrofilme und Videokassetten. Daneben türmten sich mehrere Stapel von Papieren, die allesamt mit »vertraulich« oder »streng geheim« gekennzeichnet waren: Nur zur persönlichen Einsichtnahme, Abteilung für Wissenschaft und Technik oder Verteidigungsministerium. Jeder von ihnen trug das Emblem von C19 und das Motto: *Quis Custodiet Ipsos Custodes* – »Wer bewacht die Wächter?« Er hob die Papierstapel heraus und lud sie auf seinem Schreibtisch ab.

»Ja, wer eigentlich?« Er kehrte zum Safe zurück und steckte die Mikrofiches und Filme ein. Er musterte die Kassetten und schaute dann auf die Uhr. »Na ja, ich werde sicher ein paar Kopien davon in Sir Johns Büros finden«, murmelte er und warf sie auf den Schreibtisch.

Ein letztes Mal sah er sich um, bevor er sein Büro verließ und darauf achtete, dass die Tür fest verschlossen war. Er zählte langsam bis zehn, dann ging er weiter, und hinter ihm krachte die Metalljalousie herunter. Schließlich hörte er einen gedämpften Knall und ein Grollen aus seinem Büro, als alles darin in feinste Asche verwandelt wurde.

»Kobalt. Ich hab's ja immer gesagt: Cybertechnik ist nicht zu toppen.«

Der Doktor hatte sich an zahlreichen Wachen vorbeikämpfen müssen, bis er endlich das Labor fand, das er gesucht hatte.

Er stieß die Türen auf und rammte dabei einen überraschten Wächter zur Seite.

»Ha!« Der Doktor verpasste ihm einen Hieb gegen die Kehle und der Mann brach bewusstlos zusammen.

Die Halle vor ihm war so groß wie ein Fußballplatz, aber die hohen Wände waren mit Monitoren, Computern und Schaltern für alle möglichen Arten von Maschinen übersät. Zur Linken befand sich ein Bett, auf dem Marc Marshall lag. Ein Mann in einem weißen Kittel beugte sich über ihn.

In der Mitte des Saals stand so etwas wie ein Zahnarztstuhl. Tahni war darauf festgeschnallt und versuchte, sich freizukämpfen. Ein Metallbügel bedeckte ihr drittes Auge. Eine junge, dunkelhaarige Frau, die ebenfalls einen weißen Kittel trug, stand daneben und war damit beschäftigt, Elektroden auf ihrer Brust anzubringen.

Auf einem weiteren Bett am anderen Ende der Halle kauerte eine junge blonde Frau und kritzelte hektisch etwas an die Wand. Immer wieder warf sie Tahni verängstigte Blicke zu und zeichnete, als hinge ihr Überleben davon ab, dass sie ihr Meisterwerk vollendete.

Die Wissenschaftlerin schaute auf. »Sie sind der Doktor, nehme ich an?«, fragte sie mit einem ausgeprägten amerikanischen Akzent.

Der Mann hielt ebenfalls inne und spähte zu ihm herüber. »Von UNIT?«

»Ja. Und nun treten Sie bitte zurück, alle beide.« Er hob die Waffe, die er zuvor einer der Wachen abgenommen hatte.

Der Mann gehorchte, aber die Frau ignorierte seine Drohung. Stattdessen warf sie dem Mann einen abschätzigen Blick zu. »Machen Sie schön brav mit dem Jungen weiter, Peter. Es ist bekannt, dass der Doktor enorme Skrupel hat, Waffen gegen Menschen einzusetzen.«

Der Mann namens Peter beachtete sie nicht und löste stattdessen die Riemen, die Marc festhielten. »Ich bin Peter Morley aus Cambridge. Ich bin Xenobiologe und ich werde gezwungen, hier zu arbeiten.«

Die Frau hob erneut den Kopf. »Gott, Peter, Sie sind ein Trottel.« Sie zog eine Pistole und zielte auf Tahnis Kopf. »Waffe runter, Doktor, oder ich verpasse Ihrem Eidechsenschätzchen hier ein viertes Auge.« Sie lächelte. »Ach, wie ich Raymond Chandlers Filme liebe.«

Sie lächelte immer noch, als hinter ihr auf der anderen Seite der Halle die Tür aufflog und ein gewaltiger Energiestoß sie wortwörtlich in Stücke riss.

Tahni zuckte instinktiv zusammen und selbst die Frau auf dem anderen Bett ließ ihren Bleistift fallen.

Morley kam auf den Doktor zugehastet. »Das sind die irischen Zwillinge, Ciara und Cellian. Was machen die denn hier?«

Der Doktor starrte die Neuankömmlinge an. Beide hatten den rechten Arm ausgestreckt, die Handfläche zeigte zum Boden. Die Finger waren an einem Scharnier heruntergeklappt und darunter, knapp unter dem Daumen, kam eine kurze Mündung zum Vorschein.

»Wir gehören zu den ersten Experimenten, die hier im Gewölbe durchgeführt wurden«, erklärte Ciara ruhig.

»Aber Sie sind keine Autons, nicht im eigentlichen Sinne, oder?«

»Nein, absolut nicht«, sagte Ciara. »Wir sind Menschen, aber das Gewölbe hat unser Blut durch die Nestene-Flüssigkeit aus dem Behälter bei AutoPlastics ersetzt. Diese kleinen Ergänzungen«, sie nickte in Richtung ihres Arms, »hat unser Kommandant vorgenommen – eine persönliche Note. Die Flüssigkeit versorgt unsere Waffen mit Energie. Brillant, finden Sie nicht?«

»Dann sind Sie also Vorläufer seiner geplanten Armee aus Hybridsoldaten«, sagte der Doktor. »Die ultimativen Killermaschinen. Menschen mit eingepflanzter außerirdischer Technik.«

»Wir waren seine wichtigste Inspiration. Mit unseren Waffen und den Genen dieses Dings da hätte er eine unbesiegbare Armee schaffen können.«

Tahni, verständlicherweise wütend, dass man sie als »Ding« bezeichnet hatte, begann sich gegen ihre Fesseln zu wehren. Die irischen Zwillinge beachteten sie nicht, sondern gingen einfach um sie herum, bis sie Morley und dem Doktor von Angesicht zu Angesicht gegenüberstanden.

»Widerstand ist zwecklos«, sagte Cellian.

Morley erstarrte und keuchte überrascht: »Sie können ja sprechen! Sie haben doch noch nie ein Wort gesagt!«

»Hatte nie was Wichtiges zu sagen.« Cellian zielte mit seiner Energiewaffe auf den zitternden Wissenschaftler.

»Offenbar hat sich daran nichts geändert«, murmelte der Doktor.

Unbemerkt von den Nestene-verstärkten Zwillingen hatte Marc Marshall sich aus seinem Bett fallen lassen. Nun zog er sich unter Schmerzen über den Boden, wobei seine aufgequollene Haut sein Vorankommen erschwerte. Schließlich erreichte er Tahni und versuchte, ihre Gurte zu lockern, doch in diesem Augenblick begann die Frau auf dem anderen Bett, wie ein panischer Schimpanse zu kreischen.

Cellian drehte sich gelassen um und zersägte sie mit einem Energiestoß. Ciara wollte Marc und Tahni gerade das Gleiche antun, als die Tür, durch die sie gekommen waren, aus den Angeln gerissen wurde und der Brigadier mit dreißig UNIT-Soldaten im Schlepptau hereinstürmte.

Die irischen Zwillinge wechselten einen Blick, dann drängten sie sich zwischen dem Doktor und Morley hindurch und flüchteten zur anderen Tür hinaus.

Der Doktor überließ es den Soldaten, ihnen nachzustellen.

Er eilte zu Marc und Tahni, während Morley zur Toten auf dem Bett hinüberging.

Der Brigadier musterte die gefesselte Silurianerin, bevor er aufsah. »Schön, Sie wiederzusehen, Doktor.«

»Brigadier, Sie müssen Ihre Männer warnen: Die beiden, die sie jagen, sind quasi Autons.«

»Natürlich, Doktor.« Er zückte sein Walkie-Talkie. »Greyhound-Anführer an alle. Der Mann und die Frau, die Sie verfolgen, sind hochgefährliche Auton-Nachbildungen. Nähern Sie sich nur unter größter Vorsicht. Nutzen Sie Sprengmittel, falls nötig.« Dann fragte er den Doktor: »Wie geht es Ihren Patienten?«

Tahni erwiderte seinen Blick. »Danke, mir geht's gut, Fellaffe. Aber der Schlüpfling ist gestorben.«

»Die Belastung war zu viel für sein junges Herz, fürchte ich.« Der Doktor schloss sanft Marcs Augen. »Er hat sein Bestes gegeben. Tapfer bis zum Ende.«

Tahni legte dem Doktor eine Klauenhand auf die Schulter. »Es tut mir leid, Doktor. Baal wird es auch leidtun, das weiß ich. Er muss noch viel lernen.«

Morley kam zu ihnen. »Die Polizistin Redworth ist tot. Cellian hat nicht viel von ihr übrig gelassen.«

Der Doktor blickt zum Brigadier auf: »Lethbridge-Stewart, ich glaube, dass der alte Scobie, Sir John Sudbury und Ihr Premierminister herkommen und sich die Gräuel hier im Gewölbe selbst ansehen sollten.«

»Ja, Doktor. Gute Idee.« Er wandte sich zum Gehen. »Wo steckt eigentlich Miss Shaw?«

Drei Tage später standen Liz und der Doktor in ihrem Labor im UNIT-Hauptquartier und sahen ein paar Fotos durch.

»Das ist Krugga«, sagte der Doktor. »Armer Bursche. Aber was in aller Welt ist das?«

Liz betrachtete das Foto, auf dem ein riesiges Meeresungeheuer zu sehen war. Sie berührte es mit der Hand, die nicht in der Schlinge lag. »Wenn ich es nicht besser wüsste, würde ich sagen, das ist das Monster von Loch Ness, aber ich glaube, es ist ein Myrka.«

Sergeant Benton stellte jedem von ihnen eine Tasse Kakao auf die Werkbank. »Ja, das verdammte Riesending hat ein paar von den Jungs getötet. Wir haben es mit Leuchtfackeln umgebracht. Grelles Licht scheint ihnen das Gehirn wegzubrennen.«

»Solche blutigen Details wollte ich gar nicht hören, Sergeant«, meinte Liz mit etwas gequälter Miene.

Der Doktor berührte Liz' Hand. »Wie ist die Lage auf L'Ithe?«

Liz setzte sich auf einen Hocker und legte ihre gesunde Hand in den Schoß. Sie lächelte verkniffen. »Baal und Tahni haben die Kontrolle übernommen. Wir haben Sergeant Bentons Gefangene gemäß den Genfer Konventionen übergeben und es scheint erst mal Ruhe zu herrschen. Sie haben mich gebeten, mit ihnen an einem Heilmittel für ihr Problem zu forschen. Ich hab gesagt, ich würde drüber nachdenken.«

»Aber Liz, Sie müssen ihnen unbedingt helfen«, sagte der Doktor. »Denken Sie doch nur daran, was Sie dabei alles lernen könnten, an die aufregende Erfahrung, eine völlig neue Wissenschaft zu entdecken: die Erdreptilienwissenschaft. Eine wundervolle Gelegenheit. Ach, Liz, wir könnten so viel für sie tun.«

»Wir?«

Der Doktor räusperte sich. »Nun, natürlich wäre es Ihr Projekt.«

Sie lachte. »Ja, natürlich wäre es das. Für ein paar Tage.« Plötzlich seufzte sie. »Ich muss darüber nachdenken.«

Bevor der Doktor antworten konnte, ging die Tür auf und der Brigadier kam herein. Er hatte Yates im Schlepptau, der ebenfalls einen Arm in der Schlinge trug.

»Dieses Labor kommt mir jeden Tag mehr wie ein Feldlazarett vor«, meinte der Doktor gereizt. »Was wollen Sie, Brigadier? Wir haben zu tun.«

»Ah, wie ich sehe, sind Sie schwer damit beschäftigt, heißen Kakao zu trinken, nicht wahr? Nun, es ist Zeit, dass ich ein paar Berichte weitergebe.« Er räusperte sich. »Wir haben, wie Sie ja wissen, offiziellen Kontakt mit diesem Baal und seinen Leuten hergestellt. Es werden diplomatische Gespräche geführt, und wenn ich es recht verstehe, hat Miss Shaw gebeten, an diesem Prozess teilhaben zu dürfen.«

Liz nickte. »Darüber müssen wir uns später noch mal genauer unterhalten, Brigadier.«

»Einverstanden. Sir John Sudbury hat dieses Gewölbe inspiziert. Es scheint, als hätten wir kaum was davon gesehen, als wir da waren. Jedenfalls ist alles weg, falls überhaupt was da war. Der kryogenische Teil wurde auf jeden Fall ausgeschlachtet. Wir haben die Fährte dieser Semi-Autons verloren; Sir John hat in der Beschreibung zwar seinen Bürogehilfen wiedererkannt, aber seither hat er nichts mehr von ihm gesehen oder gehört.«

Liz schnaubte. »Na großartig, also haben die Bösen gewonnen.«

»Das stimmt nicht ganz, meine Liebe«, warf der Doktor ein. »Sie haben schon verloren, aber sie haben überlebt. So wie Auggi anscheinend auch.« Er tippte auf die Fotos. »Ich hab hier nach ihr gesucht, aber wenn sie nicht komplett in klitzekleine Stücke gerissen wurde …«

»Und wer ist jetzt derjenige, der zu viele blutige Details nennt?«, fragte Benton.

»Wenn ich fortfahren dürfte, Sergeant? Entweder wurde sie in Stücke gerissen oder sie ist entkommen. Und ich weiß, worauf ich mein Geld setzen würde.«

Der Brigadier seufzte. »Na ja, wenigstens gibt es eine gute Neuigkeit: C19 hat das Glashaus übernommen und wird schon bald einen Geschäftsführer ernennen. Handverlesen von Sir John, also müssen wir wohl wenigstens an der Stelle nicht mehr mit krummen Dingern rechnen. Auch das Glashaus wird an einen neuen, geheimen Ort verlegt.«

Der Doktor nickte. »Nun, dann können wir ja alle wieder ruhig schlafen. Schließlich hat Sir John doch bestimmt auch seinen Bürogehilfen handverlesen, von dem wir nun wissen, dass er zur Hälfte kybernetisch war und heimlich aus unserer früheren Kriegsbeute Auton-Hybride und wer weiß sonst noch alles gebaut hat.«

»Tja, nun.« Der Brigadier schaute Mike Yates an. »Ach ja, und sagen Sie Hallo zu meiner neuen Nr. zwei, Captain Mike Yates.«

»Also hat Sir John die Kohle rausgerückt.« Benton lächelte und schüttelte Mike kräftig die linke Hand. »Schön für Sie, Sir. Captain!«

Mike Yates grinste, umso mehr, als Liz ihm einen Kuss aufdrückte. »Herzlichen Glückwunsch, Mike.«

»Wunderbar, Mike. Ich bin entzückt.« Der Doktor schüttelte ihm ebenfalls die Hand. »Wenn Sie feiern wollen, müssen Sie das aber woanders machen. Miss Shaw und ich haben eine Menge zu tun.«

Der Brigadier bedeutete Yates und Benton zu gehen.

»Ach, Alistair«, sagte der Doktor leise, bevor der Brigadier ihnen folgen konnte.

»Doktor?«

»Das mit Fiona und Kate tut mir aufrichtig leid. Ich hoffe, Sie beide finden einen Weg, in gegenseitigem Einvernehmen und ohne allzu großen Kummer Ihre Leben weiterzuführen.«

Der Brigadier begegnete dem Blick des Doktors und versuchte, sich seine Gefühle nicht anmerken zu lassen. »Na, irgendwie geht's doch immer weiter, Doktor. Ich danke Ihnen jedenfalls, ich weiß Ihre freundlichen Worte zu schätzen.« Mit einem letzten Gruß verschwand er und schloss die Tür hinter sich.

Der Doktor griff nach dem Stapel mit Fotos und starrte ins Leere. »Der arme Alistair.«

Liz küsste ihn auf die Wange. »Manchmal, Doktor, sind Sie doch ganz nett.«

Der Regent's Park war friedlich und überraschend menschenleer, wenn man die Hitzewelle bedachte, und die wenigen Leute, die sich hier aufhielten, sonnten sich eher, als dass sie sich lautstark auf dem weitläufigen Rasen austobten, während sie Fußball oder Schlagball spielten.

Der Doktor und Liz Shaw gingen schon eine Weile spazieren und diskutierten über das Wetter, die Vor- und Nachteile des Zoos und die Frage, ob der Park eher unter der Schirmherrschaft des habgierigen Westminster Council oder des liberalen Camden stehen sollte.

Die Fahrt hierher in Bessie war für Liz eine nervenzerrüttende Erfahrung gewesen. Der Londoner Verkehr war ihr selbst zu den besten Zeiten fast unerträglich, doch wenn man neben dem Doktor saß, war das Ganze weitaus schlimmer: Er fuhr über rot, schnitt anderen Fahrern den Weg ab und benahm sich allgemein so dermaßen daneben, dass Sir Robert Marks Zustände bekommen hätte. An der Nelsonsäule wären sie um ein Haar mitten in eine Touristengruppe gefahren und der Doktor hatte ein paar junge Männer angehupt, die Lammfelljacken und Hüte wie der Maler Lautrec getragen hatten – Liz war sicher, dass einer von ihnen David Hockney gewesen sein musste. Der Doktor hatte ihr irgendetwas von der Art zugerufen, dass der Trafalgar Square eines Tages größtenteils Fußgängerzone sein würde, daher wolle er es noch mal voll auskosten, hier entlangzufahren, aber Liz hatte keinen Schimmer, wie ernst er das tatsächlich gemeint hatte. So machte er das immer: Hin und wieder ließ er ein bisschen Wissen über die Zukunft durchblicken, verpackte das Ganze dann aber in so viele Übertreibungen, bis man nichts von dem, was er vorher gesagt hatte, mehr trauen konnte.

Sie waren die St. Martin's Lane entlanggebraust, hatten St. Giles Circus überquert und waren dann in die Tottenham Court Road eingebogen. Liz hatte angemerkt, dass dies wohl kaum der direkteste Weg zum Park sei, aber der Doktor hatte entgegnet, dass er sich freue, bei einer Fahrt mit Bessie endlich mal Gesellschaft zu haben – er wolle das Beste daraus machen.

Liz hatte ihm den Spaß einfach nicht verderben können. Aber die Art, wie er redete, ließ auch etwas anderes durchschimmern ... Traurigkeit? Resignation?

Ahnte er etwas? Nein. Nein, so empfänglich war er nicht für die Gefühle anderer – oder etwa doch? Andererseits hätte es erklärt, warum er unbedingt mit ihr nach London hatte fahren wollen, warum er es ihr überlassen hatte, den Park auszuwählen und das Picknick vorzubereiten.

Und warum er eine ziemlich große Flasche Bulls Blood aus dem sogenannten TARDIS-Weingut beigesteuert hatte. Natürlich wieder eine Übertreibung.

Oder?

Nach dem Picknick waren sie zu ihrem Spaziergang durch den Regent's Park aufgebrochen, wobei sie den Zoo gemieden hatten, nicht nur weil Liz solche Einrichtungen nicht mochte, sondern auch weil es den Doktor zu sehr an das erinnerte, was er gerade in Northumberland zu sehen bekommen hatte.

Irgendwann kamen sie auf ihr Leben zu sprechen, ihre Vergangenheit und was sie sich für ihre Zukunft erhofften. Während sie sich unterhielten, entdeckte Liz beim Doktor unter der Fassade aus Sarkasmus und Zynismus unerwartet viel Wärme und Mitgefühl. Mit einem Mal begriff sie, wie wenig sie eigentlich über ihn wusste.

Im Laufe der vergangenen acht Monate – seit dem bizarren Besuch im Cottage Hospital in Essex, als der Brigadier von jemandem sofort wiedererkannt worden war, dessen Gesicht ihm fremd gewesen war – hatte sie den Doktor als Kollegen kennengelernt, dem sie vertraute und den sie respektierte, aber das war alles gewesen. Sie hätte nicht die Hand aufs Herz legen und behaupten können, dass sie den Mann tatsächlich mochte. Den Time Lord. Was auch immer. Sie hatten nur zufällig im selben Raum im selben Gebäude gearbeitet. Doch jetzt, als sie durch Londons majestätischsten Park spazierten, während er auf Blumen, Bäume, Büsche und Waldtiere zeigte und ihr mit seinem beängstigenden enzyklopädischen Wissen Namen und Geschichte jedes einzelnen vortrug, begriff sie, dass sie echtes Bedauern empfand.

»Ich wünschte, wir wären Freunde geworden. Richtige Freunde, die, was weiß ich, zusammen zu Abend essen, Scrabble spielen, ins Kino gehen.« Liz brach ab, dachte, der Doktor würde sie für albern halten.

»Geworden?«, fragte er nach einem Moment. »Dann habe ich wohl richtig geraten. Sie gehen fort?«

Bis zu diesem Augenblick war Liz nicht völlig sicher gewesen. Ihr Verstand hatte ihr gesagt, dass sie von UNIT wegkommen musste, bevor es sie erstickte, sowohl ihre Seele als auch ihre Freude an der Arbeit. Doch als er diese Worte aussprach, wurde sie von einer seltsamen Welle der Nostalgie überrollt. Sie wollte jene anderen Welten, jene anderen Orte sehen, von denen er so oft erzählt hatte. Sie wollte einem alphazentaurianischen Tischtennisspieler die Hand geben. Mit einem Refusianer verstecken spielen, einem Delphon nur mit ihren Augen Hallo sagen (sie hatte sich sogar eines Morgens dabei ertappt, wie sie das vor dem Spiegel geübt hatte).

»Ja«, hörte sie sich selbst sagen. Dann, mit mehr Nachdruck: »Ja, ich gehe weg.« Warum nur war ihr plötzlich nach Weinen zumute? Warum war sie so aufgebracht? Er hatte sie doch immer wieder zur Weißglut getrieben, dafür gesorgt, dass sie sich mit ihrem hart erkämpften und schwer verdienten Wissen unzulänglich und dumm vorkam. Manchmal hatte sie große Lust gehabt, ihm mitten ins Gesicht zu boxen, ihm den Schlauch eines Bunsenbrenners um den Hals zu legen oder einfach Mike Yates' Dienstrevolver zu nehmen und ihm eine Kugel durch seine außerirdische Schläfe jagen. Doch als sie nun in seine blauen Augen schaute, in denen dieses einzigartige Gemisch aus kindlicher Begeisterung und jahrhundertealter Weisheit leuchtete, da merkte sie, wie ihr die Tränen kamen. »Es tut mir wirklich leid, Doktor, aber ich muss …«

»Warum?«

»Weil … darum. Darum eben.« Sie merkte plötzlich, dass sie die Stimme erhoben hatte. »Ihretwegen. Meinetwegen. Oder wegen des Brigadiers. Wegen allem. Gerade ist ein männlicher Teenager gestorben, durch die Hand derer, die mir seit fast einem Jahr meinen Lohn zahlen.«

»Oh. Das ist alles?«

Liz erstarrte. Das war es. Da hatte sie ihren Grund. Er hatte die Lunte entzündet, auf den roten Knopf gedrückt, den … wie auch immer, er war zu weit gegangen. Liz gab sich keine Mühe mehr, leise zu sein oder ihre Bitterkeit zurückzuhalten.

»Alles? Ob das alles ist? Sie herzloser … *Außerirdischer*. Er war noch ein Kind. Ein unschuldiger Junge und dieser … dieser Scheißkerl bei C19 ist schuld an seinem Tod. Und Sie haben dazu nicht mehr zu sagen als ›das ist alles‹?«

Sie schluchzte nun, wollte ihm ihre Wut entgegenschreien, brachte jedoch nur ein heiseres Krächzen heraus.

»Endlich! Endlich sehe ich die echte Elizabeth Shaw. Es hat lange gedauert, aber da ist sie.«

Liz versuchte, ihren Atem unter Kontrolle zu bringen, und hielt die Tränen zurück. »Was … was meinen Sie damit?«

Der Doktor fasste sie an den Schultern und ignorierte ihre Versuche, ihn abzuschütteln. Schließlich gab sie nach.

Und dann lächelte er. Das strahlendste – nein, schönste – Lächeln, das sie je auf seinem Gesicht gesehen hatte. »Sie, Liz. Nicht die distanzierte Wissenschaftlerin. Nicht die ruhige, gefasste, effiziente Doktor Shaw bei UNIT. Sie haben Marc als einen ›männlichen Teenager‹ bezeichnet. Sie haben professionell gesprochen. Vielleicht waren Sie aufgebracht, aber Sie haben es versteckt. Aber dann haben Sie ihn endlich ein Kind genannt. Sie haben sogar geflucht. So was hab ich noch nie von Ihnen gehört.« Er ließ sich auf den Rasen sinken und zog sie sanft mit sich. Sie setzte sich mit gekreuzten Beinen ihm gegenüber. Er musterte den Rasen und begann, einzelne Grashalme auszuzupfen, als wäre er verlegen.

Selbst wenn er es nicht war, sie war es durchaus.

»Mir ist vor kurzer Zeit klar geworden, dass ich kaum etwas über Sie weiß, Liz. Wie Sie schon sagten: Immer nur Arbeit, nie Vergnügen. Und das ist meine Schuld. Wenn Sie nach Cambridge zurückgehen, werden sich nur selten Gelegenheiten finden, das wiedergutzumachen. Ich will Ihnen nur sagen, wie sehr ich Sie schätze: Ihr Urteil, Ihre Einfälle und Ihre Moral. Sie waren mein Fels in der Brandung. Mein Licht, wenn mir finster zumute war. Ich glaube, wir haben beide nicht gewusst, wie sehr ich auf Sie gebaut habe. Acht Monate. Acht Monate, zwei Wochen und vier Tage, um genau zu sein.« Er streckte ihr seine Hand hin. Darin lag eine Kette aus Grashalmen, die auf komplizierte Weise miteinander verwoben waren. Sie war stabil und wirkte dennoch zerbrechlich. »Was werden Sie nun machen?«

Liz schluckte und nahm ihm sanft die Kette aus der Hand. »Ich werde ein bisschen Zeit mit Jeff Johnson verbringen. Ich kann bei ihm in Cambridge unterkommen, bis ich was Eigenes gefunden habe. Mein altes College hat mich gebeten, zurückzukommen und einige Projekte weiterzuführen, die ich aufgeben musste, als der Brigadier mich entführt hat.« Sie zuckte mit den Schultern. »Ich werde mich für ein Stipendium bewerben, um genetische Erkrankungen zu erforschen. Ich hab zugesagt, Baal und Sula dabei zu helfen, ein Heilmittel für ihr Leiden zu finden und ihre Lebenserwartung zu erhöhen. Selbst wenn ich ihnen nicht direkt helfen kann: Wir wissen, dass es da draußen noch viele andere solcher Schutzräume gibt. Weitere Silurianer, Erdreptilien, wie auch immer, die Hilfe benötigen, um sich an unsere Welt anzupassen. Die Umweltverschmutzung. Die Krankheiten. Alles, was wir darüber wissen, was mit Marc Marshall passiert ist, könnte für uns von unschätzbarem Wert sein, um unseren eigenen Kindern bei Kinderlähmung, Krebs, Lepra und anderen Krankheiten zu helfen.« Sie blickte den Doktor unverwandt an und sein Lächeln wurde breiter. »Ich schätze, was ich damit sagen will, ist, dass ich nach Hause gehe. Um etwas zu tun. Etwas zu erreichen, das ich als Ihre Assistentin nicht erreichen kann. Sie brauchen mich doch gar nicht, um Ihnen Reagenzgläser anzureichen und Ihnen zu sagen, wie brillant Sie sind.« Sie erwiderte sein Lächeln. »Das wissen wir beide.«

Er nickte. »Soll ich Sie zu Ihrer Wohnung zurückbringen?«

Liz schaute sich um. Noch immer lagen Leute in der Sonne. Ein paar gingen spazieren. Kinder rannten vorbei; eines stolperte, fiel hin und fing an zu weinen. Sie erhob sich, half dem kleinen Mädchen auf und lächelte, als es zu seiner bestürzten Mutter zurücklief.

»Himmel hilf, vielleicht werde ich ja sogar irgendwann heiraten und Kinder kriegen.« Sie sah auf den Doktor hinab, der sitzen geblieben war, aber er erwiderte ihren Blick nicht: Stattdessen beobachtete er eine Raupe dabei, wie sie über seinen Handrücken kroch, wobei er sein Handgelenk langsam drehte, um sie nicht aus den Augen zu verlieren. »Nein danke, Doktor. Ich nehm die U-Bahn.«

»Leben Sie wohl, Liz«, sagte er, ohne den Kopf zu heben.

Schon wieder hatte sie einen Kloß im Hals. Wenn sie jetzt weinte, würden es echte Tränen sein, keine Tränen des Zorns, der Frustration oder des Ärgers. Keine Tränen der Bitterkeit. Etwas Besseres. Wichtigeres.

»Leben Sie wohl, Doktor. Sehen … sehen wir uns morgen, wenn ich meine Sachen abhole?«

Der Doktor musterte weiter seine Raupe. »Nein«, sagte er leise. »Ich spreche nachher noch mit dem Brigadier. Ich reise ab und helfe beim Aufräumen der Cheviot Hills, zusammen mit unserem frisch beförderten Captain Yates.«

Liz drückte ihre Tasche an sich und zuckte mit den Schultern. »Nun, dann werde ich mal … na ja …«

»Leben Sie wohl, Liz.« Endlich schaute der Doktor auf. »Wir werden uns wiedersehen, das verspreche ich Ihnen.«

»Wir gehen mal zusammen ins Kino, ja?«, meinte sie fröhlich.

Der Doktor wandte sich wieder seiner Raupe zu. »Wer weiß?«

Liz warf einen letzten Blick auf seinen Hinterkopf, dann straffte sie sich und ging in Richtung der U-Bahn-Station am Regent's Park davon.

Als sie sich auf die Straße zubewegte, glaubte sie, dass sie die Sonne noch nie so hell hatte strahlen sehen. Sie warf einen allerletzten Blick über die Schulter, wollte sich seinen Anblick einprägen – ein Bild für die Galerie ihrer Erinnerungen.

Der Doktor lag ausgestreckt auf dem Rasen und bewegte seine Hand, spielte wohl noch immer mit der Raupe.

»Gott behüte Sie, Doktor. Ich werde Sie wirklich vermissen.«

Dann ging sie entschlossenen Schrittes über die Straße und ihrer Zukunft entgegen.

BBC
DOCTOR WHO

Erhältlich

DIE
MONSTER
EDITION

GEFANGENER DER DALEKS

TREVOR BAXENDALE

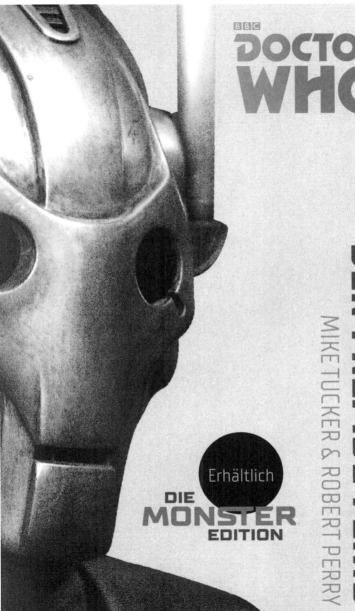

DOCTOR WHO

BBC

DER FREMDE FEIND

MIKE TUCKER & ROBERT PERRY

Erhältlich

DIE MONSTER EDITION

DOCTOR WHO

STEPHEN COLE

STACHEL DER ZYGONEN

APR
2021

DIE MONSTER EDITION